近松再発見

華やぎと哀しみ

神戸女子大学古典芸能研究センター編

和泉書院

華やぎと哀しみ

近松・二人の華舞台

桐竹勘十郎 × 吉田玉女

平成二十年十一月二十九日、神戸女子大学古典芸能研究センター公開シンポジウム「近松再発見」の第二部では、桐竹勘十郎《きりたけかんじゅうろう》師・吉《よし》田《だ》玉女《たまめ》師による実演があった。実演は、人形の遣い方などの解説、近松門左衛門の時代の人形を復元した一人遣いの人形による道行、『冥途《めいど》の飛脚《ひきゃく》』封印切の場の上演という構成であった。その舞台の様子を、ダンケ濱之上幸雄氏の写真で紹介する。

写真…ダンケ濱之上幸雄
構成・案内……川端咲子

吉田玉女

桐竹勘十郎

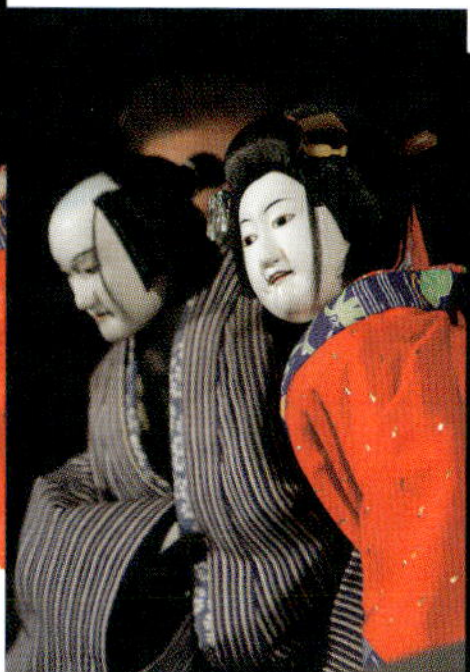

桐竹勘十郎師の解説は、演者の立場から見た近松門左衛門の浄瑠璃についての話から始まった。そして、近松門左衛門の時代の舞台の様子や、当時の一人遣い人形の遣い方、そして現在の人形の遣い方についてと話は続いた。一人遣いの人形は、復元された一人遣いの人形を動かしながら、現在の文楽の人形は、『艶容女舞衣《はですがたおんなまいぎぬ》』のお園の拵えをした人形を動かしながらの説明で、その違いも含めて非常に分かりやすいお話だった。ここには、一人遣いの人形の写真を並べ、勘十郎師の言葉を一部掲載する。

近松門左衛門の浄瑠璃について

近松門左衛門の作品というのはたくさんあります。今やらしてもらっている演目はそう多くないんですけど、まだまだ復活上演できそうなものもたくさんあるみたいなんで、もし機会があれば、埋もれた名作の復曲をしてまた演じたいと思っております。

『曾根崎心中』観音廻り出遣い図（参考図）

近松時代の一人遣いの人形について

ちょっとタイムカプセルで当時の遣い方を見てみたいなと楽屋で言っているんです。

あまり細やかな動きは出来なかったんではないかなという風に思われますし、また、いろんな工夫がされてて、見た目にも大変楽しめるようにしてたのかもしれませんし、その辺はほんとにわからないんです。

人形の遣い方

これは復元したものなんですけども、これが当時の一人遣いの人形の大体の形でございます。突っ込み人形とかいう呼び方やったそうで、裾からこう手を突っ込んで、差し上げて遣う。一人で二体遣ったり、たくさん遣ったり、いろんな仕掛けをしたりしたこともあったそうですけども（図1・2）、基本的には人形一体を一人で遣う。差し金に手が付いていまして、ただこれだけなんですけども、なかなかうまく動かないものです。

こういう一人遣いの突っ込み人形の形ですと、腰が折れないんですね。棒状に全部繋がっております。中に胴《ど》串《くし》というものがあるんですけども、長い。非常に長い。これでは、腰が折れませんので何らかの仕掛けがしてあったかもしれないんです。

図1『卯月紅葉』正本表紙見返し

図2『玉黒髪七人化粧』絵尽

一人遣い人形の実演について

一人遣いの人形で当時の雰囲気、そこまでちょっと歩くだけでございますけども（通路を花道に見立て、仮設台まで歩む）、ああ、昔はこんなんやってんやなあというのをちょっとごらんになっていただきたいと思います。

『冥途の飛脚』実演について

まず八右衛門さんが出てまいります。私がやらせていただきます。八右衛門さんが座りまして、忠兵衛さん、これは玉女さんが遣います。梅川さんも出てこないかんので、私が八右衛門さんから梅川さんになります。ちょっとお見苦しい点があるかなと思いますが、封印切りの段をここでさしていただきたいと思います。

〈参考図について〉付舞台のもじ手摺のむこうで、辰松八郎兵衛が一人遣いの妙技をみせる。図は『曽根崎心中』絵入本見返し図を模刻したもので『牟芸古雅志』に収載。

一人遣い人形試演

花道に見立てた客席の間の通路を、三味線の音に合わせて、一人遣いの男女の人形が道行をする。花道を道行する人形の姿は、近松の時代の舞台図（図3）にも見える。花道間際の観客に挨拶する二人。時折、先に行く女が、後を振り返って男の顔を見る。それは、例えば図4・5の挿絵に見られる道行の様子を彷彿とさせる。

図3『石山寺開帳』正本表紙見返し

図4 おはつみちゆき
（『曾根崎心中』参考図部分）

図5
『助六心中并　せみのぬけがら』
正本表紙見返し

『冥途の飛脚』封印切の段

えい〳〵、鳥がなく〳〵、浮気鳥が月夜も闇も、首尾を求めてな逢はう〳〵とさ、

青編笠の、紅葉して、炭火ほのめく夕まで思ひ思ひの恋風や、恋と哀れは種一つ、梅かんばしく松高き、位は、よしや引きしめて哀れ深きは見世女郎、さらさ禿《かむろ》が知るべして、橋がかけたや佐渡屋町越後は女主人《あるじ》とて、立寄る妓《よね》も気兼ねせず、底意残さぬ、恋の淵

本来封印切りの段は、梅川・忠兵衛・八右衛門の他にも梅川の朋輩の女郎達や茶屋の主など多くの登場人物がいるが、今回は、八右衛門と梅川を桐竹勘十郎師が、忠兵衛を吉田玉女師が遣い、その他は「いるつもりで観て下さい」とは勘十郎師の言葉。それに併せて浄瑠璃も一部省略され、「封印切の段」冒頭の文句と共に、勘十郎師が遣う八右衛門が登場する。

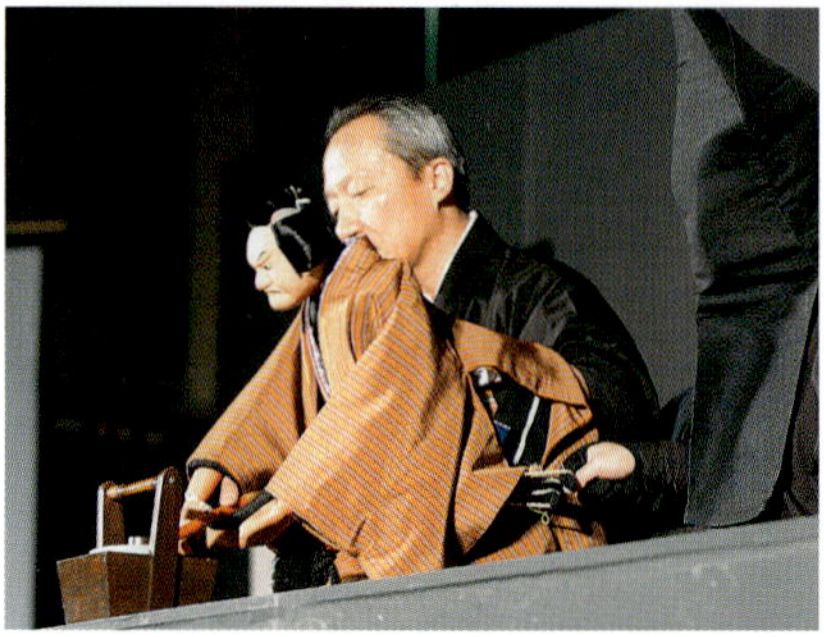

短気は損気の忠兵衛「傾城は公界《くがい》者《もの》、五十両の目腐り銀、取り替えた僭上《せんじょう》、若い者に恥かかせ川が聞いたら死にたかろ、懐の三百両、五十両引き抜いて面へぶちつけ存分言ひ我が身の一分川が面目、すすいでやらうされどもこれは武士の銀、ことに急用ここが大事の堪忍」と手を懐へ幾度か、とやせんかくやしやうげ鳥、鵤《いすか》の嘴《はし》のくひちがふ心を知らぬぞ是非もなき

八右衛門水入取り上げ、「コレこれも買はば十八文、いかに相場が安いとて五十両を二分五厘替へ、神武《じんむ》このかたないこと、友達さへこれなれば他人を騙《かた》るは御推量、この次は段々に巾着切《きんちやくきり》から家尻切、はては首切イヤモいかにしても笑止な。あのごとくに乱れては主親《しゆうおや》の勘当《かんどう》も、釈迦達《しやかだる》磨《ま》の意見でも聖徳太子が直に教化《きようげ》なされても、いかな〳〵直らぬ、廓でこの沙汰ばつとして、寄せつけぬやうに頼みます。……皆あの流が心中か女郎の衣装盗むか、ろくなことは出かさず片小鬢《かたこびん》剃りこぼたれ大門口に曝《さら》され、友達に一分捨てさする、人でなしとはあれがこと、ヤコレかはゆくば寄せつけて下さるな」

忠兵衛元来悪い虫、押へかねてずんと出で、八右衛門が膝にむんずと居かかり

銀取り出し包を解かんとするところを、八右衛門押さへて「コリヤ〳〵待てやい忠兵衛、よつぽどのたはけを尽せ、その心を知つた故意見をしても聞くまじと、廓の衆を頼んでこちから除《よ》けてもらうたらば、根性も取り直し人間にもなろうかとコリヤコレ男づくの懇《ねんご》ろだけ、コリヤ五十両が惜しければ母御の前で言ふわいやい、転合《てんごう》な手形を書き無筆の母御を宥《なだ》めたが、これでも八右衛門が届かぬか」

「イヤ〳〵仁義立ておいてくれ〳〵、この銀をよそのとは、この忠兵衛が三百両持つまいものか、女郎衆の前といひ身代を見立てられ、なほ返さねば一分立たぬ」と、思ひ切つたる封印の、包解いて十二十三十、始終つまらぬ五十両、くる〳〵と引包み

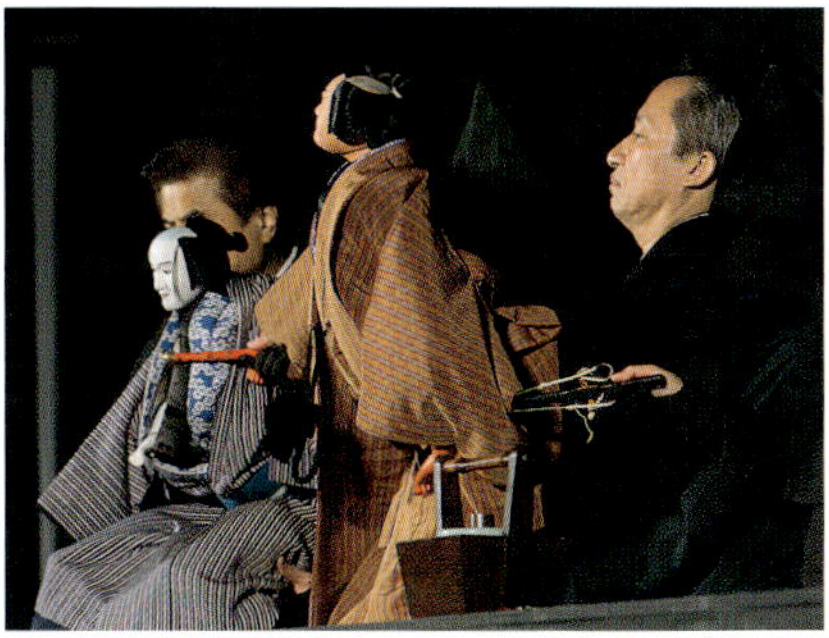

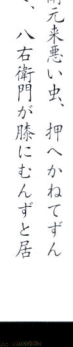

忠兵衛が金包みの封印を切ってしまった後、八右衛門と忠兵衛は、その金をはさんで「投げ返し腕まくりして軋《ぎし》み合ふ」。今回の舞台では、ここで八右衛門の登場は終わり、八右衛門を遣っていた勘十郎師はすぐさま梅川に持ち替える。

梅川涙にくれながら梯子駆け下り

舞台上手から梅川が登場し、忠兵衛に向かって口説き始める。

「情けなや忠兵衛さん、なぜそのやうにのぼらんす、そもや廓へ来る人の、たとへ持丸長者でも銀に詰まるはある習ひ。ここの恥は恥ならず、何をあてに人の銀、封を切つて撒き散らし詮議にあうて牢櫃《ろうびつ》の、縄にかかるのといふ恥とこの恥と替へらるか、恥かくばかりか梅川はなんとなれといふことぞ。とつくと心を落しつけ八さんに詫言《わびこと》し、銀を束《つか》ねてその主《ぬし》へ早ふ届けて下さんせ。

わしを人手にやりともないそれはこの身も同じこと、身一つ捨てると思うたら皆胸に籠めてゐる、年《ねん》とてもマア二年、下宮島《しもみやじま》へも身を仕切り、大坂《おおざか》の浜に立つてもこなさん一人は養うて、男に憂き目はかけまいもの、コレ気を鎮めて下さんせ、浅ましい気にならんしたかふは誰がしたエ、、わしがした。みな梅川が故なれば呑いやらいとしいやら、心を推して下さんせ」

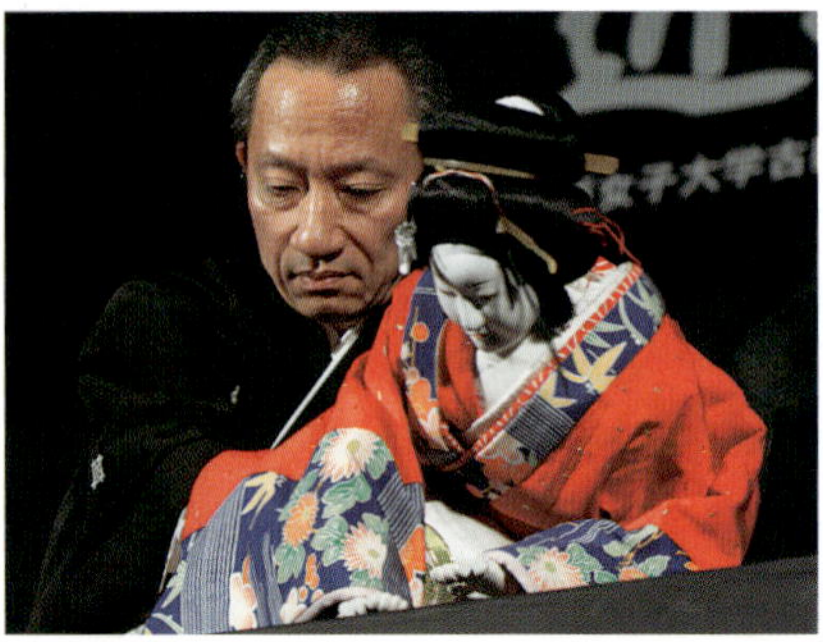

口説き立て〱小判の上にはら〱と涙は、井出の山吹に、露置き添ふるごとくなり

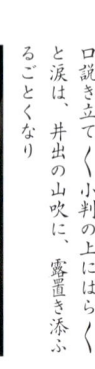

序

神戸女子大学古典芸能研究センター長　阪口弘之

近松の生涯は、作者の地位確立と向上に捧げられた。彼が芸能界に身を置き始めた頃は、作者なるものの存在は殆ど顧慮されることもなかったというのが実際であろう。後世、「作者の氏神」とまで崇められ、「今作者と云はる丶人々、みな近松のいきかたを手本とし書きつゞる物也」（『今昔操年代記』）と称賛されたが、その芸能界入りの経緯も時期も定かでない。戦前の三種の「近松全集」に加えて、新たに勉誠社版、岩波版の二種の全集が編まれる中で、近松初作を延宝五年（一六七七）の『てんぐのだいり』に置くべきとの新説が提示され、近松作者活動の起点が定まり、その全貌も確かに見渡せるようになった。けれども、全集完結して近松生誕三百五十年（平成十五年）までの僅かの間にも、近松をめぐる重要な発見が相次いだ。本書でもしばしば言及される『金子一高日記』をはじめ、「瀧安寺大般若経」、あるいは歌舞伎上本、役割番付、近松草稿の類などである。とりわけ『金子一高日記』からは、歌舞伎界と浄瑠璃界の交流の実際、更には芝居作りや役者動向などについても思いもよらぬ具体的事実が明らかとなった。数多くの狂言本の存在も、その記述から想定される。そうした新資料は、演劇研究会編『歌舞伎浄瑠璃稀本集成』（平成十四年、八木書店）や近松祭企画・実行委員会編『近松門左衛門　三百五十年』（同十五年、和泉書院）などに収載紹介された。作者近松のイメージははるかに豊かなものになりつつある。けれども、一つの事実の解明は二つの謎を生む。本書は、そうした研究動向を踏まえ、今一度、近松の人となりと作品の魅力を問い直そうとするものである。

浄瑠璃史は近松の登場で、都市芸能としての相貌が明確化する。古浄瑠璃から当流浄瑠璃へという流れは象徴的である。「作者」近松が「演じ手」に寄り添うように登場したことで、作品内容も人間劇として飛躍的に進展した。この「作者」と「演じ手」を結びつけたのは、しかし芝居小屋の主たちであった。近松の作者署名も、当時の冷ややかな空気のみが強調されがちであるが、その実、これを実現させたのは、書肆をも捲き込んだ当代興行界の知恵であった。まだ若く名もなき近松であったが、それだけの器量を見込まれたのである。興行界から待望されて、作者近松は誕生した。であれば、都市芸能のこの新たな担い手は、その後この芸能の発展にどのように向き合ったのか、いよいよ関心を覚えるのである。

近松生誕三百五十年祭の折、ドナルド・キーン博士は、滞在先のロンドンから、「日本古典文学の鎖国は終わった。近松は世界の近松だ」という印象的な文章を届けてくださった。時代類型を大きく突き破って輪郭逞しく異彩を放つ時代物主人公、一方で時代倫理に背を向け涙の頬を寄せ合う世話物主人公、近松はそのいずれもに人間的美質と信頼を見出した。それこそが「世界の近松」なる所以であろう。近松が抱きしめたその華やぎと哀しみの世界は、当時も今も人々を魅了してやまない。しかし、その達成はいかに成し遂げられたのか。本書は、その問いを前段に述べた問題意識を踏まえて改めて正面に据えた。このため、近松を広く芸能史の中に置き、当代と現代の双方から照射する方法を選んだ。対極からの視座の混乱を危惧したが、それぞれの立場を鮮明にして、芸態や様式、更には周辺芸能や当代文化事象との関係、とりわけ興行界との関わりの中で近松を照射して、作者像の新たな総合化をめざした。はるかな時空を越え、しかもなお時代を先取りして現代を撃つ近松の普遍的魅力が本書で少しでも明らかになれば幸甚である。

近松再発見

華やぎと哀しみ

目次

近松はわれらの同時代人か——安田雅弘の「傾城反魂香」について——

渡辺　保

一　今日の講演の主旨

「近松はわれらの同時代人か」という今日の私の演題は、ポーランドのシェイクスピア研究者であり、翻訳者、批評家でもあるヤン・コットの名著『シェイクスピアはわれらの同時代人』（峰谷《はちや》昭雄《あきお》、喜志《きし》哲雄《てつお》訳、昭和四十三年〈一九六八〉、白水社）によっています。

この本は昭和三十六年（一九六一）に発表されるや世界の演劇、ことにシェイクスピアの上演に非常に大きな影響を与えました。その影響は要約すると二点あります。

第一にシェイクスピアの作品の中でもそれまで余り省みられなかった作品——たとえば歴史劇に新しい光を与えたこと。

第二に、それまで様式的で大時代な古典劇として上演されてきたシェイクスピア作品を現代演劇の一環として再生させたこと。

第一点についていいますと、ヤン・コットは歴史劇の中に政治権力のメカニズム、権力に対する人間の深い欲望が描かれていることを発見したのです。その結果、それまでは単なる戦争劇あるいは過去の歴史劇と思われていた作品の中に、現代における政治のメカニズムと同じものを見たのです。たとえば「ヘンリー六世」のような歴史劇が現代の政治劇としてよみがえったのです。

第二点についていいますと、たとえば『リア王』はそこに今日でいう「不条理演劇」――サミエル・ベケットの作品にあるような人間の絶望をえがいたものとしてとらえ直したのです。あるいは『ロミオとジュリエット』は甘美な古典的な恋愛ドラマではなく、十代の少年少女の、現代の街角にいるような、いささか不良がかった若者たちの演じるドラマとしてとらえ直されました。

以上の二点の新しい視点は、世界の演劇人に大きな影響を与え、それ以後のシェイクスピアの舞台は一変しました。様式的な古典劇ではなくて、リアルな現代演劇の一環となったのです。たしかにそこに描かれている人間は何百年も前のものですが、舞台に描かれる人間はまさに現代の私たち自身そのものになった。シェイクスピアが私たち自身の作品になったといっていいでしょう。

二　近松門左衛門は私たちの同時代人か

さて、ひるがえって近松門左衛門はどうでしょうか。

近松はシェイクスピアよりも一世紀弱おくれて登場しますが、私たちと「同時代人」だと思えるでしょうか。現代演劇の一つとして受け入れられているでしょうか。

受け入れられているようには思えないでしょう。

そこに私が「近松はわれらの同時代人か」という演題をえらんだ理由があります。すなわちシェイクス

ピアは私たちの「同時代人」といい切ったヤン・コットに対して、私たちは近松を「同時代人」として受け入れているでしょうか。そう考えると私は「同時代人か」と疑問形でいわなければならないのです。

近松は、その残されたテキストを読むかぎり普遍性をもった立派な作品を残しています。しかしそれは「文学」として読んだ場合です。上演されても同じ感銘を受けるとは限りません。近松は現在でも、かつてシェイクスピアが壮麗な古典劇としてきわめて様式的に受け止められていたのとあまり変わりがない状況で、つまり現代とは縁遠い作品として受け止められています。それには近松が文楽で上演されるという条件があるためです。文楽は人形劇として特殊な様式をもっている。だから一見とっつきにくいと思われるかも知れません。しかし近松作品が文楽によって上演された時にもっともその優れた面を発揮することも事実です。近松は文楽のために戯曲を書いているからです。

しかし私たちがそれを一見とっつきにくい、そこに描かれた人間を自分たちには遠い存在だと感じるのは、文楽の様式のためではなく、そこに私たちにヤン・コットのような現代性を持つ新しい視点が欠けているからではないでしょうか。

その視点を持つにはどうすればいいのか。

近松を「文学」としてとらえるのではなく「演劇」、それも現代人のドラマとして読み直す必要があるのではないでしょうか。戯曲としての近松、舞台表現としての近松。そういう読み方が必要だと思います。

最近は、現代演劇として近松を取り上げようとする試みが現代演劇の演出家の間で行われています。文楽とは違う方法で上演してみる、そういう試みがなされています。

今日、私がご紹介したいと思う山の手事情社という劇団が上演した安田《やすだ》雅弘《まさひろ》の構成、演出した『傾城反《けいせいはん》魂香《ごんこう》』も、そういう試みの一つです。

三　山の手事情社

山の手事情社は、演出家である安田雅弘がつくった劇団です。安田雅弘は最近もっとも注目されている若手演出家の一人で、日本語による戯曲の再検討を進めています。その一環として近松の『傾城反魂香』を上演しました。今日お目にかけるビデオは、赤坂のレッド・シアターという小さなホテルの地下にある小劇場で上演された舞台のＤＶＤですが、私は初演の中央線の阿佐ヶ谷駅のそばにある小劇場で見ました。商店街のはずれのビルの地下にある、稽古場のような空間でした。幕もなにもない、片方に折りたたみの椅子がならんでいて、もう片一方が舞台。装置もなにもありません。上手にベッドがあって、水洗用の便器がある、たったそれだけの空間でした。そこで『傾城反魂香』が上演されたのです。『傾城反魂香』は文楽でも歌舞伎でもよく上演される「吃又《どもまた》」ですから、みなさんよく御存じだと思います。


上中下三巻の浄瑠璃で、近江国六角家《ろっかくけ》の御家騒動を描いています。

上の巻は四つの場面に分かれています。最初の越前敦賀の浜では、近江国六角家の家臣で絵師の狩野四《かののし》郎二郎《ろうじろう》が、殿様に松の絵を描くように命令されてその手本になるような名松を探している。そこへ遊女遠《とお》山《やま》が来る。彼女は勅勘を受けて浪人した禁中の絵師土佐将監《とさのしょうげん》の娘で、浪人中の父の貧苦を救うため身を売って遊女遠山になったのです。出逢った二人は恋に落ちます。

二つ目が近江国の六角館で悪人らのために四郎二郎が捕らえられてしまいます。四郎二郎は脱出するためにおのれの肩を食い破り、その血をもって襖に虎の絵を描きます。するとその虎が絵から抜け出して四郎二郎を救います。

三つ目が山科《やましな》の土佐将監の閑居で、ここが例の「吃又」です。

最期が又平《またへい》の住家です。四郎二郎に想いをかける六角家の姫君銀杏《いちょう》の前を又平が救います。

以上が上の巻です。

次の中の巻は、最初が京の六条三筋町《みすじまち》にある遊廓――島原に移転する前の廓の大門口です。この大門口で男の死体が発見されます。死体は六角家の家臣で悪人の不破伴左衛門《ふわのばんざえもん》でした。伴左衛門は、六角家の執権職である父と同輩の名古屋山三《なごやさんざ》と、この廓第一の美女、遊女葛城《かづらき》を争っていました。当然殺人の嫌疑は名古屋山三にかかる。事実山三が伴左衛門を殺したのです。しかしここに葛城の遣《や》り手にみやという女がいて、弁舌をもって山三の詮議をいいぬける。この遣り手みやこそ上の巻の遠山のなれの果てです。

二つ目が同じ廓の舞鶴屋。山三は四郎二郎を追う伴左衛門を討ったことを告白しますが、それを聞いたみやはなんとか山三の罪をかくそうとします。そこへ追手をのがれて「相《あい》の山節《やまぶし》」語りの門付け芸人に変装した四郎二郎があらわれてみやと再会します。しかし四郎二郎にはすでに六角家の姫君銀杏《いちょう》の前が恋をしていると聞いて、みやは歎きます。

三つ目が北野の右近の馬場で、今日は四郎二郎と銀杏の前の結婚の当日。みやがあらわれて銀杏の前に嫁入りを七日間延期して貰う。

四つ目が北野の借り屋で、祝言五日後。祝言以来、四郎二郎とみやは寝室に籠りきり、みやの頼みで襖に熊野三山の絵を描いています。二人は三熊野巡りをしますが、その逆さに歩く姿からすでにみやが前の場の前に死んだことがわかります。ここが「三《み》熊野詣《くまのもうで》」という見せ場です。

ついに山三の正当防衛が認められて悪人たちは捕えられます。

下の巻は土佐将監の閑居で、出世した四郎二郎が、みやの代わりに銀杏の前を将監の養女として娶り、山三も喜ぶ大団円です。

以上の原作を安田雅弘は、近松の詞(せりふ)を生かし、しかも地(描写)の部分も生かしながら再構成しました。むろん原文通りではありませんが、出来るだけドラマの要点を生かしながら、現代的なテンポで上演時間一時間十五分にまとめました。

文楽や歌舞伎でやれば「吃又」一幕(段)だけでも一時間半はかかるのに、上中下三巻全部で一時間十五分ですから驚くほかありません。しかしこれは単なるカットでも、粗雑なダイジェストでもありません。ドラマの構造を明らかにするために必要な時間だったのです。そのために実に濃密な、しかもテンポの早い舞台が出来ました。

音楽は現代音楽、扮装は全て現代のデザインです。

四　山の手事情社の舞台のもつ意味

そこで、この舞台の持つ重要な意味が三つ、明確になりました。

第一に、ＤＶＤをご覧になるとお分かりになりますが、俳優はだれもリアルな動きをしていません。あえていえばギクシャクした動きをしています。これは人形の動きを取り入れているのです。人形振りというわけではなく、俳優が自分のしゃべる言葉と動きのリンクを拒否しているのです。日常的な動作をすれば日常的な感情が生まれます。たとえば向こうの海を指差す時に、指を日常的に動かせば、そこにリアルな海を見るという感情が生まれる。そういう日常的な感情から切り離された世界を描こうとしているのです。

すでにふれたように安田雅弘は、日本語と日本人の身体のあり方、その両者の関係を探求しています。この場合には劇中の人間の身体は人形であり、それこそが近松の追及した身体だからです。その身体（人形）と日本語の関係が問われているのです。

これもすでに申し上げましたように、数少ない道具の一つにベッドと便器がありました。劇中でベッドは、狩野四郎二郎が襖に生血をもって描いた虎になり、便器は「吃又」で又平が自画像を描く手水鉢《ちょうずばち》になります。両方とも絵そのものと、絵から抜け出すモノになるのです。虎とベッド。便器と手水鉢。両者の間には何の関係もなく、単なる記号であると同時にモノになります。これは一種シュールリアリズム的な様式であり、日常的な「意味」の剥奪です。こうして別な次元に置き換えられた言葉によって台本がつくられていることが大事です。

近松の浄瑠璃は一見リアルに思えても、決して日常的な感情だけによるものではない、その認識が近松のドラマの構造の前提なのです。

第二に、このようにして語られたものが物語の全体だったことです。物語の全貌です。私たちは「傾城

反魂香」上中下三巻の全体は読んだことがありますが、見たことはなかった。舞台の上でその全体を見渡したことがなかった。ということは、物語の「全体」の意味することを演劇的に把握していなかったということです。たしかに「吃又」は知っています。しかしそこへくるまでのいきさつはほとんど知らない。ついこの間猿之助《えんのすけ》一門が三越劇場で上の巻の「吃又」にくるまでを復活しましたが、あまり面白くなかった。

中の巻の「三熊野詣」は有名なところですが、私はたった一度、昭和二十七年（一九五二）十二月神田共立講堂で「梨苑会《りえんかい》」が復活上演したのを見ました。中村又五郎の遣り手みや、四代目時蔵《ときぞう》の狩野四郎二郎です。

昭和三十一年七月、大阪新歌舞伎座でも上演しています。四代目富十郎《とみじゅうろう》のみや、十三代目仁左衛門《にざえもん》の四郎二郎ですが、これは私は見ていませんからわかりませんが、「梨苑会」はあまり面白くなかった。なぜ面白くないかといいますと、「三熊野詣」でみやが逆さに歩くというところが、人形では出来ても人間だとうまく出来ないからです。ほとんど不可能に近い。仕掛けでそう見えても、人形のように幻想的な雰囲気が出ないからです。

しかし猿之助一門の上の巻といい、梨苑会の中の巻といい、面白くないのはそれだけではないでしょう。なぜでしょうか。「全体」の構図、ドラマの骨格というものが見えないからです。「吃又」のようにそこだけ切り離されて長年練り上げられてきたものは別ですが、そうではないところは全体の構図がわからなければ、ポイントのつかみようがないし、ドラマの構造がはっきりしていないからです。なんのためにこんなことをしているかわからないのです。

そこに安田雅弘の「全体」をつかんだ意味があります。

五　『傾城反魂香』のテーマ

第三に、以上二点の結果、私は『傾城反魂香』は、私がそれまで考えもしなかった、全く別なテーマをもつドラマであることを知りました。

そのテーマは芸術家（この場合は画家ですが）の生き方、なかでも芸術と政治との関係です。

この作品には三人の画家が登場します。

一人は土佐将監。土佐派の重鎮で、禁中（朝廷）の絵所《えどころ》ですから天皇に仕える宮廷画家です。同輩の小《お》栗宗旦《ぐりそうたん》との芸術論から天皇の勘気を蒙って、今は浪人しています。彼は政治よりも経済よりも芸術をとった。自分の芸術的な信念を曲げるくらいならば、貧乏したほうがいい。だから娘を売ってまで浪人しています。その娘がヒロイン遠山、のちのみやです。

もう一人は、六角家に仕える武士狩野派の四郎二郎元信です。

六角家の二人の執権のうちの名古屋山三派に属して、もう一人の執権不破道犬《ふわのどうけん》、伴左衛門父子、それにくみする絵師長谷部雲谷《はせべのうんこく》とたたかっています。画家であると同時に政治にコミットしています。

最後の一人は、「吃又」の主人公浮世又平です。大津の民芸品大津絵を描いて、貧しい生計をたてている市井の画家です。彼は土佐の苗字を貫いたいと思っていますが、それは名誉のためであって、政治にコミットしていません。あくまで市井の芸術家にすぎないのです。

この三人のほかに、小栗宗旦、長谷部雲谷が出て来ますが、彼等は土佐将監や狩野四郎二郎を引き立てる敵役にすぎず問題になりません。問題はやはりこの三人です。

この三人をもう一度見てみましょう。

土佐将監は、芸術至上主義者であって、自分の信念のためには、名誉も役職も金銭も投げ出すし、娘も犠牲にする。政治とは関係がありません。

狩野四郎二郎は政治家でもあり、権力を志向しているので、この人が一番政治に近い。絵画といえども社会に浸透していくためにはその背後に経済力も政治的な力もなければならない。現に彼は名古屋山三という権力者に結びついています。大詰では土佐将監の勅勘を許す運動さえ出来るのもそのためです。

又平は政治とは一見無関係のように見えますが、実は社会的に差別されています。彼は生まれつき言葉が不自由です。画家に言葉の不自由さは関係がないはずですが、それでは画家として生きていけない。なぜならば土佐の苗字を許されるかどうかは単に名誉の問題ではなく画家として社会的に認知されるかどうかの問題だからです。しかも土佐将監ほどの芸術至上主義者にしてなおかつ、絵描きは貴族に接する者だから言葉が不自由では苗字は与えられないというのです。これはあきらかに社会的な差別でしょう。

この差別を乗り越えようとするためには、絵そのものでコミュニケーションをとるしかない。近松は政治はむろんのこと社会の身分制度からの差別をのりこえるには絵そのものの力、それによるコミュニケーションしかないことを示しています。しかし又平はそのために死を覚悟して奇蹟をおこすしかなかった。

政治から離れ、社会から孤立し、差別とたたかうのは命がけだった。命がけで戦わなければならないほど、又平は社会からも権力からも政治からも遠いところにいた。そのために、又平が自由だったとすれば、又平こそもっとも純粋な形の画家だったといえそうです。

この三人は、芸術家が作品を通して一般社会とどういう関係を持つかという点でもっとも典型的な三つのタイプを示していると思います。

芸術と政治という問題は、今日の私たちにとっても切実な問題です。

たとえば第二次世界大戦の時、ナチス・ドイツからのがれて亡命した芸術家はいくらもいます。劇作家のベルトルト・ブレヒトもそうだし、音楽家のシェーンベルグもそうでしょう。しかしナチスに協力した芸術家もいた。たとえばフルトベングラーです。そういう問題がおきた時に、その芸術家がどういう態度をとるかはきわめて興味深い問題であり、私たち、芸術を享受する側の考え方とも無関係ではないはずです。

私は山の手事情社の舞台を見ながらそのことを考えると同時に、近松自身はこの三つの立場のどれをとるかを考えました。

近松はその先祖は武士だったらしい。しかし京都へ出て貴族に仕え、そして浄瑠璃作者になった。三つの立場を自ら体験している。しかし浄瑠璃作者になった時点で、近松は、自分を又平の立場においたのではないでしょうか。作品が全て。そして芸術家として自由であること。それが近松にとって大事だったからです。

以上が、私が見た山の手事情社の舞台から感じたもう一つのテーマのあらましです。

六　おわりに

むろん近松を一つのテキストとして、「文学」として読むことも大事です。さらに「吃又」の人間ドラマ、あるいは「三熊野詣」の美しい恋物語、あるいは「怪談」として評価することも大事だと思います。しかしもっと大事なのは、近松の中にかくされたもう一つのテーマを発見することです。そのテーマがなければ近松は私たちの財産にはならない。ヤン・コットがシェイクスピアに対してしたような発見がなければ、近松も私たちの同時代人にはならない。

古典は、過去の財産であると同時に長い歳月の向こうにあって、多面的でさまざまな要素を持つものだから古典になりえるのでしょう。

千年前に書かれた小説『源氏物語』が私たちの古典でありうるのは、今でもその男女の機微、恋のゆくたてに私たちのなかに共感するものがあり、そこに私たちが発見するものがあるからです。

私は古典には正解などないと思っています。さまざまな解釈があっていい。むろん間違った解釈は困りますが、その危険を犯しても私たちは新しい自分たちの解釈を持つべきです。

なぜならば、そうしなければ古典は自分たちの財産にならないからです。自分の解釈を発見する。その努力の中にこそ、真の古典の意味があるのでしょう。

パネルディスカッション

「近松・その創造空間」

パネリスト（五十音順）

亀岡典子（産経新聞大阪本社文化部編集委員）

信多純一（神戸女子大学名誉教授）

鳥越文蔵（元早稲田大学演劇博物館館長）

原　道生（明治大学名誉教授）

渡辺　保（演劇評論家）

司会　阪口弘之（神戸女子大学古典芸能研究センター長）

阪口　それでは只今から、本日の催しの第三部のパネルディスカッションに入らせていただきます。タイトルはご案内させていただきましたように、「近松・その創造空間」でございます。元禄の世の華やぎと哀しみを、浄瑠璃、歌舞伎に描き出しました近松門左衛門。日本演劇史に画期的な豊穣をもたらしまして、今や世界の古典と言われている近松作品の魅力を、語り物と

阪口弘之

しての出発点である『浄瑠璃《じょうるり》御《ご》前《ぜん》物語《ものがたり》』から今日の文楽、あるいは歌舞伎までを視座に収めて、ご登壇いただきました先生方に縦横に語っていただこうという企画でございます。

　では私の方から、パネリストの先生方をご紹介させていただきます。皆様方から向かって右側、先程基調講演をいただきました演劇評論家の渡辺保先生。続きまして、明治大学名誉教授の原道生先生です。次が元早稲田大学演劇博物館館長の鳥越文蔵先生。お隣は本学の名誉教授で、大阪大学の名誉教授でもいらっしゃいます信多純一先生。信多先生と鳥越先生には、春の近松連続特別講座にもご登壇いただきまして、お話をいただいたところでございます。それから私のお隣が、産経新聞大阪本社文化部の亀岡典子さんです。以上五人の先生方でございます。なお、司会は私、古典芸能研究センター長の阪口が務めさせていただきます。どうぞよろしくお願いします。

　さて今日はこのように、大変多くの皆様方にお集まりいただきました。お申し込み下さった名簿をみせていただきますと、東京、名古屋方面はもとより、遠くは東北、あるいは九州、四国からもお越し下さっています。近松の人気というものを改めて感じいっているところです。

　本日は、その近松をほぼ五つの点から分析してまいりたいと思っております。

　一つは、先程触れました『浄瑠璃御前物語』との関係です。**二つ**目はそれとも関係しますが、近松を先行文芸や先行芸能との関係でみていったらどういうことになるか。**三つ**目は近松の時代物と世話物との関係。それがどういう関係にあるのか。それから**四つ**目は、浄瑠璃と歌舞伎との関係です。**五つ**目は、今もご覧いただきました文楽と近松の関係（注、第二部での文楽の実演と人形解説をいう）。この五つを柱に分析する形で、議論を進めて参りたいと思います。パネリストの先生方には、あらかじめ今申し上げました五つのテーマのうち、一つずつをご担当いただくようにお願いしております。そのお話をもとに皆で議論を進めたいと考えています。そうした討議を通じまして、私としましては、作者の地位確立と向上にかけた近松の生涯と作品を、日本芸能史あるいは日本演劇史の上に、改めて位置づけることができればと念じています。そこでは当然、浄瑠璃・歌舞伎を取り巻いた芸能環境や近松が生み出した演劇空間についても、話が及ぶものと思います。では、これから討論に入りたいと思います。

最初に、信多純一先生にお願いしたいと思います。皆様方は、今回の催しの関連展示「『浄瑠璃（御前物語）』と近松」をご覧いただいたと思いますが、信多先生は、これまでの先生の『浄瑠璃御前物語』研究の集大成とも言うべき『浄瑠璃御前物語の研究』を最近、岩波書店から刊行されたばかりです。その成果にも触れていただきながら、『浄瑠璃御前物語』の魅力、更にこの作品の文学、芸能への影響といった点についてお話を賜わりたいと思います。では先生よろしくお願いします。

『浄瑠璃御前物語』と近松

信多　信多でございます。先程、渡辺さんが大変素晴らしいお話をなさいました。その時に「立場」をおっしゃったわけですが、現在の立場で近松を見ようという、まあ一言で言えばそういうことだと思うのですが。私などは、近松の立場に立って、できるだけ近松時代の見方で作品を見ていこうという立場ですから、全く逆の方向のお話だと思います。今日そういうことで、上から、そして下からという見方とぶつかるので、ど

信多純一

ういうふうに展開していくのか、ちょっと恐ろしい気がしますが、まあお聞き下さい。

私の場合、『浄瑠璃御前物語』と近松ということを題にいたしましたので、まず『浄瑠璃御前物語』がどういうものかをお話ししておきたいと思うんです。これは後の話に関わりがありますので、ちょっと梗概じみた話になると思います。それをまあまずお聞き下さい。

『浄瑠璃御前物語』は本地物《ほんじもの》と申しまして、本来、神や仏になる資格のある者が、生まれる前の罪、罪を犯したということで、この世に申し子という形をとって誕生して参ります。この世では前世の宿業を果たすために、その罪を果たすために大変苦労、苦難をなめるのです。その苦しみというのは、三熱の苦しみと申しまして、元来、龍が経なければならない苦しみでありますが、一つは大変な痛苦、痛みを受ける。二番目には、財産を一挙に失ってしまう。三番目には、愛する子供を迦楼羅《かるら》という鳥にですね、奪われてしまうというような、そういう苦しみを三熱の苦しみと申しますが、それに類して、人間も人間に生まれてきて大変な苦しみを経ていくんです。

さて、『浄瑠璃御前物語』は中世、少なくとも文明七年、一四七五年ですが、この物語が語られていたということが、『実隆公記《さねたかこうき》』という公卿日記の紙背の文書、日記の裏側に書いたものですね、それに記されていて、この頃から語られていたということが分かります。

この物語が『しやうるり御前物語』とその時から記されていて、矢作《やはぎ》の宿《しゅく》の長者の娘、これが浄瑠璃と呼ばれるんですが、その姫の本地、人間から神になる、その本地物であります。当時は神仏混淆《こんこう》ですから、神と仏も一緒です。

矢作の長者夫婦には子供がありませんが、大変な金持なのです。何も欠けるものはないのですが、ただ一つ子供がない。そこで鳳来寺《ほうらいじ》の峰の薬師に夫婦で出かけまして、願掛けをいたします。ところが仏さんから、お前たちには子種がない。前世に悪いことをしたから子種がないとお告げがあります。するとですね、私どもはそれじゃ腹をここで掻き切って、その血を仏にかけて、そして私たちは池の大蛇になって参詣人をなくしてしまうぞと脅すのです。神仏を脅すのです。で、仕方なくお薬師は子種を探し回りまして、結局見つけられなくて、自分の眷属《けんぞく》、十二神将《しんしょう》の一体を子種として授けるというふうに約束します。で、長者は、長者っていうのは宿の遊女の長でありますから、女性なんですが、妊娠しまして美しい姫を得ます。名前を薬師に因んで、浄瑠璃御前と名付けました。なぜかというと、お薬師は東方浄瑠璃世界の、瑠璃光世界の教主ですから、それに因んで浄瑠璃という名前を付けました。こうして申し子として誕生した姫は、美しい十四歳の娘にまで成長しますが、折から吉次《きちじ》一行と共に、奥州秀衡《ひでひら》を訪ねてくる牛若、これがまた御曹司という呼び方もされているんですが、彼と出会うことになります。矢作の宿に泊まった牛若は、散策して侍女と姫たちの管絃に聞きほれる。そして笛を取り出して合奏します。そして、その笛の音が縁でですね、中に招かれて二人は恋に落ちてしまう。ところがその宴が終わって、別れてから夜更け、御曹司は一人で忍んできます。これが大変有名な忍びの段というんですが、侍女の十五夜に導かれて姫の寝所に至った彼は、姫を、一生懸命口説くのですが、姫は一向になびかない。実にこの間、長い問答が繰り返されるんです。これがこの作品の大変珍しい面白いところでして、早く契ればいいのに、延々と長い問答をする。その問答の末、やっと二人は結ばれる。しかし、あまりにも長く時間をすごしすぎたから夜もすぐに明けてしまった。それですぐに二人はあかぬ別れをしなければならなかった。以上が大体忍びの段といって、非常に有名な段です。

さて従来、昔の研究ではここまでの作品が『浄瑠璃』の作だというふうにいわれていたんです。

さて、別れたその後、御曹司は恋の病も加わり、風邪をひきまして蒲原《かんばら》宿という所で伏せってしまいます。吉次一行は彼を残して去って、宿の女房に吹上《ふきあげ》の浜に捨てられてしまう。そこで御曹司はほとんど死に絶えるんです、砂の中に埋もれて。それを源氏の氏神が、浄瑠璃姫に知らせてやる。そこで姫は冷泉《れいぜい》という侍女と二人で旅を重ね、足に血を流して歩みながらそこに至って、砂の中に埋もれた御曹司をやっと掘り当てる。姫は薬師の神に祈り、その涙がもう死んではいるが御曹司の口に滴る。そうすると、その薬師の申し子でありますから、姫の涙は不老不死の薬となって、御曹司が蘇る。そういう場面になっています。それを吹上の段と申します。はじめはさっきの忍びの段までしか無かったと言われていたのが、十六段ある絵巻が見つかりまして、それがここの吹上の浜まで書いてある。そこで、吹上の浜まではこの作品はあるんだと、そういうふうに言われてきました。

ところが、話はさらに続きます。しばらく姫たちは御曹司を介抱したのですが、御曹司は再び東に向かって別れねばならない。家に帰った浄瑠璃姫は、吉次の馬追冠者《かじや》という形で御曹司が来たものですから、母からそんな男と契った。しかも蒲原まで出掛けて行ったというので、屋敷から放逐されます。そして笹谷《ささだに》という鳳来寺の奥に、姫は、寂しく、真菰《まこも》を小屋としたような所で、芹や落穂で生きていくという、そういう苦労の末にとうとう死んでしまいます。そこへ都に上る御曹司、秀衡の所から五万の兵をもらって、率いてやって来て矢作へ到着します。その時、尼姿の冷泉が訪れて来ます。御曹司は「扨《さて》も久しの冷泉や」と、この言葉をかけてのち、初めて姫の様子、死んだということを聞くんです。で、冷泉は姫の死を語り、二人は笹谷を訪ねて行く。この「扨《さて》も久しの冷泉や」ということばに冷泉節という節が付けられて、一つの曲節《きよくせつ》として後々語られる。この七五の文句のところが非常に有名なシーンになりました。ですから近松の作品の中に『源氏れいぜいぶし』というのがありますけど、それなんかの題名もここに由来するんです。

さて、そこで笹谷に参りますと、五輪の石が積まれている。御曹司は法華経を唱えて成仏を祈ると、五輪が砕けて上の石が金色となって飛んでいった。そこで、姫は成仏したのだと悟った。これを五輪砕《ごりんくだ》きの段と申します。

だいたいまあ、そんな話で。明らかにこの作品は浄瑠璃姫が主人公で、その苦難、それは実は恋の苦難なんですね。姫が御曹司を訪ねていくときに、足に血を流しながら行くというそういう肉体的な苦痛はありますけれども、しかし、それは全て恋の苦難。恋故の苦しみを経て成神成仏したという、そういう本地物であります。

今回、『浄瑠璃』の本が新しく見つかりました。下に展示してございますけれども（注、当シンポジウム会場下階で、関連展示「『浄瑠璃』と近松」が開催された。詳細は『神戸女子大学古典芸能研究センター紀要』3号参照）、それは阪口さんが買われた本なんです。忍びの段までの本文なんですが、その後にですね、冷泉などまでつながるという意味のことが書いてありまして、そこで初めてこの作品が、最後の五輪砕きまで全て揃ったのが本来の形だということが分かりました。色々今まで、『浄瑠璃』研究がありまして、色々な人がその形態について述べているんですが、これで一応解決したと思いますし、それからこの後お話しします近松が、どういう浄瑠璃の本を利用したかということとつながりがあります。つまりこの作品は、申し子の形から最後の五輪砕きまで、完備した作品だということを前提として、これから考えていくべきだと思います。ところで、この作品は、あまりにも長大なものですから、忍びの段までで終わるということが多かった。そうしますとそれを十二段に直して語る。だから『十二段草子』という名前で有名なのです。

その影響下で、近世では『十二段草子』が喜ばれて上演もされますし、いろいろの太夫によって語られもしましたので、その影響下で近松も、それに関係した作品を作るようになります。

延宝五年、一六七七年には、宇治加賀掾《うじかがのじょう》の『てんぐのだいり』という作品があります。これは『浄瑠璃』の世界です。それから二十年も経ってから、元禄十年に『十二段』という、これは竹本義太夫のための正本《しょうほん》を作ります。で、そのまた十三年後には、宝永七年という年ですが、『孕常盤《はらみときわ》』という作品を作り、同じ年『源氏れいぜいぶし』。これは全て『浄瑠璃』の世界なんです。『十二段草子』の世界なんです。それぞれ忍びの段と、それから冷泉と共に笹谷に行き、五輪砕きを劇化している作品です。ちょっと梗概が長くなりまして、一応これで切りますが、これから問題が展開すると思います。

阪口 ありがとうございました。『浄瑠璃御前物語』が、恋の苦難を主題にして、申し子から二人の契りを経て――この間に問答などが色々あるのですが、――そして、吹上、五輪砕きまで続く、本来長大な作品であったという、成立論に関わるお話であったと思います。今日は『浄瑠璃御前物語』の舞台となっています岡崎の方から、近松の『十二段』の復曲に関わっていらっしゃる皆様方もご出席下さっていますが、いかがお聞き下さいましたでしょうか。

ところで信多先生、今のお話でいきますと、この物語は、姫の苦難ということが重要なテーマになると思いますが、主部の「忍び」とか「四季」というようなところはどのようにみていくということになるのでしょうか。

信多 あの、「忍びの段」の必要性というか、非常に重要なところだということは今お話ししたのですが、今おっしゃいました「四季」というのはどういうことかと申しますとね、御曹司が浄瑠璃に出会う前に、浄瑠璃の屋敷に行くわけです。それが素晴らしい屋敷でしてね、まず庭園があります。それが四季の庭といって、四季を象った形の庭園になってるんです。で、下に展示がしてありますが（前頁注参照）、その中に四季の庭園を描いた浮世絵が数種あります。それからさらにもう一つあるんです、その四季が。それは今度部屋の中に忍んで行ったときに、彼女の部屋へ行くまでの障子ですね、その障子にまた四季の絵が描いてあるという、四季の段がこの作に二つありましてね、これが非常に有名なんです。で、その問題と、それから忍びの段の問題。それで、今おっしゃいませんでしたが、もう一つ大事な要素は、私は、一番最後の五輪砕きに当たるところがどうなっているかという、この要素が、三つの要素が大変大事なところだと思います。で、当時播磨掾《はりまのじょう》、井上播磨掾という太夫がいまして、これは加賀掾のちょっと上の先輩。それから義太夫の一段階上の師匠に当ります。どういうことかと言いますと、播磨掾に直接義太夫は習ってませんけれども、播磨の弟子の清水理《きよみずり》兵衛《へえ》という茶屋の主人なんだけど、非常に太夫さんとして浄瑠璃の上手い人でありまして、その人から義太夫は習ったというので、実は義太夫は井上流の系統に入ります。その井上播磨掾が、『忍《しのびのだん》四季揃《しきぞろえ》』という段物集《だんものしゅう》という本を出すんですが、そこの中で、四季の景とそれから忍びとちゃんと書いてくれてまして、載せていまして、非常にそれを大事にしたということが分かります。さっき『てんぐのだいり』という作品を近松が一番最初に作ったというふうに申しましたが、これは加賀掾。これなんかはですね、やっぱりその系統に属していて、ほとんど井上播磨掾のその文章さえ使っているという、そういう段階で。ただ近松の最初の段階では、播磨掾などの傾向をそのまま引いて、本文もあまり変化させないで使っているという、そういう状況が最初はみられました。

阪口　そうすると、『浄瑠璃御前物語』に出発する語りの型が演劇的に定着するというのは、近松の一昔前というか、一代前ですね。今お話しいただきましたように、義太夫の前、井上播磨掾などのあたりから演劇趣向の問題が出てくるというふうに考えてよろしいわけですね。

信多　そうですね。さっき、『てんぐのだいり』から『浄瑠璃』に依拠する近松作品が作られ出したと言いましたですね。その後は二十年も経ちますと、元禄十年『十二段』という作品を、ここの下にもちゃんと本を展示してありますが、その『十二段』になりますと、二十年も経って、同じような『浄瑠璃』の世界ではさすがにおかしいというか、受け入れられなくなっている。時代は変わっていきますから。そこでどんなふうに変わっていくかと言いますと、あの『てんぐのだいり』というときには、『てんぐのだいり』という作品、中世の小説があるんですけども、それをちょっと使いながら、あとは忍びの段と五輪砕きまでを大体元曲通りに描いてます。『十二段』になりますとですね、五段のうちの第三のところから始まるんですけど、その最初のところは、鏡の宿でお母さんの常盤が殺される、強盗に殺されるという山中常盤の世界というのがあります。それをその最初に置くんです。で、そのあとで大体『浄瑠璃』の世界に乗せます。その点では『てんぐのだいり』とそう変わらないようだけど、実は大きな変化がやってきます。それはですね、忍びの段で、姫のところへ御曹司が訪ねて行って、しきりに口説く。長い問答で口説く。けれども彼女はＯＫと言わないんですね。何かと断る。それを何とか説得しようとする。その問答が非常に長く、それが以前からの一つの特色なのですが、ところが近松の『十二段』になると、女性の方から、姫の方から御曹司を口説くというふうに変えてしまいます。全く態度を変えてしまいます。そこら辺りからだんだん時代性というのか、新しく時勢に受け入れられてくるんだろうと思います。

阪口　一昔前に定着した演劇趣向が、時代や近松の作者能力の向上と共に変容展開をみたというお話であろうかと思うのですが。そうしますと先生、私どもは、忍びというと、濡れ場ということをただちに想起するのですが、この濡れ場は、やはり『浄瑠璃御前物語』の系譜の中で捉えるのがいいであろうというふうにお考えでしょうか。

信多　あの、その点はきっと『浄瑠璃』の忍びの段があまりにも有名ですから、きっと影響があると思うのですけれど。でもまあ、演劇全体で恋というのは必ず大事な問題にしていて、例えば能の場合でも、恋というのは必要なのですから。それが必要場面ということで、定着しているんだと思います。でも、『浄瑠璃』の忍びというのは相当大きな影響を持ちましてですね、これがあの、実は中世の小説、それから近世初頭の有名な『うらみのすけ』とか『竹斎《ちくさい》』とか、『薄雪《うすゆき》』とか、そういう作品の中でも『浄瑠璃』の影響があります。忍びの段の中の問答の場面でですね、『西行物語』の西行と、それから身分の高い后との間の恋の話というのがそこに入っているものですから、それをほとんど、今申しましたような中世近世小説では使っているんです。だから『十二段草子』の影響は非常に大きいのですけれども、姫と牛若の恋だけというんじゃなくて、ほかにも恋の例話がいくつもある。そのうちの西行の話ってのは結構評判が良かったようでしてね。

だから単に浄瑠璃と牛若の忍びの段だけではない、一般的な問題として、やっぱりこの恋などは使われているんじゃないでしょうかね。

阪口　『西行物語』といえば、パリ本を発見なされ、ご紹介された鳥越先生もお詳しいのですが、この忍びと濡れ場との関係ですね、歌舞伎の方からはどういうようにお考えでしょうか。

鳥越　『西行物語』が出たので、阪口さんは私に振られたのでしょうか。『西行物語』の浄瑠璃本をパリの国立図書館で見付けて、翻刻もしたわけですが、私はこの作品、近松作ではないかと思って、研究発表もしたことがあります。とまれ、歌舞伎の濡れ場の話をしなければなりませんが、歌舞伎の女形《おんながた》というものは、

鳥越文蔵

すごく甘美。一六六〇年ぐらいから、どうしてもその野郎《やろう》歌舞伎で男だけじゃないと歌舞伎が上演されなかったわけですよね。それで女形という役柄ができてきまして、それが元禄（一六八八～一七〇四）の時代、近松の頃になりますと、随分その女形の芸が向上してくるといいましょうか。それで、女形にも名優がいっぱい出てくるわけですね。ですから例えば、歌舞伎の正月の狂言の外題は必ず「傾城《けいせい》何々」というふうに付けるのが習わしになってくるぐらいです。傾城ってのは正に、女形が勤める傾城が必ず登場するような作品が生まれてくるわけですから、非常にその、女の役を重視してくるのが、あの頃の時代の通性だと思います。近松もそれを実行しているというふうに考えて良いんじゃないでしょうか。

阪口　ありがとうございました。それでは時間の関係もありますので、次のテーマに移りたいと思います。

　今の信多先生のお話とも関係しようかと思いますが、原道生先生から、近松が先行芸文をいかに踏まえて、そこにいかなる装いを施していったかというお話をい

ただきたいと思います。原先生はお若い頃からこの問題に特に関心を寄せておられまして、今日は資料をご用意いただいておりますので、そちらも御覧いただきながらお聞き下さい。それではよろしくお願いします。

近松の時代浄瑠璃と先行作品

原　原でございます。今、ご紹介いただきましたように、パンフレットの中に稚拙な手書きの刷り物が挟まれております。これが私のものですので、ご参照いただければ幸いです。

只今信多先生から浄瑠璃の発端となる『浄瑠璃御前物語』、それがその後、近松の十二段物諸作の流れにどうつながっていったかというお話がございました。

原　道生

そして、その間には、播磨掾、あるいは加賀掾などといった代表的な古浄瑠璃の太夫たちの名前も出て参りました。ですから、今度は、そのようなお話の後を受けて二番バッターである私は何をすべきかということなんでありますが、そこで、私は、今の先生のお話をさらに『浄瑠璃御前物語』以外の先行作品までをも含めた形にして、それがどういうふうに展開させられてきているかという視点に立ちながら、その問題について考えてみようと思います。

で、そこでの具体的な作業としては、そういう古くからの先行作品、つまり、『浄瑠璃御前物語』が先程のお話のように、一四七五年が一番遡れる古いところということであれば、近松までは、約二〇〇年を超えるという時代の間になりますね。従って、その間には、多くの中世芸能、あるいは近世芸能、そういった過去の文学や芸能の伝統、そういうものが幾重にも地層のように積み重なって生み出されてきているということがいえるでしょう。ということは、そういうように重なり合った地層を基盤にして、それを踏まえた上に近松の作品というものは開花していったと、まあ基本的にはそういうふうに考えて、先行作品からの流れというのをみる必要があるのではないかと思います。そして、それらの地層の代表的なものとしては、中世芸能では謡曲、それから幸若舞《こうわかまい》（舞曲《ぶきょく》）ですね。それから近世になってからは、古浄瑠璃と歌舞伎、そういう諸ジャンルに渡る基盤が存在していたと考えたことから、こんな刷り物を作ってみたという次第です。これを「資料一」（五三頁）としておきましょう。

そこでは、近松の時代浄瑠璃の諸作が、それぞれどんな先行作に基づいて作られているかということを示そうと思い、古典文学・古伝承、中世芸能（謡曲・舞曲）、近世芸能（古浄瑠璃・歌舞伎）、それに当代的事件という各項目のうち、該当するものがあるところには○印をつけるという形になっています。そのため、何だか下手な星取り表のようなことになってしまいましたが、ま、こういう表によって、それぞれの作品がどんなジャンルの先行作をとり入れているかということを示したつもりです。ただこれは、少々言いわけがましくて申しわけありませんが、ちょっと急いで作っているために、あまり厳密に検討されると困るようなものが幾つもあるんですけれども、まあ、近松の作品の基盤になっているものはとりあえずはこんなところだというふうに、イメージとして御覧いただければと思います。

ともあれ、ここで申し上げておきたいことは、『浄瑠璃御前物語』から、近松の時代に至るまでの間にはですね、数え切れないほどの数の作品。いわば無名の作者や演者たちの膨大な量に上るクリエイティブな努力の跡というものがあって、その堆積が近松にとっての不可欠な創造の源泉になっていった。そういうことがいえるだろうということなんです。ただ、ここで一つ付け加えておけば、「無名」の作者、あるいは演者たちの努力と言いましたけれども、この「無名」というのは別に彼らの能力が低いとかそういうことじゃなくて、個別的に比べれば、それぞれ人並以上に創造力も表現力もあった人たちの作品。まあ、ただそれが時代の流れや、あるいはその他色々な事情などで、名前は知られなくなってしまっているけれども作品としては残った、そういうものとして考えていただければというふうに思うんですが、ともあれ、そのような作者、演者たちが不可欠の前提として存在していて、それを踏まえた上に、近松なり、あるいは他の作者なり、次の時代の作者たちの作品ができてくるということなんだろうと思います。

で、私の話はそのように言えばそれでもう終わってしまうんで、つまり、近松の各作品のそれぞれには、先行作というのがこんなにたくさんありますということなんですね。ただ、まあ、それは、口でいうだけではちょっとお分かりになりにくいかと思いますので、少々子供っぽいような気もしますけれども、近松の作とされている時代浄瑠璃が、それぞれどのような先行作の基盤の上に成立しているかというのを、粗々書いてみたのがこの表だということなのです。ですから、もっと言うと、本当はこの丸印に、一々の該当する作品の固有名詞が入らないといけないし、さらにその上で、個々の作品を具体的に比べて、そしてその先行作のどこのところが近松ではどのように変化しているか、そういうことが次の段階で明らかにされてゆかなければならない問題となるのですが、今日はちょっと、そこまでとても手が回わりません。ですから、今回は、ここまでの段階でお許しいただきたいと存じます。

それからまた、実を言うと、この丸の付け方も問題があると言えばたくさんありまして、例えば『用明天王職人鑑《ようめいてんのうしょくにんかがみ》』の中のある場面では、能の『道成寺《どうじょうじ》』が、大きな比重を占めて用いられているんですが、この表では、謡曲に丸を付けませんでした。なぜかと言うと、ここでは、そういう部分的な趣向のレベルのものは一応除外して、基本的には大きな枠組みとして世界になっているような先行作という程度の範囲のものに絞って、丸印を付けてみるということにしてみたからなのです。もっとも、そういう厳密さが果たして意味を持つのかどうか、ちょっと自信はないのですけれども、少し範囲を広げて取り上げていくと、あらゆるものに丸が付いてしまうんで、それはそれであまり意味がないかと思いますので、とりあえず、そういう「基本となる世界」といったような意味で付けてみました。まあそれがこの表であるとお考え下さい。

ところで、今回、こういう表を作るに当たり、その中の作品の配列という点についてては、ちょっと考えるところがございました。それはどういうことを考えたかというと、実は、今お隣におられる渡辺先生に、『近松物語』という、これは二〇〇四年ですね、新潮社から出された大変面白いというか、まことに刺激的な御本、別に隣におられるから褒めているわけではないんですが、あの、少々生意気な言い方をすれば、私はこの御本から、非常に大きな刺激を受けたのです。というよりも読んでいて、お前は近松をやっているなどと言っているけど、一体近松の何を見ているんだと、叱られているような思いがいたしました。そして、そう思わせられる要素は色々あるんですが、とりわけ、そのなかでは、先生があの本をお書きになった基本的な考え方として、近松は、彼が自分の生きた時代の「歴史」「社会」そのもの、つまり、そういう彼にとっての「現代」への「歴史」を書こうと志していたのであり、そのため、彼の作家としての活動の跡を見てゆくと、古代以来の日本の歴史全体の展望というものを基盤にした作品化がなされていると、大体、そのようにまとめることのできる前提に立たれてですね、近松の時代物の特色あるものを取り上げ、細かく検討しておられるという点、私は特にそのことに、大変感銘を受けましたし、そうした先生のお考えは当たっているんだろうと思いました。

そこで、少々失礼ではありましたが、そういう先生のお考えを無断でお借りしまして、その上に立って、近松のとり上げた世界の広がりを確かめてみる。つまり近松が古来からの日本の歴史を書いてゆこうとしたとき、その構想を立てていく際に、具体的な先行作品としては彼の前にどんなものがあったかということをわかり易く摑めるようにしてみたいということを考えまして、ちょっと、受験参考書の時代区分みたいな素朴なことになってしまってはいるんですけれども、作中で設定されている時代の順で分けて作品を並べてみたというのがこの表なんであります。要するに、これによって、作者としての近松が、それぞれの作品を作ろうとしたときには、どういう先行作が具体的な知識の基盤として存在していたか、そういうことがざっと一覧できるようにしたいという目論見でもって作ってみたという次第です。

それで、表の一番最初に、凡例みたいにして書いておきましたけれども、近松の時代物を、その題名にカギカッコなしと、それから「」と『』を付けたものとの三通りに分けてみました。そして、カギカッコなしの作品というのは、元禄十六年(一七〇三)、元禄時代、つまり彼が五十一歳で『曾根崎心中《そねざきしんじゆう》』という世話浄瑠璃を作りだすまでですね、それ以前のものなのです。それから、「」は世話物を作りだしてから筑後掾《ちくごのじよう》が死ぬ正徳四年(一七一四)、近松六十二歳の年まで。作品で言えば、宝永二年(一七〇五)の『用明天王職人鑑』以降のものということになります。さらに『』はその筑後掾没後、今度は自分が、享保九年(一七二四)に七十二歳で死ぬまでの間の作品ということで、並べてみたのがこの表であります。

ところで、今回は、時間の関係もあって、こういう表ができましたということをお示しする以上のことはできないんですが、これを見てちょっと、考えたことをざっと申し上げますと、このカギカッコなしと「」と『』との三つを比べて参りますと、まず、何よりも、「」あるいは『』という、二種類のカギカッコの付いているのが、宝永期以降のものなんですが、宝永期以降になると取材する世界が大幅に拡大する、そういうことが第一にいえるだろうと思います。

例えば、先程の『十二段』、これは私は判官物《ほうがんもの》という枠に入れたわけですが、この判官物、それからそれに近い時代の源平争乱物に該当する諸作のうちで、カギカッコなしのものをみていきますと、元禄時代より以前、まだ加賀掾の許で作者名を出せないでいた、いわゆる存擬作の諸作から、確実作とされる『世継曾我《よつぎそが》』や『出世景清《しゆつせかげきよ》』、そして、次第に自立しだした元禄期になってからの頃には、源平物や曾我物、中世の軍記物にかなり作品が偏っているという状態が見られるようになっています。つまり、あまり題材に時代的な広がりっていうのがないといってよいでしょう。

ところが、それが、カギカッコのついた宝永期の作品になると非常に多様な広がりが見られるようになる。このように、元禄が終わり宝永になってから、取材する世界の拡大ということが顕著になってきているのです。これは、やはり渡辺先生のおっしゃる「歴史」を書こうとするという、その問題と絡んでくることなんじゃないかと思います。つまり近松が、神代から現代に、近松にとっての現代に至るまでのですね、その歴史全体を壮大な構想で捉えつつ、個別的な作品を書いていこうとした、そういう構想を抱き始めたのは、作者を志した初めの時点からというよりも、ちょうどこの宝永になるあたり、この辺から、あるいは頭の中では、もうちょっと前から考えていたかもしれませんが、少なくともそういう構想が顕在化してくるのは、宝永になってかららしいということが、この範囲内で言えるのではないかと思われます。

で、この元禄から宝永になるっていう、ちょうど、世話物を作り出したあたりが、近松の作品、近松の作者としての歴史の上でも非常に重要なポイントであるということは、既にさまざまに言われておりまして、作者としての活動の中心が歌舞伎の世界から浄瑠璃の方にしぼられていくとか、生活の本拠が京都から大阪に移行するとか、それから竹本座の専属になるとか、いろんな事情が絡んできて、そういう変動の中にいたという事情が大きく関係しているかと思うんですが、そうした点を踏まえながら、私が考えてみた事柄を、二、三、アト・ランダムに挙げてみたいと思います。

まずその一つとして、それは、彼が世話浄瑠璃というもの、『曾根崎心中』を作りだして、言わば私的な小世界を作品化する、そういう新しい方法を見つけたわけですから、それを作ることによって、すなわち、世話物ができたことによって、改めて、時代物を作るということに新しい自覚ができてきた。言いかえれば、今度は時代物という大きな歴史の流れをとらえていく、そういう新しい時代物の方法が生み出されてくることになった結果、言わば時代物と世話物との住み分けみたいなもの、書き分けといったことがなされるようになってきたということなのではないか、ということが一つ考えられるだろうと思います。

それからまた、実は昨日、阪口先生と打ち合わせをしたりしていて、色々と考えているうちに、思いついたことの一つなんですが、先にも触れましたように、近松は、宝永二年の『用明天王職人鑑』の時点から竹《たけ》本座《もとざ》の専属作者になる。そしてそこのあたりからが、その題材の範囲が大きく変わっていくわけなんですね。ところで、これも広く知られている通り、この時は、竹本座が新しく機構改革をして、その座元に、まあプロデューサーといいますか経営者として、非常にアイデアマンで知られた竹田《たけだ》出雲《いずも》が入ってきて、一方、近松は専属の作者として作品の創作に専念するという体制が作られたという時なのでした。ですから、そうすると、そういう広く時代の大きな流れをとらえる作品を作っていくという構想は、近松自身はもちろん持っていただろうし、それから義太夫という太夫もそれを語るだけの力があったんだとは思いますが、もう一つ、それに加えて、ここに出雲というですね、プロデューサー、興行主としての一つの見方、考え方が絡んで、こういう新しい方向が確立することになったという筋道も考えておく必要があるだろうと思われた次第です。もちろん、そのことは、別に近松を過小評価するというわけではないんですけれども、近松がそういう歴史を書いていこうという、独自の姿勢を確立していくに際しては、彼個人の中だけで考えついたというよりも、竹本座という一座のこと、とりわけ、出雲の主宰している竹本座という背景も大きく絡んでいるものの一つだったんじゃないか、そういうことも考えているところです。

なお、それ以外の要素としても、彼が、歌舞伎の世界から離れて、浄瑠璃に専念するようになったということ。おそらく、それまでは京都にいて、歌舞伎の方でうんと忙しかったんだろうと思うんですけれども、そういう中で浄瑠璃を作っているのとは違って、その活動を、浄瑠璃一本にしぼっていくことによって、これまでとは違った大きいスケールでもって世界をとらえていく、時代をとらえていくという考え方ができるようになったのではないかという点。また、あるいはちょうどこの時五十歳なんで、人間五十になったあたりで少ししっかりしなきゃというようなことを考えて、作風に大きな転機がもたらされたというようなこともあったのかもしれません。

ともあれ、こうして見て参りますと、その推測には、色々当てずっぽうがあるかもしれませんけれども、その作品の題材の取り方の中で、やはり、西暦で言えば十八世紀に入った、そこの時点でですね、近松の中で大きな変化があった、そういうことは言えるんじゃないかと思います。

さて、ここまでの私の報告では、近松の時代物が、特に五十歳代以降、多くの先行作を基盤としたさらにその上に、日本の歴史全体を展望できるような大きな構想を展開するようになっているという特色を、言わば表面的な題材のレベルから検討してみた結果をお話してきたわけですが、今度は、その際、彼が、それぞれの先行作をどのように自分独自のものへと変質させているかという、内容に立ち入った面からのご説明をしなければならない番になりました。けれども、残念なことに、もうちょっと時間が無くなってしまったんで、今度は、「資料二」(五五頁)としてアト・ランダムに挙げておいた『出世景清』と『大職冠《たいしょかん》』と『双生《ふたご》隅田川《すみだがわ》』の三作につき、それらの中で、近松が、それぞれ先行作を踏まえつつ、どのようにして新しいものを生み出しているかということを、簡単に一言ずつだけ触れておくことにしたいと思います。

で、まず、『出世景清』の場合。この作品の中では、平家の武将悪七兵衛《あくしちびょうえ》景清という主人公が、昔馴染みで、子供もある遊女によって、源氏方に密告され、それが契機で源氏方に捕まるということが主筋になっています。つまり、英雄が女の裏切りにあうというわけですね。ところで、中世以来の先行作では、彼を裏切ったこの女は、お尋ね者である景清を訴人《そにん》した者には懸賞をやるという高札《こうさつ》を町の中で見て、それに惹かれて裏切りを決意し、夫を源氏側に訴人することになるという展開になっているのですが、新しく『出世景清』で、近松は、その裏切った女をヒロインに設定した上で、そこでの彼女の行動を、褒美ほしさのためという、物質的な利欲によるものとしてではなく、実は景清には彼女の他にも女がいるんですが、その女への嫉妬のために我を忘れてしまい、つい裏切ることになってしまったという経緯のものへと脚色し直しているのです。つまり、そこでは、彼女の裏切りの動機が、利欲から嫉妬へと変えられているといえるでしょう。もっとも、嫉妬に駆られて夫を裏切るのと、利欲に駆られて夫を裏切るのとどっちがいいかというのは、現実的に言えば、そう簡単には割り切ることのできない問題なのかもしれませんけれども、ともあれ、少なくとも、近松の場合には、彼女の裏切りの動機というものを、そういう内面的な、心情的なものに変えているというわけなんです。そして、そこでは、「資料二」にcfとして挙げておきましたけれども、作者としての近松がその裏切ってしまった阿古屋《あこや》という新しいヒロインに一番言わせたかった台詞《せりふ》というのは、「嫉妬は殿御のいとしさゆゑ」という一句だったのだろうと思います。というのは、この台詞は、捕らえられて牢屋に入れられた景清の前にあらわれた阿古屋が、男に対して、自分の心情を述べるというところのものなのですが、そこでの彼女は、自分が彼を裏切ったこと自体は、決して良くないことであったというので自分を厳しく責めているんですが、そうして自分を責めながらも、ただ景清に向かってはですね、私は嫉妬のためにあなたを裏切ってしまったけれども、その際の「嫉妬は殿御のいとしさゆゑ」であったということだけはわかってほしいと懇願しているという設定になっているのです。その意味で、私はこれを、作者が一番ヒロインに言わせたかった言葉だろうと思っているんです。つまり、嫉妬というものは、総じて否定的な心情、特に封建時代の女性にとっては厳しく自制しなければならない心情、とされているものなんだけれども、一般的によく言われるように、愛情の反対は憎しみではなくって無視だということ、つまり、憎しみというのは愛情の裏返しであって、同じ心情の働きの裏表であるという言い方と同じように、嫉妬をするのは愛情があるからこそ嫉妬をするということになるんで、それがたまたまその時の状況の中では裏切りというマイナスの行為になってしまった。そういう機微のあることは是非わかってやらなければならないということなのだろうと思います。

　ともあれ、近松はしばしば、先行作を取り上げていくに際して、心ならずも、負の振る舞いをしてしまったという人物を取り上げて、そういう人物たち当人は、自分が負の振る舞いをしてしまったことについては、決して開き直ろうとはせず、確かに自分は悪いことをしているのだという自覚はもっていて、誰よりも自分を責めるようにはなっているんですけれども、ただその中で、他の皆が誤解しているのとは違い、自分が図らずもそういうことになってしまったのは、全く純粋な真意があってのことなのであり、そのことだけはどうしても分かって欲しいという強い願望を抱いているものとして造形しているという特色があると思います。

　そういう、自分の真意の純粋さというものが、今は、周囲から不純なもののように誤解されているんだけれども、実はそうではないのだということを正当に理解して欲しい、こういう強い願望に基づく主人公たちの真摯な行動というものは、『曾根崎心中』の徳兵衛の場合も、そうだと思いますし、さらに言えば、浄瑠璃を始めとして、江戸時代の芝居にほとんど一貫して流れているものと見てよいのではないでしょうか。例えば、話は飛びますが、「寺子屋」（『菅原伝授手習鑑《すがわらでんじゅてならいかがみ》』の四段目の切）の松王丸《まつおうまる》の場合だって、世上の人々は、みんな「松はつれない」というけれども、菅丞相《かんしょうじょう》だけは本当はそうではないということを分かってくれていた。そういう認識が彼の行動の根元を形作っていたといえるでしょう。このように、どうか自分の真意を正当に十全に理解して欲しいという心情は、実は、今の我々も強く持ってるわけですけれども、そういう人間の切実な望みっていうものを、基本的なモチーフにして作品が構想され、人物造形がなされていったということ、これはかなり新しい点ではなかったかというのが、『出世景清』の特色として考えられてよいことだと思います。

　次の、『大職冠』の場合は、非常に複雑な話になっているんですが、本来の話は、藤原鎌足《かまたり》の時代、中国から贈られた宝玉が、香川の沖で龍宮側に奪われてしまう、それを、鎌足と深い仲になっているその地の海女が、自分の命を犠牲にしつつも、龍宮から取り返してくるというものなのです。ところが、近松では、その時奪われたといわれる宝玉が、実は、本当にあるのかどうか誰も確かめた者がないという、複雑な脚色へと変えられているのです。ところで、この、あるのかないのかよくわからないという玉なのだけれども、もし世の中の人たちが、本当は玉がないのではないかということを考えるようになってしまうと世の中全体が乱れてしまう。そういう新しい設定になっているのです。だから日本の政治の責任者である鎌足は、何としても、人々に、玉があると信じ込ませなきゃいけない。そこで、彼は自分と深い仲になっている海女を利用して、ともかく彼女が、龍宮へ行って死んで帰ってくるという行動をとらせることになるのです。なぜなら、そういう、海女が、龍宮方に命を奪われながらも、宝玉を取り返してきたというのが、古くからの伝承の中にある形であり、その海女の死を目《ま》のあたりにすれば、人々は玉の奪還を信じ込むということなんですね。ですから、鎌足は、その浮かんできた女の死というものを政治的に利用して、藤原氏、あるいはさらには、日本と中国、つまり、世界の安泰を確立する。近松ではそういう芝居に作り変えられているのです。

つまりそこでは、近松が、政治的な意図ということとそれから個人の生き方、そして、その間に生じた深刻な緊張関係という問題を取り上げるようになっているといえるでしょう。もっとも、これは別にこの、『大職冠』で始まったということではなくて、もっと前からあるんだと思いますし、先程の渡辺先生のお話でも政治と芸術の話ってことに言及しておられましたけれども、ここでは古くからある『大職冠』という作品の流れの中ではそういったことが、近松によって、新しく見出されることになったものではないかと思っています。

それから最後に『双生隅田川』。これも元々の梅若《うめわか》伝説では、名前もなく、また作中に登場もしてこないような、単なる悪い人買いという者が、梅若を殺してしまうという話になっているわけですが、それに対して近松は、やっぱりそういう梅若殺しという負の行動をしてしまった猿島惣太《さるしまそうた》という人商人《ひとあきびと》、そういう人物を作りだして、新しく主人公にしています。そして、その男の人生に複雑な過去を設定しているんですが、それはどういうものかというと、彼は昔、主人の家の金を使い込んでしまったことを悔いていて、何とか弁償したいと思っているんですけれども、その金の調達が、なかなかできない。つまり、前非を悔いて、何とか弁償をすることによって、失われてしまった自身の名誉を回復したいと強く考えているのだけれども、それができないでいるということなのですね。ところが、ここが、ちょっと面白い設定になっているのですが、この惣太は元々は良い家の生まれなんで、金を稼ごうとしても、手に職が何もない。ただ一つあるのは、その身についた教養によって、字が書けるものだから、他の人商人の証文を書く手伝いをするようになった。多分、始めはアルバイトだったんでしょうけれども、やがて、それがそのまま生計《たずき》の道になって、自分が本当の人商人になってしまった。ところがそうしているうちに、ある時、自分が恩返しをしなければならないといつも考えている、昔の自分の主人の家の息子梅若を、それと知らずに人買い仲間から買い入れて、そして、ある成り行きから、図らずも殺してしまう。旧主に尽くして自分の名誉を回復したいという、何よりも深く心に期していた願望が、逆に裏目に出てしまい、最後に彼は皮肉な事実を思い知らされたことによって、死ななきゃならなくなってしまうということになるんです。

ところが、この話は、それでは終わりません。その後、惣太は死んで魔界へ行って、そして天狗になって、それより以前に、天狗の世界に捕らわれていたもう一人の若君松若《まつわか》を連れ戻してきて、主家への恩返しを果たすことに成功するという展開になっているのです。従って、そこでは、彼の不名誉な汚名は、めでたく返上されたということになるのでしょう。ところで、このように、一旦は死んだ後に、今度は魔界に行ったり、あるいは霊魂になって生前には叶えることのできなかった望みを果たすという構想は、『嫗山姥《こもちやまうば》』の坂田時行なんかもそうなので、これも近松独自の「死」をめぐっての作劇によるものといえるでしょう。

以上、最後の方はちょっと余計なことにまで触れた上、舌足らずな言い方でもって、時間を随分浪費してしまい申しわけありません。まあ要するに、近松の時代物には、基盤となる先行作がたくさんあるということと、それをいろいろに踏まえながら、彼独自の人間、世界を作り出しているということを申し上げた次第です。

阪口　ありがとうございました。非常に詳しくお話しいただきましたが、近松の依拠世界——近松作品の基盤となる先行作のありようが、元禄十六年の『曾根崎心中』あたりで大きくかわり、広がりをみせるという、そういうご指摘ですね。一覧表は、それをよく示しているということです。その理由がいくつか挙げられましたが、一つは、竹田出雲という人の存在。世話物ができて、それで時代物が出雲らの意向を受け、あるいは歌舞伎界の動向なども絡んで、要するに典拠問題が、近松という作者一人のレベルを超えて考えられるようになったというご主張だろうと思います。つまり、竹田出雲など興行界の意向が作品内容にまで及んで、作者に注文を出してきて、その世界が広がった。そういうことがこの一覧表の中に明確に出ているというお話であったと思いますが、渡辺先生、先生はプロデューサーとしても大変な仕事をなされましたが、作品を作る上で、プロデューサーが作者に、こういう方向で書け、というようなこと、今、原先生がおっしゃったようなことですね、どういうふうにお聞きになられましたか。

渡辺　私は長い間、東宝株式会社の、芝居の裏で働いてましたからよく分かりますけれども、当然そういうことをしないと興行や会社の経営を支えることができない。竹本座の経営は竹田出雲が引き受けたわけでしょう。そうしたら当然そういうことを考えたと思いますね。原先生の説は、大変面白いと思ってうかがってました。

渡辺　保

阪口　鳥越先生もこの頃、監修作品を次々上演されていますが、いかがですか。原先生の今日のご発言の根拠となったこの表は注目すべきものと思うのですが。

鳥越　この表、作っていただいて、大変ありがたいと思いますけども。それは、私ども近松の研究をしてる人間にとってはありがたいですけど、お聞きになってる方がどれだけこの「世界別《せかいべつ》時代浄瑠璃」といった名称になじんでいられるのでしょうか。ちょっと難しいんじゃないかなと思います。原さんのように私は緻密なことはできませんので、大雑把な話をしますとね、『曾根崎』を書いた、元禄十六年というのは一七〇三年になりますけども。その四月二十三日に心中事件が起こったんですね。それで五月七日には近松は『曾根崎心中』という浄瑠璃を書いて、竹本座で初日を開けたんです。大変大入りになったの。それで、義太夫が竹本座を開いてほぼ二十年ですが、その二十年間の借金を、『曾根崎』の大当たりで払ってしまったというくらい当たったんだそうです。書いたものが残ってます。そうしますとね、一七〇三年までの十年間というのは、浄瑠璃を一本も書いてない訳じゃないんですけど、大体、歌舞伎を書いてるんです。今も言いましたように、二十年間の最初の十年くらいは、浄瑠璃書いてるんですね。それで、浄瑠璃を少し止めて、歌舞伎に移ったんです。なんで歌舞伎に移ったかっていうのは、分かりませんけど、やっぱり貧乏してたんでしょうね。竹本座は赤字続きですから、やっぱり報酬も少なかったんだろうと思います。近松は自分で作者として、芸能界に身を投じたんですけども、所謂演技者にはならないで、作者で通すと宣言してるくらいですから、その頃の作者ってのは、どの程度の原稿料を貰ってたのか分かりませんけれども、多分、貧乏したので歌舞伎に行ったんではないかなと思います。歌舞伎に行くには、もう一つ、坂田《さかた》藤十郎《とうじゆうろう》という人が、魅力的な役者だったということもあるかと思うんですが。それが十年間で、また浄瑠璃に戻りますのは、藤十郎が病気するんです。それで、有馬温泉の湯治で一年間くらいで治るは治るんですけど、やっぱり藤十郎のいない歌舞伎界ってのは、近松にとっては魅力がなかったと。そういうところに『曾根崎心中』というような事件が起こったのを、浄瑠璃にしないかと言われて、また浄瑠璃界へ戻ったと思うんですね。で、まあここにいらっしゃる方は、皆さんご存じの話でしょうけども、『曾根崎』が大当たりをした為に、もう、責任は果たしたみたいに思って義太夫は、引退するって言い出した。それを引き止めたのが、竹田出雲というからくり芝居の興行主でして。近松を座付《ざつき》作者に引っ張ってきて、演技者としては義太夫を中心、作者は、座付作者近松、興行は、自分が責任を持つと言ったのが竹田出雲だということになりますと、そりゃあもう、竹田出雲の興行方針ってのが、随分出てくるのは当然だと思います。例えば木《き》谷蓬吟《たにほうぎん》という近松研究者もよくおっしゃってるんですけども、義太夫って人はからくり嫌いだったんだと。だけども竹田出雲ってのは、からくりの座元《ざもと》ですから、その人が経営に乗り出したら、やっぱり、からくりを少しずつでも入れないことにはいけないというので、『用明天王』以後の作品には、からくりが多いってなことを、木谷蓬吟さんは言ってらっしゃった。どうしたってそりゃあもう、興行主の発言権ってのは強いだろうと思います。

阪口　ありがとうございました。作品作りという点で、作者の力はむろん非常に大きいでしょうが、今いろいろご指摘のあった様々な力が、一つの作品作りに繋がっているということが、典拠からみても言えるというのが原先生のお話ですが、じゃあその点も踏まえて、次に渡辺先生、時代物と世話物の問題ですね、世話物が生まれて時代物が大作化していくのはなぜなのか、また、そのことに伴う時代物の魅力ですね、そのあたりを、お話しいただけましたらと思います。

人間悲劇と神話

渡辺　私が申し上げたいことは二つあって、それはそのパンフレット（注、当日配付資料）に書いてありますからお読みいただきたいんですけど、簡単に言いますと、近松は世話物ばかりいわれていますが時代物の方が面白い。私にはとても面白いんですね。で、そう思うきっかけになりましたのが、鳥越先生が山口県の長門市にある、「ルネッサながと」という劇場の館長を務められて、私は先生の下で、お仕事をお手伝いしたときですね。近松実験劇場という、さっきのあの、山の手事情社みたいな形式の復活作品をやったんです。その時鳥越先生に五年間で十本の近松の作品を選んで頂きました。それがきっかけで、私は近松の時代物をもう一度勉強しようかなと思って読んだんですね。そうしたら、やっぱり面白い。その面白さは、まずスケールが大きいということですね。スケールが大きいところに持ってきて、やっぱり人間の悲劇の深さですね。それも非常に残酷な形で出てる。世話物っていうのはリアリティがあるから、皆さん世話物をお好きなのかもしれないけど、私は世話物よりもやっぱり近松門左衛門が書いた傑作は、時代物の迫力だとおもうんです。その残酷さですね。それからもう一つ重要なことは、近松のもつ神話的な要素です。それを今までは荒唐無稽なものとして排除して来た。しかしそこにはもっと神話として分析するべき重要なものがあるのではないかと思うのです。神話的な要素を、現代の近松を興行する人たちは排除してる。そこが問題です。五年間で、実験劇場はもう終わりましたけども、鳥越先生は今でも巣林舎という公演を続けてらっしゃるわけです。やっぱり時代物を是非皆さんに観ていただきたいんですよ。大阪NHKホールで『娥歌かるた《かおうた》』をやりましたけども、あの、そのスケールの大きさ、ドラマの骨格のすごさっていうのは、やっぱり世話物の比ではないと私は思います。ただ時代物は、非常にロマン主義的な色彩が強いので、不合理なところがあります。その神話的な要素を理解していただきたいってのが、私が二番目に言いたいことなんです。つまり神話の持っている力ってのを理解していただきたい。それはあの、さっき信多先生がおっしゃった、『浄瑠璃御前物語』ですね。私は学生時代に一生懸命読んだんですけど、ちっとも分からなくて。今日初めて信多先生のお話を伺って、ああ、そういうことなのかと思って、ずーっと伺ってたんだけど、伺ってみたらここにはものすごいテーマがあるんですね。つまり、なぜ、『浄瑠璃御前』というところから、浄瑠璃というジャンルの、つまり、音楽というか、演劇が出てきたのかというのが、私はずっーと分からなかったんだけど。今日伺ったら、やっぱりポイントポイントにその、生と死とか、聖なるものとそうでないもの、つまり汚辱ですね、グロテスクなものと美しいものっていう対比が、ちゃんとあるわけですね。で、それを、中沢新一《なかざわしんいち》風に分ければ神話の根源的なものがそこにある。その神話の根源的なものはそれ以後の近松作品にもあるわけだから、それを是非皆さんに理解していただきたいと思うんです。『心中天網島《しんじゅうてんのあみじま》』も『曾根崎心中』もいいけど、あれは一家庭一個人の物語にしかすぎない。しかし、近松の時代物は、一国、いや世界の運命に関わってくる。そのことが大事だと思うんです。それと神話。つまり日本はどうなるかってことを考えるときに、近松の書いた神話は、やっぱり我々の中に生きてるんですよ。これは軍国主義の政府が作った神話じゃありませんから、本当に近松が大衆の中で考えた神話だから、それを、是非読んでいただきたいというふうに私は思うんです。だからさっき信多先生の『浄瑠璃御前』のお話はとても面白かった。なるほどそうなると浄瑠璃の物語が近松の血肉になったというのは非常によく分かります。

阪口　近松の作者としての力量、魅力は時代物に発見されるというお話だろうと思いますが、作品のスケールの大きさ、人間の描き方の深さなどをみていくと、先生が既に御著書でも書いていらっしゃることですが、精神史のようなものも含めた日本人の歴史観というようなものが、近松の時代物では押さえられているというような解釈ですね。

渡辺　そうですね、まあ、あの、原先生が色々言って下さったのが、私が書いた『近松物語』ですね。つまり、近松は歴史を書こうとしたんだっていうことを確かに書きましたけども、近松は最初からそういう企画で計画的に書いたのではなく、ネタがねえかなってやってみたら、自然に日本の歴史ができたことが、非常に面白いと思うんです。それは精神史としてね。神話分析ってのはこれからも、ものすごい大事な領域ですから、そりゃ『浄瑠璃御前』も神話分析するとすごいと思います。初めて少し分かったような気がしました。皆さんもどうですか。なかなか分からないんですが、今日の信多先生のお話ですごくよく分かった。あの面白さ。ああいうところを近松の中から、これから発見して行かなきゃ、再発見にならないと思うんです。

阪口　信多先生、今のお話についてはいかがですか。

信多　あの、梗概が長く、だらだらやってたんで、皆さん退屈なさったんじゃないかと思って後悔してるんですが。あの要するに、私が何を申し上げたいかと言いますとね、まとめますとね、今残っている浄瑠璃というのは非常に広範囲にまたがって、豊後節《ぶんごぶし》も新内《しんない》も清元《きよもと》とかですね、そして現在の、義太夫とか、そういう音曲の面でも大変大きな意味を持ってますよね。それだけじゃなくてね、浄瑠璃の世界というのが中世小説、それから近世の初期の小説、そういうものにも及んでいるんです。実は今執筆中なんですが、西鶴の『好色一代男』（注、平成二十二年九月、岩波書店から『好色一代男の研究』と題して上梓）、この作品にもね。そして私がこの前書きました、馬琴の『八犬伝』にも（注、『馬琴の大夢 里見八犬伝の世界』平成十六年九月、岩波書店）。これは『富士山の本地』というものに非常に拠ってるんです。で、『一代男』もそうなんです。それはまた今後、また本をみていただいたら分かるんですが。それは表面に出てなくて、絵の中にかくれて入ってるんです、そういう世界がね。つまり本地物の世界というのは非常に大きく、今も流れてるということを実は申し上げたいんです。これは現代にも実はあるんです。現代の優れた作家にも。そういう本地物の世界、つまり我々日本人というのは、結構宗教的なもののから抜けきっていない、いろんなものを取り入れて、神様も祀れば仏も祈るというような面が色々ありますけど、やっぱり本質的には、宗教性は非常に濃いもんなんだということを、実は作品の上から語ってるんですね。

阪口　その宗教性ということですね、先程の死の残酷さというような問題も含めてですが、浄瑠璃というのは滅びというものを描くといってもよいのだろうと思いますが、一般的に、その滅びと宗教性が一体化して、一段と哀れさを印象づけていると思うんですけれども、渡辺先生がおっしゃる「歴史観」というのは、例えば、判官贔屓《ほうがんびいき》とかいうような、牛若や義経の人物造型というようなものまでも形づくってきた日本人の感性みたいなものも含めて「歴史観」というように、理解してよろしいでしょうか。

渡辺　そういうものだと思いますね。やっぱり、分野が非常に広がって、いろんな社会というか、下に沈んでる深層心理と言いましょうか、精神史と言いましょうかね、そういうものをよく吸収していると思います。

阪口　渡辺先生にちょっと質問ですが、日本人の精神史というようなことになりますと、時代物とおっしゃいましたが、世話物でも「義理《ぎり》と情《じょう》」というようなことを言いますよね。

渡辺　言われすぎましたよね。

阪口　言われすぎましたか。

渡辺　私は、言われすぎだと思うんですが、どうでしょうか。

阪口　亀岡さん、よく太夫さんたちは、浄瑠璃は情を語るもんだ、憂いを語るんだというようなことを言われるんですが。あの「情」というのは、渡辺先生がおっしゃるところと、どういう接点を持つんでしょうね。

亀岡　非常に難しい問題で、私などは研究者ではございませんので、専門的なことは分からないのですけれども。今おっしゃられた、情ということで言いますと、世話浄瑠璃の、『心中天網島』や『曾根崎心中』に描かれている家庭内のこと、夫婦のこと、恋人同士のこと。そういう中にこそ、私たち一般の人間というのは普遍を一番見出しやすいのではないかと思うのです。

例えば、私小説とか、そういうものが一番卑近なんですね、身近なものから世界を見ていくようなもので、世話浄瑠璃の中には、そういうものが含まれているのではないかと思うんです。近松が、すごいなと思う点と言いますと、例えば『曾根崎心中』だったら男女の愛とか、『心中天網島』だったら三角関係とか、そこだけを描いてるのではなくて、主人公はたいてい極限状況に置かれるわけですよね。そうなったときに、どういう感情というのか、人間の本質みたいなものがどこから噴出してくるのか、そういうものを近松は描いてると思うんです。例えば、徳兵衛《とくべえ》が九平次《くへいじ》のためにのっぴきならない状況になって、死ぬ覚悟をして、天《てん》満屋《まや》にやって来ますよね。その時にお初《はつ》は、ためらいもなく自分も一緒に死のうとする。そういうときに一番人間が持っている本質というのか、そういうものがそこからわっと噴き出してくる、その瞬間を近松は世話浄瑠璃の中できちんと描いているのではないかと思うんです。『心中天網島』でも、おさんと小春《こはる》という治《じ》兵衛《へえ》を巡る、妻と愛人ですね。この二人の関係の中で、愛人の方を死なしてしまうんじゃないかと思った、奥さん、おさんの方が、自分を捨てて彼女を救おうとするときに、そこに、何というんですか、芽生えてくるものっていうんですか、そういうものこそを近松は全部すくい取っていったんじゃないかと思います。それを浄瑠璃という語りですね、人間の生の声で表現したときに、最も私たちの心に訴える力を持ったんじゃないかなと、私はそういう風に感じもしています。

亀岡典子

阪口　渡辺先生、ちょっとくどいようですが世話物や時代物の「哀れ」という感情と、先生がおっしゃる「歴史観」というものとは、重なり合うところがあるというふうに理解させてもらってよろしいでしょうか。

渡辺　ええ、まあそうですね、哀れというより、僕は、もうちょっと時代物なんかの人間の感情の動きは残酷だというふうに、凄惨だというふうに思いますね。「哀れ」という感情で僕らが想像するものを越えてるというふうに思うんですよ。で、そりゃ世話物に関しては亀岡さんのおっしゃった通りだと思うし、そりゃ僕は全然否定しないわけですよね、それはそれでいいんだけど、是非時代物も観て下さいよって言ってるんです。世話物だけで時代物を忘れちゃうってのは不公平じゃないかと言っているだけですから、決して亀岡さんに僕は反対してるわけじゃないです。

阪口　それでは時間が押して参りましたので、次に鳥越先生、浄瑠璃と歌舞伎の関係について、先程ちょっと触れてもいただきましたが、もう少しお話下さい。

時代浄瑠璃にみる歌舞伎作家精神

鳥越　いや、今ね、渡辺さん盛んに時代物の面白さってのを、おっしゃってるんですけど。確かにね、あの『曾根崎心中』以降、歌舞伎は辞めまして、浄瑠璃を書いていくんですけども、この原さんがお作りになった表でも分かるように、もう大体歌舞伎ってのは、この間起こった事件を脚色するようなものが多いんです。もっと古いものを脚色してるものもありますけども、やっぱりその歌舞伎ってのは、非常に今日的な問題を扱ってますよね。そういうようなものを、近松は時代浄瑠璃の中で扱っていくのが多くなっていくんだと思います。例えば、『唐船噺今国性爺《とうせんばなしいまこくせんや》』なんてのは、台湾で事件が起こってる、その起こってる最中に浄瑠璃にしてるんですからね。まあ幕府の話でもそうですし、日本の話でもそうですけど、茨木屋《いばらぎや》幸斎《こうさい》なんて遊女屋のおやじさんが大坂をお払いになったっていうような話を書き込んでる。それを時代浄瑠璃の中に仕立てていっておりますから、その当時の人にとってみれば、ああ、ここのところを書いてるのかって、喜んで皆さん観てたんだろうと思います。それで我々は、知識としてそれを持って読まないといけないから、なんか昔のことのように思いますけれども、やはりもう少し、その背景を知りながら読んでいくと、面白いもんですよ。亀岡さんの世話浄瑠璃をお勧めになるのは、あれは短いからなんですか。時代浄瑠璃は長いから、なかなか読めないんですよね。根気がいるんです。世話浄瑠璃を三つ読む調子でそれを読んだら、それなりの面白さがありますから。

阪口　鳥越先生、近松は、浄瑠璃から歌舞伎、そして浄瑠璃へと転進していきましたが、最後の浄瑠璃へ進んでいった時、それまでの歌舞伎作者としての近松の得意芸といいますか、歌舞伎手法が浄瑠璃の中にも入ってきていると思うのですが。そういうことを踏まえた上で、では全体的にみて、歌舞伎作者近松はどこへ行ったかという問題ですね、そのあたりはどういう風にお考えでしょうか。

鳥越　これは例の、さっき信多さんの話で、その『実隆公記』の裏に浄瑠璃のことが出てきたとおっしゃった。私があるところで、私の後輩の和田修君が、近松と合作もしていた、元々は道化方の役者なんですけども、金子《かねこ》一高《いっこう》という人の日記を見つけた。その日記は古浄瑠璃の裏に書いてあったという話をしましたらね、裏に書いてあるってのは分からんという、そんな聴衆がいたんですよ。これを例にしますと（注、以下、紙を用いての説明）、昔の本はこういうふうに綴じてあったんですね。こっちが表なんですね。こう開いてみると、こっちが裏なんです。裏に書いてあった金子一高の日記を読んでますと、やっぱり日記書いてる人は自分が中心でしょうから、近松に、京都にいるんですけどね、大阪まで芝居を見に行かせて、それで帰ってきてすぐに話を聞いて、次の作品の準備にかかろうかってなことを書いていましてね。元禄十一年という年ですけども、日記が残ってるのは。専ら歌舞伎を書いてた時代です。そういうふうに大阪に行って、義太夫の浄瑠璃の、まあ、面倒もみてるわけですよね。阪口さんの問いに答えますと、さっきも言いましたように、世話浄瑠璃じゃなくて、時代浄瑠璃の中にそういうその、市井で起こった事件みたいなものを取り入れてるんです。それはやっぱり歌舞伎作家精神だと思います。十年間で身につけた方法、一つの作劇法だろうと思います。

阪口　ありがとうございました。まだまだお伺いしたいこともあるのですが、時間の関係で、この辺りで話を現代に飛ばしまして、亀岡さんの方から、今日《こんにち》の文楽、歌舞伎と近松ということにつきましてお話しいただきたいと思います。例えば文楽や歌舞伎は、近松の魅力や特色を十分にひき出してるのかどうかという問題ですね、これは当然原作と改作の問題、あるいは復曲の問題と絡みますね。つまり、伝統芸能はどう継承され、後世に伝えられていったらよいのかといった問題を、新聞記者あるいは評論家という立場からお話をいただけましたらと思います。

近松と文楽・歌舞伎

亀岡　先程『冥途《めいど》の飛脚《ひきやく》』を文楽の方々の上演で拝見いたしましたけれども、復曲というと、江戸時代の近松のものを、江戸時代に改作されていたものと、現代、昭和三十年代ですよね、あの『曾根崎心中』を始めとして、『長町《ながまち》女腹切《おんなのはらきり》』とか復活されたものとあると思うんですけれども、『冥途の飛脚』でいいますと、歌舞伎の方で今私たちが一番よく見る形の「封印切《ふういんきり》」のところは、もうほとんど、近松の原作と変わってきてるという感じなんじゃないかと思います。その中でも八右衛門《はちえもん》ですよね、この敵役《かたきやく》の性根というのが、歌舞伎と文楽で随分違っていて、まあ、今、近松さんが歌舞伎の方を観たらちょっとびっくりされるんじゃないかと思うんですが、歌舞伎の方は終始敵役として出てきます。「げじげじのはっつぁん、あぶら虫のはっつぁん」と言われるぐらいに嫌われる存在で出てきて、尊大な人物なんですね。それで、忠兵衛《ちゆうべえ》に対して、嫌なことをたくさん言って、悪口雑言を言いながら封印を切らせていくという存在。対して『冥途の飛脚』の、原作の方の八右衛門は、忠兵衛のことを思って、色々忠告してやったり、廓に来ても、これ以上身を持ち崩さないようにというので、廓に近づけてやるな、というふうなことを言うような、まあ、一見その、友達思いの人物というふうに描かれてるんです。それぐらい性根が違うんですけれども。そこで、いつも思うのは、じゃあ、どうして歌舞伎がそうなったかというと、以前、坂田藤十郎さんに伺ったら、歌舞伎というのは、スターが主役をやるものだから、そのスターに同情が集まって、スターにスポットライトが当たるようにできてるんだ、だから八右衛門を敵役にして、八右衛門が悪いから、忠兵衛に同情が集まって、ああこれなら忠兵衛が封印を切ってもしょうがないなと、お客さんに思わせるように作ってあるものなんだとおっしゃられた。それが、歌舞伎の方で今現在、よくやられているる『封印切』なんですね。それで、先に歌舞伎を観てから、文楽を拝見すると、八右衛門のことを物足りなく思ったりするんです。この人物は一体何なのだろうと。一体この人は、本当に友達を思っているのかと。この疑問もまた、藤十郎さんにうかがいましたところ、藤十郎さんは、ご自身近松座で原作にのっとってやってらっしゃいますので、両方ご存じなんですけど。そうすると、決して、友達思いなだけではないんだというふうにおっしゃられたんですね。局面局面でころころ変わるような人間、それであると。時には忠兵衛に対する嫉妬もあるだろうと。忠兵衛の方が好かれてますし、梅川《うめがわ》ともできていますのでね。いろんなことにおいての嫉妬心もある。そういうものが根底にありながら、廓に来て、忠兵衛のことを心配にかこつけて言いつけるって言うんですか。その時に、言いつけるって言うのは、一見友達思いのようだけれども、実はあいつはこんなことやってるんだよっていうことを言うような。そういう人間て、いるじゃないですか。八右衛門は、そういう人物なんじゃないかっていうふうにおっしゃったんですね。よく考えてみたら、確かに人間というのは、シチュエーションとか状況とか、相手によって、ころころころころと変わっていくものですよね。そう思うと近松が描いた八右衛門というのは、非常に人間臭くって、深い人間描写があるように思ったんです、その時に。ああ、こういう違いがあるのかと。そういうこと一つとっても、改作と原作とで随分違ってくる。もう一つ思うのは、じゃあ文楽ではどうなのかというと、語りだけだったら、分かりにくいところが、人形の演技を拝見すると、その人形の登場の仕方とかですね、性根がだいぶ分かってきますよね。特に現代人はそうです。ですから割と限定されるんだなあと、思うんです、その性根というものが。ですから、文楽は近松が描こうとしたものをそのまま提示できてるのかというと、それはなかなか難しい問題もあると思います。だからこそ、私たちが観たときに人形遣いさんとか、あるいは太夫さん、三味線の方がどういうふうな思いでこの人物を語っているのか、この演技をしてるのか、とらえているのかということが、そこからも読み取れる、というふうにも思います。原作、改作両方の面白さがあって、色々あるから私たちも観ながらそれぞれの魅力を受け止めることができるんだなあと、思いました。もう一つだけいいですか。

阪口　はい、どうぞ。

亀岡　『曾根崎心中』のことなんですけれども。昭和二十八年に歌舞伎の方で、二代目鴈治郎《がんじろう》さんと今の坂田藤十郎さんで復活されたときに、原作の最初にある「観音廻《めぐ》り」ですね、あの部分がすぽっと削除されました。文楽でもその部分はいま、上演されないんですよね。最初はお初が、大阪の観音様を、三十三箇所ですか、巡って行くんです。一番目が太融寺《たいゆうじ》さんだと思いますけど。その様子を描いてるんですけれども、確かに今読んでみると、あまり面白くないというか、詩的な文章なんですけれども、これを今、『曾根崎心中』の、生玉《いくだま》の前にやったら、果たして面白いのかどうかなと、考えるときがあるんです。でも、その中にある、仏教的な思想みたいなものってありますよね、そうすると、一番最後の、天神の森の「道行」の一番最後の文章にも、えーなんでしたっけあれ、「未来成仏…」。

信多　「疑ひなき恋の手本となりにけり」

亀岡　のところに「成仏する」という言葉がやっぱり出てきて、ああ、やっぱりこれは呼応してるのかなあと、思ったこともありますので、その部分がすっぽり抜けると、近松が当初意図したことと、少しどうなのかなと、思わないでもないです。

阪口　信多先生、今のお話は本地物のお話とも関わると思いますが、『曾根崎心中』の「観音廻り」と「未来成仏」の関係は、どうお考えですか。

信多　あの、やはり時代というものが、その時代が問題でしょう。観音廻りは、実は大流行に流行って、町中を女巡礼が多すぎてお触れが出るぐらいの。そういう状況ってものがあるわけですね。それだけの問題じゃなくて、私さっきも申し上げたように、やっぱり、この『浄瑠璃』からスタートするわけですが、これが本地物だということです。最初に申し子で、そして最後に成仏していく、成神成仏していく、これね、近松は『浄瑠璃』を使った各曲を作っていきましたけれども、忍びの段のところでは、もう、近世的にどんどん変わったりしてるんですけど、最後の、成神成仏的なものを入れてる部分っていうのはあまり変わってないんですよ。昔は説経節《せつきようぶし》というのが非常に盛んでして、これが流れをくむ浪花節《なにわぶし》に来るわけですけど。昔の人たち、庶民の間では特にああいう説経的なものを享受する。説経というのは、本地物なんです。だから、我々の中にそれは常々流れていて、そして当時の人もそれを受け止める素地というのが十二分にあったんじゃないでしょうか。だから『曾根崎』なんかも、それは明らかに、目立っていると思います。で、「未来成仏疑ひなき」のところは、実は人形が最後に観音様に変わったんじゃないかという、そういう考え方ができるんです。それは次の世話物『心中《しんじゆう》二《に》枚絵《まいえ》草紙《ぞうし》』の中で、「はつ様もさだめし仏金色《ほとけこんじき》の。見あがり」して云々という言葉が出てくるようにですね。からくり的なそういう手妻《てづま》の演技でそういうものが実際見ることもできた。聞くだけじゃなくて見ることもできたんじゃないかと思いますので、やっぱり浄瑠璃の持つ宗教性というのは世話物でも非常に大きいんだろうなと思いますね。

阪口　ありがとうございました。先程も申し上げましたように、もっと色々お話を伺いたいのですが、予定の時間がまいりました。今日は、本地物にはじまる浄瑠璃のありようからみても、宗教性を重要視すべきであるとか、あるいは時代物の持つ力強さ、大きさ、そこには日本古来の歴史そのものを書き上げようとした近松の壮大な試みがあったのではないか、その点を見遁してはならぬという主張、また、そうした点からいくと、確かに近松作品には典拠の面からも、時代を画しての広がりがみられるという指摘等々、近松再発見ともいうべき展開を予兆させるような、ご発言をいただきました。その他にも色々お話が及びましたが、最後に先生方に、一言ずつ今日の討論のまとめをいただきたいと思います。渡辺先生からどうぞ。

渡辺　さっき山の手事情社を紹介しましたけど、京都には木ノ下歌舞伎ってのがあります。これは私は東京で観たんですが、ものすごく面白いですよ。十二月には『合邦《がっぽう》』やるそうですから、私は観に来られないんですけど、是非ご覧になった方がいいと思います。

阪口　原先生、一言だけ。

原　はい。私どもとしても、決して時代物について考えることを忘れているわけじゃないんですけど、正直言って、なかなか上手く論じられないということろが事実です。もっとも、それは、忘れてるよりもっとなさけないことなのかもしれませんけれどもね。

まあ、これから後は、やはり阪口先生がおっしゃられたような色んな点ですね、特に神話的なもの、残酷なもの、それに、官能性というのかエロチシズム。そういうような点について、もっと考えてゆく必要があると思います。もっとも、残酷さとか、エロチシズムなどといった要素は、古浄瑠璃などの中にも見られるものでしょうが、近松の作では、それが、ずっと生まれしいものへと変質させられている。そういうような違いっていうのが、近松の中でできてくるんじゃないかと思います。そういう意味でもいわば非合理的なものですね。その点をきちんと評価できるような視点を確立しないといけないでしょう。そういう点で渡辺先生のおっしゃるような「怪力乱神」の近松的な特色ってものが時代物の中で、どうあるかってのを見ていく、そういう必要もあるということを痛感いたしました。

阪口　じゃあ、鳥越先生お願いします。一言。

鳥越　また時代物と世話物にこだわりますけれども。近松には縁《ゆかり》のある地というのが日本のあちこちにあるんですね。縁の深いところの市長さんが、近松は嫌いだとおっしゃるんです。何故かといったら、近松は心中物が多いとおっしゃるんです。実はね、全作品の十分の一くらいしかないんです、心中物ってのは。あまりにも『曾根崎心中』が有名になりすぎたんですね。

ですから、もっと心中物ではないものもお読みになっていただきたいというのが、最後のお願いですね。それでちょっと私が不安なのは、今日の（桐竹）勘十郎《かんじゅうろう》さんは近松のことを好きなようにおっしゃってましたけれども、今の太夫の一番長老の（竹本）住大《すみた》夫《ゆう》さんは、近松嫌いとおっしゃるんです。はっきりおっしゃるんですよ。トップに立ってる太夫が嫌いだというと、だんだん近松が上演されることが少なくなってくるんじゃないかなと思って、それで、不安で心配に。ですから皆さん、やっぱり近松は面白いから復活でもしてくれってな声を、大いに声を上げていただきたいと思います。

阪口　多分、住大夫さんは近松の語りはむつかしいということをそのようにおっしゃっているのじゃないかなと思うのですが。信多先生どうぞ。

信多　今日のお話の中で、渡辺さんのお話（注、第一部の渡辺氏講演。「近松はわれらの同時代人か――安田雅弘の「傾城反魂香」について――」）を大変面白く拝聴したんですが。それで、『傾城反魂香』の三人の絵師の問題というのをね、感得、むしろ感得されたんだと思

います。私は文学の場合でも、見えないものを見るということが、本当は大事なんだろうなと。特に一番、作者の狙いとか、真実があるんだろうなというように、今までの経験的に思っているのですけれども。そういう点で面白く拝聴しました。それで、特にその、吃又《どもまた》に近松は関心があったんじゃないかとおっしゃって、それは確かにそうだと思うんです。何故かと言いますとね、吃又に浮世又平という名前を付けてるんですけど、あれはですね、岩佐《いわさ》又兵衛《またべえ》を、あの当時からすでに岩佐又兵衛が知られていたんです。そのことを近松は黙って、すりこんでいるのです。いまだに大津絵の作者が、又兵衛を名乗ったりするわけですけど。実は岩佐又兵衛は越前、福井県にいた。近松は、幼少時代に彼が大変ユニークな絵師だったということを知ってるはずなんです。だからそういう加減で、あの名前を持ち出したんじゃないかと。

阪口　では最後に亀岡さんお願いします。

亀岡　時代浄瑠璃を勉強いたします。それと、新聞社の演劇担当としましては、つい古典芸能の記事が定番に陥りがちになってしまうんですね。インタビューして劇評を書いて。その劇評も、非常に文字数が少ないというのもあるんですけれども、どうしても説明的で定番になってしまう。でも、今日の先生方のお話をお伺いしまして、そういうものじゃなくて、自分の目でもっと見て考えて、今という視点を大事に書いていきたいと、改めて思いました。

阪口　ありがとうございました。近松がどこにいるのか、近松とは何か、そうした点を近松の作品世界から色々と探り出していく楽しみみたいなものが、今日のお話の中から出てきたんじゃないかなと思いますが、フロアーの皆様方いかがでしたでしょうか。時間がまいりました。先生方どうも長時間ありがとうございました。

（了）

本パネルディスカッションは、神戸女子大学古典芸能研究センター公開シンポジウム「近松再発見」を収載したものである。

日時　平成二十年十一月二十九日（土）午後三時二〇分—五時三〇分

場所　神戸女子大学教育センター体育館

（資料一）世界別時代浄瑠璃作品一覧

・配列は原則として、作中の時代設定順。
・カギカッコなしの作品名は元禄十六年（曾根崎心中）以前のもの。「 」は宝永二年顔見世（用明天王職人鑑）以降、正徳四年九月（筑後掾没）以前のもの。『 』は筑後掾没後のもの。

Ⅰ 神話時代

作品	古典文学古伝承	中世芸能 謡曲	中世芸能 舞曲	近世芸能 古浄瑠璃	近世芸能 歌舞伎	当代的事件の当て込み
『日本《にっぽん》 振袖始《ふりそでのはじまり》』	○			○		
『日本武尊《やまとたけのみこと》 吾妻鑑《あずまかがみ》』	○	○		○		

Ⅱ 大和朝廷時代

作品	古典文学古伝承	中世芸能 謡曲	中世芸能 舞曲	近世芸能 古浄瑠璃	近世芸能 歌舞伎	当代的事件の当て込み
『浦島年代記《うらしまねんだいき》』	○					
「用明天王《ようめいてんのう》 職人鑑《しょくにんかがみ》」	○		○	○		
『聖徳太子絵《しょうとくたいしえ》伝記《でんき》』						
「大職冠《たいしょかん》」	○	○	○	○	○	○

Ⅲ 王朝時代

作品	古典文学古伝承	中世芸能 謡曲	中世芸能 舞曲	近世芸能 古浄瑠璃	近世芸能 歌舞伎	当代的事件の当て込み
「百合《ゆり》若大臣野守鏡《わかだいじんのもりのかがみ》」	○		○	○	○	
「嵯峨《さが》天皇甘露雨《てんのうかんろのあめ》」						
「松風村雨束帯鑑《まつかぜむらさめそくたいかがみ》」	○	○		○		
『井《い》筒《づつ》業平河内通《なりひらかわちがよい》』	○	○		○	○	
蝉丸《せみまる》	○	○			○	
「賀古教信七墓廻《かこのきょうしんななはかめぐり》」	○					
「天神記《てんじんき》」	○	○				
丹州《たんしゅう》 千年狐《せんねんぎつね》		○			○	
「傾城懸物揃《けいせいかけものぞろえ》」	○			○		
南大門秋彼岸《なんだいもんあきのひがん》					○	
『栬狩《もみじがり》 剣本地《つるぎのほんじ》』		○				
「弘徽《こうき》殿鵜羽産家《でんうのはのうぶや》」				○		
「嫗山姥《こもちやまうば》」		○		○		
「酒呑童子《しゅてんどうじ》枕言葉《まくらことば》」	○			○		
『傾城酒呑童子《けいせいしゅてんどうじ》』	○			○		○
『関八州《かんはっしゅう》 繋馬《つなぎうま》』	○	○		○		
『双生隅田川《ふたごすみだがわ》』	○	○		○	○	

作品						
天智天皇《てんじてんのう》						
「持統天皇歌軍法《じとうてんのううたぐんぽう》」						

Ⅳ 源平争乱時代

「鎌田《かまた》兵衛名所《ひょうえめいしょ》盃《さかずき》」	○		○	○		
「娥歌《かおうた》かるた」	○			○		○
『平家《へいけ》女護島《にょごのしま》』	○	○				
薩摩守忠度《さつまのかみただのり》	○	○				
主馬判官盛久《しゅめのはんがんもりひさ》	○	○				
佐々木《ささき》先陣《せんじん》	○	○				
出世景清《しゅっせかげきよ》	○	○	○	○		

Ⅳ′ 判官物

烏帽子《えぼし》折《おり》		○	○			
十二段《じゅうにだん》	○	○		○		
「孕常盤《はらみときわ》」	○	○				
「源氏《げんじ》冷泉節《れいぜいぶし》」	○					
津戸三郎《つのとのさぶろう》	○					
「殩静《ふたりしずか》胎内捃《たいないさぐり》」	○	○	○			
吉野《よしの》忠信《ただのぶ》	○	○				
「源《みなもとの》義経将棊経《よしつねしょうぎきょう》」	○		○			

Ⅴ 鎌倉時代

『傾城島原蛙合戦《けいせいしまばらかいるがっせん》』	○			○		
最明寺殿百人《さいみょうじどのひゃくにん》上臈《じょうろう》	○	○		○		
本朝《ほんちょう》用文章《ようぶんしょう》	○	○		○		
「相模入道千疋犬《さがみにゅうどうせんびきのいぬ》」	○					○

Ⅴ′ 曾我物

団扇曾我《だんせんそが》	○					
百日曾我《ひゃくにちそが》	○					
「本領《ほんりょう》曾我《そが》」	○	○		○		
「加増曾我《かぞうそが》」	○	○			○	
曾我七《そがななつ》以呂波《いろは》	○					
曾我五人兄弟《そがごにんきょうだい》	○					
大磯虎《おおいそのとら》稚物語《おさなものがたり》	○	○	○			
「曾我扇八景《そがおうぎはっけい》」	○					
「曾我虎が磨《そがとらがいしうす》」	○					
『曾我会稽山《そがかいけいざん》』	○					
世継曾我《よつぎそが》	○	○	○			

Ⅵ 南北朝時代

「吉野都《よしのみやこ》女《おんな》楠《くすのき》」	○					
「兼好法師《けんこうほうし》物見車《ものみぐるま》」	○					○
「碁盤太平記《ごばんたいへいき》」						○
女人即身成仏記《にょにんそくしんじょうぶつき》						
今川《いまがわ》了俊《りょうしゅん》						

Ⅶ　室町時代

「雪女《ゆきおんな》 五《ご》枚《まい》羽《は》子《ご》板《いた》」					○	
「傾城《けいせい》反魂香《はんごんこう》」					○	○
『津国《つのくに》女夫《めおと》池《いけ》』	○				○	
『信州《しんしゅう》 川中島《かわなかじま》合戦《かっせん》』	○					

Ⅷ　安土桃山時代

「傾城《けいせい》吉岡染《よしおかぞめ》」				○		
『本朝《ほんちょう》 三国志《さんごくし》』	○					○

Ⅸ　江戸時代？

三世《さんぜ》相《そう》					○	

Ⅹ　海外物

「釈迦《しゃか》如来《にょらい》誕生会《たんじょうえ》」	○			○		
『国性爺《こくせんや》合戦《かっせん》』	○			○		
『国性爺《こくせんや》後《ご》日合戦《にちかっせん》』						
『唐船《とうせん》噺《ばなし》今《いま》国性爺《こくせんや》』						

（資料二）　先行作の流れと近松の創造

1、出世景清（貞享二年〈一六八五〉二の替り）

景清伝説→**（謡曲）**大仏供養　景清　籠景清　**（舞曲）**景清→**（古浄瑠璃）**景清

・**〈先行作〉**利欲のために夫を裏切り訴人した遊女あこおう。

→**〈近松作〉**嫉妬のために夫を裏切り訴人に荷担する結果となってしまった遊女阿古屋。

cf.「嫉妬は殿御のいとしさゆゑ」（四段目）

・真意の純粋さを正当に理解してほしいこと。

2、大職冠（正徳元年〈一七一一〉十月頃）

玉取伝説→（**謡曲**）海士（**舞曲**）（入鹿 大織冠）→（**古浄瑠璃**）（大職冠 他多数）（**歌舞伎**）（大職冠 他）

・〈**先行作**〉海女の犠牲により龍宮より実物の宝珠を取り返すこと。

→〈**近松作**〉宝珠を取り返したと見せかけるために海女を犠牲にすること。

・政治的意図の優先。世界の趣向化。

3、双生隅田川（享保五年〈一七二〇〉八月）

梅若伝説→（**謡曲**）（隅田川 班女）→（**古説経**）梅若？→（**古浄瑠璃 説経**）（隅田川 他）（**歌舞伎**）（出世隅田川 他）

・〈**先行作**〉人商人による梅若殺害→歌舞伎では、その商人が主家の旧臣で後悔する事例も作られる。

→〈**近松作**〉主家への贖罪のための金銭調達の手段として人商人となった惣太（淡路俊兼）。

名誉回復への熾烈な願望。それが裏目に出る悲惨。自己処罰の徹底としての自死。現世を去ることによって果された当初の意図（魔道に赴き松若を救い出す）。

近世道頓堀芝居事情——近松・義太夫・出雲——

阪口弘之

一　安井桟敷札と道頓堀芝居主

大坂道頓堀《どうとんぼり》の芝居町は、周知のように、道頓堀周辺地域の開発事業のなかで発展を遂げた。芝居関係者は、大坂三郷南組惣年寄《そうどしより》の安井家の意向のもとに、町の顔役として芝居町全体の隆昌を何よりも心がけてきた。とりわけ、寛文五年（一六六五）五月のいわゆる「安井桟敷《やすいさじき》」の開放は、道頓堀興行界の連帯意識を一段と強めたと思量される。

この「安井桟敷」とは、道頓堀開発者である安井家への感謝の念として、道頓堀諸芝居が安井家の人々に常に用意してきた指定桟敷をいう。これを芝居繁盛のことゆえ、安井家の者が参らぬ時は、他に売ってもよいという意向が、右の寛文五年に安井家より示された（安井家文書「諸芝居安井桟敷申立置一札」）。喜んだ芝居主達は、以降、芝居主連名の「桟敷札・定札《じょうふだ》」を用意して、この恩顧に応えた。安井家の人々のいつ何時の観劇にも、特別桟敷を手配して、「安井桟敷」同様に感謝申し上げたいというのが、芝居主達の思いであったのであろう。

図1は、新出のその「定札」である。有名な「道頓堀裁判」での証拠資料として採択されたものと思われるが、

図1　「安井桟敷」定札・表裏（架蔵）

これと一連の札が、大阪歴史博物館（以下「歴博」と略す）に近年収蔵された。こちらは全部で一一点。形状は、矩形《くけい》の一点を除いて、図1と同じように全て駒形《こまがた》様である。煙草盆《たばこぼん》の把っ手の両端に「定札」「桟敷札」一対で吊り下げて特別桟敷であることを示したようである。一一点のうち、札の厚み部分に年記のあるものが八点。寛政二年二月（定札）、文政七年三月（桟敷札）、文化十年十一月、文政三年二月、天保十三年五月（以上、定札と桟敷札が共に残る）のものである。これらは比較的新しいが、年記のない残る三点は、宝永正徳（一七〇四〜一六）頃のものと推測される架蔵札より古いものらしい。とりわけ二点は相当古く、安井桟敷解放から間もない頃のものともみられる。その一つが矩形札であるが、残念ながら黒光りして文字の有無さえ確認できない。もう一点は大きな焼印が真ん中に一個、彫り物と紛う程に深く押されたもので、芝居主連名の他の墨書札とは異なる。札も他よりは小ぶりで、上部に二行にわたり「□□／狂言」、中央に大きく「□□衛門」とある。あるいは「太左衛門《たざえもん》」であろうか。そうすると、桟敷開放間もない頃は、芝居各座から個別に「桟敷札」が安井家に届けられていたのかもしれない。

このように歴博資料については、今後の赤外線写真調査などを待たねばならぬところもあるが、当面の問題意識に即していえば、架蔵札の直前の宝永初期のものと推測される残るもう一つの「定札」が重要資料となる。この歴博当該札と架蔵札は、ともども近松が京都から大坂へ移住し、道頓堀から次々と名作が発信されていった時代の道頓堀芝居主を正確に示しているからである。

大坂道頓堀の場合、所謂名代《なだい》が太夫元《たゆうもと》名代と芝居主《しばいぬし》名代の両者に区別される点が京や江戸には見られない特徴で、その芝居主名代が、いわば道頓堀興行界の顔役というところであった。新出桟敷札には、表裏両面に、歴博当該札が五名と三名の計八名、架蔵札がそれぞれ五名の併せ一〇名の連名焼印がみられる（図1参照）。道頓堀の櫓株《やぐらかぶ》は早くより八軒が定まりで、これに「上り櫓」を併せても九軒である。したがって、後者の一〇名連名が気になるが、「元禄元年御城代御支配所万覚」には「芝居数合拾軒　内八軒道頓堀」とあり（藤田実氏「大坂道頓堀の芝居主名代―『大坂道頓堀諸芝居始之覚』紹介を兼ねて―」〈『大阪の歴史』第四十四号、平成七年〉参照）、あるいは道頓堀以外の芝居主が含まれている可能性も考えられる。しかし、今のところ、「杦村《すぎむら》

表

	歴博「定札」	『芝居始之覚』宝永六年	架蔵「定札」
立慶町	銭屋市左衛門 帯屋五郎兵衛 浄瑠璃信濃 竹田近江 福永太左衛門	銭屋市左衛門 帯屋五郎兵衛 伊藤信濃 竹田近江 福永いち	銭屋市左衛門 帯屋五郎兵衛 伊藤信濃 竹田近江 福永新次郎
吉左衛門町	竹田近七 竹田外記 久宝寺屋新左衛門	北村六右衛門（家守竹田出雲） 竹田外記 久宝寺屋新左衛門	河内屋勘右衛門 竹田出雲 竹田新四郎 久宝寺屋新左衛門 杦村屋弥七

屋《や》弥七」を除けば、他は全て道頓堀関係者と認定できる。そこで、その芝居主八名と一〇名を、『大坂道頓堀諸芝居始之覚』（大阪市史編纂所蔵。以下『芝居始之覚』と略す）にみえる宝永六年正月の「芝居主名代之覚」と対比しながら検討してみる。前頁表は、その関係を整理したものである。

右の『芝居始之覚』は、紹介者藤田実氏が述べられるように、『今昔芝居鑑《こんじやくしばいかがみ》』『古今役者大全《ここんやくしやたいぜん》』『歌舞伎事始《かぶきじし》』の依拠資料として押さえられるもので、その記述内容はそれら諸書よりも信頼できるものとされる（前掲論文参照）。そこに見られる宝永六年（一七〇九）正月時点の芝居主（縁故者を含む）全員の名が掲出「定札」のいずれにもほぼ確認できる。『芝居始之覚』と名前が異なるのは、歴博札が福永太左衛門と竹田近七、架蔵札では福永新次郎と竹田新四郎であり、河内屋勘右衛門《かわちやかんえもん》と枡村屋弥七の名があらたに加わる。その名前の流れは右表に示した通りであろうが、福永新次郎は福永（大坂）太左衛門とその娘いちの後を継いだ「新十郎」のことであろうか。竹田新四郎は竹田の一族で、外記《げき》の後継者である。竹田近七は、はじめて知る名であるが、竹田出雲《いずも》の前名である。これについては再述する。このように掲出の両札には、『芝居始之覚』と一致するか、またはその流れが確実に辿れる芝居主名がみられ、宝永六年正月をはさみ、前後で近接する頃の桟敷札とみて大過あるまい。

一方、架蔵札であらたに加わった二名のうち、「枡村屋弥七」については、前述のように知るところを持ち合わせない。しかし「河内屋勘右衛門」は、豊竹座《とよたけざ》創設者の豊竹若太夫《わかたゆう》、後の越前少掾《えちぜんのしょうじょう》として知られる人である。彼は、享保九年（一七二四）三月の豊竹座類焼の際、定札にも見える帯屋五郎兵衛から、太夫元名代を芝居地共に買い取り、太夫元名代と芝居主名代と豊竹座座本の三者をはじめて兼備した人といわれるが（『今昔芝居鑑』『演劇百科大事典』）、架蔵札には帯屋五郎兵衛と共に芝居主として既にその名がある。これは、その時点で彼が芝居主として活動していた証左であり、若太夫の実力者としての地位は従前説よりももっと早くに確立されていたと想定される。即ち、享保九年の折に手に入れたとされるのは、芝居主名代ではなく、太夫元名代のいわゆる櫓名代ではなかったかと思われるが、不審である。少なくとも、芝居主名代を改めて取得する必要はないからである。

抑、豊竹座の旗揚げは、舞《まい》芝居の大頭《だいがしら》亦太夫（又は金太夫）の芝居を借りたものであったが、この芝居を、彼の旅興行中、泉州踞尾《つくお》（現、堺市西区津久野町）の北村六右衛門が購入し、櫓株は竹田出雲に譲り、芝居小屋を取り潰した。帰坂したものの上演小屋を失った若太夫は、創設したばかりの豊竹座を一旦たたみ、出雲の熱心な要請に応じて竹本座に復帰し、近松を専属作者に迎えての顔見世公演『用明天王《ようめいてんのう》職人鑑《しょくにんかがみ》』に出勤《しゅっきん》した。けれども間もなくまた豊竹座を再興している。出雲が譲り受けた櫓株は、後に「上り櫓」、即ち空櫓になるものであるが、思うに、この時、若太夫は北村六右衛門や出雲らの後援を得て、出雲所持の櫓株のもと、六右衛門建設の新しい芝居小屋の主となって再興を果たしたのではあるまいか。『今昔《いまむかし》操年代記《あやつりねんだいき》』には、出雲の先の要請を、留守居の若太夫関係者が「太夫留主なれ共親の子を思ふしあんこそあらめ」と受け止めたと記しており、そうした推測に傾く。時に、宝永四年暮れのことである。おそらくこの再興時、「芝居主」の地位を得たのであろう。しかし、それは正式に「芝居主名代」を所持してのことではなかったのかもしれない。定札の連署が道頓堀芝居八軒を超え、一〇名を数えるのは、彼が「仮芝居」の主ながら、他の芝居主と同列の特別処遇を得ていたということが関わっているのかもしれない。ともあれ、当該定札に拠る限り、若太夫は道頓堀「芝居主」として確かな地位を早くから確立していた。それが享保九年、帯屋五郎兵衛から太夫元と芝居主の両名代を正式に取得してまさに名実共に道頓堀興行界の押しも押されもせぬ存在となったのであろうが、豊竹座再興がいわば道頓堀興行界挙げての後援の裡に成ったこと、またその期待に彼がよく応え、名代の所持云々は不明ながらも、道頓堀顔役として早くから活躍があったこと、そのことが道頓堀の東西に竹本豊竹両座が互角でしかも一体的な芝居小屋として評判を集めてきたことに繋がっていると承知する。今後、竹本豊竹両座での競演問題などをはじめ、豊竹座理解の前提として押さえねばならぬ点であろう。

次に注目すべきは、やはり定札連名の一〇名のうち、一族三名（竹田近江、出雲、新四郎）までもが名を並べる竹田家の人々であろう。竹田家の道頓堀進出は万治寛文（一六五八～七三）頃でそれほど早くもないが、安井家の信頼を得て、初代竹田近江（一時、出雲を名乗る）が道頓堀東側の立慶《りゆうけい》町、その弟外記が西側の吉左衛門《きちざえもん》町の町年寄を勤め、道頓堀の顔役となった。定札の「新四郎」は、その外記を継いだ人で、「享保二十年改道頓堀芝居名代並座本惣元帳」（安井家文書）から遡って推測すれば、竹本座の芝居主と比定される。むろん同座の太夫元名代と座本は、その時、出雲であった。そしてその「出雲」が、北村六右衛門芝居（中《なか》の芝居）の家守を兼ねて、芝居主として札に名を列ねていると推測される。泉州踞尾の豪農で、泉尾《いずお》新田《しんでん》（現、大阪市大正区）などの開発者である北村六右衛門が道頓堀の芝居経営にも深く関わっていたことについては既に触れたところである（阪口「大阪新田開発者の一側面」〈『堺学から堺・南大阪地域学へ』平成十八年、大阪府立大学〉参照）が、その信頼を得た出雲が、前名を「近七」と名乗っていたことは、今回紹介の歴博札で初めて判明したところである。この「近七」と「出雲」が同人であることは、歴博および架蔵の両札の焼印の一致からも間違いない。なお「近江」は、初代清房が宝永元年（一七〇四）に死亡しており、架蔵札名は息子の清孝をさすのであろう。しかるに歴博札の焼印には「清房」の名が読み取れる。架蔵札とは印記が変わっていることからいえば、歴博札は初代清房の存命中のもので、あるいは元禄期に遡る可能性もある。そのことはまた、出雲の名乗りがさほどに遡らないことをも意味する。即ち、初代清房の存命中は、出雲はまだ「近七」を名乗っていて、清孝の二代目「近江」襲名と抱きあわせて「出雲」の同時襲名となったのかもしれない。場合によっては、前述の顔見世公演『用明天王職人鑑』の座本就任時という可能性も残される。『用明天王職人鑑』に、「扨職人には官位をあたへ。諸国の受領に任ずべし御身よろしくはからひ給へと。かしこまりなるみことのり。此時よりや諸職人。今も国名をゆるされて時に近江や世に出雲。其万代も竹の名の。筑後の末ながき御代に。すむ身ぞ三重〱ゆたかなる」と、近江、出雲、筑後三名の受領を寿ぐのも、あるいはそのことに関連するかもしれない。なお、架蔵札の芝居主連名の順序を見てみると、片面が銭屋市左衛門、帯屋五郎兵衛、伊藤信濃、竹田近江、福永新次郎の順、もう一面が河内屋勘右衛門、竹田出雲、竹田新四郎、久宝寺屋《きゅうほうじや》新左衛門、杦村屋弥七の順になっているが、この順序は、歴博札や前掲「芝居主名代之覚」の記載順をも参考にすれば、宝永末から正徳初年頃の道頓堀の東から西への、即ち立慶町から吉左衛門町へかけての芝居のほぼ並び順のようにもみえる。ただ、前述のように杦村屋弥七や河内屋勘右衛門などの芝居地になお不明な部分を残しており、この点については今少し慎重な検討を必要とするであろう。

ともあれ、このように道頓堀では、もとより安井家の後ろ楯を得てのことであるが、この期、竹田一族などを中心に興行界一体となって芝居町としての発展が図られてきた。当該桟敷札はそのことを如実に示すものである。芝居主たちは町の顔役として、どこまでも芝居町の発展を目指し続けたと思量される。したがって、この期の浄瑠璃史は、出雲ら竹田家の人々と義太夫・近松の絡みを主軸に描述されてこそ、そこにはじめて総合的視座も生まれるであろうというのが私見である。以下、そのことに関わって論述を進めたい。

二　狂言本『難波重井筒』見返し図——近松の大坂移住と京坂興行界——

大坂は水の都と呼ばれて久しい。しかし裏を返せば、それは水と格闘してきた町であることをいう。しばしば大水害に見舞われてきたが、宝永四年（一七〇七）十月四日、五畿内南海道《ごきないなんかいどう》を襲った地震でも、津波高潮で壊滅的な被害をうけた。道頓堀周辺も、「高浪にて川口にかけたる大船共数百艘、道頓堀芝居下、日本橋之下迄押し来候故、日本橋より西の橋は一つも無之」（『鸚鵡籠中記《おうむろうちゆうき》』）という惨憺たる有様であった。芝居町も甚大な被害を蒙ったであろう。

そうした中、この年の十二月に道頓堀竹本座で上演をみたのが、道頓堀に程近い南の六軒町《ろつけんまち》の重井筒屋を舞台とした『心中重井筒《しんじゆうかさねいづつ》』であった。この作品には、未曾有の災害から二箇月、混乱の中から立ち上がろうとする大坂市中、とりわけ道頓堀周辺の様相が様々に描かれているが、中でも注目したいのが、おふさ徳兵衛《とくべえ》の心中道行（「ちしほのおほろそめ」）に、

なごりつきせぬはまがはの。こゝはたけ田かよはなんどきぞ。五つ六つ四つ千日でらのかねも八つか七つのしばゐ。ふたりがうはさせばきやうげんの。しぐみのたねとなるならば……

と、片岡・篠塚・岩井・嵐の歌舞伎四座と竹田・出羽・竹本の操三座が読み込まれている点である。近松が自座の様子を楽屋落ち的に描述するのは珍しくもないが、このように歌舞伎も含めて、道頓堀芝居の様相を読み込むのは異例で、私はここに大災害から立ち上がろうとする道頓堀興行界の「復興宣言」「元気宣言」ともいうべき一面が見て取れると主張したことがある（阪口「都市芸能としての浄瑠璃—近松の大坂意識—」〈『都市に対する歴史的アプローチと社会的結合』平成十九年、大阪市立大学大学院文学研究科〉参照）。一座だけの問題ではない、いわば運命共同体としての道頓堀芝居街の復興を力強く喧伝しているように思えるからである。実際、宝永期に入っての竹本座浄瑠璃には、たとえば『心中二枚絵草紙《しんじゅうにまいえぞうし》』冒頭に描き出される『用明天王職人鑑』の顔見世光景のように、さりげない形ながら道頓堀芝居街を巧みに喧伝するところも目につくのである。では、なぜこのような傾向がこの期の竹本座浄瑠璃にはみられるのであろうか。

周知のように、竹本座では、元禄十六年（一七〇三）の『曾根崎心中《そねざきしんじゅう》』の大ヒットで、それまでの赤字を全部返済した義太夫がそれを花道に引退を決意する。この慰留に努めたのが竹田出雲（近七）である。稀代のスターの引退は、竹本座のみならず道頓堀興行界にとって計り知れない痛手であり、彼を語りの現場に残したいという強い思いが出雲にはあったに違いない。義太夫を道頓堀に旗揚げさせ、その後も強力にその売り出しに尽力してきた出雲らにとっては当然の思いであろう。こうして、出雲は当代望みうる最高の陣容を用意し、義太夫には芸道への専心を求めた。女形人形遣いの辰松八郎兵衛《たつまつはちろべえ》、三味線の竹沢権右衛門《たけざわごんえもん》に加えて、前述のように旗揚げしたばかりの豊竹

若太夫をもう一度竹本座に呼び戻し、これに京都にいた近松をわざわざ大坂に迎え、竹本座の専属作者に指名した。辰松も、当時は京都の亀屋《かめや》座《ざ》上演の歌舞伎に人形遣いとして出勤中であった。このように超一流演者と、後に「作者の氏神」とまで呼ばれる近松を大坂の竹本座へ一挙に引き抜いた。まさに世紀の大トレードで、義太夫の太夫専念のお膳立てをなした。そこには道頓堀興行界大ボスの並々ならぬ強い意志がみてとれよう。こうして出雲自らも座本に据わり（芝居主は外記、後に新四郎）、「四天王寺（聖徳太子）御朱印縁起《ごしゅいんえんぎ》」出現からちょうど七百年、その噂に沸く大坂で、義太夫の生まれ育った地という点も重ね合わせ、四天王寺ゆかりの『用明天王職人鑑』の顔見世公演となった。「四天王寺（聖徳太子）御朱印縁起」とは、皇太子仏子 勝鬘《しょうまん》（聖徳太子）自身が撰述し、太子自らの手形が二五も押されていたという驚くべき文書で、中世太子信仰はこの文書出現で一挙に拡がりをみせたという。その話題が市中を七百年ぶりに駆け巡る中、これに因んだ様々な初尽くし趣向が盛り込まれての顔見世興行で、道頓堀興行界の一体感はいよいよ強固なものになっていったと想察される（阪口「竹本義太夫―道頓堀興行界の戦略」〈『国文学』第四七巻六号、平成十四年〉参照）。

そしてこの大イベントに続き、道頓堀では殆ど時を置かず、既に触れたように豊竹座が再興される。この二つの事柄（竹本座新体制での再出発と豊竹座再興）は、道頓堀興行界が竹本豊竹両座体制を芝居街繁栄の青写真に描いて主導した連動する出来事であったと推測する。紙数の関係もあるので、詳しくは触れないが、宝永初年頃の竹本座上演作に道頓堀の芝居関係描写が目につくのは、そうした背景があるものと考える。

しかしながら、近松の大坂移住をはじめとするこれら一連の動きは、当時の上方の劇界にとっては衝撃的な事柄であったと思量される。

大坂の道頓堀興行界にとってはしてやったりであったかもしれないが、近松を引き抜かれ、辰松ももっていかれた京都側にとっては、まさに踏んだり蹴ったりという思いであったに違いない。京都では、既に坂田《さかた》藤十郎《とうじゅうろう》の衰え

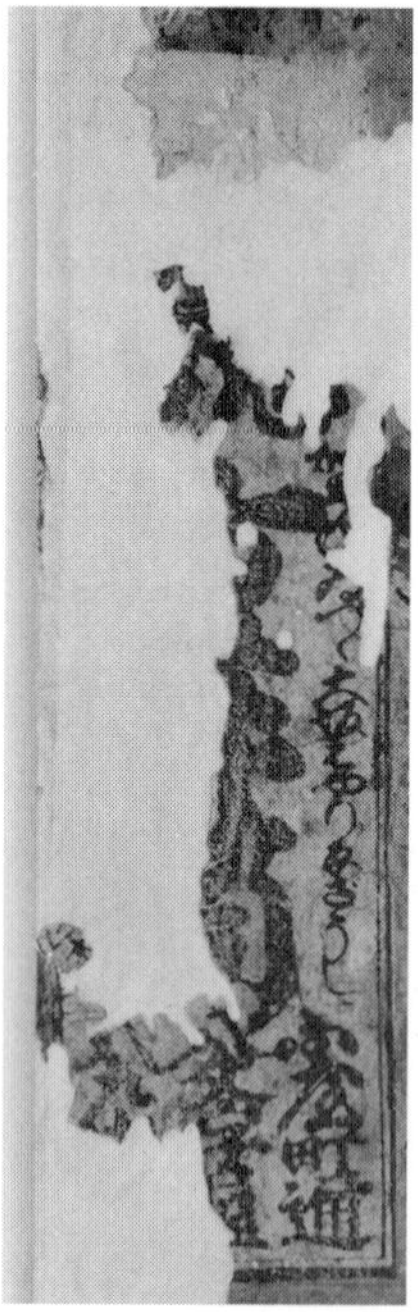

図２
『難波重井筒』題簽

図３　右同　見返し図と内題

が誰の目にも明らかであった。歌舞伎界の大黒柱がそんな状況の中での近松の引き抜きである。最終的には近松の意向に従わざるを得ないとはいえ、京都側ではそうすんなりと応じられる話でない。しかし、それが殆ど問題なくスムーズに事が運んだのは、大坂側から都万太《みやこまんだ》夫《ゆう》に代表される京都興行界を納得させる何らかの働きかけがあったと推察される。

勿論、その当否は今後十分に検討されるべきであるが、そうした想定へと傾けさせる資料が、最近現れた（図２・３）。

当該資料（架蔵）は、写真でわかるように、ひどい破損を何とか裏打修補しているものの、素人仕事に近く、判然とせぬ所もあるが、内題には「難波《なには》重井筒《かさねゐづゝ》」とある。それが示す通り、本文は近松の『心中重井筒』を踏襲し、節付《ふしづけ》も浄瑠璃正本と殆ど同じである。しかし処々で省筆の目立ついわゆる間欠《かんけつ》本文となっている。けれども、これは浄瑠璃正本ではない。歌舞伎狂言本である。

天理図書館にこれと同版で、保存のよい一本が残るが、その挿絵の役者紋から、宝永五年度の都万太夫座での上演テキストと推定されている。しかし、歌舞伎での上演の実態は、内題に「上之巻　難波《なには》重井筒《かさねゐづ》、おやまふさ こんや徳兵衛　竹本義太夫節」とあるのが手がかりになるだけで、したがって、「都万太夫座で竹本義太夫節通りに上演」されたとしかわからない。それ以外は不明で、天理本に関わる従前の諸解題もそれ以上には踏み込んでいない。しかるに、当該新出本は保存の悪さに加え、落丁もあるが、天理本にはない題簽《だいせん》が一部残り、見返《みかえ》し図が存在する。

まず題簽であるが、こちらから得られる情報は少ない。板元《はんもと》が八文字屋《はちもんじや》八左衛門であることの確認（板元名は本文末で承知のところ）と、外題《げだい》右横に「かさ□ゐづ、大坂はやりゑざうし」とあり、大坂以外の、即ち都万太夫座での上演を推測させるにとどまる。

しかし、表紙見返しは注目すべき舞台図といえよう。

屋根が崩れたり傾いたりしているが、破れと表装の悪さによるもので、絵柄は、徳兵衛がおふさを背負い、重井筒屋を屋根伝いに脱出して、そのあと相合傘で心中にむかう二つの場面が同一図として描かれている（破損部に更に場面図があるかもしれない）。

しかもそれは舞台図で、その舞台の奥で「竹本義太夫ふしかたる」「道行つれぶしかたる」とあるように、竹本義太夫とワキ太夫が『心中重井筒』の道行をつれぶしで語っているが如くである。そこには盲目らしい三味線弾きも姿を見せている。そしてもしこの解釈で誤りがなければ、宝永五年、都万太夫座での歌舞伎狂言で、少なくとも道行に竹本義太夫がワキ太夫らと共に歌舞伎役者との競演に及んだということになる。これは驚くべき事柄といえよう。

ただし、竹本義太夫は浄瑠璃の格を殊に重んじた人である。これまで歌舞伎に出勤したということを耳にしたことはない。それだけに結論は慎重でなければなるまい。とりわけ「竹本義太夫ふしかたる」は、竹本義太夫が自ら浄瑠璃を語ったという解釈もさることながら、同時に、その門弟が「竹本義太夫節」を語った意とも解釈できるからである。内題下の「竹本義太夫節」は、そのことを意味している可能性もある。

そのことで思い出されるのが、早くに横山正《よこやまただし》氏の紹介になる歌舞伎番付『難波重井筒』（佐藤峻吉《さとうしゅんきち》氏蔵）である（「歌舞伎番附「難波重井筒」その他について」〈『近世演劇論叢』昭和五十一年、清文堂出版〉参照）。この番付は、享保四年（一七一九）五月十二日よりおふさ徳兵衛の十三年忌追善興行として都万太夫座で上演をみた折のものである。この番付年次はまず動かず、したがって横山氏は、これを『難波重井筒』再演時のものと一応結論づけられるものの、祐田善雄《ゆうだよしお》氏に代表される天理本（したがって架蔵本も）を宝永五年（一七〇八）の狂言本とする見方にやや疑念も示され、むしろ天理本は番付と同じ享保四年のもので、『難波重井筒』初演をこの時と考えられていた節も感じられる。氏はその論拠に、宝永五年説が拠り立つ狂言本の役者紋には必ずしも全幅の信頼が置けないこと、更に番付の「竹本義太夫ぶし　おやまおふさ　こん屋徳兵衛」の書きぶりが、天理本内題下の「おやまふさ　こんや徳兵衛　竹本義太夫節」と極めて酷似することを挙げられる。

同番付に拠ると、この時、近松原作を歌舞伎に書き替えたのは「狂言作者　佐渡嶋三郎左衛門《さどしまさぶろうざえもん》」、浄瑠璃の語り手としては「義太夫ぶし浄るり　竹本彦太夫《ひこたゆう》」「同浄るり　竹本秀太夫《ひでたゆう》」とある。したがって、当該番付が仮に天理狂言本に対応しているならば、架蔵見返し図の二人の出語り太夫は、竹本彦太夫と同秀太夫ということになる。

この「狂言作者　佐渡嶋三郎左衛門」と「義太夫ふ（ぶ）し上るり　竹本彦太夫」は、享保に入っての同じ万太夫座での歌舞伎浄瑠璃の競演にしばしばその名を確認できる。享保元年（一七一六）の『国性爺《こくせんや》』や同六年の『津《つの》国女夫池《くにめおといけ》』などである。今、比較的資料の残る後者で説明すれば、都万太夫座上演の狂言本（天理蔵）題簽には、「竹本筑後掾直之正本ノ通り仕候」と脇書し、内題下にも「作者近松門左衛門」の名を挙げるが、見返しの役人替名には、「狂言作者　佐渡嶋三郎左衛門」、「義太夫ぶし上るり　竹本彦太夫」とある。そして同書挿絵の舞台図には、「竹本彦太夫出語り」「竹本秀太夫出がたり」「三味線岩井忠七」との注記がある。享保四年の『難波重井筒』と同じ太夫コンビでの歌舞伎出勤である。享保期の万太夫座での歌舞伎浄瑠璃競演には、三味線弾きは不明なものの、浄瑠璃太夫としてはこの二人がいわばお決まりのように出勤していたのかもしれない。しかし又一方で、万太夫座に僅かに遅れて大坂竹島座《たけしまざ》で上演された折の狂言本（国会蔵）では、万太夫座狂言本の見返し（役人替名）や舞台図をほぼそのまま流用（後刷。一部削除・埋木）しながら、太夫・三味線は、竹本国太夫、竹本大和太夫、竹沢弥七と埋木でその名が変えられている。この三名は岩波版『近松全集』第十七巻解題にもある通り、同作絵尽（信多純一《しのだじゆんいち》氏蔵）に揃って名前の見える初演時のメンバーである。浄瑠璃初演時の太夫と三味線弾きがそのまま歌舞伎に客演しているのである。

話が聊か煩瑣になってきたが、竹本座からの歌舞伎への出勤太夫は、万太夫座の場合、固定化の傾向も看て取れるが、『難波重井筒』見返し図では享保期の狂言本のように彼等の名が明記されているわけでもなく、「竹本義太夫ふしかたる」「道行つれぶしかたる」を竹本彦太夫や秀太夫に特に結び付ける必要はなさそうということである。また、浄瑠璃初演時の太夫と三味線弾きがそのまま歌舞伎に出勤する事例もあり、狂言本『難波重井筒』が従前説通り、宝永五年のテキストで動かないとすれば、浄瑠璃初演の翌年のこと、当然義太夫は健在であったわけで、近松原作の省筆に誰があたったのかといった「狂言作者」の問題など、不明なところも残るが、竹本義太夫自らが歌舞伎に出勤して、浄瑠璃を語った可能性も存外高いといえるかもしれないのである。ともあれもしその通りであれば、浄瑠璃史のいわば通説を覆す事象ということになる。決定的証左はなお見出しがたく、まずはその可能性を指摘して、今後の検証に委ねたいと思う。

三　歌舞伎作者近松はどこへ行ったか——宝永期世話物の歌舞伎化をめぐって——

『難波重井筒』をめぐる「竹本義太夫」出勤問題は叙上の如くである。述べたように、結論は十分にも慎重であらねばならないが、私がそこにこだわるのは、『心中重井筒』上演の宝永の頃から浄瑠璃の歌舞伎化が盛んにみられることが背景にある。後にも述べるが、たとえば『心中重井筒』と同時期の初演と推測されている『丹波《たんば》与《よ》作待《さくまつ》夜《よ》の小室節《こむろぶし》』も、近松の浄瑠璃がまず大坂岩井座《いわいざ》で上演され、更に京の早雲座《はやくもざ》では『ゑびす講結御神《こうむすぶのおんがみ》』という外題で演じられた。更に外題を浄瑠璃と同題に戻して、布袋屋座《ほていやざ》でも上演されたらしい。

こうした傾向は他にも多々指摘できる。義太夫の先輩宇治加賀掾《うじかがのじょう》も、宝永二年、坂田藤十郎の息子兵七郎《へいしちろう》に協力して、歌舞伎狂言『源氏供養《げんじくよう》』に出演した。この歌舞伎の「すまあかし」は「宇治嘉太夫正本ノ通仕候」というものであった。ここにいう「宇治嘉太夫正本」とは、加賀掾の『石山寺開帳《いしやまでらかいちょう》』を指すが、この時、加賀掾は坂田兵七郎に自らの「芝居」を貸し、自身老齢を顧みず舞台に出て、役者と人形一体で繰り広げられる小歌あり、大からくりありの「須磨明石」の場面を語った。

因みに、右の役者と人形一体という点では、元禄十六年竹本座で辰松八郎兵衛が手妻《てづま》で狐を演じ、狩人役者と競演した『傾城八花形《けいせいやつはながた》』の「風流信太妻《しのだづま》」がよく知られるが、前述の宝永二年、亀屋座の場合は、辰松八郎兵衛自身が歌舞伎（『和歌三神影向松《わかさんじんようごうのまつ》』）に出勤していた事例である。

このように宝永頃からは、浄瑠璃歌舞伎の交流接近の中で、とりわけ浄瑠璃の歌舞伎化が目につくが、『難波重井筒』の場合も、竹本義太夫自身か、あるいは少なくとも門弟の太夫・三味線弾きが、わざわざ京都まで出向き、「竹本筑後掾直之正本ノ通り仕候」歌舞伎に出演したものであった。そしてもしこれが義太夫自身の客演ということであれば、それこそきわめて異例な出勤であったといわざるを得ない。

問題は、したがって、なぜこの宝永五年という時期に、右のような歌舞伎・浄瑠璃合同競演がみられたかということである。すでに述べたように、義太夫は『曾根崎心中』の大ヒットを引退の花道にと考えたようであるが、出雲らの熱心な説得を受け入れて名実共に新体制で竹本座の更なる発展をめざしたばかりである。稀代の作者近松を傍らに置き、後見には出雲ら竹田の一族が控え、安井家や北村家の人々の信頼も抜群であったはずである。わざわざ大坂を離れる理由はない。僅かに考えられるとすれば、再興間もない豊竹座への遠慮といったところであろうか。

そこでなぜということであるが、私はこれが宝永五年の京都歌舞伎界の出来事であった点に注目したい。述べたように、大坂で竹本座の新体制が確立するや、若き頃から京都で浄瑠璃・歌舞伎にと活躍してきた近松が宝永三年に大坂に移住、辰松八郎兵衛もそれより早く大坂に呼び戻されていた。一方、京都では、坂田藤十郎の衰えが甚だしい。前述の加賀掾芝居での『源氏供養』も、藤十郎が大病を患って間もない頃のことで、藤十郎としては我が身の自由は利かず、息子の兵七郎の将来を慮って、日頃から懇意の加賀掾に助力を求めたものといわれている。

藤十郎は翌年の宝永六年に没するが、たとえば宝永五年正月の役者評判記『役者落文《やくしやおとしふみ》』（架蔵）では、立役の巻頭がついに坂田藤十郎（亀屋座）から山下京《やましたきよう》右衛門《えもん》（万太夫座）に替わった。この『落文』は、戦前に高野《たかの》辰之《たつゆき》氏が「名優の労苦―坂田藤十郎の晩年―」（『演劇史研究』Ⅱ、昭和七年十月）で一部触れておられるが、『歌舞伎評判記集成』（岩波書店）にも未収載であり、この期の藤十郎のエピソード的様相を少し紹介しておこう。

まず『落文』で立役巻頭を替えたことに関連しては、藤十郎は「今ではぬれ事は何とやらうつらぬ様に見へ」、若い役者の中に入ると、孫たちとかくれんぼをするようにみえるとか、彼の芸を賞めるのは、火吹竹を昔の柔らかな竹の子時を思って食べよというようなものだとか、散々に酷評して理由付けとする。藤十郎は中風を患って、口元が不自由だったのか、「芸の内にちよつ〳〵と口もとなでさんす御事少さもしき様に見へる」といい、この人の芸は「雨がつぱ」だと。心は「ぬれが下へうつらぬ」と皮肉る始末である。もちろん、藤十郎と山下京右衛門とを並べ、三ヶ《さんが》の津《つ》の中で、二人とない梅と桜と持ち上げてはいるが、右の如く、すでに昔日の面影はなかったのであろう。

義太夫、もしくはその門弟の『難波重井筒』出勤はそのような藤十郎の衰えのなかで行われた。尤もこの時の万太夫座には藤十郎は一座せず、京右衛門が参加していた。しかし、『難波重井筒』にはその京右衛門は登場せず、挿絵中の役者紋から、徳兵衛に中村四郎五郎《なかむらしろうごろう》、おふさに山本哥門《やまもとかもん》、女房おたつに市村玉柏《いちむらたまかしわ》が扮したと想定されている。

『鸚鵡籠中記』に拠れば、竹本座は、宝永五年の夏、伊勢・奈良方面に巡業しており、この折、『心中重井筒』を上演している。したがって、この巡業の中（たとえばその前後に）で、京都での浄瑠璃・歌舞伎合同の上演も見られたのかもしれない。そのあたりは一つの推測にとどまるが、ともあれこの時期、京都興行界は藤十郎の目に見えての衰え、加えて近松の大坂移住と、お先真っ暗という状況にあった。京都の興行界には相当な危機感もあったはずである。しかし、近松の移住をめぐって、たとえば京都興行界からクレームや「待った」がかかったとか、あるいは京都と大坂の興行界で対立やしこりがみられたといった類の話は残されていない。近松の京都でのそれまでの活躍を思えば、その移住にクレームをはさむことは天に唾するようなことであったかもしれないが、このように問題なく事が運んだのは、一人近松の個人的な力によるだけであるまい。大坂・京都両興行界の十分な納得合意があって、近松の大坂移住もなり、竹本座の新体制も固まったものと推察する。ここでも竹田出雲などが相当な力を発揮したのであろうが、私は義太夫あるいは竹本座の人々の万太夫座出勤は、そうした動きを許容してくれた京都興行界——特に万太夫らに率いられる歌舞伎界への恩義に応える「返礼」の意のようなものが込められているのではないかとも想像する。

この推測が的を射ているかどうかはわからないが、近松が竹本座の専属作者になって以降、演劇興行界の中心は、確実に京都から大坂へとシフトした。宝永五年三月の京都大火もその流れに追い打ちをかけたかもしれない。そういう中、浄瑠璃と歌舞伎の関係でいえば、近松はその後、専ら浄瑠璃執筆に没頭し、歌舞伎は一切書いていないのである。

この歌舞伎から再び浄瑠璃へという近松の転進については、長年の盟友ながら病がちの藤十郎を見限ったとか、作者能力は浄瑠璃でこそ十分発揮できるからという具合に、その理由が推測されているが、であればなおのこと、私には「では、歌舞伎作者近松はどこへ行ったのか」という思いがいよいよ高じてくるのである。近松は本当に歌舞伎を捨てたのかという疑問である。

確かに歌舞伎作品は物していない。けれども、その後の浄瑠璃には、歌舞伎色が一段と盛り込まれている。それどころか、『難波重井筒』のように、浄瑠璃そのままに歌舞伎化された作品も目につく。とりわけ、近松が大坂に移住した宝永三年の翌四年から二、三年は、絵入浄瑠璃本を流用した狂言本が何種類も現存する。『飾磨褐布染《しかまのかちんぞめ》』（『五十年忌《ごじゅうねんき》歌念仏《うたねんぶつ》』）、『丹波与作待夜の小室節』『ゑびす講結御神』『両州連理《りょうしゅうれんり》の松《まつ》』（『丹波与作待夜の小室節』）、『薩《さつ》摩歌《まうた》（推定）』（同題）などで、その他、『姫神金龍嶽』（『心中《しんじゅう》刃《やいば》は氷《こおり》の朔日《ついたち》』）もこれに類するものといえよう。いずれも世話物である。これが享保に入ると、『国性爺《こくせんや》後《ご》日合戦《にちがっせん》』『日本《にっぽん》　振袖《ふりそでの》　始《はじまり》』『津国女夫池』のように、時代物にもその事例が拡がるが、ともあれ、近松は竹本座専属作者に据わって以来、歌舞伎には一切関わりをもたなかったはずである。けれども、それはどうもたてまえで、事実は、彼の執筆の浄瑠璃、特に世話物が意識的に歌舞伎に転用されているようにもみえるのである。その意味では、近松が歌舞伎を捨てたとはとてもいえない。浄瑠璃を、更にいえば、世話物を迂回して歌舞伎への作品提供がなされたとさえ思えるのである。

私は先に『難波重井筒』での義太夫（又は門弟）の万太夫座出勤を京都歌舞伎界への「返礼」の気持ちを込めた

特別出演ではないかと、聊か大胆な推断を下したが、近松の京都から大坂への移住をめぐっては、浄瑠璃作者として歌舞伎にも転用可能な作品を提供するという約束が京都と大坂両興行界の間で交わされていたのではないかとも推測する。憶測を重ねるのは控えるべきであるが、この時代の演劇界の動向をみる時、竹田一族が道頓堀に進出して以降、道頓堀興行界の輪郭が明確化し、それに伴い京都大坂両興行界の交流連携も強化され、そこには以前にも増した共同体的意識が看取できる。一、二事例を示せば、貞享元年（一六八四）の竹本座の旗揚げ、それに呼応しての京都の浄瑠璃書肆《しょし》山本九兵衛《くへえ》の大坂進出、続いて難波の人気作者西鶴にも協力を求めての加賀掾義太夫の道頓堀競演、これらが大坂の新進太夫竹本義太夫、京のいまだ名もなき新進作者近松門左衛門を京大坂一体で世に送り出すイベントとして用意されたことは疑いもない。

デビューだけではない。近松の作者署名も、前掲老舗書肆をも捲き込んだ一連の流れの中、その新しい大坂出店《でみせ》（当初は山本九兵衛が京大坂を往来して差配。後に九右衛門《くえもん》が継承）の手で実現している。『佐々木先陣《ささきせんじん》』がその嚆矢で、道頓堀競演の翌貞享三年七月のことであった。山本の大坂出店は竹本座の浄瑠璃本板行独占を許され、一方そのことに拠って、義太夫も近松も京大坂興行界の思惑通り、その名を広く知られていくのである。

こうした両興行界の共同体意識にそって考えるならば、近松が京都から大坂へ移住して間もない宝永後期に著した世話物が歌舞伎への転用をも前提にして用意された可能性は十分検討に値するところであろう。京都興行界はそうした約束を近松大坂移住の条件に持ち出していたのではあるまいかというのが、私の想像である。その約束さえあれば、京都興行界は、引き続き近松の「歌舞伎新作」を手に入れることも可能で、痛手を最小限に食い止めることもできるからである。ましてやそれが歌舞伎浄瑠璃合同公演ともなれば、願うところでこそあれ、悪い話ではあるまい。『難波重井筒』での義太夫（又は門弟）出勤を、義太夫ら、大坂側の「返礼」と推測する理由はそのあたりにあり、前掲の数々の狂言本の存在がその推測を支えるのである。そういう意味で、宝永後期の近松世話物は誤解を恐れずにいえば歌舞伎そのものとみてもよく、「歌舞伎作者近松は浄瑠璃作者の中に生き続けている」というのが、私の見通しである。出雲はそこまでのことを考える知恵者であったと思える。

浄瑠璃研究史を紐解く時、昭和三十年代後半から四十年前半にかけて、「段」や「場」の問題が近松研究で大きくクローズアップされた。上演組織のありようが問題にされ、五段構成（時代物）と三巻構成（世話物）の定型からはみ出る上下巻構成作品の位置づけ、そこに関わる「時代」と「世話」の問題、とりわけ『丹波与作待夜の小室節』など「時代世話」とされる作品は果たして世話物なのか、それはたとえば時代物とされる『傾城反魂香』とどう違うのか、そうした観点から世話物二四篇という通説にも改めて検討をなすべきとの声も聞こえた。一方でこの問題は、歌舞伎の特色を取り込んで成立した浄瑠璃が逆に歌舞伎化される問題とも絡んで展開をみせ、今日の浄瑠璃歌舞伎交流研究の盛況にも繋がっているが如くである。最近も今尾《いまお》哲也《てつや》氏『歌舞伎〈通説〉の検証』（平成二十二年、法政大学出版局）や平田《ひらた》澄子《すみこ》氏『近松浄瑠璃の成立と展開』（平成二十二年、新典社）に研究史を踏まえた関連論考が収載をみる。私が述べてきたところもそうした流れに沿うものであるが、浄瑠璃歌舞伎の相互交流を出雲と義太夫・近松らの絡みに象徴される興行界動向のなかで見据え直す時、近世演劇史のいまだ気づかざる新事実をもっての総合化も果たされるのではないかというのが、辿り着いたところの結論である。

（付記）大阪歴史博物館所蔵の「定札」調査にあたって、伊藤純・小橋弘之・八木滋各氏のご高配にあずかった。記して感謝申し上げます。

近松と万太夫

井上勝志

はじめに

京都の歌舞伎名代《なだい》として、上方元禄歌舞伎の中心に居続けたのが都万太夫《みやこまんだゆう》である。今更めくが、万太夫とその周辺について検討し、彼の京都芸能界における存在感を再確認する。その上で、近松との関係においても、キーパーソンの一人として万太夫をクローズアップすべきではないか、ということを述べるのがここでの主旨である。

一　万太夫の経歴―浄瑠璃名代と歌舞伎名代―

万太夫が、寛文《かんぶん》三年（一六六三）十二月二十六日、藤原貞勝越後目《ふじわらさだかつえちごのさかん》を受領したことは、「口宣之写《くぜんのうつし》」によってつとに知られている。この受領が浄瑠璃太夫としてのものであったことは、安田富貴子氏が「近世受領考　浄瑠璃太夫の受領を中心にして」（『古浄瑠璃―太夫の受領とその時代―』平成十年、八木書店）で紹介された「烏丸家記《からすまるかき》　五　諸人上卿之留《しょにんしょうけいのとどめ》」に「操師藤原貞勝任越後目」とあることからも確認できるが、その芸系については、役者評判記『芝居《しばい》品定下《しなさだめげ》　可盃《べくさかずき》』（延宝《えんぽう》四年〈一六七六〉七月）が次のように記す。

抑此万太夫といふはいとけなきより摂州《せつしう》大坂に人となり．明くれ浄瑠离《じうるり》をこのむ．つゐに井上大和少掾貞則《ぜうさだのり》を師《し》として．五音《いん》の開合《かいがう》．ことばの甲《かう》おつ．つりがね三重のうなりまでをならひゐて．過し寛文三年極月廿六日．口宣《くせん》を給はり．越後目《ゑちごのさくはん》橘貞勝《さだかつ》となのり．此水辺に人形のかほみせす．

井上大和少掾貞則《いのうえやまとのしようじようさだのり》とは、言うまでもなく、明暦《めいれき》四年（一六五八）五月二十九日、大和少掾藤原貞則を受領した浄瑠璃太夫で、寛文十年二月刊行の正本『ちんぜいノ八郎ためとも』の題簽には、貞則ではなく、「天下一大和少掾藤原勝則正本」と記すが、後に播磨少掾藤原要栄《はりまのしようじようふじわらあきひさ》を再任した。その師匠の受領名にあやかったかのような「貞勝」（「橘」は誤伝か、あるいは、大和少掾の紋「井桁に橘」からの連想か）という名、また、師匠の受領からわずか五年後に受領していることから見て、大和少掾の早い時期の弟子であったであろうことが窺える。

続けて、越後目貞勝の活躍・好評と同時に、その人気が禍したようで、浄瑠璃太夫廃業を余儀なくされる事態―声嗄れが起こり、その後、歌舞伎名代を赦免されて、都万太夫と名乗り、現在に至る、と『可盃』は述べる。

もとより貞勝大をん天をひゞかせ．進藤《しんどう》権衛門もはづるばかりなれは．木戸にきせん袖をつらぬ．されど今春《こんはる》流《りう》のとゞこほりありて．声ひしとかれたり．これによりじやうるりかたるに便なく．歎《なげき》を申上しかは．寛文八年に．更《さら》に物まね哥舞伎《かぶき》の名題《なだい》を下され．都万太夫となのる．それより此座せみの小川の流《ながれ》つきず．ぜう〱として絶《たゆ》ることなし．

太夫廃業の前後の事情については、貞享《じようきよう》四年（一六八七）六月刊行の浮世草子『籠耳《かごみみ》』巻二・㈣「無《なふて》レ声《こゑ》呼《よふ》レ人《ひと》」も、逸話を交え、伝えている。

中《なか》ごろ越後太夫《ゑちごたゆふ》とて浄留理《じやうるり》の名人《めいじん》ありてみやこ四条河原《でうかはら》にて操《あやつり》して群集《くんじゆ》しければ外《ほか》の芝居《しばゐ》よりこれをねたみて越後太夫《ゑちごたゆふ》に声《こゑ》のとまる薬《くすり》を。ひそかにのませければ声《こゑ》とまりて浄留理《じやうるり》かたる事ならず太夫《たゆふ》もぜひなくて日比《ひごろ》めをかけられし旦那衆《だんなしう》へ廻文《くはいぶん》をまはし申いれ．さま〱の料理《れうり》にて。もてなしすでに大酒《たいしゆ》におよびしとき太夫《たゆふ》いで、申けるは今日《こんにち》申いる、事別義《べつぎ》に候はず御ぞんじのごとく声《こゑ》とまり候て．芝居《しばゐ》もつとめがたく候に付をの〳〵さまの御合力《ごかうりよく》を申うけ今《いま》までの役者《やくしや》のくげんを。のがれいかやうなる商売《しやうばい》にもとりつき申たくぞんじ。さてこそ申いれ候といふ一座《ざ》の衆酒《しうさけ》のゑい本性《ほんしやう》わすれずいづれも眉《まゆ》をひそめ目を見あわせゐられければ太夫《たゆふ》かさねて申けるいかやうの事申あぐるも今《いま》さらの義《ぎ》に候はず。むかしもためしある事なればこそ世話《せわ》に声《こゑ》なふて人よぶと申《もうし》ますほどにと。いひければこの当話《たうわ》にめで、人〳〵奉加《ほうが》につかれし

ここでは、「役者《やくしや》」（浄瑠璃太夫）の生活を苦患《くげん》と言い、それから脱し、言外に芸能界以外のという含みを持たせて「いかやうなる商売《しやうばい》」であってもいいから次の人生を歩みたいと述べている。しかし、「日比《ひごろ》めをかけられし旦那衆《だんなしう》」の「御合力《ごかうりよく》」「奉加《ほうが》」の結果、実際は、芝居の世界に留まるのみならず、歌舞伎の名代を赦免されている。『可盃』は、その経過について「歎《なげき》を申上しかは」と述べるのみであるが、浄瑠璃を語れなくなったことを悲嘆し、愁訴しただけで、歌舞伎名代の赦免ということが叶うとは考えられない。では、越後太夫が求めた「御合力《ごかうりよく》」、「旦那衆《だんなしう》」が応じた「奉加《ほうが》」は経済的援助ということだけではなく、当局に対する口添えというようなことまでも含んでいるのか。しかし、はたしてそれだけであろうか。

その背景として、素性は不明ながら「旦那衆《だんなしう》」も含む芸能界に対する越後太夫の優位性のようなものを感じてしまう。越後太夫から援助を申し入れられた彼らが「いづれも眉《まゆ》をひそめ目を見あわせゐられ」たのは、単に経済的援助に難色を示したということだけなのだろうか、あるいは、厄介なことに関わりたくないということなのかもしれないが、「旦那衆《だんなしう》」の共有する明らかな当惑が見て取れるような描写である。それが、「声《こゑ》なふて人よぶ」という諺を曲解した当話くらいで、ひそめた眉を開くというのも、浮世草子のこととて、額面通りに受け取るわけにはいかないにしても、いかにも不自然である。深読みと言うより憶測を述べることになるが、「外《ほか》の芝居《しばゐ》よりこれをねたみて越後《あちご》太夫《たゆふ》に声《こゑ》のとまる薬《くすり》を。ひそかにのませ」るにあたっては、身近な「裏切り者」の存在が考えられる

（『可盃』の言う「今春流《こんはるりゅう》のとゞこほり」の意味するところを理解できていないが、少なくとも越後太夫自身の自然発生的故障―経年疲労や不摂生など―ではなかったように感じられる）。「声《こゑ》なふて人よぶ」が、まるで魔法の呪文であるかのように、「旦那衆《だんなしゅう》」の態度を一変させているのは、声をなくさせたその「裏切り者」と彼らも無関係ではなく、ある種の秘密を握った人物を組織の外に出すことに対する懸念、外で自由気儘に好き勝手を言われるくらいならば、手元に取り込んでおこうという思惑が働いたというような、おたがいの腹の探り合い・駆け引きがあった上でのことであろうか。芸能界が本気になって外に対して口を噤《つぐ》もうとするならば、そのことは、後代はおろか、当代でも白日のもとに晒されることは、まずなかろう。

検証できないことについて述べすぎたかもしれないが、越後太夫という人は、単なる浄瑠璃好き・名人というだけで終わる人ではなく、転んでもただでは起きない、一筋縄ではいかないしたたかさを持ち、各方面に顔が利く人だったことだけはたしかなように思われる。

そのこととも関連するのかもしれないが、万太夫は、歌舞伎名代を所持すると同時に座本を兼ねた時期もある。すなわち、元禄《げんろく》十六年（一七〇三）から宝永《ほうえい》六年（一七〇九）までの間、自身の万太夫名代で座本を務めている。役者（出身）ではない者が座本を務めるという異例なことを成し得たのも、歌舞伎界ではないが、同じ芝居の世界で浄瑠璃太夫としての経歴を持つ万太夫ならではのことであろうか。ちなみに、宝永七年から正徳《しょうとく》四年（一七一四）まで、早雲長太夫《はやくもちょうだゆう》名代で座本を務めている万太夫は、名代を譲られた忰甚十郎《じんじゅうろう》の二代目で、彼も、正徳五年から享保《きょうほう》二年（一七一七）までは名代のみだが、享保三年から五年までは自身の万太夫名代での座本を務めている。

なお、歌舞伎名代の赦免を、『可盃』では寛文八年とするが、「京四条河原諸名代改帳《きょうしじょうがわらしょなだいあらためちょう》」（正徳三年十二月）では寛文九年十月六日のこととする。同書は浄瑠璃名代の越後（掾）についても記すので、併せて、年代を追って整理すると、次のようになる（〇は浄瑠璃、●は歌舞伎）。

○寛文三年（一六六三）十二月二十六日　越後掾口宣頂戴
●寛文九年（一六六九）十月六日　歌舞伎名代（万太夫）赦免
○宝永四年（一七〇七）八月二十七日　甥与《よ》平次《へいじ》への越後掾名代譲渡赦免
（「下司者不罷成候間、越後と斗唱可申旨被　仰渡候」）
●宝永七年（一七一〇）九月四日　悴甚十郎への万太夫名代譲渡赦免
（万太夫は孫右衛門《まごえもん》〈弥右衛門《やえもん》とも〉と改める）

『歌舞妓事始《かぶきじし》』（宝暦《ほうれき》十二年〈一七六二〉正月）に拠ると、浄瑠璃名代の越後は、さらに延享《えんきょう》二年（一七四五）八月十日、与平次から甥利兵衛《りへえ》への譲渡が赦免されている。複数の兄弟がいた可能性は言うまでもなく、配偶者や養子縁組などの問題もあるが、これらをもっとも単純な関係として図示すると、次のようになる。

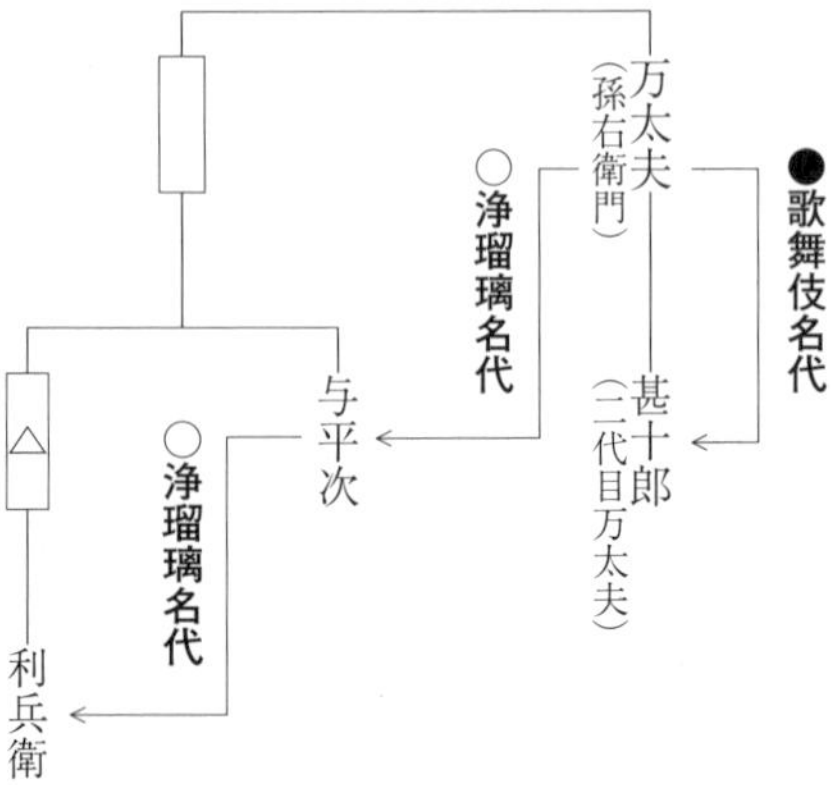

正徳三年当時の、浄瑠璃名代越後の名代所持主が大和屋与平次である（「諸《しょ》名代所附《なだいところづけ》」）ことから見ると、その与平次の甥利兵衛の親、つまり与平次の兄弟（図中△）は、年代から言って、四条南側芝居の芝居主の一人として名を連ねる大和屋利兵衛（「京四條芝居《きょうしじょうしばい》間数《けんすう》　幷名代之《ならびになだいの》事《こと》」）であろうか。とすると、宝永四年以後、芝居主・浄瑠璃名代所持主は親利兵衛（＝△）・与平次の大和屋兄弟、歌舞伎名代所持主は、宝永六年まではおじの万太夫、七年からは従兄弟の甚十郎こと二代目万太夫であり、この一族のもとに演者が揃えば、浄瑠璃でも、歌舞伎でも、芝居興行ができたのである。

もう一点、確認しておきたいことがある。万太夫は、生没年ともに不詳であるが、越後掾受領の寛文三年から、万太夫名代譲渡の宝永七年までで も、およそ半世紀に亘って芸能界に身を置いたことになり、越後掾受領時、仮に二十歳台後半としても、宝永七年には七十五歳前後、近松（五十八歳）・竹本義太夫《たけもとぎだゆう》（六十歳）は言うに及ばず、坂田藤十郎《さかたとうじゅうろう》（存命であれば六十四歳）よりもなお年長で、宇治加賀掾《うじかがのじょう》（七十六歳）と同年代か、それ以上ということになる。当然、芸能界入りも彼らに比べてもっとも早かった。

二　万太夫と浄瑠璃界—浄瑠璃太夫の歌舞伎出勤—

ここで、万太夫と浄瑠璃界との関わりについても見ておきたい。

次に掲げる表は、近松の没年（享保九年）を目途に、享保期前半まで、浄瑠璃太夫が歌舞伎に出勤した事例をま

	①	②	③	④
年（月日）	宝永二年 三の替	宝永三年 十一月三十日	宝永五年	宝永六年 七月
名代／芝居	布袋屋梅之丞《ほていやうめのじょう》／縄手《なわて》芝居	大坂九左衛門《おおさかくざえもん》／不詳	都万太夫／南側西角大芝居	布袋屋梅之丞／不詳
座本	坂田兵七郎《へいしちろう》	片岡仁左衛門	都万太夫	榊山四郎太郎《さかきやましろうたろう》
外題	江州石山源氏供養《くよう》	京助六心中	難波重井筒《なにわかさねいづつ》	不詳
作者	不詳	不詳	佐渡嶋三郎《さどしまさぶろう》左衛門《ざえもん》？	不詳
浄瑠璃太夫	加賀掾《かがのじょう》かたり／宇治伊太夫《いだゆう》／宇治若太夫《わかたゆう》（下冊見返し図）	心中の道行都太夫一中《みやこだゆういっちゅう》語らる、（評判記）	竹本義太夫ふしかたる／道行つれぶしかたる（見返し図）	都大夫の上るりで助六のやつし（評判記）
典拠	狂言本	『役者友吟味《やくしゃともぎんみ》』浅尾重次郎《あさおじゅうじろう》条	狂言本（新出、阪口弘之先生所蔵本）	『役者謀火燵《やくしゃくらごたつ》』よし沢あやめ条

⑤	正徳四年二月九日	松本名左衛門《なざえもん》／不詳	嵐三右衛門《さんえもん》・荻野八重桐《やえぎり》	天神記《てんじんき》	吾妻三八《あずまさんぱち》	上るり喜世《きよ》竹千太夫《たけせんだゆう》（番付）	役割番付
⑥	正徳四年	早雲長太夫／南側西角大芝居	都万太夫	呉越忠孝開《ごえつちゅうこうさき》分《わけ》の花《はな》	佐渡嶋三郎左衛門	上るり木や七大ゆふ／同木や今太夫（役人替名付）	狂言本
⑦	正徳五年秋	亀屋久米之丞《かめやくめのじょう》／縄手芝居	榊山四郎太郎	愛子若近江《あいごのわかおうみ》八景《はっけい》	榊山勘助《かんすけ》？	日暮十太夫《ひぐらしじゅうだゆう》語申候（番付）	役割番付
⑧	享保元年九月	都万太夫／南側西角大芝居	榊山四郎太郎	大坂竹本義太夫ふし国性《こくせん》爺《や》	榊山勘助・佐渡嶋三郎左衛門	義太夫ふし上るり大坂竹本彦太夫（番付）	役割番付
⑨	享保三年	早雲長太夫／北側西角大芝居	榊山四郎太郎	日本振袖始《にっぽんふりそでのはじまり》	不詳	しやうるり都太夫一中／同みやこ若太夫／同みやこ三中《さんちゅう》（見返し、語りの次—役人替名付の前）	狂言本
⑩	享保四年五月十二日	都万太夫／南側西角大芝居	都万太夫	難波重井筒	佐渡嶋三郎左衛門	義太夫ふし浄るり竹本彦太夫／同浄るり竹本秀太夫《ひでたゆう》（番付）	役割番付
⑪	享保五年四月か	都万太夫／南側西角大芝居	都万太夫	和州法隆寺《わしゅうほうりゅうじ》江口美影《えぐちのみかげ》	佐渡嶋三郎左衛門	上るり太夫和歌竹土佐《わかたけとさ》／同じくワキ和歌竹品太夫《しなたゆう》（役人替名付）	狂言本
⑫	享保六年	都万太夫／南側西角大芝居	沢村長十郎《さわむらちょうじゅうろう》	津国女夫池《つのくにめおといけ》	佐渡嶋三郎左衛門	義太夫ぶし上るり竹本彦太夫（役人替名付）竹本彦太夫出語り／竹本秀太夫出がたり（挿絵第五図）	狂言本

⑬	享保六年七月	塩屋《しおや》九郎《くろう》右衛門《えもん》／中之芝居	竹島《たけしま》幸左衛門《こうざえもん》	室町千畳敷《むろまちせんじょうじき》	（不詳）	竹本国太夫《くにたゆう》出語り／竹本大和太夫《やまとだゆう》出がたり（挿絵第五図）	狂言本（ただし、⑫の後刻版）
⑭	享保七年度	蛭子屋《えびすや》吉郎兵衛《きちろべえ》／北側西角大芝居	嵐三十郎	／	／	上るり岡本八郎治《はちろうじ》（番付）	顔見世番付
⑮	享保七年度	布袋屋梅之丞／南側東角大芝居	荻野八重桐	／	／	上るり田川新太夫《たがわしんだゆう》（番付）	顔見世番付
⑯	享保七年五月十六日	都万太夫／南側西角大芝居	沢村長十郎	都鳥《みやこどり》伊勢物語	佐渡嶋三郎左衛門	上るり宮古路国太夫《みやこじくにたゆう》／ワキ宮古路嶋太夫《しまたゆう》（番付）	役割番付
⑰	享保八年一月	大坂太左衛門《たざえもん》／角之芝居	嵐三右衛門	山崎与次兵《よじべ》衛《え》半中節《はんちゅうぶし》	不詳	上るり宮古路国太夫（評判記）	『役者箟振舞《うけぶるまい》』挿絵第六図

とめたものである。

このうち、複数回出勤している竹本彦太夫（⑧⑩⑫）には共通点がある。何れも南側西角大芝居における万太夫名代で、佐渡嶋三郎左衛門の作品だということである。この竹本彦太夫が、浄瑠璃名代の若狭を受け継いだ宇治伊太夫（後に野田若狭《のだわかさ》）の弟で、享保七年九月二十六日、その名代を受け継ぎ、竹本若狭となった竹本彦太夫（『歌舞妓事始』）と同一人物だとすれば、彦太夫は浄瑠璃名代継承以前に歌舞伎に出勤していることになる。

たとえば、「京四條芝居間数幷名代之事」に「座本之もの相対ニ而名代を借り芝居いたし候」とあるのは、一般には、演者（座本）が芝居興行をするには名代が必要で、その所持主と相談、納得の上、名代を借りて芝居をするということである。が、歌舞伎役者が、劇中、浄瑠璃を語るのは、あくまで歌舞伎役者による演技の一つであり、歌舞伎興行の枠内に収まるが、専業の浄瑠璃太夫が歌舞伎芝居に出勤するにあたっては、それがたとえ一場面であっても、あるいは、その部分を独立させた興行でなくても、同様に浄瑠璃の名代が必要であったのではなかろうか。①の興行の際、宇治嘉太夫《かだゆう》は口上で座本坂田兵七郎に「此方のしばゐを、かし」たと述べている。宇治座の芝居小屋を貸したとも解せようが、「縄《なは》手新芝居　坂田兵七郎一座」（『役者三世相《やくしやさんぜそう》』宝永二年四月）とある「新」を、宝永二年三の替当時、焼亡あるいは破損などしていたのを、その後、新築した芝居小屋であるということを表現したものと見るのは、同書で二の替の評判がなされており（三の替の評判はない）、二の替上演時、すでに「新」芝居であったことから妥当ではない。また、「京四條芝居間数幷名代之事」に拠ると、大和大路常盤町《やまとおおじときわちょう》の三木屋治兵衛《みきやじへえ》の芝居（縄手芝居）は「表口南北拾六間五尺／裏行東西三拾三間」であるのに対して、同町の嘉太夫の芝居は「表口南北八間三尺／裏行東西貳拾貳間三尺」であり、これらの数字がとりもなおさず舞台そのものの大きさを示すのではないのであるが、構造が違う人形浄瑠璃芝居の舞台（付舞台《つけぶたい》か）で、須磨・明石二段以外も通して、役者（人間）が演技をするには、窮屈な感じがする。ここは、加賀掾以下の浄瑠璃太夫が歌舞伎芝居に出勤するにあたり、座本兵七郎にとって加賀掾の浄瑠璃名代を借りる必要があったということではなかろうか。

彦太夫の場合、名代は歌舞伎名代の万太夫であるが、利兵衛が芝居主であると考えられる南側西角大芝居での興行であり、その兄弟与平次が所持する浄瑠璃名代越後を借りた上での出勤であったのではなかろうか。

彦太夫と同条件で出勤しているのが⑪の和歌竹土佐・品太夫である。和歌竹土佐は、浄瑠璃名代山本土佐を受け継いだ宇治外記《げき》が、宇治土佐の名乗り（『稲荷塚千代古道《いなりづかちよのふるみち》』奥付）を経て、『傾城躑躅岡《けいせいつつじがおか》』などの興行（名代野田若狭・太夫富松薩摩《とみまつさつま》ら）で座本を務めた時から名乗った名前であり、この当時、すでに山本土佐の浄瑠璃名代を所持しており、問題はない。

また、早い時期の、万太夫座本の一座における佐渡嶋三郎左衛門作品に出勤しているのが木屋七太夫《きやしちたゆう》である⑥。彼の浄瑠璃正本は知られていない（ただし、⑥の狂言本『呉越忠孝開分の花』が浄瑠璃本を元にして成っていることは、見返しの語りでは三番続としながらも、本文は五段構成のままである点、⑫の『津国女夫池』の狂言本と同様であることからも、明らかであり、冒頭の、詳細に節付けが施されている「みちゆき」の内題下に「木屋七太夫直伝」とあることから見て、その元になった浄瑠璃本として七太夫正本『呉越忠孝開分の花』が存在した蓋然性はきわめて高い）。しかし、彼が、『安芸《あき》の宮島弁財天利生《みやじまべんざいてんりしょう》付タリ以八袋中御伝記』（寛文五年〈一六六五〉八月）、『住吉相生物語《すみよしあいおいものがたり》』（延宝七年〈一六七九〉六月）や『渡辺《わたなべ》つな引 幷 鬼平親王 車隠《ひきならびにおにひらしんのうくるまがくれ》』（元禄四年〈一六九一〉正月か）の正本があり、出羽《でわ》座との繋がりが想定されている木屋七兵衛《しちべえ》（『古浄瑠璃正本集』第十〈昭和五十七年、角川書店〉『住吉相生物語』解題参照）と関係があるのであれば、出羽座の流れを汲む太夫であったと考えられるが、名前の類似以外確証はない。一方、時代は下がるが、『増補浄瑠璃大系図《ぞうほじょうるりおおけいず》』巻之二（明治二十三年没四代目竹本長登太夫著）で、岡本市太夫《おかもといちたゆう》（「越後掾門弟にて勢州の人なり」）。『津市史』第三巻〈昭和三十六年〉に拠ると、貞享元年〈一六八四〉八幡祭での興行において、太夫相模掾 藤原 吉勝《さがみのじょうふじわらのよしかつ》（山本角太夫）のワキとして西田市郎太夫《にしだいちろうだゆう》とともに岡本市太夫の名前が見え、『牛若弁慶嶋渡《うしわかべんけいしまわたり》』『南都大仏建立の初り《なんとだいぶつこんりゅうのはじまり》』『天神御出生記《てんじんごしゅっしょうき》』を上演している）に続けて名を連ね、「同門弟にて出生詳ならず」と注記される木屋七太夫について、『声曲類纂《せいきょくるいさん》』（弘化《こうか》四年〈一八四七〉刊）では「伊勢岡本市太夫事七太夫と改む。木屋節とて一時に行れ、他流の節付にも用ひたり」と記し、両書間で相違・混乱があるが、木屋七太夫を都越後掾の弟子であったとする点は共通する。出羽座、越後掾、どちらとの関係においても、この時点で、彼が浄瑠璃名代を所持していた形跡は確認できない。もっとも、享保三年（一七一八）、道頓堀大坂太左衛門芝居での興行において、「浄るり都太夫一中／ワキ同三中／ワキ虎屋喜元《とらやきげん》」とともに、自身、表具和三郎《ひょうぐわさぶろう》をワキとして浄瑠璃を語ると同時に、七太夫は名代も務めている。間狂言として「物真似《ものまね》」つまり歌舞伎を挟んでいるこの興行（『摂陽奇観《せつようきかん》』巻之二十五之上）は、実際は、それも売り

（セールスポイント）であったのであろうが、「素面衣類等も常体の通り二而勤ム」ことで、本業の歌舞伎ではないことを示し、あくまで「名代　木屋七太夫《浄るり太夫》」による浄瑠璃興行であると強調しなければならなかったところに、浄瑠璃太夫と歌舞伎役者との共演が、形式的にではあれ、ある一定の手続きを要したことを物語っていよう。なればこそ、正徳四年（一七一四）の時点で浄瑠璃名代を所持していなかった七太夫が歌舞伎芝居に出勤するにあたっては、条件を整える必要があった。つまり、名代は浄瑠璃名代を所持していない早雲長太夫であるが、座本万太夫による南側西角大芝居での興行であり、彦太夫と同様に、与平次所持の越後名代を借りたのであろう。

宝永四年（一七〇七）以後、与平次に越後掾名代が譲渡されてからのことであるが、これら、二代目万太夫が名代あるいは座本を務めている一座において浄瑠璃太夫の出勤が多いことは故なしとはしない。二代目万太夫が、越後掾（先代万太夫）の弟子のみならず、大坂の浄瑠璃太夫（⑧の役割番付で「大坂」と特記していることが注意される）や、加賀掾亡き後の、その弟子たちによる興行で座本まで務めた浄瑠璃太夫をも惹き付け得たのは、従兄弟（利兵衛・与平次）がいたからであり、どの時点まで存命であったのかは不明であるが、先代万太夫の求心力があったればこそであろう。その道筋は、すでに宝永五年、初代万太夫がつけていた。すなわち、『難波重井筒』の上演（③）であり、それは、初代万太夫が所持する歌舞伎名代と、与平次が所持する浄瑠璃名代のもと、利兵衛の南側西角大芝居においてなされた、座本でもあった初代万太夫を中心として、大和屋一族の力が結集された興行であった。

これらの興行に作者として出勤しているのが佐渡嶋三郎左衛門である。表を見ても分かるように、彼の作風として、「義太夫の出語りや水がらくりなど、浄瑠璃や、からくりを利用した見せ場や趣向を得意とした作者だった」と言われている（『日本古典文学大辞典』第三巻〈昭和五十九年、岩波書店〉宮本瑞夫氏執筆）。それに長けていた、それが性に合っていたという面もなくはなかろうが、むしろ、座本なり、名代なりの意向・興行政策によって浄瑠璃太夫を出勤させていたという外的要因に対応する形で（彼の資質とは本来別のところで）、浄瑠璃作品を書き直していたということなのかもしれない。

ちなみに、先に見た『可盃』の記事とは相容れないのであるが、『声曲類纂』『増補浄瑠璃大系図』においては、都越後掾は伊藤出羽掾—岡本文弥の流れに位置づけられていて、万太夫と出羽座（土佐掾《とさのじょう》）とを結びつける何らかの要因があったのであろう。「山本土佐掾・松本治太夫等の流儀《りゅうぎ》を和《やわ》らげ一流を語り出し」（『竹豊故事《ちくほうこじ》』宝暦六年〈一七五六〉）たと伝えられる都太夫一中が「一中系図」では都越後掾の弟子とされることとの整合性が図られた結果かもしれないが、都越後掾の弟子木屋七太夫の名が、出羽座との繋がりが想定される木屋七兵衛を想起させるものであったり（その延長線上に、出羽座に関わる岡本市太夫との同一人物説も出てきたのであろう）、山本土佐の名代を受け継いだ和歌竹土佐が万太夫座に出勤したりしたことも影響しているのかもしれない。

三　万太夫の改革—伯楽と駿馬—

近松の歌舞伎界入りについての詳細は不明である。近松が最初に関わった歌舞伎芝居を万太夫座とするのは、現代から見ると、未確認な事項あるいは誤りが含まれるのであるが、次のようなものがある。

ⓐ京都都万大夫芝居へ近松門左衛門ありつき、「藤壺《ふちつぼ》の怨霊《おんれう》」、直《ぢき》に藤の花が大蛇《だいじや》と成ル工夫《くふう》より、門左衛門〳〵ともてはやしぬ。（寛延《かんえん》三年〈一七五〇〉、『新撰古《こ》今役者大全《こんやくしやだいぜん》』）

ⓑ元禄年中の始め、歌舞妓《かぶき》芝居都万太夫座の狂言作者と成、又宇治加賀掾の浄瑠璃をも作られたり。（『竹豊故事』）

ⓒ作する始は都《みやこ》万太夫といふ哥舞妓《かぶき》芝居の狂言などを書やり又宇治流の浄瑠理井上播摩にも綴《つづ》りてかたらせ夫《それ》より竹本座のさくを百余番作りけり（明和《めいわ》〈一七六四～七二〉頃、『音曲道智編《おんぎよくみちしるべ》』）

これら後年の書の記事は、元禄期の万太夫座における近松作が好評であったことから類推したということもあり得る。それに対して、同時代資料としては、これも周知の記事であるが『野良立役舞台大鏡《やろうたちやくぶたいおおかがみ》』（貞享四年正月）に、浄瑠璃本ばかりか、狂言（本）までに作者（名）を書き、看板や札にも作者近松と書き記す「近松《ちかまつ》が作者《さくしゃ》付」を非難する評への反論が載る。

答て曰御ふしん尤ニは候へどもとかく身《み》すぎが大事《だいじ》ニて候　古《いにしへ》ならば何とてあさ〳〵しく作者近松《ちかまつ》など、書給ふべきや時ぎやうにおよびたるゆへ芝居《しばい》事でくちはつべき覚悟《かくご》の上也しからばとても事に人にしられたがよいはづじやそれゆへおしだして万太夫座《ざ》の道具《どうぐ》なをしにも出《いで》給い堺《さかい》のゑびす嶋《じま》て榮宅《ゑいたく》とくんでつれ〴〵のこうしやくもいたされけるなり

「おしだして万太夫座《ざ》の道具《どうぐ》なをしにも」出たと述べていることからすると、少なくとも、作者署名を始めた頃には、道具なおしが本来その職分ではない作者として、万太夫座と密接な関係にあったことはたしかである。そのことを確認した上で、問い直したいことがある。

たとえば、松平進氏は、右の『野良立役舞台大鏡』の記事について、「芸能界に骨をうずめる覚悟をしたから、何より知名度を高めることが大切。……だから名前を出せる所なら、どこでも名前を出そうというわけである。」とし、次のように述べられる（『近松に親しむ　その時代と人・作品』平成十三年、和泉書院）。

もちろんこの反論は、近松自身が言っているわけではない。評判記の作者の反論である。しかし消息通であることは間違いのない評判記の作者が、近松の意向を知らないはずはない。芸能界で生き抜こうという近松の決意を、彼は代弁しているわけである。

「人にしられたがよいはづ」のことが、相当の覚悟の上、記された近松という名前なのか、非難されて然るべき作者署名をしてまでの、芸能界で生き抜く覚悟なのか、何れにしろ、「作者近松」、あるいは、そう生きていく覚悟は人々に知られた方がよい、ということは、貞享期においては知られていなかったということである。当時の、そんな近松が、いくら非難を承知であったとはいえ、彼の独断で自分の意向・決意を通すことは可能だったのであろ

うか。あるいは、一個人の覚悟だけで、それまでの芸能界の慣習を覆すことなどできたのであろうか。

実際、巷間には看過できないほどの反撥、戸惑いなどがあった。『野良立役舞台大鏡』の記事は、結果としては近松の浄瑠璃詞章を称賛して終わっているとはいえ、「いくらでも人がいふておゐた」「ふるい事」、つまり、その非難は聞き飽きるほど、様々な人々によって繰り返されてきたことだと言いつつも、役者評判記の中で役者でない近松（の作者付）にことさら言及しなければならなかったのは、作者署名など、とうてい容認できない「暴挙」であると、一方で言明しなければ、治まらないほどの反撥、戸惑いなどがあったということであろう。作者署名に伴う、このような反応は当然予想されていたはずである。近松に先立って「今顔見世《かほみせ》の役者附に狂言の作者と書事富永平兵衛初而也」とされるのは延宝八年（一六八〇）のことであったと言うが、「其当座《たうざ》は諸人こぞってにくめり」と伝えられる（『耳塵集《にじんしゅう》』下巻）。近松がこの前例を知らなかったとは考えられない。また、平兵衛の作者署名以後の数年間で、それが一般的になったようでもない。もし、そうであれば、役者でない「近松《ちかまつ》が」ということが問題とされたのかもしれないが、作者付（作者署名）を、よい事がましいとか、たいそう自慢だと見えるとか、という言い方では非難されなかったであろう。やはり、貞享期（一六八四～八八）においてもまだ作者署名に対する嫌悪感は根強くあったということである。ここに、近松に代わって、これらの反撥を受け止めるに足る後ろ盾の存在が想定される。

近松がそのもとで作者修業をしたと考えられる加賀掾と親交が深かった藤十郎が、従来、そのような存在だと捉えられてきたように思う。彼が、延宝期すでに「都座の四天王」と称された（『可盃』）こと、また、後年のことであるが、作者から狂言の咄《はなし》を聞く時、「仕手《して》の心作者《さくしや》の心格別《かくべつ》なれば。先せりふを付させんと思」って、狂言の筋をよく聞いた、作者を思いやる役者であった（『耳塵集』下巻）ことなどからであろうと思われる。しかし、延宝期はおろか、貞享四年の時点でも、山下半左衛門《やましたはんざえもん》や竹嶋幸左衛門らが「上」の位付けであるのに対して、藤十郎は、

「半左衛門京にまかりし時は両輪《わ》の役者」と評されつつも、まだ「中」であり（『野良立役舞台大鏡』）、座本を務めたこともない四十一歳の役者であった。もちろん、若手、無名とまでは言えないが、役者を兼ねない、役者出身でもない一作者を守り通して芸能界の慣習を覆すという一大改革をやってのけるには、まだ力不足ではなかろうか。芸能界という曲者に対峙し、町人である書肆とも応対し、何より、生活に直結する観客の不興を買うであろうことに対する責任も持てる人物でなければならなかったはずである。

当時の近松の周辺におけるそのような人物としては、年齢（業界歴）から言っても、また、各方面に顔が利き、才覚も利いたであろうことからも、万太夫を措いて、他に見当たらないように思う。「芝居の世界にすべてを投ずる覚悟をした近松の才を見抜いた万太夫が、そのことによって発生するであろう雑音の処理を担保とした上で、近松の名を作者として喧伝することを条件に歌舞伎の世界に誘ったのではないか。」と述べたことがある（井上『ビギナーズ・クラシックス日本の古典 近松門左衛門』解説、平成二十一年、角川学芸出版）が、現段階で歌舞伎界入りまでには踏み込めないにしても、万太夫その人が、作者署名を始めた貞享期の近松の後ろ盾、もっと言えば、近松を推挽し、その作者署名を推し進めた人物であった可能性は高いのではなかろうか。つまり、作者署名は近松の発案ではなく、近松は万太夫の求めによく応えたということであろうと思う。

けっして「あさ〳〵しく」作者署名などしなかった「古《いにしへ》」とは違い、「身《み》すぎ」として「芝居事《しばい》でくちはつべき覚悟《かくご》の上」、つまりは他に逃げ道を用意しない、筆一本で食べていくという、従来は見られなかった新スタイルでの作者であればこその作者署名であると、『野良立役舞台大鏡』は反論していた。そういう理屈が立つとしても、作者署名というのは、やはり物議を醸す改革にはちがいなかった。また、近松の作者署名は、現存資料で見るかぎり、しばらくの空白期間があるが、話題作りなどの一過性のものとして終わるのではなく、定着した（この空白期間、近松は、作者署名という「暴挙」によって歌舞伎界から干されたのか、歌舞伎作品を書いていても、作者署名を止めざるを得なかったのか、あるいは、現存資料の限界の問題なのか、その事情の解明は近松の歌舞伎研究における課題の一つであろう）。力で周囲を押さえ込むだけでは、その改革は定着しなかったであろうし、芸能界で何の後ろ盾も持たなければ、その慣習を覆すことは不可能であったろう。近松と万太夫、その両者がこの時、この場に居合わせて、はじめて成った改革、定着だと思う。近松が右の覚悟をした背景も不明だが、万太夫が、なぜ近松の作者署名を思い立ったのかも分からない。しかし、万太夫のしたたかさを思うと、その才を世に出したいという単純な人材発掘の思いからだけではなく、近松を運命共同体たり得る人物であると認めた上で、近松に利用価値を見出してのことであろうし、その改革は、伸るか反るかの賭けではなく、定着を見越した勝算あってのことであったにちがいない。

おわりに

播磨掾の孫弟子である天王寺の五郎兵衛《ごろべえ》が太夫号を名乗り、清水理太夫《きよみずりだゆう》と改めての興行、また、初めてで最後ともなった播磨掾の出興行が、ともに京都の地であった（『今昔操年代記《いまむかしあやつりねんだいき》』享保十二年〈一七二七〉正月）のは偶然であろうか。あるいは、何れも、播磨掾の弟子であった越後掾（万太夫）が取り持っての、その名代での興行であったのではないか、と思ったりもする。また、近松が浄瑠璃・歌舞伎両者に関わったというのも、その作者生活のごく初期から万太夫と繋がりがあったからなのかもしれない。これらは思いつきにすぎないが、万太夫が歌舞伎名代としてだけあったのではなく、また、浄瑠璃太夫として越後掾を受領しただけではないということ、太夫廃業後も、歌舞伎名代とともに浄瑠璃名代をも所持し続けていたという紛れもない事実は、ともすれば、見過ごされてしまうのであるが、寛文から宝永にかけての京都の芸能界を考えるにあたっては、留意されて然るべきだ、との思いからである。そういう視点を持つことで、まさにこの時期、京都にあった「近松再発見」に繋がる事柄も見出せるように思う。

近松の人となりと作品

原　道生

一　その生い立ち――地方武士の次男――

現在、近松の出自に関しては、近代になってから紹介された杉森家《すぎもりけ》の系譜や親類書等《しんるいがき》により、かつて越前福井の三代目藩主松平忠昌《ただまさ》の側近に三百石で仕えた杉森市左衛門信義《のぶよし》の次男として、承応二年（一六五三）に生まれ、幼名を次郎吉と称したことが、明らかにされている。ただし、その出生の日付がいつかということは、当時の人々の多くがそうであるように、全くわからない。なお、その母親については、同藩の藩医岡本為竹《いちく》法眼の娘で、喜里という名であったらしいことが知られている（森修『近松と浄瑠璃』平成二年、塙書房）。

このような武士の身分を出自とする彼の成人後の本名は、杉森信盛《すぎもりのぶもり》、通称は平馬、さらには作左衛門と称したかともいわれるが、やがて二十歳を過ぎた頃、士分を離れて芝居の道に入るようになってからの作者としての筆名は、近松門左衛門、他に、平安堂、巣林子《そうりんし》、不移山人《ふいさんじん》という別号も用いられていた。

ところで、福井藩に関連する史料類によれば、父親の信義は、近松出生の八年前に当たる正保二年（一六四五）、主君忠昌の死を契機として、その三男で六歳の福松が、新しく興された支藩吉江《よしえ》（二万五千石。現在鯖江市《さばえし》）に分封された折、幼君の付き人に任ぜられて福井本藩（五十二万五千石）からの異動を命ぜられた家臣の中の一人となっている。もっとも、この幼少の新藩主が、自身の封地吉江に実際に入部することになったのは、その十年後の明暦元年（一六五五）に、元服して昌親《まさちか》（後にまた吉品《よしのり》と改名する）を名乗るようになって以降のことであり、その時期までは生地の福井に留まっていたという事態からすれば、その頃、この若殿付きの信義やその一家の者たちも、当然、それと同一の行動をとっていたと考えるのが自然だろう。従って、以上の経緯を整理していい直せば、承応二年、近松は、吉江藩士であった父信義がまだ福井に居住していた時期に、同地で誕生し、その後、明暦元年、恐らく彼が三歳に達した頃に、主君の領国入りに扈従《こじゅう》する父や家族の人々とともに、吉江に移住し、以後、この農村地帯の小藩に仕える武士の子弟として、その少年時代を、この地で過ごすようになったということになるのである。

また、前記の杉森家の系譜に従えば、元々同家は、公家の三条氏に発する武士の家柄で、戦国末には、それなりに武名の知られた一家でもあったらしい。しかしながら、そのような彼らも、必ずしも常に武運に恵まれていたとはいい難く、杉森氏を名乗った二代目信親《のぶちか》（近松の曾祖父）は、戦国大名の浅井長政《あざいながまさ》に仕えたが同氏の没落によって浪人、三代目信重《のぶしげ》（祖父）は、豊臣氏に出仕するも大坂落城のために、これも浪人を余儀なくされることになるなど、その後再び比較的好条件での仕官を果たすといった事例も見られたりするとはいえ、一度は必ず戦国武士としての厳しい現実に直面させられるという生涯を経てきていたのだった。

けれども、それが、近松の生まれた十七世紀中葉ともなれば、右の元和元年（一六一五）の大坂夏の陣からは既に四十年近くが、また、寛永十五年（一六三八）の、江戸初期最後の内乱となった島原の乱が鎮圧されてからでも十余年の歳月が経過していることのために、新しい世代に属する武士たちは、その父祖たちとは明らかに違い、彼らにとっての最も本来的な使命であるはずの、苛烈な戦闘の体験からは次第に遠ざかり、逆に、民政の円滑な遂行に際しての能力の有無が問われる、いわば文官としての性格の強い存在へと、大きな変質を遂げつつあるという事態が見られるようになっていたのである。

そして、このような社会一般の武士たちの傾向は、杉森一家にも及んでいたと考えても差し支えないだろう。この期における彼らの日常生活の様態を直接伝えるような資料は、現時点では、何もないが、後でも言及するように、家族の多くが俳諧を嗜んでいる事実などから察すれば、文雅を好む和やかな家庭の雰囲気が、自ずと想像されてくるのではないかと思われる。少なくとも、そこからは、尚武を旨とするような家内の気配を感じ取るということは、困難なのではなかろうか。

ともあれ、そうした平和な時代の侍の子として生まれた彼の人生は、もしもそのまま行っていれば、恐らく地味で平凡な地方武士の次男として、この牧歌的な吉江の土地柄に似合わしく、至極平穏に送られることになったものに違いない。

ところが、多分、彼が十代の半ばに達した寛文七、八年(一六六七、八)の頃、父の信義が吉江藩を去って浪人になるという、杉森一家にとっての深刻な事態が出来した。それがどういう理由に基づいてのものなのかは、いまだに全く不明だが、いずれにせよ、これが原因で、一家は揃って京都に移住することとなり、その結果、少年近松が、正規の武士の子としての自覚の下に過ごし得たであろう唯一つの時期である吉江時代は、十年余にして終止符を打つことになったのである。

二　芝居の世界への転身——公家文化圏から芸能界へ——

上洛してから後の杉森一家の日常的な生活ぶりに関しては、これも、現在、伝わるところがほとんどない。既にこの頃、四十代後半になっていた父の信義は、その年齢から見ても、もはや再び他家への仕官を果たすこともなく、そのまま浪人暮らしを続けることになったものではなかろうか。一方、それに対して、まだ若年であった長男の智義《ともよし》と三男の伊恒《これつね》とは、後年、大和の宇陀松山藩《うだまつやま》(二万八千二百石。現在宇陀市)の織田家に召し抱えられるという、近世武士としての順当なコースに立ち戻り得たことが知られている。

けれども、そうした兄弟の中にあって、独り次男の信盛だけは、どういう経緯があったからなのか、寛文十年(一六七〇)前後、つまり、十代の終わりのあたりから、高位の貴族一条禅閤恵観《いちじょうぜんこうえかん》の許に、同家の諸雑務を担当する雑掌として出仕をし、やがて、同十二年(一六七二)に恵観が他界した後にも、やはり同じ公家仲間の、正親町《おおぎまち》公通《きんみち》、阿野実藤《あのさねふじ》、町尻兼量《まちがみかねちか》らの家に、いわゆる公家侍として奉公するという、いかにも京都らしい、しかし武士としてはすこぶる異色な生き方を、約十年間にわたって、選び取ることになったのである。

もっとも、そのことは、図らずも、後年、彼が芝居の作者たろうと志すようになった時、極めて有利に働く貴重な体験としての意味を持つこととなるのだった。というのは、この頃、後水尾院を中心とする京都の公家の社会では、高雅な堂上文化の伝統が重んじられ、当期独自の上質な宮廷文化圏が形成されていたのだが、そこでは、院の弟である前記の恵観はもとより、右に名前のあげられたような公家衆たちも、皆その有力なメンバーに他ならなかったのだから、一時期、近松が彼らの身近に仕えていたという経歴は、そうした上流人士の周辺に醸成されていた文化的雰囲気に親しく触れるという、地方出の若侍などにとっては得難い機会に恵まれたということであり、特に多感な二十代前後の青年に対して、非常に大きな影響を与えるものとなったはずだからなのである。その後の彼が、作者として生み出すに至った百篇を超える諸作品の中で、非常に多彩な開花を示すこととなった和漢の古典文化・文学に関する彼特有の深い知識・教養の基本は、この期の公家奉公の折に培われたものと考えられてよいだろう。

ところで、右の公家たちの間では、伝統的な文化の諸ジャンルと並んで、成立後、まだ約半世紀を経たばかりの、人形浄瑠璃も愛好されており、特に、京都に一座を持って優美な新しい曲風を編み出していた、宇治加賀掾《うじかがのじょう》が格別の引き立てに与《あずか》っていたらしい。中でも、公通の傾倒ぶりは甚だしく、自身、加賀掾のために浄瑠璃を書き与えたこともあったといわれている。また、近松が芸能の世界に転身することになったのも、この公通の使いとして、加賀掾方に出入りしていたということが直接の契機となったもののようである。

以上、これらのさまざまな意味において、この若き日の公家方への出仕の体験は、作者近松の自己形成の上で、最も重視されるべき事柄の一つと見なすべきだろう。

なお、近松十九歳の寛文十一年（一六七一）に刊行された、山岡元隣《やまおかげんりん》編になる貞門《ていもん》系の俳書『宝蔵《たからぐら》』には、杉森信盛の名前で、

白雲や花なき山の恥かくし

という一句が入集されている。この句が実際に詠まれたのがいつのことなのかは不明だが、同書刊行時をあまり遡ることのない、一条家出仕中の時期の作と見てよいのではなかろうか。ともあれ、これが、現在残る近松の最も古い文学的営為であるということには変わりがないだろう。ただし、これより十五年前の明暦二年（一六五六）に刊行された、同じく貞門系の『夢見草《ゆめみぐさ》』（藤山休安《かげやまきゆうあん》編）には、別人の作で、「つむ雪や花なき山の恥かくし」という類似の句が収められている（高橋宏「近松と円機活法について」〈『杉野女子大学紀要』17、昭和五十五年十二月〉。なおこの論文中では、誤って「つむ雲や」と引用されている）。別にこれといった根拠があるわけではないが、まだ若年の近松が、律義に同系の先行書について学ぶうちに、印象に残った「つむ雪や」の句に対し、いわば本歌取りの技法を試みてみた習作と解されてよいかと思われる。

また、この『宝蔵』には、右の近松の句の他に、曾祖父・父・母・弟という杉森家の人々の句も掲載されている。このことによっても、皆で風雅を楽しむ、同家の穏やかな家風というものをうかがうことができるに違いない。

三　自立した作者への道——修業期の諸作——

それまで堂上方に出仕していた近松が、全く異質の芸能の世界に、その生活の基軸を移すことになったのは、これも、現在、まだ確証を得られないままに、一応、延宝初年（一六七三）時、二十代前半の頃、前記加賀掾の許で、浄瑠璃作者としての修業をするようになったことに始まるものかと推定されている。

ところで、周知のように、古来日本では、芸能民に対して厳しい身分的な差別がなされてきていたが、そうした事情は、近世になっても同様で、芝居関係の者たちは、河原乞食《かわらこじき》として一般社会からの蔑視を蒙り続けていたのだった。従って、本来的には武士の家に生まれ、また、父が浪人した後にも、上流の公家社会の周辺を生活圏としていた彼が選んだこの時の芸能界入りの行動は、当時の人々の通念では、社会の上層の部分から、一気に最低辺近くへの転落を意味するという、無謀極まる身の処し方としてしか理解されることがなかったに相違ない。

しかも、その際、彼が当初から志望していたかと思われる作者という立場は、唯でさえ賤視を受けていた芝居者の世界においても、さらに、演者を支える陰の存在として、甚だ地位の低いものであり、その上、浄瑠璃と歌舞伎とでは大分相違する点もありはするけれども、芝居の興行に関わる裏方の諸雑務万般までをも広く担当しなければならない雑用係りとしての性格の強いものでもあったのである。

ちなみに、当時の芝居の世界では、ごく稀な例外（浄瑠璃作者では岡清兵衛《おかせいべえ》、狂言作者では富永平兵衛《とみながへいべえ》の先例がある）を除くと、作者の名前が表に明示されることはなく、例えば、人形浄瑠璃の作品の場合では、他に実際の作者がいたのだとしても、その正本は語り手である太夫の名義で刊行されるという習慣が確立されていたのだった。中でも加賀掾の場合には、当期上方浄瑠璃界の第一人者であるという自負の念も働いてか、自分の語り物の正本に、実作者の署名を記載することを、長い間認めなかったということが知られているのである。そのため、現在、近松の初期の作品には、作者としての彼の署名がなく、単に加賀掾正本としてのみ公刊されている、いわゆる存疑作〈近松作である可能性はあるがそれと確証の得られない作品〉がかなりあるのではないかと推定されている。

ともあれ、この折に移ってきた新しい環境の中で、彼が味あわなければならなかった苦労が並一通りのものではなかったであろうということは、容易に想像されるに違いない。けれども、そうした状況下に置かれていた彼が、最終的には、それに耐え抜き、同時代を代表する優れた作者になることができたのは、前記のような公家奉公の時代に開発された自己の文才に憑《たの》むところがあり、ひそかにその大成を果たそうとして止まなかった意欲の熾烈さに支えられてのことだったと考えられてよいだろう。現段階の研究では、既に彼がその道に入って数年後の延宝五年（一六七七）二十五歳の頃には、早くもその熱意の反映ともいうべき成果があらわれて、『てんぐのだいり』という作品を、加賀掾のために執筆していた可能性があるとの説が提唱されている〈信多純一「近松作品の発掘――『てんぐのだいり』を中心に」〈『近松全集第17巻月報』平成六年四月、岩波書店〉〉。

ここで、この論文の末尾に付載した近松時代浄瑠璃の題材別の作品年表を御参照いただきたい。そのうちの〈表A〉（一一四頁）は、今、最も早い時期の存疑作と目されている右の『てんぐのだいり』を上限とし、他方、現在知られる最古の確実作である、天和三年（一六八三）宇治座初演の『世継曾我《よつぎそが》』を下限とする、いわば存疑作時代ともいうべき時期に当たる範囲のものだが、その作品の大半が、平安から鎌倉前期あたりの古典文学に材を取り、それを宇治座のために脚色したもので占められているという、顕著な特徴に気づかされるだろう。しかるに、一方、この延宝・天和の頃における浄瑠璃史の一般的な傾向に関しては、その前代に大流行をしていた勇ましい金平《きんぴら》物が次第に行き詰まりを見せ、それに代わるものとして、雅びな古典的世界が好んで取り上げられるようになっていたという事実が明らかにされてきているが、そうした新しい流れの中心的存在となって活躍していたのがこの加賀掾なのだった。彼は、青年時以来、謡曲を主体に、狂言・舞《まい》・平曲《へいきょく》・小歌等々の他芸の長所を意欲的に摂取する反面、歌舞伎の傾城買《けいせいか》い狂言から廓場《くるわば》なども導入して、繊細優美で、かつ当代的な明るさをも具えた独自の曲風を創り出し、それまでの素朴な語り物としての性格を強く残していた浄瑠璃を、前記のような高位の人々の鑑賞にも耐え得る上品な芸能へと変質させ、その地位の向上に大きな寄与を果たしていたのである。従って、こうした斯界の風潮や加賀掾の芸風は、上記のような環境の中で体得された近松の文学的素養が十全に生かされる上で、大変有利に働くものであったという事情は想像に難くないだろう。その意味において、彼の浄瑠璃作者としての出発は、時流及び指導者の二つともに恵まれたという、極めて幸運な出会いの下で進められることになったといえるのである。そして、そのことは、逆に加賀掾の側からいえば、自分の求める作風を得手とする、非常に都合のよい陰の作者が得られたということに他ならないだろう。この〈表A〉の上には、そうした事態が明示されているものと見てよいように思われる。

以上のような過程を経ているうちに、次第にその実力が認められ始めたものだろう、まだ表立っての署名は見出されないものの、天和三年（一六八三）三十一歳の折の加賀掾正本『世継曾我』は、後年なされた自身の回想によって近松の作品であることが知られ、現時点での最も早い確実作とされているものだが、翌貞享元年（一六八四）には、新しく大坂道頓堀《どうとんぼり》に一座を興した竹本義太夫《たけもとぎだゆう》の旗上げ興行の演目にも取り上げられるなど、いわば独立ちした作品として、斯界の高い評価を得られるものとなっていたことが知られている。次いで、さらにその翌貞享二年には、これもまだ無署名のものながら、彼は、初めて義太夫のために『出世景清《しゆつせかげきよ》』を執筆し、その密度の濃い劇的構成や、深みのある人物造型を通して、浄瑠璃史の流れに新しい画期をもたらすに至っているのだった。

とりわけ、後者の貞享二年の事例では、前年義太夫が創設したばかりの竹本座に対し、その師匠筋に当たる加賀掾一座が京都から下坂し、しかも、当地で人気の高い文学者井原西鶴に初めての浄瑠璃執筆を依頼するといった話題性十分の態勢で競演を挑んだという経緯のもの（この競演は存在しなかったとの説もある。それについては、大橋正叔「浄瑠璃史における貞享二年」及び信多純一「大橋正叔氏「浄瑠璃史における貞享二年」批判」〈ともに、近松研究所十周年記念論文集編集委員会編『近松の三百年　近松研究所叢書3』平成十一年、和泉書院〉を参照）として著名だが、その折、あえて義太夫側が、その二の替りの興行の作者として、世間的にはまだほとんど無名といってもよい近松を起用し、また、近松もそれに十分以上に応え得て、ほぼ互角ともいえる成績を収めることができたという事態からは、この頃、既に彼の作者としての実力が、同業者間では、かなりの評価を受けるようになっていたということ、加えて同時に、彼自身が、時には加賀掾に対立する立場を自由に取ることが可能になる程に、その自立性を確保できるようになっていたという事情がうかがわれるのではないかと思われる。

ともあれ、この時を端緒とする義太夫との提携は、近松自身の作者としての活動という点ではもとより、その後の浄瑠璃史の展開にとっても、極めて重要な役割を果たすものとなったのだった。そして、ついにその翌貞享三年（一六八六）七月に義太夫のために執筆した『佐々木先陣《ささきせんじん》』の正本内題下には、初めて待望の「作者近松門左衛門」の署名を見出すことができるようになったのである。

もっとも、右のような宇治座との角逐を経て、義太夫との関係を、より強固なものとした近松ではあったが、かといって、それが契機で加賀掾との間に疎隔が生じたというわけでもないらしく、それから以後も、宇治座では、従来と同様、彼の作品がしばしば上演されているのだった。ただし、その際、それまでとは大きく相違している点は、前記『世継曾我』の場合とは逆に、まず義太夫に向けての執筆の方が先行し、それに続いて宇治座での再演がなされるという事例も多く見られるようになってきているということである。もとより、そのことも、彼の浄瑠璃作者としての自立が順調に果たされているという事情を如実に反映しているものに他ならない。

なお、論文末尾に付載の〈表B〉（一一五頁）は、前述〈表A〉に続けて、彼が竹本座のために執筆を始めた貞享二年（一六八五）から、最初の世話浄瑠璃『曾根崎心中《そねざきしんじゅう》』が上演される元禄十六年（一七〇三）までの時期における時代浄瑠璃を配列したものだが、そのうち、義太夫との提携が優先されるようになってからの当初数年の元禄三年（一六九〇）頃までの間に、とりわけ顕著に見られる傾向は、そこで取り上げられている題材が、上記宇治座中心の存疑作時代における王朝文学主体の古典物群から、源平争乱期のものへと大きく変化しているという点である。勿論、その理由となるものは一つではなく、源平合戦後五百年という時代背景や東大寺大仏殿再建の催し、また、加賀掾と義太夫の芸風の差異等々の諸要素が複合的に関与し合ってのことという事情が考慮されねばならないが、とりあえず、それを、具体的な作品世界の問題に限って見るならば、この期の近松にとっての「加賀掾離れ」は、王朝物から源平軍記物へとその題材を移行させるという形をとって、自覚的に果たされていったものということができるだろう。

四　歌舞伎作者としての活動――万太夫座への関与――

前章でも言及した通り、貞享三年（一六八六）、三十四歳の近松は、義太夫のために書いた『佐々木先陣』の正本に、晴れて浄瑠璃作者としての署名を記すことを果たしたが、他方、その翌貞享四年に刊行された役者評判記『野良立役《やろうたちやく》舞台大鏡《ぶたいおおかがみ》』には、近時の嘆かわしい風潮として、他ならぬ近松が、自作の浄瑠璃についてばかりではなく、自身の歌舞伎狂言にまで、公然と作者名を掲げるようにもなっているという事態を取り上げ、それを、嗜みに欠けた好ましからぬ振る舞いとして非難している有名な記事が載っている。ということは、この年以前に近松作の歌舞伎が上演されていたということにもなるはずなのだが、かつて貞享元年（一六八四）の『夕霧《ゆうぎり》七年忌』が彼の作ではないかといわれたことがある以外には、明らかにそれに該当すると証されるものは見当たらない。ただし、最近では、元禄十年（一六九七）に万太夫座《まんだゆうざ》で上演された近松作の『傾城七堂伽藍《けいせいしちどうがらん》』の狂言本《きょうげんぼん》が見出されたこと（演劇研究会編『歌舞伎浄瑠璃稀本集成　下』平成十四年、八木書店）を始めとして、これまで知られていなかった近松作の歌舞伎に関わる諸資料が幾つも見つけ出されているという事例から考えれば、今後の出現の可能性も、否定し切れないようにも思われる。ともあれ、前記加賀掾の許での浄瑠璃制作修業の開始よりは遅れてのことではあるだろうが、それでも、彼が、かなり早い時期から京都の歌舞伎の世界とも深い関係を持ち始めていたということは確かなことといえるだろう。

ところで、右の非難の言辞からもうかがわれるように、浄瑠璃の分野での自立がほぼ実現を見るに至ったこの時点においてさえもなお、彼が作者としての名前を表に出すことに対しては、世間の根強い抵抗が、陰に陽に存在し続けていたという事情は、容易に推察できるに違いない。だとすれば、ましてや、作者の地位というものが、浄瑠璃よりもはるかに低い歌舞伎の場合にあっては、そうした彼が甘受しなければならなかった内外よりの圧力には、さらに一層厳しいものがあったと見なすべきだろう。

ちなみに、同書は、彼が、狂言作りの他にも、万太夫座の道具直しに出たり、原栄宅《はらえいたく》という太平記読みの講釈師《こうしやくし》と組んで堺で『徒然草』の講釈をしたなどという情報を伝えた上で、これも出過ぎた売名的な行為であるとの批判をしながらも、一方、彼本人が芝居の世界に骨を埋めようと決意している以上、それ位のあつかましさは当然のことでもあると、少々皮肉なニュアンスでの擁護をし、最後に、彼の博識と文才とを賞揚すると同時に、人間としての徳の足りない点が惜しまれるとの評価を下して結びとしているのだった。恐らく、そうした、傍の目からは厚顔無恥な開き直りのようにしか見えない彼の行動の上には、華やかな京の劇壇の中にあって、むしろ日の当たらない陰の部分で、自らを失うことなく、その志の実現を計ろうとする強い決意の反映を垣間見ることが、可能なのではなかろうか。そして、そこにはまた、既に十余年来芸能界の住人に身を落としてはいながらも、ひそかに保ち続けてきていた元武士としての意地といったものも、働いていたのではないかと思われる。

なお、この貞享四年には、父親の信義が、全く予想外の世界でその名を挙げつつある次男信盛の生き方に、多分何がしかの複雑な感慨を抱きつつ、その六十七歳の生涯を終えているのだった。
が、そのことはともあれ、この後、特に元禄年間に入った頃からの近松は、さらに進んで京の歌舞伎界の中枢への接近に努めていたらしい。というのは、元禄五年（一六九二）、摂津箕面《みのお》の瀧安寺《りゅうあんじ》に、京都の歌舞伎関係者たちが寄進した大般若経の奥書には、坂田藤十郎以下大勢の人気役者たちと並んで、先輩作者の富永平兵衛や近松自身の署名も見出すことができ（宮本圭造『上方能楽史の研究』平成十七年、和泉書院）、彼がすっかり彼らの交友圏の中に自らの位置を定着させ得ているさまがうかがわれるからである。現在知られる近松作の最も古い歌舞伎狂言は、この翌年の元禄六年、四十一歳の折、万太夫座で藤十郎が主演した『仏母《ぶつも》摩耶《まや》山開帳《さんかいちょう》』であり、また、その二年後の元禄八年顔見世の『姫蔵大黒柱《ひめぐらだいこくばしら》』からは、藤十郎が初めて座《ざ》本《もと》を勤めることになった万太夫座の座《ざ》付作者《つきさくしゃ》になったということがいわれている。そのような事態は、右の貞享年間頃以降、十年近くの歳月にわたり、京の歌舞伎界の裏方において、一方ならぬ辛苦とともに積み重ねられてきた、作者修業や人脈形成のための地道な努力の成果とも見なされてよいものに違いない。

爾来、宝永二年（一七〇五）五十三歳の夏に万太夫座で上演された『傾城《けいせい》金龍橋《きんりようのはし》』に至るまで、彼の四十歳代を中心とする十余年間は、もっぱら万太夫座を拠点に、藤十郎との提携を基本としながら、四十篇に近い歌舞伎狂言を生み出すという歌舞伎作者時代が続いてゆくことになるのである。

当時の歌舞伎狂言の制作は、初めに作者の執筆した台本が存在し、それを演者が舞台空間上に立体化してゆくという人形浄瑠璃や、あるいは後の近代劇の場合などとは全く異質の方法によってなされているものだった。以下、その大略を紹介しておくならば、まず最初に、ある作者が、新しい芝居の筋立ての大枠や諸趣向についての案を出し、それをめぐって座本や他の作者たちが相談をした後に、出演する役者たちへの説明、次いで、実際の稽古へと進み、その過程において、彼らの意向を大幅に取り入れながら、具体的な演技・演出をめぐっての調整が重ねられ、最後に、そこで決定された筋立てやセリフが書き留められて、作品が完成を見るという経緯を辿るのが、最も基本的なあり方だったといってよいだろう。従って、そこでの作者の役割は、当初の筋立てと趣向の案出以降としては、稽古の際の指示・進行や最終案の記録を主たる作業とする他に、大道具・小道具の製作から絵看板の準備などに至るまで、作品上演に関わる裏方的な諸雑務万般の処理に及ぶというすこぶる多岐にわたるものとなっていたのである。このような平素の仕事の実態を見るならば、彼ら歌舞伎の「作者」とは、その名称の持つイメージとは大きく違い、いわゆる文学者的な性格の極めて薄い立場の存在であったという事情が、容易に理解されるに違いない。しかも、その際、彼らに常に要求されている事柄は、あくまでも役者を第一に立てつつ、自身は陰の存在に徹し切ることを通して、当たりの取れる芝居を考え出すということだったのである。

例えば、そうした事情の一端は、彼と一緒に万太夫座の仕事をすることも多かった、道外方《どうけがた》の役者で作者をも兼ねていた金子《かねこ》吉左衛門《きちざえもん》の元禄十一年（一六九八）の日記によって詳細に知られるが、それを一読するならば、近松・金子らといった座付作者たちの日常というものが、狂言作りという大目的のために、いかに多忙かつ諸方面への気遣いのうちに過ぎてゆくものであったかということが、如実に理解されることだろう。時には、近松自身が、直接大坂の芝居の情報を仕入れに赴くといった事例なども見受けられるのである。

けれども、そのような状況下にあった彼にとっての幸運は、この間もっぱら提携していた万太夫座の藤十郎が、当時の役者としては全く異例に、脚本を重視し、作者の立場を尊重するという希有な態度をとっていたことだった。先にも言及したような、四十歳代における近松の、歌舞伎作者としての充実した活動ぶりは、こういう極めて恵まれた条件に支えられてのものであったことはいうまでもないだろう。

そこでの彼は、当期最も一般的だったお家騒動物《いえそうどうもの》の構造を基本的な枠組みとする筋立てを展開させながら、その中心的な部分には、藤十郎得意の「やつし」の芸、すなわち、遊蕩が過ぎて零落した主人公が、落ちぶれた姿で昔馴染の傾城の許を訪れ、濡れ・口説《くぜつ》・愁嘆・回想の長咄《ながばなし》等々を演ずるという場面を効果的に仕組むことを通して、明るく大らかな上方元禄歌舞伎の定型を確立させているのである。中でも、元禄十二年（一六九九）の『傾城仏《けいせいほとけ》の原《はら》』や、同十五年の『傾城壬生大念仏《けいせいみぶだいねんぶつ》』などは、彼自身にとっての代表作であるばかりではなく、いわゆる元禄歌舞伎全体、さらには、近世歌舞伎史上にその名を留める佳作ともなっているといえるだろう。

ただし、先にも紹介したように、主演役者を中心とする集団制作的な作られ方が基本となっていた当期の歌舞伎では、作者個人の特色というものをどこまで厳密に把握できるかは疑問視されているところだが、それでも、作中、主要場面のセリフなどに見出される、人間のあり方に対しての深い洞察の言辞や、豊かな文才に基づく繊細な表現の上には、他の作品には見ることのできない近松らしさというものを、認めることが可能のように思われる。

この他、元禄期の歌舞伎には、その頃市井《しせい》で実際に起こった心中や殺人事件などを、そのまま町人世界の出来事として直ちに舞台化し、一日の興行の最後の短い演目（切狂言《きりきようげん》）に仕立てて上演する世話狂言というジャンルが成立し、特に十年代にはかなりの流行を見せるようになっていた。先の金子吉左衛門の日記によれば、元禄十一年には、近松・金子の合作になる世話狂言も上演されていたという事実が知られている。その五年後の元禄十六年（一七〇三）、近松最初の世話浄瑠璃である『曾根崎心中』の大当たりも、こうした基盤の上に生み出されてきたものなのだった。

なお、万太夫座での狂言制作に専念していた右の期間中にも、彼は、京都の加賀掾や、元禄十一年に筑後掾《ちくごのじよう》を受領した大坂の義太夫のために、浄瑠璃を提供し続けている。もっとも、〈表B〉にも見られる通り、さすがの彼にしても、その期の作品数は若干減少気味になっているといえようか。また、そこに見られるもう一つの特色は、元禄六年からの数年間、曾我物《そがもの》が頻繁に作られているという点である。歌舞伎作者として多忙だったこの時期、彼は、浄瑠璃側からの注文に対しては、もっぱら手馴れた曾我物の脚色で切り抜けようとしていたのかも知れない。ちなみに、右の日記には、彼が金子の許から『曾我物語』を借り出していることが記されている。

五　浄瑠璃作者としての充実——多彩な世界の展開——

元禄十五年（一七〇二）の万太夫座は、前記『傾城壬生大念仏《けいせいみぶだいねんぶつ》』及びその続篇の『女郎来迎柱《じょろうらいごうばしら》』『壬生秋の念仏《みぶあきのねんぶつ》』二作の大当たりによって、約十年にわたる近松・藤十郎のコンビの好調ぶりを一層印象づけた年だったが、どういうわけか、この時を最後に、二人が同座することも、また、近松が藤十郎のために狂言を作るということも見られなくなってしまっている。すなわち、それから後の状況を近松の側から見てゆくと、まずその翌十六年には、早雲座《はやくもざ》に移って大和屋甚兵衛《やまとやじんべえ》のために狂言を作り、次の宝永元年（一七〇四）度には歌舞伎の作品がなく、さらに元年十一月の顔見世から始まる二年度には、再び万太夫座に戻りはするものの、今度は藤十郎の方が布袋屋座《ほていやざ》に出勤するようになっていたために、当然一座をすることはなく、二年の夏に山下京右衛門《やましたきょうえもん》のために作った『傾城金龍橋』が、前記の通り、現在知られる近松最後の歌舞伎狂言になっているというのが、その実態なのである。こうした両者の提携の解消の原因としては、特にこの年あたりから、藤十郎が病気がちとなり、芸に衰えが見え始めたということが主要な原因の一つと考えられており、また、他にも幾つかの要素の関与が推定されてもいるが、ともあれ、この元禄末年という時期に至り、歌舞伎に対する近松の姿勢というものに、かなりの変化が生じ始めていたことは、確かなように思われる。

そうした折しも、やはりこの元禄十六年の四月、大坂曾根崎天神の森で、若い商家の手代徳兵衛《とくべえ》と、堂島新地《どうじましんち》の遊女おはつが心中をするという出来事があった。この時、たまたま下坂していてその報に接した近松は、直ちにそれを義太夫のために浄瑠璃化し、翌五月には竹本座の舞台にかけて、大きな当たりをとっている。これが、近松にとっての最初の世話浄瑠璃『曾根崎心中』であることは、いうまでもないだろう。そして、このことは、近松自身に対してはもとより、その後の上方演劇界全般に対しても、並々ならぬ変貌をもたらす契機となったのだった。

この時期、既に歌舞伎の方では、元禄初期以来、世話狂言が流行していたという事情は前章でも言及した通りだが、やがて、その風潮は浄瑠璃にも及び、同十年頃からは、幾つかの世話物の上演も見られるようになっている。従って、近松の本作も、そのような流れに沿って生まれたものの一つというに他ならない。ただし、そうした動向の中にあって、本作を際立たせている特色は、それより前の世話物が、歌舞伎・人形浄瑠璃の双方を通じて、異常な事件の当事者となった作中の主人公たちの言動に対し、興味本位な局外者的立場からの批判的な態度で臨もうとしているのが常であるのとは違い、逆に、彼らを無思慮な人生の脱落者としてではなく、その身分の高下には関係なく、人間としての誇りや愛情という美質を持ち合わせていたがゆえに、却って世間との衝突を余儀なくされた悲劇的な存在として描こうとしている点に見出すことができるに違いない。そして、このようにしてなされた画期的な視点の転換が、同じ大坂の町に生きる観客たちの深い共感と感動を呼び、以後も一貫して、近松独自の世話浄瑠璃の人気を支え続ける原点になってゆくのである。

ところで、本作の大当たりは、その時までの竹本座が、受領後の筑後掾の名声にも拘らず、興行的には不振に苦しみ赤字続きであったという状況を、一気に打開することに成功した。しかるに、その折、筑後掾が、年来の経営上の苦労に疲れたとの理由によって、引退を希望したのに対し、道頓堀の代表的な興行師として知られた竹田出雲《たけだいずも》が座本《ざもと》を引き受けることを申し出て、以後、意欲的に一座の改革に着手し、その結果、技芸と経営の担当を分離した新体制の竹本座を発足させることになるのである。そこでは、太夫の筑後掾を中心に、三味線の竹沢権右衛門《たけざわごんえもん》、人形の辰松八郎兵衛《たつまつはちろべえ》、作者の近松門左衛門というそれぞれの第一人者たちを専属に抱えた上で、彼らに芸や劇作に専念できる立場を保証するとともに、出雲自身は、もっぱら一座の経済的基盤の安定を計りつつ、併せて、得意のアイディアを駆使して、舞台装置や人形の衣裳、演出などにまで新機軸を編み出して集客に努めるなど、いわば人形浄瑠璃一座の近代化が図られていたといえるだろう。その改革後の最初の興行である宝永二年（一七〇五）顔見《かおみ》世《せ》で上演された近松作の『用明天王 職人鑑《ようめいてんのうしょくにんかがみ》』は、出雲の考案になる諸趣向を豊富に取り入れた華やかな舞台上に、優れた演者たちの好演を通して、深刻な悲劇的構想を多彩に展開させるという、その後の時代浄瑠璃の基本的要素を具備した佳作として、彼の代表作の一つとなっている。

なお、この竹本座の専属になったことを機会に、近松は、その年まで続けていた歌舞伎の制作からは完全に手を引いて、同座のための浄瑠璃執筆のみに専心することとなった。そうした彼の転身の理由としては、前記のような藤十郎の多病に加え、歌舞伎界における人間関係や待遇面での不満、さらには、彼の意図する悲劇的構想の具象化には、作者の地位の低い歌舞伎よりも、浄瑠璃の方が適していると考えたこと等々といった推測がなされてきているが、恐らく実際には、とり立ててそのうちのどれか一つに限られるという性質のものではなく、それらのいずれもが、多かれ少なかれ、絡み合っての結果のものと見るべきなのではなかろうか。

いずれにせよ、この翌年の宝永三年五十四歳の初めには、彼は、青年期以来四十年近くの間住み慣れた京都から、その居を大坂へと移している。そこには、右の転身をめぐっての、彼の決意の堅さというものをうかがうことができるに違いない。ちなみに、その二年以前の宝永元年に彼が描いた自画自賛の巻物『庭前八景《ていぜんはっけい》』の跋文には、京都との別れを惜しむかのような言辞が書き留められている。あるいは、この頃、既に出雲との間では、ひそかに竹本座入りの話が進行しつつあったのかも知れない。

竹本座専属になって以降の近松は、その後筑後掾に先立たれてしまう正徳四年（一七一四）まで、年齢でいえば、五十三歳から六十二歳に至る十年間、これも安定した立場に恵まれて芸に円熟味を加えた筑後掾のために、時代物・世話物の双方にわたって、均《な》らせば年に三、四作にも及ぼうという精力的なペースで、作品を執筆し続けているのだった。

この時期顕著に見られるようになった特色の一つとしては、〈表C〉（一一七頁）にも示した通り、作品の取材源の範囲、後代にいう「世界《せかい》」の幅が拡大されたという点をあげることができるだろう。しかも、実際には、これら表示の時代物に加えて、当代そのものに取材している世話物も作られているという事情を考えれば、この期における近松は、まだ神話時代にまでは手が及ばなかったとはいうものの、大和時代から安土桃山時代までの諸事象への遡及的な関心に基づく時代浄瑠璃と、同時代的な出来事への興味に応える世話浄瑠璃という二つの異質な様式を通じて、日本の歴史の流れ全体の中のどの時代をも作品化し得る方法を獲得できていたということになるのである。恐らく、そうした「世界」の拡大に際しては、座本出雲の現実的な経営戦略に基づく、広い視野からの助言・提案がなされていたものと考えられてよいのではなかろうか。そして、そのことは、例えば、〈表C〉では、〈表B〉に比べて、王朝物が大幅にふえているさまが見られるが、それら諸作が、同じような時代の事象を取り上げているものではあっても、もはや〈表A〉の存疑作群に属する頃のものとは、完全にその質を異にする作品となっているという点からもうかがうことができるに違いない。

　この期に近松が確立した時代浄瑠璃の定型は、五段組織を基本形とし、作中、善悪対立の劇的展開がその頂点に達する三段目において、善側の弱者の自己犠牲が、深刻化していた公私両面での危機的状況を一気に打開してしまうという作劇法を通して、「人間」の持つ価値の大切さを、深い悲劇的感動とともに強く印象づけようとするというものとなっている。しかも、同時に、それは、作中、随所に歌舞伎的な色彩をも豊富に取り入れて、当代的な明るい闊達さ、洒脱さなどをも兼ね具えた、独自の魅力を発揮しているものでもあるといえるだろう。そうした彼の充実ぶりを伝える人気作には、『雪女五枚羽子板《ゆきおんなごまいはごいた》』（宝永五年）、『傾城反魂香《けいせいはんごんこう》』（同）、『兼好法師《けんこうほうし》物見《ものみ》車《ぐるま》』（宝永七年）、『碁盤太平記《ごばんたいへいき》』（同）、『百合《ゆり》若大臣野守鏡《わかだいじんのもりのかがみ》』（正徳元年）、『大職冠《たいしょかん》』（同）、『嫗山姥《こもちやまうば》』（正徳二年）等がある。

　一方、この期の彼の世話浄瑠璃では、最初の『曾根崎心中』に比べると、次第に描かれる人間関係の複雑化が進み、主人公たち自身の愛や誇りの純粋さには変わりがないにしても、反面、それが、彼らの肉親や庇護者など、彼らを取り巻く善意の人々までをも苦境に追い込んでしまうことにもなるという不条理さや、にも拘らず、それらの、いわば迷惑を蒙ることになった人々が、最後まで誠実な態度を取り続けようとするという感動的なさまを描き出すことに、かなりの比重が置かれるようになっているのである。そのような特色を体現している佳作としては、『堀《ほりか》川波鼓《わなみのつづみ》』（宝永三年）、『五十年忌《ごじゅうねんき》歌念仏《うたねんぶつ》』（宝永四年）、『心中重井筒《しんじゅうかさねいづつ》』（同）、『丹波《たんば》与《よ》作待夜《さくまつよ》の小《こ》室節《むろぶし》』（同）、『冥途《めいど》の飛脚《ひきゃく》』（正徳元年）、『夕霧阿《ゆうぎりあ》波鳴渡《わのなると》』（正徳二年）等があげられよう。

なお、この時期、宝永四年（一七〇七）からは、その四年以前に独立した筑後掾の弟子の豊竹若太夫《とよたけわかたゆう》が、若干の紆余曲折の末に、道頓堀に戻り、竹本座の東に豊竹座を定着させることとなった。爾来、同座の座付作者の紀海音《きのかいおん》は、近松にとってのライバルとなり、同題材の作品の競作もしばしば行われるなど、その競合関係は、享保九年（一七二四）の近松の死の年まで続いたのである。

ところで、こうして、彼の作者としての充実ぶりが発揮されている只中の宝永六年（一七〇九）には藤十郎が六十三歳で、その二年後の正徳元年（一七一一）には加賀掾が七十七歳で没している。これら、自分の青壮年期に昵懇にしてくれた、いわば師匠筋ともいうべき両先達の死に際して、彼がどのような感懐を抱いたかについては、何も伝わるところがない。

そして、さらに続いて、その三年後の正徳四年（一七一四）には、長年の盟友筑後掾が六十四歳で他界したのである。その際に受けた近松の衝撃の大きさは、充分に推察されるところだが、実はこのことをめぐっても、特に近松の言辞が残されているというわけではない。けれども、彼には、この総師を失なった竹本座を、出雲とともに守り立ててゆかねばならない責任が重くのしかかってきているのだった。彼と出雲は、直ちにその対応策に取り組まなければならなかったのである。

六　その晩年――竹本座の長老として――

正徳四年（一七一四）九月十日に筑後掾が没した時、既にその前の年あたりから、病気による休演や発声の不如意などの衰えが目立ち始め、もはや太夫としての再起が誰の目にも危ぶまれるような状態になっていたとはいえ、やはり一座の中心に先立たれた竹本座一同の動揺は大きかった。とりわけ、それは、自他ともに師の後継者と認められてよいような絶対的存在を欠いていた、太夫陣において甚しかったといえるだろう。そのため、彼らの間では、師の他界の直後から、さまざまな思惑も働いてか、有力な太夫たちの退座や勝手な行動が相次ぐという事態が生じることとなり、座本の出雲と長老の近松とは、そうした一座の取りまとめに腐心しなければならなかったのである。そして、その後約一年間にわたる対応策の模索の結果、それへの最も有効な解決をもたらすことになり得たものは、正徳五年（一七一五）の顔見世に上演した近松作の『国性爺《こくせんや》合戦《かっせん》』の、享保二年（一七一七）までの三年越しに続いた、記録的な大当たりなのだった。

近松作のものとしては珍しく、もっぱら中国本土を舞台に筋立てが展開されるこの作品は、明《みん》の遺臣と日本人の女との間に生まれた和藤内《わとうない》という武勇に秀でた主人公が、父の祖国の危難を救うべく親子三人で唐土に渡り、さまざまな活躍の末に、最後は侵攻者である韃靼《だったん》勢を駆逐して、見事大明《だいみん》再興の偉業をなし遂げるという壮大なスケールの構想を主筋とし、その三段目には、彼の母親と腹違いの姉という二人の女の義理に殉じた感動的な自己犠牲の悲劇をクライマックスとして設定する一方、全段を通じて、異国気分にあふれる明るい諸趣向を多彩に盛り込んで、観客たちを華麗な浪漫的世界に楽しく引き入れることに成功したものとなっていた。特に、このうち、からくりを始めとする特殊な舞台技巧を駆使したスペクタクルシーンの演出が、人々の人気を集めていたが、そこには、当然、出雲のアイディアの関与のあったことが想定されている。また、この折、近松と出雲は、まだ座内では二十五歳の若輩で、しかも、小音悪声という弱点を持つ竹本政太夫《まさたゆう》に、三段目の切の山場を語らせるという大抜擢を試みたが、彼の方でもそれによく応え、地味ではあるが、作中人物たちの「情《じょう》」を細かく語り分けるという独自の語り口を編み出して、やがては先師の後継者としての地位を継承し得るに足るだけの基盤を確立することができたのだった。

ところで、右の一座の動揺から、それが『国性爺合戦』の成功によって安泰へと至る正徳末から享保初年にかけての頃、近松個人に関しては、尼崎《あまがさき》にある広済寺《こうさいじ》との関係を深めていたことが知られている。同寺は近松の正本《しょうほん》のほとんどを刊行してきた大坂の書肆《しょし》山本九《やまもとく》右《え》衛門《もん》の菩提寺であることから、その機縁によるところが大きいかと思われるが、同時に、その頃同寺を再興した日昌上人《にっしょうしょうにん》に対する彼自身の帰依も加わってのものらしい。同寺に残る『開山講中列名《かいさんこうじゅうれつめい》』の縁起や掛額には、彼の名前が見られるし、また、享保元年（一七一六）には、他界した母の法要を同寺で営み、その折、自分が青年時に仕えた阿野実藤の『法華経和歌』の巻物や、同じ頃に得たと思《おぼ》しき後西《ごさい》院《いん》勅筆の色紙などを、菩提を弔うためとして納めている。相次ぐ肉親や盟友の死に遭遇し、それに加えて、六十代なかばに達した自分の身の行く末などを観じて、さらに信心の念が篤くなってきたのだろうか。

もっとも、十七箇月の日延べを続けた『国性爺合戦』の上演が、ついにその幕を閉じた享保二年の六十五歳から、同七年（一七二二）七十歳までの六年間の近松は、〈表D〉（一一八頁）にもその一端が見られるように、むしろ、全く老いを感じさせることがなく、年間三、四作のペースで、時代物、世話物の双方に、次々と高水準の作品を執筆するという、壮者を凌ぐ充実した活躍ぶりを見せるようになっているのだった。そこでの代表的な作品は、『鑓《やり》の権三《ごんざ》重帷子《かさねかたびら》』（享保二年）、『山崎与《やまざきよ》次兵衛《じべえ》寿《ねびき》の門松《かどまつ》』（享保三年）、『平家《へいけ》女護島《にょごのしま》』（享保四年）、『双生《ふたご》隅田川《すみだがわ》』（享保五年）、『心中天《しんじゅうてん》の網島《あみじま》』（同）、『津国《つのくに》女夫池《めおといけ》』（享保六年）、『女殺《おんなころし》　油地獄《あぶらのじごく》』（同）等々、枚挙に遑《いとま》がない程だが、それら晩年の作風の特色としては、一層緻密になってきた劇的展開の中に、深い人間性への洞察に基づく「情」の世界が細やかに描かれているという点をあげることができるだろう。また、人間の犯す「悪」への関心の深まりが認められるようになるのも、この期の諸作において目立つ点である。

しかしながら、さすがの近松も、七十歳で『心中宵庚申《しんじゅうよいごうしん》』を書いた後は、その旺盛な創作意欲にも限界が来たものか、後進の出雲や松田和吉《まつだわきち》の作品に添削（享保七年には和吉作『仏御前扇軍《ほとけごぜんおうぎいくさ》』、翌八年には出雲・和吉合作『大塔宮曦鎧《おおとうのみやあさひのよろい》』）を試みる他には、自分個人の新作の発表が、急に途切れてしまっている。この時期に書かれた彼の書簡には、彼らしい諧謔をまじえてのものとはいえ、体力の衰えを訴える言辞もふえ、何かと病気がちな日常であったらしい様子をうかがわせて、痛々しい。

なお、それに加えて、享保七、八年の両年には、相次いで心中物の読売《よみうり》や絵草紙《えぞうし》、芝居を禁止する触《ふ》れが幕府から出されている。このことも、彼の気力を弱らせるに充分なものであったに違いない。そのため、先の『心中宵庚申』は、図らずも、彼の手になる最後の心中浄瑠璃ということになったのだった。

一方、享保九年（一七二四）の一月、七十二歳の近松が二年ぶりで執筆した力作『関八州繋馬《かんはっしゅうつなぎうま》』は、四段目の見せ場である大文字《だいもんじ》送り火の演出が評判となり人気を呼んでいたが、同時に、大の字が焼けるというのは大坂にとって縁起の悪い芝居ともいわれていたところ、その三月、まさにその噂通りに、大坂の市街の大半を焼くという大火が起こり、竹本座も類焼するという不幸な出来事に見舞われることとなった。そのため、結局、この作品が、近松の絶筆ということになってしまったのである。

その後の彼は、やはり体調も思わしくなく、夏から秋には、自身の死期を悟ったかのような手紙を友人に送ったりもしていたが、十一月初旬、息子の絵師杉森多門《たもん》が描いたといわれる、風折烏帽子《かざおりえぼし》に布衣《ほい》という礼服姿の肖像に自筆で辞世文を賛として加え、その月下旬の二十二日、天満《てんま》の仮寓先で妻子に見取られながら、七十二歳の生涯を終えることになったのだった。法名は阿耨院穆矣日一具足居士《あのくいんぼくいにちいちぐそくこじ》。墓は、大坂谷町《たにまち》の法妙寺《ほうみょうじ》（現在、寺は大東市《だいとうし》に移り、墓のみが旧地に残される）と尼崎の広済寺とにあるが、どちらも供養墓かとの説もある。

付表：近松時代浄瑠璃　題材別作品年表（未定稿）

（凡例）

1　近松の作及び存疑作の時代浄瑠璃を、その題材のおおよその時代別に分類し、初演年時順に配列した。

2　作・存疑作の別及び初演年時に関しては、岩波版『近松全集　第十七巻』所収の「年譜」を基本とし、適宜『義太夫年表近世篇』、祐田善雄編「近松年譜」（『浄瑠璃史論考』所収）を参照・勘案した。

3　初演年時が明確には特定されない「…以前」等の場合には、便宜上、その下限となる年時に配列した。従って、作品によっては、より早い年時に移行する可能性のあるものもある。

4　存疑作の題名には（　）を付し、また、竹本座以外で初演されたものの題名には○印を付した。

5　全体を四分し、〈表A〉は義太夫と提携する以前の時期、〈表B〉は義太夫と提携後、竹本座専属になる前までの時期、〈表C〉は竹本座専属後、筑後掾が没する前までの時期、〈表D〉は筑後掾没後の時期とした。

6　本表は、神戸女子大学古典芸能研究センター公開シンポジウム『近松再発見』の報告時の配布資料に修正を加えて年表化したものである。その際、四方淑江氏の着想から御教示を得るところが大きかった。

〈表A〉

	延宝5（1677）	延宝7（1679）	延宝8頃（1680）
Ⅰ神話時代			
Ⅱ大和朝廷時代			
Ⅲ王朝時代			○（平安城都遷《へいあんじょうみやこうつし》） ○（以呂波物語《いろはものがたり》） ○（殿上《てんじょう》のう《う》
Ⅳ源平争乱時代			○（頼朝七騎落《よりともしちきおち》）〈山本座〉 ○（大原問答《おおはらもんどう》）
Ⅳ′判官物	○（てんぐのだいり）		
Ⅴ鎌倉時代		○（他力本願記《たりきほんがんき》）	
Ⅴ′曾我物			
Ⅵ南北朝時代			○（つれづれ草《ぐさ》）
Ⅶ室町時代			○（藍染川《あいそめがわ》） ○（東山殿子日遊《ひがしやまどのねのひのあそび》）
Ⅷ安土桃山時代			
Ⅸ江戸時代			
Ⅹ海外物			

	天和3 (1683) ～
Ⅰ 神話時代	
Ⅱ 大和朝廷時代	
Ⅲ 王朝時代	はなり《わなり》討《うち》) ○(あふひの《あおいの》うへ《うえ》) ○(赤染衛門《あかそめのえもん》栄花物語《えいがものがたり》)
Ⅳ 源平争乱時代	
Ⅳ′ 判官物	
Ⅴ 鎌倉時代	
Ⅴ′ 曾我物	〈天和3〉 ○世継曾我《よつぎそが》
Ⅵ 南北朝時代	
Ⅶ 室町時代	
Ⅷ 安土桃山時代	
Ⅸ 江戸時代	
Ⅹ 海外物	

〈表B〉

	貞享2 (1685)	貞享3 (1686)	貞享4 (1687)	元禄2 (1689)	元禄3 (1690)
Ⅰ 神話時代					
Ⅱ 大和朝廷時代					
Ⅲ 王朝時代				○(忠臣身替《ちゅうしんみがわり》物語《ものがたり》)	
Ⅳ 源平争乱時代	出世景清《しゅつせかげきよ》	佐々木先陣《ささきせんじん》 (薩摩守忠度《さつまのかみただのり》) (主馬判官盛《しゅめのはんがんもり》久《ひさ》)			
Ⅳ′ 判官物				(津戸三郎《つのとのさぶろう》)	(烏帽子折《えぼしおり》)
Ⅴ 鎌倉時代					
Ⅴ′ 曾我物					
Ⅵ 南北朝時代			今川了俊《いまがわりょうしゅん》		
Ⅶ 室町時代				(日親聖人徳《にっしんしょうにんとく》行記《ぎょうき》)	
Ⅷ 安土桃山時代					
Ⅸ 江戸時代		三世相《さんぜそう》			
Ⅹ 海外物					

元禄14・15 (1701・2)	元禄13 (1700)	元禄12 (1699)	元禄11 (1698)	元禄10 (1697)	元禄7 (1694)	元禄6 (1693)	元禄5 (1692)	元禄4 (1691)
							天智天皇《てんじてんのう》	
(信田小太郎《しだのこたろう》)		○南大門秋彼岸《なんだいもんあきのひがん》 ○丹州千年狐《たんしゅうせんねんぎつね》			(文武五人男《ぶんぶごにんおとこ》)	(融大臣《とおるのおとど》) 蝉丸《せみまる》		
			(一心五戒魂《いっしんごかいのたま》)					
				吉野忠信《よしのただのぶ》 (十二段《じゅうにだん》)				
		最明寺殿百人上﨟《さいみょうじどのひゃくにんじょうろう》		(本朝用文章《ほんちょうようぶんしょう》)			(悦賀楽平太《えがらのへいた》)	
	○団扇曾我《だんせんそが》 百日曾我《ひゃくにちそが》	曾我五人兄弟《そがごにんきょうだい》		○曾我七以呂波《そがななついろは》		大磯虎稚物語《おおいそのとらおさなものがたり》		
								○(女人即身成仏記《にょにんそくしんじょうぶつき》)
				○(猫魔達《ねこまた》)				
cf〈元禄16(一七〇三)〉 曾根崎心中《そねざきしんじゅう》								

〈表C〉

	宝永2 (1705)	宝永3 (1706)	宝永4 (1707)	宝永5 (1708)	宝永7 (1710)	正徳元 (1711)	正徳2 (1712)	正徳3 (1713)
Ⅰ神話時代								
Ⅱ大和朝廷時代	用明天王職《ようめいてんのうしょく》人鑑《にんかがみ》					大職冠《たいしょかん》		
Ⅲ王朝時代	(田村将軍初《たむらしょうぐんはつ》観音《かんのん》)		松風村雨束《まつかぜむらさめそく》帯鑑《たいかがみ》		酒呑童子《しゅてんどうじ》枕《まくら》言葉《ことば》	百合《ゆり》若大臣《わかだいじん》野守鏡《のもりのかがみ》	傾城懸物揃《けいせいかけものぞろえ》 嫗山姥《こもちやまうば》	
Ⅳ源平争乱時代					鎌田《かまた》兵衛名《ひょうえめい》所盃《しょさかずき》			
Ⅳ′判官物					孕《はらみ》常盤《ときわ》 源氏《げんじ》冷泉節《れいぜいぶし》 源義経将《みなもとのよしつねしょう》棊経《ぎきょう》			殩静胎内捃《ふたりしずかたいないさぐり》
Ⅴ鎌倉時代								
Ⅴ′曾我物		本領曾我《ほんりょうそが》 加増曾我《かぞうそが》			曾我《そが》扇八景《おうぎはっけい》 曾我《そが》虎《とら》が磨《いしうす》			
Ⅵ南北朝時代					兼好法師物見車《けんこうほうしものみぐるま》 碁盤太平記《ごばんたいへいき》 吉野都女楠《よしのみやこおんなくすのき》			
Ⅶ室町時代				雪女五枚羽子板《ゆきおんなごまいはごいた》 傾城反魂香《けいせいはんごんこう》				
Ⅷ安土桃山時代					傾城吉岡染《けいせいよしおかぞめ》			
Ⅸ江戸時代								
Ⅹ海外物								

〈表D〉

	正徳4（1714）	正徳5（1715）	享保2（1717）	享保3（1718）	享保4（1719）	享保5（1720）
Ⅰ神話時代				日本《にっぽん》振袖《ふりそで》始《のはじまり》		日本武尊《やまとたけのみこと》吾妻《あずま》鑑《かがみ》
Ⅱ大和朝廷時代			聖徳太子《しょうとくたいし》絵《え》伝記《でんき》			
Ⅲ王朝時代	栬狩《もみじがり》剣《つるぎの》本地《ほんじ》			傾城《けいせい》酒呑童《しゅてんどう》子《じ》		井筒《いづつ》業平《なりひら》河内《かわち》通《がよい》 双生《ふたご》隅田川《すみだがわ》
Ⅳ源平争乱時代					平家《へいけ》女護島《にょごのしま》	
Ⅳ′判官物						
Ⅴ鎌倉時代					傾城《けいせい》島原《しまばら》蛙《かいる》合戦《がっせん》	
Ⅴ′曾我物				曾我《そが》会稽山《かいけいざん》		
Ⅵ南北朝時代						
Ⅶ室町時代						
Ⅷ安土桃山時代					本朝《ほんちょう》三国志《さんごくし》	
Ⅸ江戸時代						
Ⅹ海外物		国性爺《こくせんや》合戦《かっせん》	国性爺《こくせんや》後日《ごにち》合戦《かっせん》			

	正徳4（1714）
Ⅰ神話時代	
Ⅱ大和朝廷時代	持統天皇《じとうてんのう》歌《うた》軍法《ぐんぽう》
Ⅲ王朝時代	天神記《てんじんき》 嵯峨《さが》天皇《てんのう》甘露雨《かんろのあめ》 弘徽殿《こうきでん》鵜羽《うのは》産家《うぶや》 賀古教信《かこのきょうしん》七墓廻《ななはかめぐり》
Ⅳ源平争乱時代	娥歌《かおようた》かるた
Ⅳ′判官物	
Ⅴ鎌倉時代	相模入道《さがみにゅうどう》千疋犬《せんびきのいぬ》（当流《とうりゅう》小栗《おぐり》判官《はんがん》）
Ⅴ′曾我物	
Ⅵ南北朝時代	
Ⅶ室町時代	
Ⅷ安土桃山時代	
Ⅸ江戸時代	
Ⅹ海外物	釈迦如来《しゃかにょらい》誕生会《たんじょうえ》

享保6 (1721)	享保7 (1722)	享保9 (1724)
	浦島年代記《うらしまねんだいき》	
		関八州繋馬《かんはっしゅうつなぎうま》
津国女夫池《つのくにめおといけ》 信州川中島合戦《しんしゅうかわなかじまかっせん》		
	唐船噺今国性爺《とうせんばなしいまこくせんや》	

近松と浄瑠璃 ——正根なき木偶のわざ——

和田　修

はじめに

近松と浄瑠璃——その半生を浄瑠璃とともに歩んだ近松門左衛門について、あらためて浄瑠璃との関係を問い直すというのは、とても難しい課題だと思う。十五世紀以来の語り物芸能である浄瑠璃が、やはり中世後期に活動していた西宮夷神社《にしのみやえびすじんじゃ》の夷舁《えびすか》きの人形戯に由来する操《あやつ》りと提携し、江戸時代に入ってまもなく浄瑠璃操りが成立してから、当流《とうりゅう》浄瑠璃の初発とされる『世継曾我《よつぎそが》』『出世景清《しゅっせかげきよ》』が上演されるまで七、八十年。そして近松没後も連綿と継承され、二十一世紀の今日に至る浄瑠璃操りの歴史の中で、近松はいかに位置づけられるのか。近松が浄瑠璃史に果たした役割に関して、戯曲論・作品論としてはすでに多くの研究成果が蓄積されている。近年は近松以前の古浄瑠璃や、近松没後の作者たちに関する研究も格段の進展をとげ、浄瑠璃史研究の環境は十二分に整っているといえるが、逆になかなか新たな見解を提示しにくい、研究の飽和状態にあることも否定できないであろう。

そうした中で、古典芸能研究センター長かつ本書編集責任者の阪口弘之氏ご自身が、十七世紀初頭から十八世紀前半までの一世紀余の浄瑠璃の展開を短い文章に凝縮した、すぐれた論考を著されている（「古浄瑠璃から近松へ」

〈『国文学』平成二十年十月臨時増刊号〉)。

まさに「近松と浄瑠璃」と題するにふさわしい阪口氏の論文に、筆者はいまさら付け加えるべき資料も視点も持ち合わせない。致し方ないので、逃避的方法ながら、大雑把な芸能史的変遷に視野を拡散してしまい、語り物芸能である浄瑠璃にとって近松とはいかなる存在であったのか、舞台上の人形の動きをポイントとして考察を進めたいと思う。

一　人間の芸と木偶《でく》の芸

阪口氏は右の論文のなかで、十七世紀半ばから浄瑠璃界を席巻し、近世浄瑠璃の出発点となったとされる金平浄《きんぴらじょ》瑠璃《うるり》の人形演出について、

日本の操浄瑠璃は、この一世を風靡した金平風の誇張様式がその後の主流を形成する可能性もあったはずである。人形劇としては、その方がむしろ自然であったかもしれない。

と述べたうえで、

一旦は誇張様式へ方向をとるかに見えた日本の人形戯が、誇張を抑制し、写実のかった人形戯へと大きく舵をきることになったといってよい。

と、その変化の基点を寛文(一六六一~七三)中期の上方の伊藤出羽掾《いとうでわのじょう》・井上播磨掾《いのうえはりまのじょう》の活動の中に求め、今日の文楽の「静の中に動を見る」様式の淵源とする。そのうえで、近松の戯曲を、

「語りの演劇」たる操浄瑠璃は写実を旨とする人間劇として高い達成をみたのである。

と評価する。

阪口氏をはじめ、近松と人形演出を論じる際に必ず引用されるのが、『難波土産《なにわみやげ》』(元文三年〈一七三八〉刊)の

次の一条である。

○往年、某近松が許にとむらひける頃、近松言けるは、惣じて浄るりは人形にかゝるを第一とすれば、外の草紙と違ひて、文句みな働を肝要とする活物なり。殊に歌舞妓の生身の人の芸と、芝居の軒をならべてなすわざなるに、正根なき木偶《にんげう》にさま〴〵の情をもたせて、見物の感をとらんとする事なれば、大形にては妙作といふに至りがたし。（適宜句読点を補った）

『難波土産』の著者、穂積以貫《ほづみいかん》がいつ頃この言葉を近松から聞き出したのかはわからないが、年齢関係からみて、近松晩年のことと考えられる。いわば功成り名遂げてからの言説ということになる。近松の作品を読み、今日の文楽の舞台を見たものであれば、もっともと納得されるこの言説だが、今一度その前提を問い直してみる必要があるのではないか。

近松は、「芝居の軒をならべて」いる、つまり歌舞伎（現在の用字法に統一）と浄瑠璃操りの劇場が隣接しているという、客観的な事象を語ったに過ぎないのかもしれない。しかし、われわれは何となく、役者の芸と木偶の芸が肩を並べられるように、近松が詞章を工夫したと読みがちではないだろうか。実際のところ、現在の文楽の三人遣い技法と太夫の語りが、歌舞伎役者に迫る（あるいは超越した）演技力をもってわれわれに感銘を与えることは否定できない。それを可能にしたのは、近松以来三百年にわたる技芸の工夫と、なによりも技芸を活かす基盤となる近松らの名文のなせるわざであろう。現在から振り返るとそのとおりだが、阪口氏が指摘する誇張様式から人間劇への転換点である寛文期はもちろん、近松確定作が現れる天和貞享（一六八一〜八八）期であっても、人間の芸と木偶の芸とは、肩を並べるべき存在ではなかったと仮定することから出発してみたい。

近松時代の人形芸ですら、その実態を推しはかることは容易でない。ましてや、それ以前となると、残存する首《かしら》と若干の絵画資料程度しか人形芸につながる資料はなく、検討することは難しいとみなされてきた。その研究史を覆すような新たな資料が提示できるわけではないのだが、地方に残るいわゆる古浄瑠璃人形や、その他の人形戯・語り物芸能の芸態をふまえて、近松時代の人形芸の変化を推測する試みとしたい。

二　古浄瑠璃人形

いわゆる古浄瑠璃人形というのは曖昧な呼称だが、三人遣《さんにんづか》い以前の、一人遣《ひとりづか》い人形の様式を残し、義太夫節系と異なる浄瑠璃を伝承する人形芸のことをさす。具体的には、新潟県佐渡市、石川県白山市《はくさんし》東二口《ひがしふたくち》および深瀬《ふかぜ》、宮崎県都城市山之《やまの》口《くち》、鹿児島県薩摩《さつま》川内市《せんだいし》東郷《とうごう》の四地域（地名はいずれも平成二十二年現在）に伝承される人形芸である。このうち、佐渡の説経人形と深瀬のでくまわしを別とすると、他の地域の浄瑠璃は、文弥《ぶんや》ないし角太《かくだ》夫《ゆう》系に属するといわれている。いずれも早くから学会に紹介され、国の重要無形文化財にも指定されて、よく知られた存在だが、浄瑠璃の系統を中心に概略を説明しておく。

佐渡には説経人形と文弥人形の二つの系統がある。佐渡の説経は、浄瑠璃史にいう説経ではない。語られる作品は、金平浄瑠璃を多数残す点に特色があり、ほかにも井上播磨掾・伊藤出羽掾・山本角太夫など上方の古浄瑠璃太夫と関わるもの、さらに近松や近松没後の作者のものまで多様だが、一方の文弥節と称している浄瑠璃と共通する作品も多く、両者を明確に切り離して考えることはできないようである。現在佐渡市で説経人形を伝承しているのは広栄座《こうえいざ》一座のみで、他は文弥人形を演じている。しかし、江戸期には、多数の説経人形の座が活動し、他方、文弥節は純粋な語り物として盲人によって伝承されてきた。明治になり、説経人形座の大崎屋《おおさきや》松之《まつの》助《すけ》が、大阪の文楽を参考にして人形を大振りにし、説経を改めて文弥の伊《い》藤常盤一《とうときわのいち》を語り手に迎えたのが文弥人形の最初で、新しい組み合わせが人気を博したことから、多くの説経座が文弥の座に転向した（佐々木義栄《よしひさ》『佐渡が島人形ばなし』平成八年）。現在、説経一座に対し、文弥の座は十余座あるが、高齢化などにより活動に停滞がみられる。

深瀬では、浄瑠璃の流派がいずれであるかを伝えず、「でくまわし」と称する。伝承者の方々は、「文弥」と言ったことはないと口を揃えられるが、『仮名手本忠臣蔵《かなでほんちゅうしんぐら》』五・六段目が残されている他は、文弥・角太夫の作品系列であり、詞章も角太夫系本文に拠っている。同じ白山麓で伝承されてきた東二口は、「文弥くずし」とも称し、金沢近八《ちかはち》板の角太夫系正本を用いているので、その影響がなかったとは考えにくい。

近世期薩摩藩領であった山之口には、『出世景清』写本が伝えられ、識語に文政九年（一八二六）の年記と「フンニヤの浄留里」の語があることにより、近世から文弥を称していたと考えられている。正本の系統も角太夫系である。同じ薩摩藩内の西北に位置する東郷では、古くは「人形踊り」などと呼ばれ、第二次大戦後の資料にはじめて「文弥」の呼称が現れるものの、正本は角太夫系板本からの転写本を伝えている。

以上、四地域の浄瑠璃操りは、伝承上の呼称は別として、詞章のうえでは文弥・角太夫系の古浄瑠璃との関係が深いことが確認される。

岡本文弥と山本角太夫は、寛文期を中心に大坂で活躍した伊藤出羽掾の門下である。初代出羽掾亡き後、延宝末期から元禄前期に出羽座の太夫の筆頭にあったのが文弥であった。「文弥の泣き節」と称される、哀愁をこめた語り口に人気があり、同座の後輩たちに影響を与えた。一方の角太夫は京都で独立し、延宝から元禄期に活躍した。しかし、京都には同時期に宇治加賀掾《うじかがのじょう》があり、さらに貞享以降大坂で竹本義太夫《たけもとぎだゆう》の人気が出始めると、次第に出羽座・角太夫座の旗色が悪くなってくる。二代目の文弥も存在したが、あまり活動が知られないまま、宝永四年（一七〇七）には「文弥節も古めかし」（『男色比翼鳥《なんしょくひよくのとり》』）と評されるに至る。その後の出羽座・角太夫座の変転にまでふれる余裕はないが、三都で細々と活動を続けたほか、地方巡業も行ったらしく、そうした伝承が上記の四地域に及んだのではないかと考えられている。なお、出羽座と角太夫についての浄瑠璃史上の研究は多数あるが、近年の成果は『岩波講座 歌舞伎・文楽 第七巻』（平成十年）におおよそまとめられている。晩年の出羽座と地方への伝承との関係については、『東郷町文弥節人形浄瑠璃調査報告書』（平成十四年）の秋本鈴史《あきもとすずし》氏の解説に詳しい。

ところが、実際に四地域の古浄瑠璃人形の舞台に接すると、それぞれの印象は大きく異なっている。浄瑠璃としての形式が整っているのは、江戸時代に盲人の芸としてじっくり聞かれていた佐渡の文弥節である。説経人形についても、亡くなった霍間幸雄《つるまさちお》氏の語りには、体系化はされていなかったかもしれないが、表現力豊かで繊細な節回しが多数含まれていた。遠く隔たる薩摩藩領のうち、山之口は、三味線の手は繰り返しが多く単調で、語りもやや平板ではあるが、それなりの体系があったことを感じさせる。東郷は、近年の伝承が確固たるものとはいえないが、佐渡の佐々木義栄氏によって昭和二十七、八年（一九五二、五三）頃に録音された長倉孝夫氏の録音を聞くと、きちんとした浄瑠璃の骨格を窺い知ることができる。三味線の手もかなり細かく付けられている。

これに対し、白山市の二箇所の浄瑠璃は、かつての文弥節の語りを推測するには程遠いものといわざるを得ない。深瀬には三味線がなく、独自の節回しは認められるが、ほぼ単調な繰り返しである。東二口は三味線を伴うものの、本調子とはいえない調絃で、三味線の旋律が語りに対応しているのかどうかよくわからない。近八板の浄瑠璃本を用いているにも関わらず、浄瑠璃としての輪郭は曖昧で、語り崩された感が強い。

人形操法は、さらに地域による隔たりが大きい。

佐渡の文弥人形は、明治になって工夫されたものであるからひとまず措く。説経人形は簡素ながらも古態を留めるものとして、早くから注目されてきた。舞台装置をまったく用いず、高幕一枚でどこででも演ずることができる。人形の登退場は、回し上げ、回し下ろす感じで、上手下手へはけるといった概念がない。右手のみ動かすことができ、太刀打ちは得意であるが、細やかな表現力は乏しい。白山市の東二口には古い首が残り、人形を遣う際に、人形遣いが決まったステップを踏んで大きく人形を揺らす操法に特色がある。同じ操法は深瀬にもみられるが、東二口が佐渡説経と同じく右手が動くのに対して、深瀬の人形はまったく手が動かない。十文字の案山子《かかし》型で、人形遣いが足拍子を踏んで踊ることで人形が上下左右に躍動する。

白山麓と東郷は、浄瑠璃では類似点がみられなかったにも関わらず、人形操法では意外な共通点があり、東郷でも動きのある場面では、足捌《さば》きを重要視する。かつては「人形踊り」と称していたという伝承もなるほどと肯かれる。一方で、東郷の女方人形は二人で操作する場合が多い。もう一人、左手遣いが加わるのである。これは古浄瑠璃系の人形では類がない。立役を二人で遣うことはないので、女性特有の細やかな動きを表現しようとしたのであろう。ところが、同じ薩摩藩領内で、詞章や語りに共通性のある宮崎山之口の人形は、足捌きや足拍子などの動的な要素がほとんどみられない。かなり写実的に人形を遣おうとする意図がみてとれる。

このように、四地域の浄瑠璃操りの伝承は、浄瑠璃と人形とでかなり異なった様相をみせており、文弥・角太夫系とはいうものの、本当に共通の操り座から分かれて伝播したものといえるのかどうか確信がもてないほどに、関係性が不明確であるというのが衆目の一致するところであろう。

従来、浄瑠璃史の研究では、四地域に古浄瑠璃人形が伝承されていることに言及はするものの、三都の浄瑠璃史に組み入れることは控えてきた。現実に四地域の伝承が存在するにもかかわらず、あまりにもばらばらなその様態により、浄瑠璃史研究の対象とするための資料批判が困難だったからである。

三　中世の人形戯

全国に分布する民俗芸能の多くが、かつて中央で行われていた芸能が地方に伝播し、その土地独自の展開を遂げて今日に至ったものであることは、民俗芸能研究ではほぼ共通の認識となっている。多数の民俗芸能の事例を集め、中央に残された文献や絵画資料と比較することにより、失われたかつての芸態を想定することができる事例も報告されている。四地域の浄瑠璃操りの伝承が結ぶ像は、本当に合致しえないのであろうか。

われわれが、文楽の三人遣いを見、結城座《ゆうきざ》の糸操《いとあやつ》りを見、あるいはＮＨＫの人形劇番組を見るとき、人形が人間に近い動きをするのを当然のこととして受けとめている。しかし、人形は人間を模倣するという発想が、人形劇にとって果たして不変の価値といえるのかどうか、あらためて事例を検討してみたい。

日本の人形芸の系統を、和漢の文献を博捜して体系づけた大著に角田一郎《つのだいちろう》氏の『人形劇の成立に関する研究』（昭和三十八年、旭屋書店）がある。その後の研究成果をふまえ、山路興造《やまじこうぞう》氏は「操り浄瑠璃成立以前」（『芸能史研究』一三二号、平成八年一月）でいくつかの新説を提唱した。以下、山路論文にもとづいて、筆者なりの観察を記してみたい。

古代に諸国に置かれた一宮などの祭祀には、その国の傀儡《くぐつ》たちも参勤したという。一例として、肥後国一宮阿蘇神社（熊本県阿蘇市一の宮町）の御田祭りの行列に奉仕する大人形があげられる。小さな子どもぐらいの大きさはあるものの、足はなく、手も十文字に固定された案山子状の人形で、現在では子どもがかついで行列に従うばかりで、これといって動きはない。

同じく九州豊後国宇佐八幡宮の放生会《ほうじょうえ》で演じられていたのが、大分県中津市古要《こよう》神社と福岡県吉富町古表《こひょう》神社の傀儡戯である。ともに小型（一八～三六㎝）の相撲人形と田楽人形があり、山路氏によると相撲人形の方が古態を留めるという。左足を軸にして支え、右足と両手を紐で引いて動かす。その戦いざまが相撲の動きとしてふさわしいかどうかは別として、ちょこまかとよく動く。田楽人形は、ささら・鼓・笛などの楽器を奏したり巫女舞を舞ったりする。手が上下に動くだけの簡単な動作だが、楽器を打っているように見えるから不思議である。語りも歌もなく、太鼓と笛で囃す。

山梨県甲府市古瀬町の天津司舞《てんづしまい》は、子どもの背丈ほどの人形で、田楽躍と田楽能を演ずる。野外にお船とよばれる幔幕を張りめぐらせて、その中で遣う。田楽躍は古要・古表と同じく楽器を奏するさまをみせ、一人が人形を支え、もう一人が手を動かす、二人遣いである。田楽能には扇を持った姫と打杖を持った鬼が登場するが、この二体は三人遣いで、一人は首を左右に振る動きを担当する。古要・古表と同様、太鼓と笛で囃すのみで、語り・歌はない。山路氏は天津司舞を宇佐八幡の傀儡戯より時代が下るとするが、いずれも古代から中世前期までの「くぐつ」の芸とみている。

中世後期になると、室町時代初頭から十六世紀初めごろまで、「手くぐつ」が猿楽能や曲舞などを演じた記録があるが、絵画資料や民俗芸能の事例は残らず、人形の形態や操作方法などは明らかでない。

十六世紀中期以降、兵庫県西宮夷神社に隷属する神人《じにん》たちが、エビス神の人形を回し、「夷昇き」と呼ばれた。「洛中洛外図」「三井寺円満院障壁画」などには、首から小箱を掛け、その中に手を差し入れて人形を遣う、首掛け箱人形の徒が門付けをするさまが描かれている。夷昇きたちは、エビス神を回すだけでなく、人形を用いて猿楽能をも演じた。『御湯殿上日記《おゆどののうえのにっき》』には「ほんののふのことくに」（天正十八年〈一五九〇〉一月十八日）と評され、時代は近世に下るが、寛永（一六二四〜）初期の堂本家蔵「四条河原遊楽図」には、能操り座による「翁」の上演風景が描かれている。彼らが浄瑠璃の語り手たちと結んで、慶長期（一五九六〜一六一五）に浄瑠璃操りを創始したというのが浄瑠璃史の説くところである。

兵庫県篠山市波々伯部《ほほかべ》神社のお山神事に出るデコノボウは、能操りの姿を残すといわれる。胴串《どぐし》に肩板が十文字に縛り付けられた案山子形状だが、手先だけが紐でつるされており、人形遣いが幕の下から人形を回すと手がぶらぶらとゆれる。人の手をそえれば右手を動かすこともできる。現在の演目は『田原藤太《たわらとうた》』『愛宕山《あたごやま》』で、謡は棒読みに近く、能を思い起こさせるところは少ない。

なお、岐阜県美濃市大矢田神社のヒンココは、山中に張った高幕の中で、大きな案山子型の人形を上下に振り動かして大蛇退治を演じる。自然の中で行われるなんとも素朴な人形戯で、系統をはかりかねている。

さて、近世に入り浄瑠璃操りが生まれると、多くの絵画資料にその舞台が描かれるようになる。年代未詳ながら比較的浄瑠璃操り初期の姿といわれる「築城図」、舟木家旧蔵「洛中洛外図」、「江戸図屏風」などが古いところであろうか。「築城図」を除くと、舞台の大きさに対して、ずいぶん人形が小さいのに驚かされる。とくに堂本家蔵「四条河原遊楽図」の女太夫内記座の図などは、女太夫の方に興味の中心があったといわれるほど、人形に対して注意を払っていないような描き方である（『人形浄瑠璃舞台史』平成三年、八木書店）。十七世紀前半までの浄瑠璃操りの人形は、佐渡の説経人形より、さらに一回りぐらい小さかったのではないかと思われる。

雑駁ながら、古代から近世初期までの人形戯について、どのような演技をしようとしていたのか概観してみた。演技をするというのは現代的な見方であって、楽器を打つなどの小技は見せるものの、人間の動き全体を人形で再現しようという意欲は薄いように思われる。相撲人形であれば、組み合いができるように人形の構造を考えるべきで、足を蹴上げてしまっては反則技であろう。天津司舞の田楽能は、もう少しストーリー性のある動きをすることもできそうに思うが、ただお船舞台を回るばかりである。能操りについても、猿楽能の舞が三間四方の舞台を回る立体的（観客に対して垂直的）な動きを主体とするのに対して、人形は幕や手摺りにそった横方向の移動が中心であり、能操りの見所がどこにあったのか想像するのが難しい。

人形は、簡単な動作を繰り返すことしかできないのであって、むしろ人間の身体動作とは異なったものが求められていたと考えるべきではないか。異なったものとは何かと問われても、なかなか答えがみつからないが、抽象的な人形の躍動性とでも表現すればよいだろうか。

四　語り物の舞台化

人形とならんで浄瑠璃操りの構成要素である浄瑠璃は、語り物芸能の範疇に入る。平曲《へいきょく》のように、語り手が座って語るのを耳で聞いて楽しむという形態が語り物の基本だが、立って舞いながら語るという芸態をとるものがある。こうした語り物芸能の表現には、どのような特色があるのかを考えてみたい。

「語り物の舞台化」という概念を提唱したのは、民俗芸能研究の泰斗、本田《ほんだ》安次《やすじ》氏である。『能及狂言考』（昭和十八年、丸岡出版社）では、神がかりの託宣《たくせん》に由来する一人称の語りが夢幻能《むげんのう》の語りに通じること、三人称の物語の一節を立って舞うのが曲舞《くせまい》・幸若舞《こうわかまい》であり、浄瑠璃操りや現在能はその展開であることなどを述べている。

　こうした語り物芸能のなかで、特徴的な芸態を今日に伝えているのは、福岡県みやま市大江の幸若舞と奈良市都《つ》祁《げ》の題目立《だいもくだて》である。幸若舞は、三人の舞手が舞台上に出て、交互に立って語り、「ツメ」の曲節では太夫が舞台を八の字に踏んで回る。題目立は、十七歳になった八～九人の青年が、それぞれ一役ずつ分担して物語を語り進める。一時間半ほど立ったままで、最後に一人がフショ舞を舞う以外、動きはほとんどない。題目立は、大和地方でのみ行われていたとみられるが、舞々《まいまい》は中世後期に各地で行われ、なかでも幸若や大頭《だいがしら》は近世前期まで活動を続けた。しかし、その長い歴史と広がりのなかで、当初から「聞久世舞」（『親長卿記』文明十五年〈一四八三〉二月二十九日）、「此間越前舞幸若大夫上洛、於千本有勧進、此舞被聞食度之様仰之間、勧修寺大納言先日所相触也」（『宣胤卿記』長享三年〈一四八九〉十月九日）などと記されるように、幸若舞はあくまで語り物として存在し、役を演ずるという意識、つまり物真似的な動作をすれば劇として面白くなるという認識が生まれることはなく、十五世紀後半からほぼ同じ姿で伝承されてきたとみられる。

　猿楽能に先立つとされる翁舞《おきなまい》は、現在も各地に伝承されている。兵庫県加東市上鴨川《かみかもがわ》住吉神社の神事舞、奈良市奈良豆比古《ならずひこ》神社の翁舞、あるいは東海地方の田遊びの中に登場する翁、いずれもただ立ったまま（あるいは座ったまま）で、延々と翁の素性を語り、宝数えをする。岡山・広島の荒神神楽《こうじんかぐら》で行われる五行神楽は、数時間にわたり五行祭文を唱えるのが基本であった。奥三河の花祭《はなまつり》の榊鬼、宮崎県椎葉《しいば》神楽《かぐら》の柴鬼神の問答をはじめ、西日本各地の神楽に登場する荒神の神語り、いずれも立ったまか座ったままで語るだけで、物真似的な動きをともなうものはみられない。

猿楽能が、こうした語り物芸能から生み出されたというわけではないが、語りの要素を中心に能をとらえたとき、幸若や題目立、翁や荒神の語りと共通の発想の基盤をみようとする本田氏の見解も、あながち間違いではないと思われる。だが、猿楽は、物真似という点に本来の性質があり、一方で詞章から独立した舞事を発達させたことにより、純粋な語り物芸能とは異なる表現様式を展開することになったのであろう。

なお、こうした語り手たちが微動だにしないかというとそうでもない。座っていたものが立ち上がって扇（その他の採《と》り物）を構える、あるいは座ったままでも扇を構えるというのが最低限の語りの作法であろう。東北地方の山伏神楽・番楽《ばんがく》などの神楽能では、舞い手は扇を構え、ときには扇であおぎながら、少し体を揺すって語る場合が多い。暑いからあおぐわけではなく、扇を構える動作の変型であり、語りのエネルギーがほとばしっているようにみえるのは、勝手な想像であろうか。

われわれは、舞台に立つ役者は、何らかの意味のある動作をするものだと思い込んでいるところがある。これは近代の合理主義がもたらした観念なのかもしれない。語り物の内容を舞台上の演技者が物真似的に表現する必要はなく、語りが導く時空に思いを馳せればよいというのが中世の人々の感覚だったのであろうか。少なくとも、舞台上の語り手の動きは、表意性をともなわない抽象的なものがよいと認識されていたと考えるのが自然であろう。

五　人形踊り

角田一郎氏は、先にあげた『人形劇の成立に関する研究』第三部で、成立当初の浄瑠璃操りの人形演出について、浄瑠璃の詞章をもとに詳細な分析を加えた。この方法は、恣意的な判断が混じるおそれもあって、その後あまり踏襲されていないが、初期浄瑠璃操りの演技を考えるうえで、検討すべき点が多々あると思われる。

ふつう語り物は叙事的だと考えがちだが、浄瑠璃という語り物の出発点である『浄瑠璃御前物語』の前半は、大部分がストーリーや人物の動きとは関わらない、叙景（すなわち物尽くし）であったり、故事の引用であったりする。角田氏は、『浄瑠璃御前物語』の「花揃え」は御曹司の人形が「自分の眺めている庭の景を語り且つ舞う」と考え、さらに「枕問答」「精進問答」「大和詞」などの問答部分については、「詞章の示す人物分担に関せず相舞となる」と大胆な推定を下した。これらを「非演劇的な舞語り」とも称している。語りの内容を写実的に再現するのではなく、詞章を離れて人形が舞うのだという角田説は、かなり飛躍があるように受け取られるかもしれないが、現行文楽や一般的な演劇の概念で『浄瑠璃御前物語』を演じようとしたら、ほとんど動きのない舞台となって、見るに堪えないだろう。舞語りを唱えた角田氏の念頭には、先行芸能である猿楽能や幸若があるので、そこからは静的な舞が類推される。だが、筆者は人形の舞語りの具体像を想像するとき、ただちに東二口や深瀬の人形を思い起こし、やや違った角度から角田説に首肯したい。つまりは躍動感のある人形踊りであったのだろうと。

東二口・深瀬のような足拍きや足拍子をともなう人形芸が、三都の浄瑠璃操りで行われていたことを証する資料は、直接的にはみあたらない。しかし、古浄瑠璃から近松までの詞章、および現行文楽を含めた義太夫節の作曲と、四地域の古浄瑠璃人形を、人形踊りという観点から見直してみると、その存在がおぼろげながら浮かび上がってくるように思われる。以下、その立証を試みたい。

東二口・深瀬では、人形がぴたっと静止していることはまれで、静かな情景描写や会話の場面でも、たいていゆらゆら動いている。観客席からはゆらゆらしているだけに見えるが、単に人形を揺すっているのではなく、人形遣いが足を捌いて重心を移し、体全体を上下させているので、それにともなって人形が動くのである。道行や節事など音楽性に富んだ場面になると、さらに足捌きや体の上下動が活発になり、人形が躍動する。要所要所で足拍子を踏むことで、いっそうメリハリがつく。深瀬では足拍子を踏み続ける場面も多い。打楽器的な効果となり、かなり賑やかであって、三味線の欠を補っているともいえる。

先ほど明治以降のものとして詳しく述べなかった佐渡の文弥人形は、通常は文楽の人形の構えに近く、静止させていることが多い。人形の右手が動くだけでなく、胴串を支える人形遣いの左手の指先に人形の左手をはさむことによって、ある程度左手も動かすことができるなど、できるだけ写実的な動きをさせようと工夫を凝らしている。

ところで、角太夫正本では、各段の終わり近くに「カントメ」という節付があり、段末をしめくくる機能を果たしていたと考えられている。盲人がにない手であった佐渡の文弥節は、近代まで口伝えで伝承されたため、古い正本は残されていないが、語りには多くの決まった節付があり、「役節」と呼ばれている。「三口返し」「レイジュウ」など、角太夫ほか、三都の浄瑠璃にはみられない役節も多いなか、段末の「カントメ」は角太夫正本のままに伝承されている（「カンドメ」と発音する）。その少し前あたりから、「ノリ」「大ノリ」の役節がかかり、人形は右袖を返して上手から下手、または下手から上手へと走り込み、トンと足拍子を踏んで振り返りざまに、再び袖を返してキマル。登場人物が一人の場合は、これを何回か繰り返す。二人の場合は、中央ですれ違って、上下で相互にキマル動作を繰り返す。これに合わせてツケを打つ。歌舞伎のようにキマリに打つのではなく、三味線に合わせて、太鼓を打つように小刻みにリズムを取って打つのが特徴である。そして段末で「カンドメ」がかかって幕となる。静的な場面が多い佐渡の文弥人形で、太刀打ちや長刀遣いの場面と並んで、段切の「ノリ」から「カンドメ」に至る場面は、人形が躍動的に跳ね回る感じで、観客席から拍手がわく。

佐渡の説経は、あまり人形がよく動くわけではない。人形の寸法が小さく、構造が単純であるせいもあり、太刀打ち場面以外では、それらしく立っているだけという場合が多い。しかし、よく見ると静止しているのではなく、人形遣いが少しずつ足を捌き体を返して、人形を左右に振っている。そして、「ノリ」や「カンドメ」という名称はないものの、段末には派手な節が付けられている。この時、陰囃子として太鼓を打つ。遣い手も上手下手を行き来し、要所で数回足拍子を踏む。

こうしてみると、文弥人形は、説経人形と無関係に文楽の模倣によって成立したのではなく、説経人形の動きを基盤として、文楽も参考にしつつ、増幅と抑制を加えて生み出され、その後洗練を経てきたものと考えるべきなのだろう。

九州に目を転じて東郷をみると、前述のとおり女方人形を二人で遣うなど、細かい動きに気を配っているところもあるが、その女方人形も、また立役人形も、自分の持ち場（セリフや動きが語られている間）は、ほとんど静止していないで、たえずギクシャクギクシャク音を立てながら、肩を動かしたり手を動かしたりしている。リアルな動きとは程遠い。小段の終わりなど、義太夫でいう「フシ落ち」にあたるような場面では、太鼓を打って賑やかにしめくくる。さらに、佐渡の「ノリ」から「カンドメ」にあたる段末などでは、人形遣いは腰を落として大きくステップを踏み、体全体を上下させて人形を躍動させ、囃子方が太鼓と拍子木を打って盛り上げる。

隣県の山之口は、おおむね静かな動きが中心で、われわれが思うところの「人形劇」に近い印象がある。それでも、やはり「フシ落ち」にあたるような締めくくりの場面、たとえば『出世景清』二段目阿古屋《あこや》住家で、訴人をしようとする兄十蔵《じゅうぞう》を留めて、阿古屋が「人は一だいなはまつだい」とかき口説くような悲哀な場面の「フシ落ち」でも、太鼓が入って賑やかな三味線の手が弾かれる。立回りやある種の人物の登退場などでは、太鼓と拍子木が打たれる場合もあるなど、東郷に似た音楽性をもっている。そして現行演目では『門出八島《かどいでやしま》』二段目末の弁慶首数珠のくだり（当地では「弁慶断切」と呼ぶ）のみだが、人形遣いがはっきり足捌きをして、長刀を遣って幕になる演出がある。この場面ばかりは、佐渡文弥の長刀遣いを彷彿とさせる。

四地域六種の人形は、一見するとずいぶんと異なった外見を帯びているように感じられるが、今日の文楽とは異なる、いくつかの共通点を見出すことが可能であるといえよう。山之口と新しい佐渡文弥を除いて、人形が静止しているときがほとんどないこと、そして少なくとも段切などでは、人間の動作を逸脱した躍動的な動きがみられることなどである。

このような一致点は、地方に伝承されたために、高度な技術が脱落したとか、未発達で素朴であるとかいう理由では説明できないだろう。では、文弥・角太夫系各座の特色、あるいはその中でも限られた一座の特色が四地域に伝わったのであろうか。

ここから先は憶測の域を出ないのであるが、少なくとも近松や義太夫が活動を始めた頃の浄瑠璃操りでは、出羽座・角太夫座に限らず、右にみたような特徴は操り座一般にみられたのではないかと考えている。とくに段切の人形演出に関しては、共通性が高いだろうと思うので、説明を加えてみたい。

六　段切の演出

現行の近松代表作品、『国性爺《こくせんや》合戦《かっせん》』（正徳五年〈一七一五〉）三段目甘輝館《かんきやかた》の段切は、下手に横たわる錦祥女《きんしょうじょ》と母の亡骸に対して、甘輝と和藤内《わとうない》がそれぞれ頭を下げた後、両者が悠然と歩いてすれ違い、上手下手に突っ立って顔を見合わせ、歌舞伎でいう引っ張りの見得で幕が引かれる。

鬼をあざむく国性爺龍虎といさむ五常軍。涙に眼はくらめ共母の遺言そむくまじ。妻の心をやぶらじと国性爺は甘輝を恥。甘輝は又国性爺に恥てしぼるゝ顔かくす。なきからおさむ道野べに。出陣の門出と生死二つを一道の。母が遺言釈迦に経。父が庭訓鬼にかな棒うては勝。せむればとる末代ふしぎの智仁の勇士。玉あるふちはきしやぶれず。龍すむ池は水かれずかゝる。勇者の出生す国々たり君々たる。日本のきりん是成はとゐこくに。武徳をてらしけり

（引用は岩波版『近松全集』による。以下同じ）

七行本半丁余の長い段切の詞章は、勇者を鼓舞する内容と旋律で、それまでの愁嘆の場面を転じて盛り上げる意図があるはずだが、人形が慢然と歩いて行き違うだけの現行演出では、気持ちを切り替えることができず、持て余し気味であるといわざるを得ない。こうした演出は、初演時からのものと考えるべきだろうか。佐渡文弥でこの場面を演じれば、亡骸はすぐに下げてしまい、「ノリ」から「カンドメ」に至る役節がかかり、両雄が袖を翻して上手下手に駆け違う、詞章にふさわしい躍動的な演出となる。

義太夫との最初の提携作『出世景清』（貞享二年〈一六八五〉）四段目末は、景清が自ら牢獄に入って普門品を唱えて終わるが、その直前、伊庭十蔵を引き裂き殺した後に、

　さあしすましたり此上はくはんとうへやおちゆかん。いや西国へや立のかんと。ゆきつ。帰りつ。もどりつゆきつ。一町計はしりしが。

という一節がある。現行文楽で復活した時の演出は記憶していないが、佐渡ではここで「ノリ」の役節をかけ、景清は十蔵の死骸をにない、足拍子を踏んで上手下手を行き来する。東二口では景清ひとりで足拍子を踏んで上手下手を駆けめぐる。筋の展開上、彼が落ちのびようとするのは自然だが、景清ほどの侍が、この期に及んで関東か西国かと迷って行きつ戻りつを繰り返すというのは、決断力が鈍い印象を与える。今日、古浄瑠璃人形で見られるのと同じような、段切の躍動的な人形演出が定型として存在し、それを活かすべく「ゆきつ。帰りつ」の詞章が用意されたのではないだろうか。

どうやらこの段切の演出は、登場人物が一人か二人に限定されるもので、多人数では成り立たないらしい。前述『門出八島』（元禄二年〈一六八九〉に「津戸三郎《つのとのさぶろう》」として竹本座で初演）二段目の「弁慶断切」（山之口呼称）で、それまで大勢の敵と渡り合っていた弁慶が、段末で突如一人になって「荒れたる姿」をみせるのも、定型演出に引かれて、近松が詞章を綴った結果と考えることができる。

各地の古浄瑠璃人形で、もっとも人気のある曲は『源氏烏帽子折《げんじえぼしおり》』である（山之口のみ伝承がない）。竹本座で元禄三年に初演された『烏帽子折《えぼしおり》』を、角太夫が一部改作して上演し、むしろ義太夫よりも人気を得たと推定されている作品である。二段目白妙《しろたえ》住家の段切では、平家方の弥平兵衛宗清《むねきよ》が源氏方の藤九郎盛長《もりなが》を励まして東国に出立させるが、その直前まで舞台にいた宗清の忍び妻（盛長妹）の白妙は、「見ぬが仏きかぬが花と。うなづきあひし弓取のいもせのわけぞ頼もしき」の後、いっさい詞章に現れない。退場を示す言葉もないので、文楽であれば、途中で引っ込むのもおかしいから、何となく舞台にいつづけ、最後に夫と兄の間に入って、三人で幕となるだろう。佐渡文弥・東二口・東郷では、盛長の登場前に白妙はすっと引っ込み、宗清・盛長だけが足拍子を踏んで、上下に入れ違う定型の段切となる。深瀬だけは、白妙も段切まで舞台に残り、いっしょに足拍子を踏む。深瀬では、女方人形であっても道行や節事で盛んに足拍子を踏むので、この段切も違和感はないが、不要な役はただちに下げることができるのが、生身の人間の演劇とは異なる人形芸の特質であり、やはり段切は二人だけの足拍子をみせるのが本来だろう。なお、『源氏烏帽子折』は初段末が金王丸《こんおうまる》と盛長、三段目末が金王改め土佐坊、四段目末が牛若と、いずれも力業の場面で、足拍子を踏む定型演出を各地の古浄瑠璃人形で見ることができる。

初期の作品では例をあげればきりがないが、近松晩年の作品ではどうだろうか。現行曲が少ないので、詞章で類推するしかないが、『平家《へいけ》女護島《にょごのしま》』（享保四年〈一七一九〉）では多用されていたと思われる。初段清盛館の段末は、七行本一丁と四行にわたって、教経《のりつね》と有王《ありおう》の力業が描かれ、最後に有王が門を乗り越えて立ち去る。いかにも定型演出にふさわしい。三段目末は常盤と牛若を落とした宗清が、苦痛をこらえながら勇姿を見せる場面で、実際に佐渡文弥では「ノリ」から「カンドメ」の定型演出をとる。四段目末は詞章だけでは判然としない。東屋《あずまや》と千鳥《ちどり》の亡霊に引かれ、清盛が火の車に乗せられて虚空に消えた後、二位殿《にいどの》は奥にいざなわれる。素直に読めば舞台には誰もいなくなるはずだが、次のような詞章が続く。

清盛の御からを津の国兵庫の名にしおふ。経が島にぞ納ける天子の外祖とかしづかれ。此世に極る位をふみ六十余州にゐをふるひ。古今独歩の人なれ共。又返りこぬ死出の山三途の河瀬中有の旅。つくりし罪より友もなき妻子珍宝及王位。臨命終時不随者の。仏の金言まのあたり。身の毛も立て世の人の永き。教と成にける

『平家物語』の詞句などを散りばめた、この教訓的叙事詩にふさわしい演出はいかがであろうか。

現在であれば、二位殿をそのまま残して、女官たちとともに合掌させるような動きのない幕切が予想されるが、ここは文章とは裏腹に、東屋と千鳥が喜びの足拍子を踏んだとみるべきではないか。

そう考えると、たとえば『津国女夫池《つのくにめおとがいけ》』（享保六年）三段目女夫並びの池の段末、文次兵衛と妻が池に入水し、冷泉造酒《れいぜいみき》の進《しん》と清滝《きよたき》がその亡骸を引き上げた後の、

猶いたきよせかきよせて今目前の三途のかは。共にせぶみと歎け共忠義忘れぬもの丶ふの。ゆいごんふかきにごり江に涙くみそへ立帰る。しはしの敵も来世のめうと。しはしの兄弟此世のめうと名は永き世のめうと池。いけの玉もをなき玉の形見に。しけるあしまこも語つたへて言のはのよるへの。水とぞ成にける

という段切も、さすがに造酒の進と清滝がともに足拍子を踏んだとは言い切れないものの、それなりに二人に動きのある演出を想定してよいのではないだろうか。

しかし、享保期の作品では、初期作品や『国性爺』三段目のように、明快な段切の人形の躍動を想定することが難しくなってくる。舞台構造が複雑化したこと、おそらく人形にも工夫がこらされたであろうこと、なによりも近松が類型的な盛り上げ式の段切を避けようとしたことなど、さまざまな理由が考えられるだろう。ただ、音楽的には、近松没後の作品においても、段切の昂揚感あふれる旋律は残されている。人形の方は、静的な動作の中に緊張感をみなぎらせる、現行文楽に至る演出が工夫されることになった。歌舞伎の義太夫狂言では、人形演出を踏襲すると間が持たないので、段切の詞章を部分的にカットすることが多いのだろう。

他の操り座作品についても、さらに調査を尽くす必要があるが、少なくとも貞享・元禄初期には、操り座を問わず定型的な段切の様式があり、伝承時期は確定できないものの、各地の古浄瑠璃人形にその様式が残ったと考えて誤りではないように思う。

七　人形の非写実性

一方、各地の古浄瑠璃人形がたえず体を捌き、ゆらゆら揺れていたのではないかと先に指摘した点については、詞章からでは推測しがたく、竹本座の近松初期作品で具体例を見出すことはできていない。しかし、あながち地方の古浄瑠璃人形の伝承のだらしなさゆえとはいえないだろうと考えるのは、民俗芸能における語りの例があるからである。

前述したように、翁舞や田遊びに登場する翁、荒神神楽の鬼神、東北地方の山伏神楽・番楽の舞手の語りなど、体を揺らしながら語る例は少なくない。また、とくに人形との類似性を感じるのは、民俗芸能の狂言の語りである。あまり多くの事例を知るわけではないが、まず念頭に浮かぶのは越後の綾子舞《あやこまい》（新潟県柏崎市）の狂言である。よく演じられる『三条の小鍛治《こかじ》』では、頼秀・宗近・デキという男性の登場人物が、みな扇を開いて体を揺らしながらセリフを言う。奈良県五條市大塔町惣谷の狂言、静岡県川根本町徳山のヒーヤイ踊にともなう狂言、さらに古いところで、岩手県平泉町毛越寺《もうつうじ》延年《えんねん》の「勅使舞《ちょくしまい》」と呼ばれる古猿楽に登場する有吉という道化役など、みな体を捌きながら語りをする。そして、佐渡説経座ののろま狂言の道化人形たちも、やはりひょこひょこと軽妙な動きをしながらセリフを言う。

人間の演ずる語りでさえ体捌きをともなうものが多いのに、現行文楽人形が、能のようにピタッと人形を静止させてセリフを言わせているのは、写実的ではあっても、あまり古い様式ではないように思われるのである。

ここで改めて、角田一郎氏の初期浄瑠璃操りにおける舞語りの指摘に戻って考えるとき、『浄瑠璃御前物語』の「花揃え」「枕問答」以下の節事も、現存各地の古浄瑠璃人形の段切同様、多くは足拍子をともなう躍動感あふれる人形踊りであったと推測しうるだろう。やがて、節事はカラクリの仕掛けなどを見せる場ともなるが、近松初期の時代まで、基本は人形踊りだったのではないだろうか。

初期の浄瑠璃操りの絵画資料で、太夫に比べて人形が極端に小さく描かれているのは、女太夫に限らず、実態として太夫が中心の芸能であったからなのだろう。人形はその役を演じるというより、人形遣いが足拍子を踏んで踊り、語り物にリズム感を与える程度の存在だったのかもしれない。幸若舞の太夫が、足拍子を踏んで舞台を回るのと同じことで、語りに示される人物の動きを人形が再現するべきだという発想がなかったとも考えられる。合戦の場面などでは、人形が激しくぶつかり合うさまが好まれたであろうことは、古要・古表神社の相撲人形を見ていると想像に難くない。金平浄瑠璃の時期になると、一対一の戦いに焦点があてられるようになるので、さすがに古要・古表の素朴さでは間が持ちきれないだろう。しかし、明治になって工夫された佐渡文弥人形でさえ、足がないまま、立派に長刀遣いを見せ場としている。人形に足がなくとも、人形遣いの足拍子が十分それに代わりうるのではないだろうか。

これ以上憶測を重ねるのは控えるが、少し視点や発想を変えてみると、人形の動きの写実性が必須のものでないことは認められるだろうと思う。中世から近世初期までの人形戯が持っていたであろう独特の浮遊感・躍動感、舞台上の語り物芸能の非演劇性、いずれも未発達で表現力が乏しいのではなく、物真似的な写実芸とは別次元の興趣があったからこそ、数百年の時を隔てて今日に伝わっているのだと考えたい。

八　近松の理想

近松も、当初はこうした人形の特性を、そのまま受け入れていたのだろうと思う。貞享から元禄初年にかけての作品の、節事の多用がそれを裏付けるだろう。だが、次第に木偶の坊の踊りに飽き足らなくなっていったのは、通説どおり歌舞伎との関わりを強めたことや、世話浄瑠璃を開拓したことなどの影響といえよう。お初と徳兵衛が生《いく》玉社《だましや》で踊りながら身の上話をしたのでは、『曾根崎心中《そねざきしんじゅう》』（元禄十六年〈一七〇三〉）は成り立たない。

近松が浄瑠璃操りに新たな演劇観と素材を持ち込んだとしても、人形が対応できなければ舞台にかけることはできない。そこで想起されるのが辰松八郎兵衛《たつまつはちろべえ》らの遣い手たちの工夫による操法の発達であり、同時に竹本筑後掾《ちくごのじょう》から政太夫《まさたゆう》へと受け継がれた、太夫の表現性の拡大も必須の条件だっただろう。竹本座全体の演技力の向上が、近松の理想と相俟ってすぐれた成果を生みだしたのはいうまでもない。

だが、人形遣いたちの表現意欲の方向性が、近松の目指すところとつねに一致していたかどうかは疑わしい。彼らは手妻人形《てづまにんぎょう》や付舞台上での出遣いなど、外面的に目立つ演技を好んだのではないだろうか。人形踊りの単純さを脱しようとしても、自分の技を誇示したがる人形遣いや、カラクリを使いたがる座本竹田出雲《いずも》からの要求が、近松を待ち受けていたと考えられる。

当初、近松は、ストーリーと関わりのない出遣いやカラクリは戯曲から切り離して、いわば独立した見世物として演じる方法をとった。従って、われわれは詞章だけでは特殊演出の存在に気づかず、浄瑠璃本の挿絵や絵尽《えづくし》を見て、はじめて出遣い・カラクリが行われたことを知る場合が多い。『曾根崎心中』の観音廻《めぐ》り、『用明天王職人鑑《ようめいてんのうしょくにんかがみ》』（宝永二年〈一七〇五〉）の出遣いとカラクリをはじめ、枚挙に暇がなく、近年になって研究が進んだ領域である。

しかし、享保期、近松晩年の作になると、こうした特殊演出が戯曲の中に吸収されているのをみることができる。

よく知られた『関八州繋馬《かんはつしゆうつなぎうま》』（享保九年）の大文字送り火などもその例といえようが、水カラクリも近松晩年の作品にしばしば用いられた演出である。絵尽で確認できる例をあげると、『双生隅田川《ふたごすみだがわ》』（享保五年）では鯉の滝登りや水中の船の上での出遭い、水上での花火などが用いられ、『浦島年代記《うらしまねんだいき》』（享保七年）では水の中から出現する竜宮や、水上に浮かぶ厳島《いつくしま》神社の回廊などの大カラクリが用いられている。もっとも、こうした水カラクリは、加賀掾《かがのじよう》や角太夫が延宝から元禄期にかけて、しばしば用いた手法であることはよく知られるところで（『和気清麿《わけのきよまろ》』『飛騨《ひだの》内匠《たくみ》』『粟島御祭礼《あわしまごさいれい》』『新大織冠水《しんたいしよかんみず》からくり』など）、享保期の観客にとって、とくに目新しいものではなかった。ただ、古浄瑠璃では、水カラクリを見せることに重点が置かれて、ストーリーが二の次になっている感があるのに対し、近松は文学性に富んだ戯曲の中で、有効活用する方法を見出していったといえるだろう。

蛇足ながら、流れ落ちる水が煮えたぎるという仕掛けもあった。『平家女護島』四段目では清盛が水船に飛び込んで、煮えたぎる湯の中であつち死をし、『井筒業平河内通《いづつなりひらかわちがよい》』（享保五年）四段目では井筒の前が嫉妬で提子《ひさげ》の水をたぎらせる。いうまでもなく、『平家物語』『大和物語』の典拠を活かしたカラクリであり、享保四・五年に立て続けに使われていることからみると、近松はこの仕掛けが気に入って、使いこなしていたのではないだろうか。

近松は、座本や人形遣いの要求を汲み取り、彼らの技術を発揮できる趣向を戯曲の中に配置する一方で、自らが追求する人間的な人形演技のための地道な技術向上の努力を促していったのだろうと思う。「正根なき木偶にさま〴〵の情をもたせ」たというのは、晩年になってようやく到達し得たと実感した、近松のいつわらざる思いなのではないだろうか。近松の時代に、浄瑠璃は従来の語り物芸能の枠からの逸脱を果たした。それが阪口氏の指摘する「語りの演劇」の達成につながる。

しかし、人形を活かせる浄瑠璃、浄瑠璃を活かせる人形、その関係が密接になればなるほど、初期浄瑠璃操りが中世人形戯の伝統を受け継いで持っていた多義性は平板になり、空想の余地は失われてしまったように思われる。

いずれをよしとするかは人の好尚次第だと思うが、近松以降の義太夫節人形浄瑠璃が都市を拠点として今日まで興行を続け、全国各地にも広がったのに対し、古い様式の文弥・角太夫系人形がわずか四地域のみで伝承されてきたことが、歴史の選択の結果を示すといえようか。

（付記） 加納克己氏の『日本操り人形史』（平成十九年、八木書店）は、浄瑠璃人形の首《かしら》について、全国に現存するものはもちろん、遺跡からの出土品も含めて、詳細な調査と考察をまとめた労作である。この度の試論は、人形全体の操作方法や演じ方を操法として扱っており、首の構造と操作方法には言及していないので、とくに取り上げなかったが、大いに参照させていただいた。

近松と歌舞伎

鳥越文蔵

一　近松作品考

私自身、今まで絵入狂言本には相当（極度に）こだわって来たので、それらの年表も幾度か発表した。今回は新出の絵入狂言本も二、三本あるので、現段階での私の近松作品考を記述しておく。

年代考証については、高野辰之の『演劇叢書第一編近松脚本集』（明治四十四年、六合館）以来、多くの方によって論じられてきた。これらを一応踏まえ、私どもが刊行した『近松全集』全十七巻（平成元年十二月～平成二年十月、岩波書店）を基準として進める。

近松門左衛門の歌舞伎研究となると、先ずどのような作品があったかという点から始めることになる。それは絵入狂言本研究と重なる面が多い。完本が現存している作品なら全く問題はない。現在所在不明本でも先人が正確に記録していればこれも問題ない。近松が書いた歌舞伎とか、絵入狂言本が板行されたとかの記述があっても、その絵入狂言本を見た人がないという作品の一群がある。また、絵入狂言本のどこにも近松という作者名が記されてはいないが、座組その他から推定して近松作としたいものもある。欠落のある絵入狂言本しか現存していないが、完本の出現を期待して掲げたものもある。判定の基準に揺れがあるが、理由は個々の作品の項で記す。

藤壺《ふじつぼ》の怨霊《おんりょう》

伝近松作。『古今役者大全《ここんやくしやたいぜん》』（寛延三年刊）によれば、「京都都万太夫《みやこまんだゆう》芝居へ　近松門左衛門ありつき　藤壺の怨霊、直に藤の花が大蛇と成る工夫より、門左衛門〳〵ともてはやしぬ。」と伝えられている。延宝五年（一六七七）のことである。『野良立役舞台大鏡《やろうたちやくぶたいおおかがみ》』（貞享四年正月刊）の唐松歌仙《からまつかせん》の条に記される「此比はきやうげんまてニ作者を書　剰《あまつさへ》　芝居のかんばん辻〳〵の札ニも作者近松と書しるすいかいじまんとみへたり」をみても、このころ浄瑠璃のみならず歌舞伎の作者としても活動していたことは十分考えられる。ただし「藤壺の怨霊」という作品は現存していない。

ちなみに、都万太夫座については「寛文八年に、更に物まね歌舞伎の名題を下され、都万太夫となのる、それより此座せみの小川の流つきず、ぜう〳〵として絶ることとなし。」（『可　盃　物論《べくさかずきそうろん》』延宝四年七月刊）とあるので、翌五年の万太夫座の存在はほぼ確実であろう。

娘親《むすめおや》の敵討《かたきうち》

推定近松作

元禄四年　早雲長太夫座　座本大和屋甚兵衛

八文字屋八左衛門板

現存の絵入狂言本は題簽、方箋、役人替名のすべてを欠いているので作者不明である。しかし、上中下三番続の「中　男にまよふ湯女のおふぢ付リきちがひおこるれんぼの涙」で始まる「中」は後述の近松作『水木辰之助餞振舞』に、この一行を削って、本文は全く同文を流用している。元禄期の作品論では「狂言取り、趣向取り」などが論じられるが、一段全文流用は他に知らない。よって推定作として掲げておく。

仏母《ぶつも》摩耶《まや》山開帳《さんかいちょう》

近松門左衛門作（内題下）

元禄六年春、都万太夫座　座本山下半左衛門

八文字屋八左衛門板

現存の絵入狂言本では近松最古の作と位置付ける。

今源氏《いまげんじ》 六十帖《ろくじゆうじよう》

近松門左衛門作（内題下）
元禄八年正月　早雲長太夫座　座本山村伝十郎
八文字屋八左衛門板

『近松全集』編集時は原本の所在不明のため、大阪大学文学部国文学研究室（信多純一研究室）の写真を底本とした。その後原本が現れ、信多純一蔵となる。「亥の初狂言今源氏六十帖のやくはらいなみたのはら〳〵てはのふていり大豆のはら〳〵とはあちに気をつけいひこなされておかし」（『役者大鑑《やくしやおおかがみ》』元禄五年正月、金子吉左衛門条）は後述の一高論の参考として挙げておく。

けいせい阿波《あわ》のなると

近松門左衛門作（内題下）
元禄八年　早雲長太夫座　座本山村伝十郎
八文字屋八左衛門板

曾我《そが》たゆふ染《ぞめ》

近松門左衛門作（見返し題下）
元禄八年盆　早雲長太夫座　座本山村伝十郎
板元不明。

柳亭種彦の筆録本による。五人の演者名が、同年同座の他の三作品と一致するので、この年とした。

水木《みずき》辰之《たつの》助餞《すけたち》振舞《ぶるまい》

近松門左衛門作（内題下）
元禄八年　早雲長太夫座　座本山村伝十郎
八文字屋八左衛門板

「第二」が、「娘親の敵討」の「中」の板木流用であるのは、柳原玲子が考証（『国語国文』昭和三十一年七月号）。

姫蔵大黒柱《ひめぐらだいこくばしら》

狂言作者　近松門左衛門（役人替名）
元禄八年十一月顔見世　都万太夫座　座本坂田藤十

郎
山本九兵衛板

けいせい七堂伽藍《しちどうがらん》

作者近松門左衛門（内題下）
元禄十年春　都万太夫座　座本坂田藤十郎
板元不明
信多純一蔵本を『歌舞伎浄瑠璃稀本集成』（平成十四年、八木書店）に影印と、正木ゆみによる翻刻・解題が収められている。

卯月九日其あかつきの明星茶屋《みようじようがちやや》

推定近松作
元禄十年五月　都万太夫座　座本坂田藤十郎
八文字屋八左衛門板
現存絵入狂言本は方箋を欠くので、作者名が見当たらない。この年上演の『大名なぐさみ曾我』と『百夜小町』の出演者と比べてみると、前者には佐々木新三郎一人、後者には佐々木新三郎と玉川七三郎の二人の名が見えないが、他の一三人はすべて共通するので、作者も推定してみた。

大名なぐさみ曾我

近松門左衛門作（内題下）
元禄十年盆　都万太夫座　座本坂田藤十郎
八文字屋八左衛門板
絵入狂言本は現在所在不明。前島春三旧蔵。
「盆狂言　慰《なぐさみ》曾我。二番続ノ切狂言に。毎日替の時ノ夕霧は、伊左衛門は藤十郎。其時ノ夕霧は桐波千寿也。」（『役者桜木韻《やくしやおうぎのまと》』享保二十年三月）とある。

百夜小町《ももよこまち》

近松門左衛門作（内題下）
元禄十年盆以後　都万太夫座　座本坂田藤十郎
八文字屋八左衛門板
「役人替名」の丁では「切狂言　夕ぎり仕候」とあり、本文では「第三ノ替　夕ぎり七ねんき」と始まる。「百夜小町」は「大名なぐさみ曾我」同様二番続の狂言であり、切狂言を合わせて一冊にしたものであろう。「夕ぎり七ねんき」は別項とする。

夕ぎり七ねんき

前項「百夜小町」の「第三ノ替」に上演されたものであることは述べた。

延宝六年（一六七八）正月六日に二十二歳（二十六歳の説もある）の若さで没した名妓夕霧を悼み、翌二月三日を初日として「夕霧名残の正月」を上演。夕霧の相手役の坂田藤十郎は、この初演以来、宝永六年（一七〇九）霜月朔日六十三歳で没するまでの三十二年間に「夕霧名残の正月。同一周忌。同三年同七年同十三年忌。同十七年忌。其外右同じ狂言くりかへし致したる事以上十八度。」とは『耳塵集《にじんしゅう》』の伝えるところである。七年忌は貞享元年（一六八四）に当たるので、この年に初演された作品に違いない。ただし現存の絵入狂言本は『百夜小町』の「第三ノ替」として板行されたものなので、貞享元年と同板であるか、この年に改板されたものか、いずれとも明らかにはできない。作者も現存本の「夕ぎり七ねんき」だけでは実証できないが、近松作の『百夜小町』の「第三ノ替」として板行されているので、触れざるをえない。

『耳塵集』が伝える年忌毎の上演関係の絵入狂言本は残念ながら未見。「御家の夕霧の狂言の品を。一言も略せず、ありのまゝにかきうつして。見ぬ遠国の大尽衆の。色の仕かけの種にもならんかしと。此度あらため。あづさにちりばへ、ひろめ待りぬ」（『大尽《だいじん》三つ盃』宝永元年秋）という上本の予告のような一文があり、また元禄十七年（宝永元年）四月刊の『役者舞扇《やくしゃまいおう》子《ぎ》』には「都万太夫三のかはり夕ぎり正月《なごりの》」の挿絵が有るが、この本未見。『夕ぎり三番続』として現存する絵入狂言本が、右の役者評判記に記すものであろう。

「夕霧名残の正月」以来、坂田藤十郎の当たり役として度々上演されたことは『耳塵集』をはじめ、諸種の文献に記されている。坂田藤十郎と近松門左衛門の信頼関係を説いた文献も少なくない。夕霧狂言、藤十郎、近松三者の連想から、夕霧狂言の作者を近松と考えたくなるのだが、現存の資料からは関与していなかったと結論付けるのが穏当のようである。

上京《かみぎょう》の謡始《うたいぞめ》

近松門左衛門作（内題下）
元禄十一年正月　都万太夫座　座本坂田藤十郎
板元未詳　上本二冊の中、上一冊現存

この外題については『近松全集』（岩波書店版）の解題にある如く「従来の呼称」に従う。

けいせいゐどざくら

近松門左衛門作（内題下）
元禄十一年正月　都万太夫座　座本坂田藤十郎
八文字屋八左衛門板　上本二冊の中、下一冊現存

高野辰之校訂『近松歌舞伎狂言集』（昭和二年、六合館）に「先年大阪永田有翠氏の蔵本上巻一冊だけを一覧して、外題簽と役人替名とだけを書留めた」ものがあり、その役人替名に「狂言作者　近松門左衛門」とある。

箕面山《みのおさん》　役行者《えんのぎょうじゃ》

推定近松作
元禄十一年二の替　都万太夫座　座本坂田藤十郎
絵入狂言本未見

「金子一高日記」（以下「一高日記」とする）二月九日に「今日ヨリ二ノ替リノカンバンヲ出ス　役行者千年忌三番続」、同月十五日に「箕面山役行者三番続ノ初日也」とある。「一高日記」（この日記については注参照）を発見した和田修は「本日記の〈箕面山役行者〉は、狂言本《けいせい江戸桜》に相当すると考えられる。」という。また同日記二月二十二日に「鑓ヲトリノ哥ヲ（中略）八左衛門ヱヤル」の歌が、『けいせいゐどざくら』十五オ挿絵上部にある「切ノ水木辰之助やりおどりの歌」であろうともいう。

『けいせいゐどざくら』は箕面山の弁財天の開帳を当て込んだ作品なので、「箕面山役行者」と同内容と解せざるをえない。だが『けいせいゐどざくら』の外題は当時の役者評判記には三回記録されている。二度

記されている日記の外題は同じではない。「箕面山、千年忌、役行者」で構想し、実際の上演に当たっては「けいせいゑどざくら」と変更したのであろうか。となると、この一項を立てる要はなくなるが、確証がないので一応外題として立てておく。

天香久山《あまのかぐやま》御遷宮《ごせんぐう》

推定近松作
元禄十一年三月三日　都万太夫座　座本坂田藤十郎
「一高日記」三月三日に「天香久山御遷宮三番続ノ初日也」とある。

一心二《いっしんに》河《が》白道《びゃくどう》

作者近松門左衛門（方箋）
元禄十一年四月九日　都万太夫座　座本坂田藤十郎
八文字屋八左衛門板
「一高日記」三月二十一日に「狂言　一心二河白道上出来」、四月九日に「一心二河白道ノ初日也」とある。

女人立山禅定《にょにんたてやまぜんじょう》

推定近松作
元禄十一年五月二十八日　都万太夫座　座本坂田藤十郎
「一高日記」五月二十八日に「五ノ替　女人立山禅定三番続ノ初日」とある。

女実語教《おんなじつごきょう》

推定近松作
元禄十一年六月十二日　都万太夫座　座本坂田藤十郎
「一高日記」六月十二日に「女実語教二番続ノ初日也」とある。

曾我花洞額

推定近松作
元禄十一年七月十五日　都万太夫座　座本坂田藤十郎

「一高日記」七月十五日に「曾我花洞額二番続　切播摩ニスゲカサノ初日」とある。同七月二十三日には「八文字屋八左衛門ヨリ曾我花洞額ノ狂言本来ル」とあるので板行されたのであろう。現存本不明。名題の読み未詳。

播摩《はりま》にすげかさ

推定近松作

「一高日記」により、「曾我花洞額」の切狂言。

おなつ清十郎《せいじゅうろう》

推定近松作

元禄十一年盆　都万太夫座　座本坂田藤十郎

「一高日記」七月十日に「切狂言清十郎ヲ立初ル」とあり、同八月八日には「是ハ盆ノ切狂言おなつ清重郎ノ時」とある。

おさん茂兵衛《もへえ》

推定近松作

元禄十一年七月二十六日以後　都万太夫座　座本坂田藤十郎

「一高日記」七月二十六日に「切狂言ヲサン茂兵ヘノ稽《ママ》　中入迄立」とある。

八百屋お七

推定近松作

元禄十一年八月十五日　都万太夫座　座本坂田藤十郎

「一高日記」八月十二日に「八百屋オ七ノ狂言ヲ中入迄立」、同十三日「八百屋ヲ七ノ稽古」、同十五日に「切口八百屋オ七ノ初日」とある。

以上「一高日記」より近松の作品と推定したものは、仮題と見るべきものが多いと思われる。引用は和田修の翻刻による。

舞嬬《まいこ》座敷かぶき

推定近松作

元禄十一年九月四日以後　都万太夫座　座本坂田藤
十郎
八文字屋八左衛門板
『ビブリア』（一〇八号、平成九年十一月）に大橋正叔
他によって紹介された新出本。

八月《はづき》にさむる卯月《うづき》の夢

推定近松作
右の「舞嬬座敷かぶき」の切狂言として同時に上演。
「一高日記」に、九月四日「切主コロシヲ立ツ」、同
五日「二番続ノ上ト大切トヲ仕組ム」、同六日「二番
ノ稽古」、同十三日「二番続ノ口明ノ役ヲカク」など
とあるのが、この二番続「舞嬬座敷かぶき」と切狂言
「八月にさむる卯月の夢」を指すものと思われる。

けいせい仏《ほとけ》の原《はら》

狂言作者　近松門左衛門（役人替名）
元禄十二年正月二十四日二の替　都万太夫座　座本
坂田藤十郎
正本屋山本九兵衛板
絵入狂言本は並本と上本（上は写本）の存在が知ら
れる。

龍女《りゅうじょ》が淵《ふち》

推定近松作
元禄十二年三の替　都万太夫座　座本坂田藤十郎
「去し仏の原に。帯刀出来たと云たれども、後日龍
女がふちに。助之丞と成。水へとび入。大じやとのは
たらき」（『役者談合衝《やくしゃだんこうづく》』元禄十三年三月刊）など、役者
評判記の記載による。絵入狂言本未見。

つるがの津三階蔵《さんがいぐら》

狂言作者　近松門左衛門（役人替名）
元禄十二年七月十五日盆　都万太夫座　座本坂田藤
十郎
正本屋九兵衛板
「けいせい仏の原　後日の後日」狂言であることは
方箋に明記。

あみだが池新寺町《しんてらまち》

作者近松門左衛門（方箋、見返し題下）
元禄十二年十月　都万太夫座　座本坂田藤十郎
八文字屋八左衛門板

福寿海《ふくじゅかい》

狂言作者　近松門左衛門（役人替名）
元禄十二年十一月顔見世　都万太夫座　座本坂田藤十郎
正本屋喜右衛門板

御曹司《おんぞうし》初寅詣《はつとらもうで》

近松門左衛門作（内題下）
元禄十四年正月　都万太夫座　座本古今新左衛門
正本屋喜右衛門板
方箋には「義経初寅詣」とある。

けいせい富士見る里

作者近松門左衛門（内題下）
元禄十四年春二の替　都万太夫座　座本古今新左衛門
八文字屋八左衛門板
並本の各所に「此間せりふさま〳〵上本ニ有」、「ねこのしよさ小歌上本ニ有」など、上本板行を思わせる記述あり。上本未見。

唐猫変成男子《からねこへんじょうなんし》

推定近松作
元禄十四年三月十二日　都万太夫座　座本古今新左衛門
元禄十四年三月刊『役者《やくしゃ》　略《やつし》請状《うけじょう》』に「三月十二日より三ノ替り　唐猫変成男子　富士見る里の後日三ばんつゞき」の記載による。絵入狂言本未見。

新小《いまこ》町《まち》栄花車《えいがぐるま》

作者近松門左衛門（内題下）

元禄十四年十一月十四日　都万太夫座　座本嵐三右衛門

八文字屋八左衛門板

けいせい壬生《みぶ》大念仏《だいねんぶつ》

作者近松門左衛門（内題下）

元禄十五年正月二十八日二の替　都万太夫座　座本古今新左衛門

八文字屋八左衛門板

絵入狂言本は上本のみが現存、並本未見。

女郎来迎柱《じょろうらいごうばしら》

近松門左衛門作（内題下）

元禄十五年　都万太夫座　座本古今新左衛門

八文字屋八左衛門板

内題の下に「壬生大念仏後日の狂言」とある。

壬生《みぶ》秋《あき》の念仏《ねんぶつ》

推定近松作

元禄十五年秋　都万太夫座　座本古今新左衛門

八文字屋八左衛門板

内題の角書に「壬生大念仏 後日の後日」とある。現存の絵入狂言本は表紙の題簽・方箋共に欠いているので、そこに作者近松の名があったと考えたい。

けいせい三《みつ》の車《くるま》

作者近松門左衛門（方箋）、近松門左衛門作（内題下）

元禄十六年二の替　早雲長太夫座　座本大和屋藤吉

八文字屋八左衛門板

白蛇《はくじゃ》の峠《とうげ》

推定近松作

元禄十六年三の替　早雲長太夫座　座本大和屋藤吉

宝永二年四月刊『役者三世相《やくしゃさんぜそう》』に「けいせい三の車

後日白蛇の峠に」などの記述による。絵入狂言本未見。

からさき八景屏風《はっけいびょうぶ》

作者近松門左衛門（方箋）
元禄十六年五月中旬ごろ　早雲長太夫座　座本大和屋藤吉
八文字屋八左衛門板

娘長者《むすめちょうじゃ》　羽子板絵合《はごいたえあわせ》

狂言作者　近松門左衛門（連名最後尾）
元禄十七年正月二日初狂言　早雲長太夫座　座本大和屋藤吉
いつみや又兵衛板の役割番付による。絵入狂言本未見。

吉祥　天女安産玉《きちじょうてんにょこやすのたま》

狂言作者　近松門左衛門（役人替名）
宝永元年十一月顔見世　都万太夫座　座本都万太夫
正本屋喜右衛門板

春日仏師《かすがぶっし》枕時鶏《まくらどけい》

狂言ノ作者　近松門左衛門　同じく　福岡弥五四郎（役人替名）
宝永元年顔見世以後　都万太夫座　座本都万太夫
八文字屋八左衛門板
藤井乙男により『歌舞伎研究』第廿九輯（昭和三年十一月）に紹介され、『江戸文学叢書』（昭和六年、岩波書店）にも収録されている。絵入狂言本現存不明。

けいせい金龍橋《きんりょうのはし》

狂言作者　近松門左衛門（役人替名）
宝永二年　都万太夫座　座本都万太夫
正本屋喜右衛門板

日本　振袖始《につぽんふりそでのはじまり》

作者近松門左衛門（内題下）
享保三年　早雲長太夫座　座本榊山四郎太郎
鶴屋喜右衛門板

享保三年二月二十二日竹本座の浄瑠璃の歌舞伎化。

津国女夫池《つのくにめおといけ》

狂言作者　佐渡嶋三郎左衛門（役人替名）　作者近松門左衛門（内題下）

享保六年　都万太夫座　座本沢村長十郎

八文字屋八左衛門板

享保六年二月十七日竹本座の浄瑠璃の歌舞伎化

けいせい若むらさき

作者近松門左衛門（題簽）

上演年月　未詳

八文字屋八左衛門板

この作品は藤井乙男により『歌舞伎研究』第十三輯（昭和二年六月）に紹介され、『江戸文学叢説』（昭和六年、岩波書店）にも所収された。藤井の紹介をもとに、高野辰之も『近松歌舞伎狂言集』（昭和二年、六合館）に所収、今日まで知られているが原本所在不明。

先覚の紹介によれば、上本二冊のうち「中下」の巻だけで、役人替名が見られない。平成二年十二月刊の『近松全集』（岩波版）まで、元禄末年説、宝永二年説などが説かれた。経緯は省略し『近松全集』の「上演年次未詳」に従う。

けいせいぐぜいの舟

元禄十三年二の替　都万太夫座　座本坂田藤十郎

八文字屋八左衛門板

この作品は近松作か否か大分揺れている。初めてこの絵入狂言本を紹介した守随憲治は「近松作『けいせい弘誓船』の発見と脚色態度の暗示」（『国語と国文学』昭和五年十二月）と、その論文の題に近松作と書くほど確信があったのだろう。だが高野辰之は「歌舞伎狂言本解題」（『演劇史研究Ⅲ』昭和八年）で、守随の近松作との断定は早計で、近松作とは断じがたいという。しかし天理大学図書館に新収された絵入狂言本を紹介した祐田善雄の「近松の歌舞伎狂言本五種・その他」（『ビブリア』十号、昭和三十三年三月）では「現在の段階では守随氏の考証に従って一応近松の作に入れておいて差支なかろう。」とした。この考え方が『近松全集』（岩波版）にも踏襲されている。しかし、この全集出版後、原題簽、原方箋を備えた絵入狂言本が新出。近松の名がどこにもないのがはっきりした。完本に署名の無い作品をここに加えたのは、右の経緯があることによる。

なお『近松全集』で載録した『まつかぜ』と『木曾《きそ》海道幽霊敵討《かいどうゆうれいかたきうち》』は採らなかった。両作は直近の近松作とほぼ一致する座組ではある。前者は題簽、方箋、役人替名のどこにも近松の名前がない。これと近似のものに元禄十四年七月都万太夫座の『神事《じんじ》曾我《そが》』があるが不採用とした。後者は挿絵の役者の紋を手掛かりとした五人だけでは座組の一致が証しかねる。これを採るとなると、元禄十二年九月都万太夫座の『吉田《よしだ》兼好《けんこう》鹿巻筆《しかのまきふで》』は方箋に四人の出演者があるので加えねばならなくなる。不採用にした理由を述べておく。

以上　五〇点の作品を挙げ、平成二十二年四月末における鳥越の近松作品数とした。今後も絵入狂言本や「一高日記」の如き新出資料の現れることを期待し、この数の訂正されることを希う。

二　同時代の歌舞伎作者

近松時代の上方の絵入狂言本に作者として名前が挙がっているのは富永平兵衛を始めとして、一五、六人が知られている。上方絵入狂言本の終焉期となった安永六年（一七七七）まで下ると、それに一〇人ぐらいの作者が加わる。この人たちについて一々述べるのがこの節の目的ではない。第一節で記した近松作品の中に狂言作者として併記されているのは、福岡弥五四郎と佐渡嶋三郎左衛門の二人だけである。

福岡弥五四郎は宝永元年冬の『春日仏師枕時鶏』の役人替名に、

一狂言ノ作者　　近松門左衛門

一同じく　　福岡弥五四郎

と並べて記されている。弥五四郎は、藤村一角と名乗り若衆方、藤村宇左衛門と改名して親仁《おやじ》方《かた》になる。福岡弥五四郎と名を改めたころから「作者もなさる、」（『役者略請状』元禄十四年三月刊）のような評が記され始め、一時は作者に専念したせいか、役が付かなかった。親仁方から半道《はんどう》方ともなり、金子吉左衛門風の道外《どうけ》方に役替えをした。「道外と親方と作者を兼ねたる功者」（『役者願《やくしゃがん》紐解《ほどき》』正徳六年正月刊）とも称された人。ただし絵入狂言本に作者として名が出るのは、前記の作の外は宝永四年盆の『女人結縁灌頂《にょにんけちえんかんちょう》』の二度だけのようである。

他の一人、佐渡嶋三郎左衛門は、享保二年正月刊『役者賭双六《やくしゃかけすごろく》』の評がその地位を明記している。

作者芸者文武二道の衆

上上　親仁方　安達三郎左衛門

かはり　佐渡嶋三郎左衛門

半道　榊山勘介

と連名で掲げ、「かはり」とは「立物衆お隙入に其替り役をつとめ給ふ」と評されている。この「かはり」の評が晩年まで続くところを見ると、この人も作者に専念することが多かったように思われる。現存絵入狂言本にこの人の名前が記されている作品としては『万代幸福蔵《よろずよさいわいぐら》』（正徳四年）、『けいせい千尋海《ちひろのうみ》』（同五年）、『けいせい金龍山《さん》』（享保元年）、『国性爺《こくせんや》御《ご》前軍談《ぜんぐんだん》』（同年）、『石山御本地』（同二年）、『国性爺《こくせんや》後《ご》日大唐和言誉《にちだいとうわごんのほまれ》』（同三年）、『けいせい山枡太夫《しょうだゆう》』（同年）、『猩々酒屋万年蔵《しょうじょうさかやまんねんぐら》』（同四年）、『和州法隆寺江口美《ほうりゅうじえぐちのみ》影《かげ》』（同五年）の九作と、内題下に「作者　近松門左衛門」とある『津国女夫池』の役人替名に、

一狂言作者　　佐渡嶋三郎左衛門

とある以上一〇作品に名を掲げる作者である。

これらのように絵入狂言本に作者として名前が挙がっている者を作者として認めるのは当然であるが、名前が表に出ない作者も考慮しなければならない。例えば坂田藤十郎について、貞享四年正月刊『野良立役舞台大鏡』は「狂言もつくらるれはまづもんもうにはなさそうな」と評している。かかる評が役者評判記ではさほど珍らしくはないので、そのように評された役者はある程度作劇に関与していたと考えるのが自然であると、私は理解している。

そこで問題になるのが金子吉左衛門（別名一高、法名必能院教信）この人である。坂田藤十郎が大坂で「夕霧名残の正月」で大好評を博したのが金子六右衛門座であった。その六右衛門に抱えられ、成長して道外方となったのが金子吉左衛門である。元禄歌舞伎の作者として近松に匹敵する「富永平兵衛は元禄年中の狂言作者也元ト金子六右衛門弟子にて金子吉左衛門とハ相弟子也」（『耳塵集』凡例）とある。吉左衛門を作者として位置付けるときの有力な資料となりそうである。吉左衛門の役者としての経歴を追うと、道外方の最高位（上上吉）を保っていたが、宝永八年三月刊『役者大福帳』では「此人の日の出もあわのなると時代、今では芸功者過て立役がゝりに成て、道外の専うすし」と評され、正徳三年ごろから立役に役替えをする。

実武道の金子六右殿から出た人なれば、其家風をあふぎ道外をやめて、去ル辰ノ霜月より御当地此しばゐにて実事仕のかほみせ大あたり（中略）略実《りやくじつ》といふ一風おもしろし（『役者目利講《やくしやめききこう》』大坂、正徳四年正月刊）

そして、享保十四年正月刊『役者登志男《としおとこ》』に、

去年九月十一日に病死、必能院教信と、賀古の教信と申せし、名僧と同字

と記されている。生年が不明なので享年もまた不明。役者評判記に現れたのは元禄五年二月（元禄八年までの評を含む）『役者大鑑』に、道外方として「上文字の目録」に名を連ねているのが初出。没年までの約四十年に及ぶ活動が現存の役者評判記で知られるのである。富永平兵衛や坂田藤十郎に兄事していたことも読みとれる。

細述することは省略するが、道外方としてまた立役としての評が記されているのは当然だが、加えて作者として

の活動に触れる事が多い。少しく例示してみよう。

坂田殿の付もの。狂言作りのこつちやうと聞ました。(『三国役者舞台鏡』元禄十一年十一月刊)

此人近年狂言をつくらるゝについて自分の役めを第一にたて、(『役者口三味線』元禄十二年三月刊)

此度の狂言も、おほく此人のふところから出申べし。(『役者略請状』元禄十四年三月刊)

作りの門左、金子などの。たくみ出されたるやうには思ひよらず。(『役者一挺《いっちょう》鼓《つづみ》』〈元禄十五年刊〉の霧浪千寿評)

それより段々狂言の作者いたされし。(『役者座《ざ》振舞《ぶるまい》』正徳三年四月刊)

此一切りは金子殿の作と存る。(『役者五重相伝』享保四年三月刊)

狂言の作にて入をひかるゝこと多し。(『役者芸品定』享保七年正月刊)

お年の気でお智恵袋もひねたかして、近年大当りの狂言も出ませぬ。(『役者色紙子《いろがみこ》』享保十三年三月刊)

などなど。役者評判記以外でも作者としての活動を読み取れる記述がある。絵入狂言本『新小町栄花車』の坂田藤十郎の口上に「にはかに門左吉左が狂言を仕ぐみかへ……」とある。彼自身「聞書」と題して編著した『耳塵集』には作者として活動した跡を思わせる条文が幾つかある。「仏の原三ノ後日の狂言」と書き出した条文の中に「門左衛門我等談合にてせりふ付たりしかども」とか、「或時替り狂言近松氏我等談合にて楽屋に役人を集め狂言を咄したるに(中略)近松氏予かたのごとくせりふを付」などがある。また民屋四郎五郎(俳名江音)撰の『続耳塵集』には「狂言本とてくわしく書事ハ、金子一高よりはじまりける也」とある。

民屋四郎五郎が滝井半之介を名乗ったころは「京右衛門さんや藤十郎さんにもまれさんした女形」(『役者恵宝《やくしやえほう》参《まいり》』元文五年正月刊)であった。延享四年正月刊『役者矢的詞《やくしやまとことば》』で「立役極上上吉」の位付を得、二代目市川団十郎と並び称された名優沢村惣(宗)十郎の若い時、この四郎五郎が面倒をみている。そのせいか、惣十郎の芸を

「残る所なきお上手京右殿、藤十殿甚左殿、長十殿を丸薬にして、民屋四郎五郎殿を加味したる万能丸」（前記『矢的詞』の評）と、名優たちと肩を並べて四郎五郎が記されている。この人は遍歴に満ちた生涯であったが晩年は立役の上上吉まで登りつめ、延享二年（一七四五）、六十年の生涯をとじた。作者としての活動に触れるものはないが『続耳塵集』を残しているほどだから文才も認められるのであろう。

四郎五郎で少し脇道にそれたが、役者評判記ほか、引用の文章を見ると、金子吉左衛門（一高）を近松との合作者と認めることは容易であろう。しかし現存の絵入狂言本には作者としては全く記載されていない。何故か。今の私には返答が出来兼ねるのである。だが、かかる情況から合作者としては、近松に協力した立場の作者、言葉を変えれば、近松が主、一高が従の立場で合作が行われてきたものと思い込んでいた。

和田修が発見した「一高日記」（注）を読むと、右の思い込みを修正しなければならないようである。近松は専業として作者を貫くと宣言した人である。一方、一高は役者が専業で作者は兼業であったことに間違いはない。役者であれば舞台を勤めねばならないので、作者近松と比べると時間の余裕は少ないと思われる。この条件を考慮した上で、近松と一高との関係を「日記」の上に尋ねてみると、二人が互いに往き来した回数は七〇回にも及ぶ。この「日記」は元禄十一年二月四日から同年十二月四日までの十箇月間の日記であるが、欠落があるので、正味は一九九日、その中の、或る一日は数行のみで切れている日もある。欠落の少なくない日記であることを承知の上で、一九九日の中七〇回以上（二人同道で外出した回数は入れていない）会っていたというのは、相当親密な関係であったと解される。この七〇回の中、近松が一高の家へ行った日は、逆に一高が近松の家を訪ねた回数のほぼ四倍になる。近松はまさに三日にあげず一高の家に足を運んだことになるのである。

自分本位の記述が許される日記ということを勘案しても、専業作者と兼業作者との関係としては不自然に思えてならない。二人が作品を作った現場の記述を二、三、「日記」に当たってみると以下のようなことになる。

三月十六日　信盛去十二日ニ大坂ヱ下リ　今日登ル　予行テ大坂ノ狂言共不残聞　直ニ信盛ト狂言ノ相談

四月二十一日　四ッ時分ニ信盛来リテ　大坂儀太夫上留利ノ相談

六月十九日　信盛来リ狂言相談　二番続出来

同　二十日　信盛来ル　同道ニテ長政ヱ行テ狂言ヲ咄ス

などなど。「狂言相談」の記述は頻発している。ちなみに、信盛は近松、長政は藤十郎のこと。

六月十一日の条には「父宗哲下女ガ事ニ付立腹　惣ジテ近年老タルカゲンニテカ　気ミジカウナル」といった身につまされる記事もある。九月二十八日から十一月二十三日までの分欠丁で確たる日は明らかでないが、十一月二十九日の条に「為宗哲題目壱万一千遍」とあり、この月の晦日まで題目が毎日続いている。十一月末に近い日に父を亡くしたのであろう。一高の父の年齢は不明だが、七十歳と仮定すると、この年四十六歳の近松と一高はさほど年齢の差はなかったかと思われる。享保九年七十二歳で没した近松、その四年後鬼籍に入った一高、ともあれ元禄期の上方歌舞伎の名作者として、よく協力した仲であったのは間違いあるまい。

一高が何故作者として名前を出さなかったのか、不思議でならない。

（注）元禄十一年（一六九八）という年は、京都の歌舞伎界にとって衝撃的な年であった。その年の様々な内情を伝える貴重な資料「一高日記」について一言触れておきたい。この「日記」の発見は元禄歌舞伎研究にとって戦後最高の収穫と私は思っている。発見者の和田修は、これが活字化された（鳥越文蔵編『歌舞伎の狂言』〈平成四年、八木書店〉）とき、出版社が用意した新聞各紙の記者会見にもあまり乗り気ではなく、過大な評価を好まないという態度であった。自制の利いた人物ゆえに、己の行為を話題にされるのを嫌ったのであろう。よって発見の経緯についても彼は公表していないと思われるので、私が代わって記しておく。

古浄瑠璃の作品を調査することに熱意を感じていたころ、東京都立中央図書館で『八幡太郎』に出合った。写真版で読み進める間、不明瞭な点に行き当たり、原本確認に再度図書館へ赴く。そこで紙背の文字が邪魔していることがわかり、紙背文字へと目を向けたのであった。それが「一高日記」と知り、身の震えを覚えたようである。当時都立中央図書館の司書であった木村八重子は、極度に緊張した和田に向かって「そんなに震えて　風邪でもひいたの」と声を掛けたそうだ。ご本人の話である。後日、天理図書館の司書として貴重な資料を数多く手にした木村三四吾にこのことを話すと、「和田君はいい経験をした。自分も今まで長い間、身の震えるほどのことは一度だけだった」と。私自身、本を見て歩くのは好きで、図書館通いも大分したが、残念ながら震えた経験はない。和田の貴重な経験を書き留めておきたかった。

附表

第一節で採り上げた作品の一覧表である。
座の　万＝都万太夫座、早＝早雲長太夫座
板元の　八＝八文字屋八左衛門、山九＝山本九兵衛、正九＝正本屋九兵衛、正喜＝正本屋喜右衛門、鶴喜＝鶴屋喜右衛門
○＝有　×＝無　△＝未詳　◇＝推定
役者（その他主演者）の　あ＝芳沢あやめ　歌＝袖崎歌流、か＝山本かもん、京＝山下京右衛門、古＝古今新左衛門、十＝浅尾十次郎、新＝生島新五郎、甚＝大和屋甚兵衛、千＝霧波千寿、瀧＝霧波瀧江、辰＝水木辰之助、長＝沢村長十郎、仁＝片岡仁左衛門、半＝山下半左衛門を指す。なお半左衛門と京右衛門は同一人物。

名題	上演年月	座	板元	近松	金子吉左衛門	坂田藤十郎	その他主演者
藤壺の怨霊	延宝5	万	△	◇	△	△	△
娘親の敵討	元禄4	早	八	◇	△	△	△
仏母摩耶山開帳	6・春	万	八	○	○	○	千あ半
今源氏六十帖	8・1	早	八	○	○	○	辰甚
けいせい阿波のなると	8	早	八	○	○	○	辰甚

曾我たゆふ染	8・盆	早	△	○	△	○	辰甚
水木辰之助餞振舞	8	早	八	○	○	○	辰甚
姫蔵大黒柱	8・11	万	山九	○	○	○	千仁
けいせい七堂伽藍	10・春	万	△	○	◇	○	(千甚)
卯月九日其あかつきの明星茶屋	10・5	万	八	◇	○	○	千
大名なぐさみ曾我	10・盆	万	八	○	○	○	千甚
百夜小町	10	万	八	○	○	○	千甚
夕ぎり七ねんき	10	万	八	△	△	○	千甚
上京の謡始	11・1	万	△	○	○	○	辰甚
けいせいゐどざくら	11・1	万	八	○	○	○	千辰甚
箕面山役行者	11・二ノ替	万	△	◇	○	○	△
天香久山御遷宮	11・3	万	△	◇	△	○	△
一心二河白道	11・4	万	八	○	○	○	千辰甚
女人立山禅定	11・5	万	△	◇	△	○	△
女実語教	11・6	万	△	◇	△	○	△
曾我花洞額	11・7	万	八	◇	△	○	△
播摩にすげかさ	11・7	万	△	◇	△	○	△
おなつ清十郎	11・盆	万	△	◇	△	○	△
おさん茂兵衛	11・7	万	△	◇	△	○	△
八百屋お七	11・8	万	△	◇	△	○	△
舞嬬座敷かぶき	11・9	万	八	◇	○	○	千甚
八月にさむる卯月の夢	11・9	万	八	◇	△	○	△
けいせい仏の原	12・1	万	正九	○	○	○	千

龍女が淵	12・三ノ替	万	△	◇	△	○	△
つるがの津三階蔵	12・7	万	正九	○	○	○	千
あみだが池新寺町	12・10	万	八	○	○	○	千
福寿海	12・11	万	正喜	○	○	○	千
御曹司初寅詣	14・1	万	正喜	○	○	×	千古新
けいせい富士見る里	14・二ノ替	万	八	○	○	×	千古新
唐猫変成男子	14・3	万	△	◇	△	△	△
新小町栄花車	14・11	万	八	○	○	○	千
けいせい壬生大念仏	15・1	万	八	○	○	○	千古
女郎来迎柱	15	万	八	○	○	○	千古
壬生秋の念仏	15・秋	万	八	◇	○	○	千古
けいせい三の車	16・二ノ替	早	八	○	×	×	十甚
白蛇の峠	16・三ノ替	早	△	◇	△	△	△
からさき八景屏風	16・5	早	八	○	×	×	十甚
娘長者羽子板絵合	17・1	早	△	○	×	×	十甚
吉祥天女安産玉	宝永1・11	万	正喜	○	○	×	歌京
春日仏師枕時鶏	1	万	八	○	○	×	歌京
けいせい金龍橋	2	万	正喜	○	○	×	歌京
日本振袖始	享保3	早	鶴喜	○	×	×	瀧
津国女夫池	6	万	八	○	×	×	か長
けいせい若むらさき	△	△	八	○	△	○	△

けいせいぐぜいの舟	元禄13・二ノ替	万	八	×	○	○	千

近松と謡文化

田草川みずき

はじめに

中世期、観阿弥・世阿弥父子により完成をみた能は、近世期に入って江戸幕府の式楽《しきがく》となり、様式化を進めた。一方、慶長（一五九六～一六一五）頃から盛んに行われた「座敷謡《ざしきうたい》（素謡《すうたい》）」は、舞台芸術としての能から一歩離れ、独自の発達を遂げる。音曲として楽しむ「謡《うたい》」が、京都などの都市を中心に、庶民層にまで裾野を広げていったのである。中世期までは公家や武士が行っていた「謡講《うたいこう》」と称される同好の会が、町人の間でも組織され、謡を嗜《たしな》む人々の需要に応えた専門の謡教授者も登場する。

謡の流行はまた、数々の関連書物を世に送り出した。最も代表的なのが、謡を謡うためのテキスト、謡本《うたいぼん》である。謡流行のバロメーターともいえる謡本の出版は、義太夫節《ぎだゆうぶし》成立直後の元禄期（一六八八～一七〇四）に、頂点を迎えたと考えられている。謡と義太夫節は、成立時期こそ異なるものの、同じ時代の人々を魅了した、いわば同時代芸能なのである。

謡文化の高まりと、人々への浸透を反映してか、近松門左衛門《ちかまつもんざえもん》による浄瑠璃作品中にも、多くの「謡う人々」が登場する。登場人物たちによって謡われるのは、当時の観客にも馴染みが深かったと思われる人気曲であった。以下に挙げるのは、能『三井寺《みいでら》』の、聴かせどころである同一箇所が謡われている二例である。

物地謡 はつせもとをしなにはでら。などころおほき鐘のこゑ。つきぬやのりのこゑならん。大夫謡 山でらのはるのゆふぐれきて見れば地 先な色はコレ九平次。詞 ア、ふできせんばんな。身共かたへはふと〴〵きしてゆさんどころては有まいぞ

（『曾根崎心中《そねざきしんじゅう》』（元禄十六年〈一七〇三〉竹本座初演）

親子ごばんにさしむかひサアいくつで五つでか。それでも成まいま一つをいて。六のかね〳〵山寺の春のゆふべをきてみれば。入相のかねおぎのこゑ庭のきりどをおしあけて。ゆらの介のおくがたつか〳〵と立出。申々。謡のこゑごいしのをととなりざしきへひゞきまする。（中略）親子ごばんであほうげな山寺所じや有まいこと。

（『碁盤太平記《ごばんたいへいき》』（宝永七年〈一七一〇〉推定・竹本座初演）

『曾根崎心中』で、友人の平野《ひらの》屋《や》徳兵衛《とくべえ》から金を騙し取った油屋《あぶらや》九平次《くへいじ》は、仲間と共に謡を口ずさみながら、生玉社前にやって来る。一方の『碁盤太平記』では、大星《おおぼし》由良之助《ゆらのすけ》・力弥《りきや》父子が、忠臣・寺岡《てらおか》平右衛門《へいえもん》がこと切れた後、周囲に異変をさとられぬよう、碁を打ちながら謡を謡う。

この二作品中で謡われているのは、前述の通り、能『三井寺』である。しかし、両者の詞章は全くの同文ではなく、僅かな差異が認められる。□で囲った「ゆふぐれ」と「ゆふべを」の部分である。ややもすれば見逃してしまいそうな箇所ではあるが、実はここには重要な示唆が含まれている。両者は、能の「上掛り《かみがかり》」と「下掛り《しもがかり》」、つまりは流派による詞章の違いなのである。

一　近松作品中の謡曲本文二系統――「上掛り」と「下掛り」――

能楽シテ方には、中世期以来の観世《かんぜ》・宝生《ほうしょう》・金春《こんぱる》・金剛《こんごう》の四流に、近世初期に成立した喜多《きた》を合わせ、五流が存

在する。演出、レパートリー、節付《ふしづけ》、詞章《ししょう》等の芸系により、観世・宝生が「上掛り」、金春・金剛・喜多が「下掛り」として大別されている。五流の間には詞章上の異同が少なからずあるが、上掛り二流と下掛り三流の間では特にそれが著しい。このことから、能の詞章には、上掛り系本文と下掛り系本文の、二系統があるといえる。

『曾根崎心中』と『碁盤太平記』において、近松が引用した能『三井寺』の詞章部分は、右の二系統の間で、異同のある箇所であった。以下、『三井寺』当該箇所の詞章を、上掛り本文は元和《げんな》卯《う》月《づき》本（元和六年〈一六二〇〉刊）、下掛り本文は擬《ぎ》車屋《くるまや》本（元和頃刊）から引用したい。元和卯月本は初の観世太夫公認謡本として百曲百冊が刊行され、近世期の観世流謡本の規範となったものである。一方、擬車屋本は、下掛りの刊行本としては初めての百冊揃本で、後の下掛り謡本に多大な影響を与えた。

【『三井寺』［クセ］】

［上掛り］山寺の春の夕暮きてみれば入逢のかねに。花ぞちりける。実おしめ共など夢の春と暮ぬらん。

［下掛り］山寺の春の夕べを来てみれば入相の鐘に花や散るらん。げに惜しめどもなど夢の春と暮ぬらん。

『三井寺』のこの詞章は、『新古今和歌集《しんこきんわかしゅう》』中の「山里の春の夕暮来て見れば入相の鐘に花ぞ散りける」（春下、能因法師《のういんほうし》）を典拠としたものである。初句が「山寺の」と変わっていることは上掛り・下掛りで同様であるが、初句以下、上掛りは和歌をそのままに、下掛りは、夕べ・散るらんと、やや言葉を変えて用いている。

近松が能『三井寺』を作品中に引用した際の、ゆふぐれとゆふべをという用語の違いは、これのみでは、偶然の所産と考えられなくもない。しかし、能『三井寺』にみられる上掛り・下掛り間の詞章の差異を反映した近松作品は、もう一作品確認できる。

前掲の『新古今和歌集』能因法師の和歌は、浄瑠璃や歌舞伎の題材として知られる、能『道成寺《どうじょうじ》』にも引用されている。そして『道成寺』においても、上掛りと下掛りで、『三井寺』と全く同じ詞章の異同が存在する。明暦三年（一六五七）初夏外組本《そとぐみ》、および元禄三年（一六九〇）弥生谷口《たにぐち》・伊勢屋《いせや》本から、当該箇所を次に掲げる。なお、この謡本二種の詳細については、後に触れたい。

【『道成寺』［ワカ］】

［上掛り］山寺のや　春のゆふくれ。きてみれは　入あひの鐘に花そ散ける。〳〵花そちりける

［下掛り］山寺のや　春の夕へを。来てみれは　いりあひの鐘に花やちるらん。〳〵花やちるらん

能『道成寺』は、愛と嫉妬ゆえに大蛇と変じ、男をとり殺した女の霊が登場する著名曲である。この能を翻案した浄瑠璃・歌舞伎作品は数多く、「道成寺物《どうじようじもの》」とも称される作品群を形成している。近松もその例に洩れず、竹本《たけもと》座《ざ》の座《ざ》付作者《つきさくしや》に迎えられての第一作が、道成寺物の『用明天王職人鑑《ようめいてんのうしよくにんかがみ》』（宝永二年〈一七〇五〉十一月、竹本座初演）であった。

近松の座付作者就任と、時を同じくして竹本座の座本《ざもと》となった竹田出雲《たけだいずも》は、「竹田からくり芝居」の芝居主《しばいぬし》であった竹田一族の出身である。近松と出雲の間で、話題づくりのための相談があったものか、『用明天王職人鑑』には、大きな見せ場としてからくり場面が取り入れられている。

竹田からくりは、能『道成寺』の一場面を、からくりを駆使して表現する「鐘入《かねいり》の段《だん》」を得意としていた。『用明天王職人鑑』の三段目、皇位をめぐる争いによって都を逃れた花人親王《はなひとしんのう》は、僧の霊夢に現れた海底の鐘を、鐘楼へと引き上げる。この鐘の供養の日、花人親王の忠臣・諸岩《もろいわ》に離縁された女が訪れて激しい恨みを述べ、鐘を落とす。女は鐘の中から蛇体となって現れるが、僧たちの供養によって成仏し、夫婦の守り神となる。この場面に竹田からくり得意の「鐘入の段」が組み込まれ、空中に釣られた鐘の中から蛇体が現れるからくりが披露された。

『用明天王職人鑑』三段目には、必然的に能『道成寺』の詞章引用が多くなっている。そして、近松はここに、『碁盤太平記』と同じ、下掛り系本文を採用しているのである。以下に、『用明天王職人鑑』と、上掛り・下掛り双

方の謡曲詞章の校合表を掲出したい。拙論「近松と加賀掾の「道成寺」―浄瑠璃作者が引用した謡曲本文の系統をめぐって」（『演劇研究』第二十七号、平成十六年三月）では、江戸初期写本（上掛り三種・下掛り三種）、および江戸初期・中期刊本（上掛り二種・下掛り四種）の合わせて十二種の謡本と、近松と加賀掾《かがのじよう》の道成寺物『用明天王職人鑑』『うしわか虎之巻《とらのまき》』『道成寺 全』との校合を行っている。ここでは、その中から上掛り・下掛り刊行本各一種と、『用明天王職人鑑』『道成寺 全』を取り上げ、『用明天王職人鑑』の下掛り系本文採用部分を紹介する。

『用明天王職人鑑』とともに掲出する『道成寺 全』は、修業時代の近松に影響を与えた古浄瑠璃太夫《こじようるりたゆう》・宇治《うじ》加賀掾の道成寺物である。謡に深く傾倒していた加賀掾は、多くの道成寺物を語った。『道成寺 全』は、加賀掾の一周忌を記念して、弟子たちの手で出版された追悼段物集『九曲之巻《きゆうきよくのまき》翁竹《おきなだけ》』（正徳三年〈一七一三〉春刊）に収められた作品で、加賀掾が「門弟はけミのため」に選んだものだと同書に記されている。能『道成寺』を、構成・詞章ともほぼそのままに流用しており、謡を自らの芸の規範とした加賀掾の嗜好が、極端なほどに表れた一段となっている。

なお、『道成寺』の上掛り刊本については、先に述べた観世流初の宗家公認本である元和卯月本の百番に、『道成寺』が採用されていないこともあってか、比較的伝本が少ない。残されている数種の間でも、本文に大きな異同がみられないため、最初の外組刊本である明暦三年初夏外組本を用いた。一方、下掛り刊本には、元禄以降に流布した下掛り刊本の系統の祖である、元禄三年弥生谷口・伊勢屋本を取り上げた。

〔全〕『道成寺 全』（正徳三年春・宇治加賀掾追悼段物集『九曲之巻翁竹』所収）天理大学附属天理図書館蔵
【明】明暦三年初夏外組本『道成寺』（上掛り刊本）法政大学能楽研究所蔵
〔用〕『用明天王職人鑑』（宝永二年十一月・竹本座）
【元】元禄三年弥生谷口・伊勢屋本『道成寺』（下掛り刊本）法政大学能楽研究所鴻山《こうざん》文庫蔵

〔全〕□山寺のや　○　春　の夕　ぐれ。きてミれば　□　入　相　の。
【明】山寺のや　シテ〽春　のゆふくれ。きてみれは　地〽入　あひの
〔用〕　はるのゆふべを　きてみれば。　入　相　の
【元】山寺のや　して　春　の夕へ　を。来てみれは　同　いりあひの

〔全〕鐘　に花ぞちりける。〱　〱。
【明】鐘　に花そ散　ける。〱　花　そちりける
〔用〕かねに花やちるらん　花やちるらん
【元】鐘　に花やちるらん。〱　花　やちるらん

〔全〕　○　月落
【明】シテ〽去　ほとに〱寺々　のかね　月おち
〔用〕　去　程　に〱尾上のかねの。　月おち
【元】して〽さる程　に〱寺々　のかね　同　月落

〔全〕鳥　ないて　□霜雪　天に。みちしほほどなく日高　の寺　の。
【明】鳥　鳴　て　霜雪　天に。みちしほほとなくひたかの寺　の。
〔用〕鳥　ないて　霜雪　天に。みちじほ程　なく　此　浦波の。
【元】鳥　啼　て　霜雪　天に。みちしほ程　なく日高　の浦　の。

右の校合表でわかる通り、近松の『用明天王職人鑑』は、「ゆふべを」「花やちるらん花やちるらん」と、下掛り系本文を採用している。「此浦波の」という箇所も、上掛り系「ひたかの寺の」より、下掛り系本文「日高の浦の」に近い。先述の『曾根崎心中』『碁盤太平記』とこの事例とを併《あわ》せみると、近松は能『三井寺』『道成寺』の引用に関して、上掛り系本文と下掛り系本文とを、使い分けていたということがわかる。

二　義太夫節成立期の浄瑠璃と謡文化―同時代芸能としての関わり―

ところで、先の校合表に比較例として掲出した加賀掾の『道成寺 全』は、上掛り系本文に則している。この作品以外にも、加賀掾の道成寺物に引用されている能『道成寺』の本文は、全て上掛り系本文であった。

加賀掾は徳田という姓を名乗っており、このことから、加賀掾の出身地である紀州藩に仕えた能役者・徳田隣忠《とくだりんちゅう》との血縁関係が推測されたこともあった。しかし、紀州藩三浦家文書の記述（安田富貴子「紀州和歌山宇治の産・宇治加賀掾の世界―三浦家文書を中心に」〈『橘女子大学研究紀要』第十号、昭和五十八年七月〉）によって、その可能性はほぼ否定されたといえる。そしてそれ以後、加賀掾と能役者との関わりについては、具体的に論じられていない。

しかし近年、浄瑠璃芸論の嚆矢《こうし》である加賀掾段物集『竹子集《たけのこしゅう》』序文が、脇方進藤流《わきかたしんどう》の謡教授者であった進藤以三《いさん》著『筆《ふで》の次《ついで》』の強い影響下に執筆されていることが明らかになった（田草川みずき「宇治加賀掾の浄瑠璃芸論『竹子集』序文と『塵芥抄』系謡伝書―進藤以三著『筆の次』との関わりを中心に―」〈『近世文藝』第八十九号、平成二十一年一月〉）。『筆の次』は筆写本として流布した謡伝書で、これまで『竹子集』序文の典拠と考えられてきた刊本『八帖《はちじょう》花伝書《かでんしょ》』と比しても、格段に手に入りにくい書物である。

進藤流は、進藤九右衛門《くえもん》忠次《ただつぐ》（一五五二～一六三五）にはじまる脇方の流儀である。進藤以三は忠次の嫡男であったが、舞台には上がらず、京都に住んで謡教授者となった。進藤流は観世座付の脇方であり、観世流と同じ上掛り系本文を用いている。後に「京観世《きょうかんぜ》」と称される一派を生む、京都における素謡の流行は、主として脇方進藤流、および福王《ふくおう》流の活躍によって齎《もたら》されたものであった。近世初期の進藤流謡本の需要は高く、表章氏は同流謡本の刊行について、「シテ方諸流に流名の明らかな謡本がまだ刊行されていない頃に、脇方の謡本が数種も出版されていたことは注目に値し、これは、進藤流の謡が観世流のそれに次いで盛んであったことの反映にほかなるまい。」（『鴻山文庫本の研究―謡本の部』〈昭和四十年、わんや書店〉）と述べられている。

加賀掾の出身地である紀州藩も能楽の盛んな土地であるが、宇治座を旗揚げした京都は、謡文化の中心地であった。表氏はまた、元禄期の京都能楽界の盛況について下記のごとく記す。

上方こそが能楽の本場であり、京都がその中心だった旨を前に述べたが、元禄前後にもその状況に変わりはなかった。貞享四年刊の『能之訓蒙図彙』（全四巻）の巻四は京都在住能役者の住所録とも言うべき内容であるが、そこに収載されている能役者の数は、能大夫…21、シテツレ…8、脇…38、笛…33、小鼓…37、大鼓…37、地謡…37、狂言…35、物着…11で、計二七四名に及ぶ。（中略）紀伊・尾張・加賀・仙台などの諸藩から扶持を得ていた役者が京都には多く、そうではない普通の町役者ともども、御所の能で競演したり、勧進能を興行したり、素謡や鼓の教授に精を出したりしていたのである。

（表章「「式楽」前期―江戸時代前半の能楽―」〈『岩波講座能狂言Ⅰ　能楽の歴史』昭和六十二年〉）

紀州での修業時代はともかく、一座を樹立し、浄瑠璃太夫として人気を博してからの加賀掾が、こうした役者たちと交流を持ったとしても不思議はない。今後は加賀掾が、脇方進藤流、あるいは同流との繋がりを有するようなコミュニティーと、何らかの関わりを有していた可能性を前提に、研究が進められるべきであろう。

加賀掾の著作には、先に述べた『筆の次』のみならず、慶安五年（一六五二）に刊行された謡伝書『謡之秘書《うたいのひしょ》』からの影響もみられる（田草川みずき「宇治加賀掾と音曲道歌―『謡之秘書』との関わりをめぐって」〈『演劇映像学２０

08』第3集、平成二十一年三月〉）。さらに、近松存疑作《そんぎさく》でもある加賀掾正本『十六夜物語《いざよいものがたり》』では、刊行された謡本ではなく、筆写本の妙庵玄又手沢五番綴謡本《みょうあんげんゆうしゅたくごばんとじ》に近い本文を用い、妙庵本の独自エピソードをも取り入れていることが確認されている（田草川みずき「能「正義世守」周辺　―謡曲節付索引作成に向けて」〈『演劇研究センター紀要』第Ⅰ号、平成十五年三月〉）。これらのことを鑑みても、人形浄瑠璃と謡文化との影響関係は、流派や特定の役者までを視野に入れ、より具体的に考察される必要があると考える。

近松もまた、若年の折に京都へ移り住んで以来、竹本座の座付作者となるべく大坂に赴くまで、京都で長い時を過ごしている。青年期の近松は、京都の公家に仕えたと考えられており、上掛り系の謡が主流であった一般庶民とは異なる、下掛り系謡本、または筆写本など、より高度な資料に触れる機会もあったのではないかと推測されるのである。

先に述べた下掛り系本文の問題とは別に、近松と謡文化の関わりは、その作品の随所に窺うことができる。元禄期前後には、時の将軍徳川綱吉が能に熱狂し、特に稀曲を好んだ。その影響もあってか、従来の内組《うちぐみ》百番・外組《そとぐみ》百番の計二百番の他に、三百番本と称される「二百番之外之百番《にひやくばんのほかのひやくばん》」（貞享三年〈一六八六〉刊）が刊行される。この番《ばん》外《がい》謡本には、さらに四百番本（元禄二年〈一六八九〉刊）・五百番本（元禄十一年〈一六九八〉刊）が続いた。一方、能『山姥《やまんば》』の要素を取り入れた近松作『嫗山姥《こもちやまうば》』（正徳二年〈一七一二〉九月以前〈推定〉、竹本座初演）は、「五百番之内　嫗山姥」という内題を有する。これは、番外謡本である五百番本の登場を受けての命名と考えてよいだろう。

また、近松作『日本武尊《やまとたけのみこと》　吾妻鑑《あずまかがみ》』（享保五年〈一七二〇〉十一月四日、竹本座初演）には、〈謡〉という文字譜が付された「一張の弓のいきほひたり。東南せい北の敵をやすくしたかへり。」との一文がある。ところが、能の主要作品二百五十曲の語句索引である『謡曲二百五十番集索引』（昭和五十三年、赤尾照文堂）を用いて、この典拠となる曲を求めても、該当作に行き当たらなかった。実はこれは、五百番本に収められた番外曲「八幡弓《やわたゆみ》」の引用なのである（内山美樹子氏のご教示による）。

近世期、謡の流行に伴って刊行されたのは、謡本ばかりではない。能楽（謡）伝書・注釈書・評論、または絵入りの狂言台本など、実に様々な関連書物が著された。近松をはじめとする浄瑠璃作者たちは、これらの書物を通じ、多くの情報に触れることが出来たはずである。

これまで、近松が座右に置いた書物への探求は、『平家《へいけ》物語《ものがたり》』や中国故事等について行われてきた。しかし、謡曲本文の引用について、その系統に着目した研究は皆無であったといえる。近松が所持し、作品執筆時に参照した謡本、また能楽関連書物がどのようなものか、検討の余地は未だ多く残されていよう。

三　解釈の可能性—近松の謡曲本文使い分けから—

前節までは、人形浄瑠璃と謡文化の関わりを考えるにあたり、今後留意すべきと思われる事柄を述べたが、最後に、もうひとつ重要な問題について触れておきたい。近松が、『曾根崎心中』『用明天王職人鑑』『碁盤太平記』において、上掛り系・下掛り系本文を使い分けたのは何故か、という根本的な問題である。

先にも述べた通り、能『道成寺』は、観世流最初の宗家公認本である元和卯月本百番に組み込まれていない。しかし、元和卯月本採用の百番は、その後の観世流刊行謡本に長く影響を与えた。前出の表章『鴻山文庫本の研究―謡本の部』で提示された曲の組み合わせ例・内組A～Mのうち、初期のA～Cは、元和卯月本百番のアレンジである。もし、近松が所持していた謡本が、元和卯月本系統の内組A～Cの揃本であったとしたら、道成寺物の執筆に際して必要を感じた近松が、『道成寺』謡本を単独で求め、それが下掛り系謡本であった、という可能性も考えられる。しかし、それでは元和卯月本百番に採用済であった『三井寺』の詞章までが、下掛り系本文であることの説明がつかない。現在のところ、近松作品における右の事例を的確に説明できる外部徴証《がいぶちょうしょう》はないといえる。

そこで、近松が摂取元として使用した謡本の種類については今後の研究を俟《ま》ち、ここでは、近松の上掛り・下掛り系本文使い分けについて、内部徴証《ないぶちょうしょう》から考えられる可能性についての検証を試みたい。

以下は、『心中天の網島《しんじゅうてんのあみじま》』の「道行名残の橋《みちゆきなごりのはし》づくし」冒頭の文章である。

はしりかき。うたひの本はこのへりう。やらうぼうしはわかむらさき。あくしよぐるひの。身のはては。かく成行と。定まりし。しやかのおしへも有ことか見たしうき身のいんぐはきやう。あすは世上のことくさに。かみや次兵衛が心中と。あだ名ちり行さくら木に。ねほり葉ほりをゐざうしの。はんするかみの其中に有共しらぬ死かみに。さそはれ行もしやうばいに。うときむくひとくはん念も。とすれは心ひかされてあゆみ。なやむぞ道理成。

主人公・治兵衛《じへえ》の家業である、紙屋へと繋げてゆく意図あっての書き出しと思われるが、ここで近松は、「うたひ（謡）の本はこのへりう（近衛流）」と言い切っている。謡本の書体に近衛《このえ》流を採用しているのは、上掛りの観世流謡本である。それに対し、下掛り系謡本の書体は、観世流謡本の体裁を模倣した一部の謡本を除き、御家《おいえ》流であった。

なお、上掛り系の脇方進藤流謡本も御家流を用いているが、進藤流を稽古する人々は、本文の系統を同じくする観世流謡本を用いることもままあったようである。さらに、進藤流に続いて京都素謡界の主流となってゆく福王流は自流の謡本を持たず、観世流謡本を使用していたと考えられている。表章氏は脇方と観世流謡本との関係について、以下のように記されている。

進藤流の謡を嗜む人は観世流節付の本をも使用していたし、進藤系の人が編集した本が観世流を称して刊行されたことも、十分あり得ることである。福王流の場合は、江戸中期の京都方面の素謡が同流を中心としていたにもかかわらず、福王流を称した謡本が一種も版行されていないのであるから、観世流の立場で謡を教授し、謡本刊行に際しても観世流章句を称していたものに相違ない。書肆としても、進藤・福王系の謡愛好者をも重要な顧客としつつ「観世大夫章句」の本を発行していたのであろう。そうした意味で、江戸期の観世流の謡は観世座流と呼ぶ方が実状に近く、観世流謡本の場合も、脇方を含めた「観世座流謡本」の意に理解すべきであろう。

（『鴻山文庫本の研究―謡本の部』）

当時の庶民層が親しんでいたのは、まず観世流や進藤流、または福王流といった上掛り系の謡であり、『心中天の網島』にみえる「謡の本は近衛流」との一文は、そうした状況を反映したものと思われる。そしてこの考え方でいえば、『曾根崎心中』で、町人の油屋九平次とその仲間が謡っている『三井寺』は、上掛り系であるのが自然である（岩井真實氏のご教示による）。ここで下掛り系本文を用いては、謡を良く知る一般の観客に違和感を与えかねない。

一方、武士の世界では、金春流、喜多流といった下掛りの流派が用いられることが多かった。武家が登用した能楽流派については、表章「地方諸藩の能楽」（『岩波講座能狂言Ⅰ　能楽の歴史』）が詳しい。この論を参考に、主として能楽に関する資料が多く残されている藩に関して、元禄期前後に重用されていたシテ方流派を以下に記す。

尾張藩―金春流・宝生流／紀伊藩―喜多流・観世流／水戸藩―喜多流・金春流／加賀藩―金春流・宝生流／仙台藩―金春流・喜多流／熊本藩―金春流／萩藩―喜多流／盛岡藩―宝生流／彦根藩―喜多流

一見してわかる通り、下掛りの流派が大勢を占めている。近松がこうした実態を踏まえ、世話物の『曾根崎心中』と時代物の『碁盤太平記』とで、同じ『三井寺』の詞章を書き分けたとの解釈も、あるいは可能ではないだろうか。

ちなみに、現在の文楽で上演されている『曾根崎心中』は、昭和三十年（一九五五）の復活上演時に、近松の原文を改変した台本を用いている。九平次たちが能『三井寺』を謡うくだりを、この改変台本がカットしているのは誠に残念である。

ところで、『用明天王職人鑑』三段目における下掛り系本文は、『曾根崎心中』や『碁盤太平記』とは異なり、登場人物の謡としてではなく、本文全体にちりばめられている。従って、右の仮説を当てはめることは出来ない。

以下に、前節でも記した『用明天王職人鑑』と謡本の校合表から、一部を再掲する。

【明】	シテ〽去	ほとに〳〵	寺々	のかね	月おち
【用】	去	程　に〳〵	尾上のかねの。		月おち
【元】	して〽さる程	に〳〵	寺々	のかね　同	月落

【明】	鳥　鳴　て	霜雪	天に。	みちしほほとなくひたかの寺	の。
【用】	鳥　ないて	霜雪	天に。	みちじほ程　なく　此	浦波の。
【元】	鳥　啼　て	霜雪	天に。	みちしほ程　なく日高	の浦　の。

この内容から、下掛り本文採用へとつながる内部徴証を考える場合、ひとつ挙げられるのは、三段目の舞台設定のことである。『用明天王職人鑑』三段目は、「播州尾上の浜辺」・「鐘供養」・「鐘入の段」の三場に分けられるものの、三場を通じての舞台は播磨国尾上《はりまのくにおのえ》（現在の兵庫県加古川市尾上町）となっている。能『高砂《たかさご》』の題材となった尾上の松でも知られているが、近松は、この土地でもうひとつ有名な沈鐘伝説を取り上げ、『道成寺』と組み合わせて『用明天王職人鑑』三段目を構成した。

紀州道成寺は、日高川には隣接するものの、海からは数キロメートルの距離がある。それに対し、播州尾上神社は海辺近くに位置している。『用明天王職人鑑』三段目では、多くの浦人が力を合わせても尾上の浜辺から動かなかった鐘が、花人親王の木遣りで引き上げられ、鐘楼に釣られるという設定になっている。

右に挙げた校合表からわかる通り、近松は浄瑠璃の内容に合わせ、謡曲本文を適宜替えて作品に用いた。掲出部分でいえば、波線部の「尾上のかねの」と「此浦波の」がそれにあたる。前者の「尾上のかねの」との改変は、播磨国尾上という場面設定によるものであろう。ただし参考までに記すと、この語は能『三井寺』クセ前にもみられる。上掛り・下掛り間で異同はないものの、擬車屋本から当該箇所を引用しておきたい。

　其外こゝにも世々の人。詞の囃子のかねときく　名も高砂の尾上の鐘。暁かけて秋の霜。くもるか月もこもりくの初瀬も遠し難波寺。名ところおほき鐘のをと　つきぬや法の声ならん　山寺の春の夕をきてみれは入逢の鐘に花や散らんけにおしめともなと夢の春と暮ぬらん。

『三井寺』については、前述の通り『曾根崎心中』でも、「は《惣地謡》つせもとをしなにはでら。などころおほき鐘のこゑ。つきぬやのりのこゑならん。山《大夫謡》でらのはるのゆふぐれきて見《地》れば」との引用がある。右の『三井寺』クセ前の詞章と見比べると、「名も高砂の尾上の鐘」という詞章からほど近い部分であり、近松が、能『三井寺』の当該詞章を目にしていた可能性は高い。また、元禄十六年初演『曾根崎心中』と宝永二年初演『用明天王職人鑑』は、上演時期も近いことから、何らかの影響があったとの推測も不可能ではなかろう。

　一方、後者の「此浦波の」という部分については、下掛り系本文「日高の浦の」により近く改変されているのが、校合表からもみて取れる。「浦」には単に水際との意もあり、下掛り系本文「日高の浦の」も、そうした意図をもったものと思われる。しかし、「浦」といえば、まずは海の浜辺・入江と受け取る方が普通であろう。海辺が舞台である『用明天王職人鑑』三段目においては、下掛り系本文にある「浦」の語を用いる方が、より相応しいといえる。

　『用明天王職人鑑』はもちろんのこと、『曾根崎心中』と『碁盤太平記』に関しても、ここに挙げたような内部徴証からの推測のみをもって、近松が、上掛り系と下掛り系本文を使い分けた理由とするつもりはない。ただし、右のような視点での検討も、今後必要であろうことを述べておきたいのである。

こうした検討が求められる事例として、近松が下掛り系本文を使用している作品を、今ひとつ掲出したい。元禄五年三月以前（推定）、竹本座初演の『天智天皇《てんじてんのう》』三段目、近松半二《ちかまつはんじ》ら合作『妹背山婦女庭訓《いもせやまおんなていきん》』（明和八年〈一七七一〉竹本座初演）杉酒屋《すぎざかや》の段へと繋がる、豊かな構想を持った場面である（祐田善雄「近松落穂考」〈『国語国文』八―四、昭和十三年四月〉）。

詞　御志うれしやなしかし（A）何をしるしに御宿は尋申べき。さればこそとよ我父をみきのおさと申事。此ならの里は水の味淡くして。酒をつくるに妙有ゆへ。父酒をつくつて当国三輪の市にて商ひ。《地色中》富貴の家と成《ハル》しゆへ。（B）みわのしるしの神杉をかたどり《中》。酒の（C）しるしに我宿《ウ》も。（D）杉《ウタイ》立る門《ハル》をしるべにて。尋ませと夕《ナヲス》ぐれに跡をしたひて〳〵《三重》ゆく月日。あか《フシウ》しくら《中》させ。給ひける。か《フシ》りのやどりぞあ《ハル》やなけれ。

傍線部からもわかる通り、ここでは「しるし」の語が、短い文章中に頻出している。実はこれは、能『三輪《みわ》』の本文引用によって生じたと思われる現象である。

能『三輪』と「しるし」の語について、西野春雄氏は以下のように述べられている。

曲中、「しるし」と「物語」の語が重要な働きをなしていて、「三輪」の構想は「しるし」に導かれて、（一）神による衆生済度の物語、（二）天の岩戸隠れの神話、（三）伊勢と三輪一体分身の秘説、の三つの物語を女神自身が再現する能といえ……（後略）（『新日本古典文学大系57　謡曲百番』平成十年、岩波書店）

そこで、上掛り謡本（元和卯月本）から、能『三輪』中で「しるし」の語がみられる箇所を抄出し、下掛り系本文（擬車屋本）をも併せて提示する。

【問答《もんどう》～歌《うた》】・（D）

[上掛り] なをもふしむにおぼしめさば。とぶらひきませ杉たてる門をしるしにて。尋給へといひ捨て。かきけすごとくに失にけり。

[下掛り] 猶も不審におほしめさは。訪ひきませ杉たてる門をしるへにて。たつね給へといひ捨て。かきけすことくに失にけり

【上歌《あげうた》】

[上掛り] ゆけば程なく三輪のさとちかきあたりかやまかげの。松は験もなかりけり。すぎむらばかりたつなる神がきは何く成らん〳〵

[下掛り] ゆけは程なく三輪の里ちかきあたりか山陰の。松はしるしもなかりけり。杉村はかり立なる神垣はいつくなるらん神垣はいつくなるらん

【クセ】・（B）

[上掛り] 此山本の神がきや。杉の下枝に(杉)とまりたり。こはそもあさましや契りし人のすがたか其糸の三わげ残りしより。三輪のしるしの過しよを語るにつけてはづかしや

[下掛り] 此山本の神垣や。杉のした枝に(杉)とまりたり。こはそも浅ましや契りし人のすかたか。其糸のみわけ残りしより。三輪のしるしの。すきし世をかたるにつけて恥かしや。

右の謡曲本文と比較しつつ、先に掲出した『天智天皇』三段目の詞章を確認したい。

はじめの「（A）何をしるしに御宿は尋申べき」から、【クセ】の引用である「（B）みわのしるしの神杉」を経て、「酒の（C）しるしに我宿も。」までに、「しるし」の語が三つ用いられている。この間、正本《しょうほん》版面でいうと僅

か六行分である。こうした前提の上で、(D)からは、先の(A)~(C)に比べ、やや長めの『三輪』本文引用がある。能『三輪』前場の終局部、前シテがワキ僧の前から姿を消す【歌】の部分で、『天智天皇』正本でも、〈ウタイ〉の節付がなされている。

もし、ここで上掛り系本文「杉たてる門をしるしにて」を用いた場合、先の三箇所に重ねて、「しるし」の語が四つ続くことになる。しかし近松は、この引用本文に、下掛り系の「杉たてる門をしるへにて」を採用しているのである。

近松が、能『三輪』における「しるし」という語の重要性を理解した上で『天智天皇』三段目の本文中にこれを多用しつつも、過度の重複を避けて下掛り系本文「しるべ」を取り入れたのだとすれば、その力量には感服するほかない。ここで述べたことはあくまで推測の域を出ず、今後も外部徴証の収集を含めた、多角的な検証が不可欠である。しかし、こうした事例を通じ、近松の下掛り系謡曲本文引用をめぐる研究が、近松に対する新たな認識を齎してくれる可能性を、提示しておきたいと考えたものである。

なお、本論で掲出した近松の下掛り系本文引用は、山根爲雄編『「近松全集」文字譜索引』(平成七年、和泉書院)を参照し、謡関係文字譜の記載箇所を逐一確認していく過程で見出された例である。ただし、謡関係文字譜が付されない箇所で、近松が謡曲本文を引用していることも、当然数多くある。今後、近松の下掛り系本文引用例が、新たに確認される可能性は高いといえよう。

おわりに

本論で示した近松作品における下掛り系謡曲本文の引用事例は、近松の、謡文化との積極的な関わり、理解の深さを彷彿とさせる。しかしその関係は、同じく謡文化と深い繫がりをもっていた宇治加賀掾とは、いささか趣を異にしているようである。

加賀掾の道成寺物に上掛り系本文が採用されていること、また、浄瑠璃芸論の執筆に際し、脇方進藤流と何らかの関わりを有していたと想定されることは既に述べた。加賀掾が、進藤流などの上掛りの謡を稽古していたとすれば、浄瑠璃作品に引用された部分についても、耳に馴染み、謡い慣れたその詞章で語りたいと思うのは当然であろう。加賀掾正本に多量に引用されている謡曲本文が、上掛り系であることはこの点からも首肯《しゅこう》できる。

一方で、近松は観世・進藤流といった上掛り流派の人気や知名度を利用しつつも、下掛り系本文をも作品に取り入れた。観客はもちろん、近松自身も耳にする機会が全くなかったと想像される、馴染みの薄い番外曲からの引用も行っている。さらに、前節で述べたごとく、作品の執筆に際して上掛り・下掛り両系統の本文を参照し、使い分けていた可能性も考えられるのである。そこに、謡文化の只中にあってその恩恵を受けつつも、加賀掾のような、謡に魅せられた「謡う人々」から一歩距離を置く、近松の作者としての姿勢が示されているようにも思える。

近松と文楽

後藤静夫

文楽にとって、近松門左衛門は義太夫浄瑠璃作品の基礎を築き数々の名作を残した作者としてだけでなく、近世芸能としての人形浄瑠璃の価値を不動のものにした功労者としても、かけがえのない人物であることはいうまでもない。しかしながら現在の文楽で彼の作品の上演頻度は必ずしも高くなく、上演される作品も限られている。また私生活を語り残すことのなかった彼の人物像は不明の部分が多く、「作者の神様」としての高い評価にも影響され、どこか近寄り難いような印象を与えがちである。浄瑠璃と元禄歌舞伎双方に関わった作者としての実態も解明されているとは云いがたい。

制作者として文楽に関わった立場から、資料を検討しつつその辺りの一端ついて、また現在の文楽における近松作品のあり方などを考えてみたい。

近松は二十五歳頃、京都の宇治嘉太夫《うじかだゆう》座で作者修業を始めたが、程なく歌舞伎とも関わりをもったと思われる。嘉太夫とも近しかった名優坂田《さかた》藤十郎《とうじゅうろう》にその才能を買われた近松は元禄六年（一六九三）から藤十郎のために脚本を書き、藤十郎が都万太夫《みやこまんだゆう》座の座元《ざもと》となった元禄八年からは万太夫座の座付《ざつき》作者となった。

一　「金子一高日記《かねこいっこうにっき》」に見る近松

平成三年和田修《わだおさむ》氏発見の「元禄十一年日記」は元禄歌舞伎の道外（化）方であり作者も兼ねた金子吉左衛門《きちざえもん》（一高）の手になるもので、金子が京都都万太夫座に出勤《しゅっきん》していた時期に書かれたものであろうと考えられている。元禄期の役者兼作者の日々の生活が書き留められ、またこれまで知られていなかった近松の作者活動の実態の一端も明らかにされた貴重な資料である。金子は近松より十歳ほど年長で、のちに大坂で座元も勤める実力者である。日記は元禄十一年（一六九八）二月から十二月初旬までが記されているが、芝居筋書きの紙背に偶然残されたもので、完全に揃ってはいない。

この日記が書かれたのは近松四十六歳の年、浄瑠璃修業を始めてから二十年ほどが経っているとはいえ、座付作者として歌舞伎にほぼ専念し始めてまだ五年、作者の経験の点では金子に遠く及ばないことはいうまでもない。このような両者の関係を前提にして日記を読むとさまざまな興味深い事柄が見えてくるように思われる。この世界の先輩で実力ある役者兼作者であり年上でもある金子には近松も遠慮があり、一方金子は歌舞伎界ではその存在もまだ珍しく、実績も少ない専業作者である近松を、やや下風に見なしていたとしても無理からぬものがあっただろう。

金子の著作である『耳塵集《にじんしゅう》』と、この日記での近松に対する記述を比較してみると、『耳塵集』下之巻に「或時替り狂言近松氏我等談合にて楽屋に役人を集め狂言を咄したるに……さあせりふを付られよとありし故近松氏予かたのごとくせりふを付一辺稽古を通したり」とあり、順序や表記で一応近松を立てているのに比べ、日記では他の役者や関係者にしばしば「氏」を付けているのに対し、一貫して本名の「信盛《のぶもり》」と呼び捨てにしている。勿論日記は他見を前提としないものであるから、ややもすれば自分を中心とし自分を高める記述になりがちであることは当然であり、一方身近な者、親しい者は簡単な表記になることはあり得ることである。座元藤十郎と思われる「長政」等役者仲間の表記がそれであろう。しかし近松の「信盛」は、そのような近しさ・親しさとはニュアンスが違うように思える。

八九丁の記事中、「信盛」の近松は一四〇回ほども記述されている。その多くは金子との「狂言ノ相談」であることは両者の関係から当然のことといえよう。そしてほとんどの場合、近松が金子方へ出向いて相談をしている。日に数度行くことも珍しくない。金子が近松宅を訪ねる記述は遥かに少ない。近松が来ることが当然、といった書きぶりである。「狂言ノ相談」は午後、金子の役終了後に始まり夜半近くに及ぶことがしばしばである。

金子は手紙で稽古の指示を出したりもしている。逆に近松から金子への手紙は相当にへりくだった感じに受け取れる。

また六月十八日に「信盛ヨリ病気ナル間談合ニ得参間敷由云フテ文来ル　同返事ニ　狂言ハ予独拵エ可申間緩々御養生可被成由申遣ス」とある。近松が具合が悪いので狂言の打合わせに行けない、といってきたのに対して金子は、狂言は私一人で拵えるからゆっくりと養生して下さいと云ってやった、と一読すると思い遣りを掛けているかのように見える。この月は十二日に『女実語教二番続』の初日を明けている。日記によれば十六日に「直ニ役所ヱ行　信盛と松竹屋ニテ咄ス　果テ宿ニ帰リ……信盛ヨリ文ニ　去方へ遣ス文ヲ書候間日暮ヨリ狂言ノ相談可仕由申来ル　予日暮ニ宿ニ帰ル　信盛来リ相談　四ツ過ニ仕舞フ」とあって、二人は昼頃万太夫座付近で打合わせをし、その晩金子宅に近松が出向き早くも次の興行のためと思われる狂言の相談を始めている。

そのような状況の中での十八日である。翌十九日には「信盛来リ狂言相談　二番続出来」とあるから、狂言はかなりの程度できあがっていたのだろうが、金子は座付作者近松なしで「予独り拵え申すべき」とさらりと書き送っている。「同返事ニ……申遣ス」という書きぶりには「ああ、具合が悪い？　いいよ、狂言は私一人でも出来るから、あんたはゆっくり休んでいたら」といったニュアンスが感じられないだろうか。

この後二十日には狂言を長政（藤十郎か）に説明、二十一日には切狂言《きりきょうげん》の相談を始め、二十四日には「上ノ狂言ヲナヲ」し二十六日に主な役者に金子と手分けして説明、二十八日頃から稽古に入っている。

歌舞伎の狂言が役者との相談を前提に書き上げられ、実際に舞台に掛けられて後も観客の評判や役者の思惑によって改変されていく事情はこの日記や『耳塵集』によっても窺われる。

『野良《やろう》立役《たちやく》舞台《ぶたい》大鏡《おおかがみ》』によれば坂田藤十郎自身も狂言を書いたことがあったようだが、後年は作者の書いた狂言を尊重したという。近松が「芝居のかんばん辻〳〵の札にも作者近松と書しるすいかいじまんとみへたり」（『野良立役舞台大鏡』）と非難を浴びせる歌舞伎界で藤十郎のために狂言を書き続けたのは、藤十郎の作者尊重のあり方に支えられた故であろうし、後に浄瑠璃に専念するのも藤十郎の衰えに、以後の歌舞伎界での作者生活に希望を見いだし得なかったためだろう。

日記には金子と近松が「外代（題）」を決めたり、「役人ノ替名ヲ付」ける記事が数箇所に見える。狂言作者の本来の職掌だが、これも近松は単独ではなく、金子と相談の上で行っている。

近松はまた、大坂に下りそこでの芝居を見て帰り、金子に話している。狂言作者としては基本的なもっとも重要な情報収集であり研鑽であろう。それを金子と共有することも当然なことだが、ただ話す、というのではなく、報告をする感じに思われる。金子は別の機会に笹井伝十郎なる人物を「大坂へ狂言見セニ下ス」とある。近松に対しても同様の意識だったのではなかろうか。

興味深い記事もある。六月六日や七月五日の記事からは、近松が芝居の看板の下絵を描き、金子に相談の上その場から絵の「アツラエニ行」っている。その日金子は座に行っているが「今日稽古休」とある。絵の注文などに行くのは後輩作者の当然の役目、と云うようにあっさりとしている。狂言作者が看板の下絵書きから発注まで行っているのである。現在では考えられない事であろう。

小道具を管理していたことも日記から読み取れる。あるいは看板と同様その案出、発注も行っていたことも考えられる。

金子も幽霊の仕掛を考え「細工所ニテ道具ヲ云付」けている。幽霊の仕掛は、単なる小道具とは考え難い。どちらかといえば現在の大道具に分類されるものではないか。ともあれ道具の製作はすでに座内に専門が確立していたように思われる。『野良立役舞台大鏡』にある「(近松が)おしだして万太夫座の道具なをしにも出給」うという記事も信憑性が高まる。ここで道具を「細工」と考えているらしいことは注目すべきかもしれない。当時歌舞伎の舞台は能舞台式のものであり、大道具に類するものも設置場所・大きさともに限られ、自然簡単な幕・台や切り出し程度のものであったろう。従って現在の大道具に相当するものも、小道具や舞台廻りで使用する品々共々「細工所」で拵える「細工」と一括して考えられていた、ということを表すのではないか。

近松が自ら申し出てやったにせよ、狂言作者が道具の製作にも関わることも、特に否定されてはいない。それに対し舞台衣裳に関しては金子が自ら「ヰシヨウ屋清左衛門ヲヨビテ」誂えている。舞台衣裳は役柄により、また役者の体つき、好みなどにより決められると考えられる。それ故金子が自ら案じ発注するのが理にかなっているのだろう。当時「ヰシヤウ屋清左衛門」なる専門業者がいたこと、座付ではなく外部のものであったらしいことがうかがえる。

現在の歌舞伎では大道具、小道具、衣裳、鬘《かずら》、床山《とこやま》などの専門職は座付ではなく、かなり専属に近いけれど、外部の業者として組織されている。興行形態が変化したことによるが、以前はかなりの座付職人が存在していた。

狂言作者近松が今日とは違い、大道具、小道具、看板(下絵描きも)等の他職に関わっていたのは、作者という職掌がまだ確立しておらず、役者の関与の度合いが強く、諸職が専門分化していなかったらしいこの時期の歌舞伎の実態をよく示しているといえるだろう。

その他に、万太夫座の舞台で使う人形を宇治嘉太夫座から借りるよう金子が近松に依頼している（五月十一日）記事がある。五月二十七日に「人形ノサラシノ稽古有」とあり、翌二十八日初日の『女人立山禅定三番続』で使われる人形であろう。現代でも、しばらく前までは同様に歌舞伎が文楽の人形を借りることがあった。両者の古くからの交流を知る資料である。近松が宇治座で浄瑠璃作者の修業を始めた縁もあり、藤十郎と嘉太夫が親しかったこともあり、宇治座と万太夫座の近しい関係が読み取れる。金子と近松が宇治嘉太夫の浄瑠璃を聞きに行き「四段目ノ中入ニ信盛ト予触ニ出」たことが七月二十三日に記されているが、これも両座の親しさを表していよう。機会があれば相互の芝居の宣伝をしていたのであろうか、貴重な記事である。

歌舞伎作者としての近松は、このように藤十郎の理解と金子との連携（指導？）によって地歩を築いて行く様子が知られるが、浄瑠璃作者としての近松に関して、やや意外な記述が見られる。

四月二十一日に「四ツ時分ニ信盛来リテ　大坂儀太夫上留利ノ相談」とある。「大坂儀太夫」は当時大坂で人気の竹本義太夫であると思ってよいだろう。「上留利」は浄瑠璃である。つまり、浄瑠璃作者近松は義太夫に書き与える浄瑠璃作品について、歌舞伎作者の金子に相談していることになる。

近松は二十五歳ころから浄瑠璃作者の修業を始め、すでに二十年の経験を積み、宇治嘉太夫や義太夫に何本もの作品を書き、それなりの評判も取っている。浄瑠璃作品も完成させるまでには太夫からの大小の訂正要求等の束縛があったことは推量できるが、その程度は歌舞伎ほどではなかっただろう。宇治座にしても竹本座にしても、近松以外に作者の存在が伝えられていない以上、少なくとも両座の書き下ろし浄瑠璃作品は、嘉太夫・義太夫との調整はあるものの、近松単独で書き上げていたと考えてよいだろう。とすれば、「大坂儀太夫上留利ノ」金子との相談とは何を意味するのであろう。

この頃の浄瑠璃操り諸座は、古浄瑠璃以来の作品を時に応じて繰り返し上演し、稀に新作を掛けていたのだろう。確かな記録もなく、興行の実態も不明である。

仮に近松が竹本座の次興行の上演浄瑠璃を構想あるいは執筆していたと考えてみる。竹本座で元禄十一年五月以降に上演された近松作品の記録は見あたらない。元禄十二年では五月九日以前に『日本西王母《にっぽんせいおうぼ》』が上演されたと推定されている。これは元禄十一年正月、京早雲座《はやくもざ》初演の歌舞伎『けいせい浅間嶽《あさまがだけ》』と趣向・詞章の点での関連が指摘されている（藤井乙男『近松全集』第四巻）。またそれらの趣向のいくつかは以後の近松の歌舞伎・浄瑠璃作品にも見られる。金子とした「相談」とはこのような歌舞伎作品の趣向や構成法等の浄瑠璃への応用についての意見交換でもあったのだろうか。

元禄十一年四月という時点に着目して、一つの想像（妄想?）をしてみたい。この年春、大坂嵐三右衛門座《あらしさんえもんざ》で歌舞伎の切狂言『生瀬川《なまぜがわ》尼殺し』が初演されている。これは直近に起きた尼殺しを仕組んだ世話狂言の、非常に早い例の一つであり、目新しい戯曲世界である（郡司正勝「元禄歌舞伎と新浄るり」〈『郡司正勝刪定集』第一巻　白水社平成二年〉）。

近松は例によって大坂に下りこの狂言も見ていたと考えることはさのみ無理ではなかろう。帰った近松は金子や藤十郎とそれについて語り合い、万太夫座でも試みることにしたのではなかろうか。その結果が七月以降に次々と切狂言が上演されることに繋がったのだろう。これ以降、京阪各座でも切狂言の上演が盛んに行われる。

そして、元禄十六年（一七〇三）、竹本座の『曾根崎心中《そねざきしんじゅう》』である。近松は元禄十一年以降、単独作・金子との共同作を通じて、切狂言＝世話狂言の作劇法に習熟していったであろう。そして藤十郎の衰えと共に、浄瑠璃の世界への傾斜を強め、お初徳兵衛の心中事件を契機に、浄瑠璃世界に新たな現代人間悲劇＝世話浄瑠璃を提示した。経済の実権を手中にし、武士と拮抗し社会の新たな担い手となった町人達が求めた、自らの新しい芸能文化として、それは圧倒的な支持を得た。

元禄十一年四月末、近松は大坂で見た『生瀬川尼殺し』の狂言の新鮮な印象と可能性を金子に伝え、切狂言の確立を語り合い、同時に浄瑠璃への展開の意志を固めていった、と想像(妄想?)してみたい誘惑に駆られるのである。日記にはこのほか、近松が日蓮宗を信仰していたこと、近松の母が同居または近くに住んでいたこと等が記され、また狂言の相談が予定されていたにもかかわらず、近松が「御霊祭リニ行酒ニ酔タル間」行くことができない、と断ってきたという記事があり、酒好きな、人間的な一面も伝えており、身近な存在に感じられてくる。

二 『平家女護島《へいけにょごのしま》』鬼界《きかい》が島《しま》の段に見る近松の戯曲作り

歌舞伎作者として十数年を過ごした近松は、宝永二年(一七〇五)十一月から竹本座の座付作者となり、浄瑠璃に専念し、享保七年(一七二二)迄健筆を振るい、翌享保八年七十二歳で没した。生涯に書いた浄瑠璃は世話物二四篇、時代物一〇〇篇前後である。

近松が義太夫に書き与えた『出世景清《しゅつせかげきよ》』は、人間の心の葛藤を描く近世的な戯曲として庶民の支持を得、義太夫節の「当流浄瑠璃《とうりゅう》」としての地位を確立することに貢献した。

近松が浄瑠璃作者修業を始めた京の宇治嘉太夫は「浄るりに師匠なし・只謡を親と心得べし……然ハ浄るりの根元ハ謡なるべし」と、浄瑠璃は親としての謡の強い影響の元にあり、謡に即した音曲であると認識していた。いわば彼の浄瑠璃は謡の美意識によって支えられていた。

一方義太夫は「われらが一流ハ。むかしの名人の浄るりを父母として。謡舞等ハやしなひ親と定め侍る」と、自分の浄瑠璃は先輩達の浄瑠璃こそ父母であり、謡は血の繋がらぬ養父母である、と主張した。そこには謡は前代の優れた芸能として尊重はするが、浄瑠璃はもはや浄瑠璃そのものとして独立した当代の音曲・芸能である、という新しい時代や観客を意識した芸術観がはっきりと見て取れる。そしてそれを支えたのが座付作者近松の諸作品である。

浄瑠璃は前代の優れた楽劇である謡（能）の世界・詞章を材として多くの作品を生み出した。ただ江戸期の町人層を愛好者の中心とする浄瑠璃は、彼等の生活感・倫理観・嗜好に叶うよう、謡の世界・趣向・人物等を大胆に改変した。

近松の『平家女護島』二段目（鬼界が島）によって、近松の作劇法、あるいは近松の目指したものを探ってみる。『平家女護島』は享保四年（一七一九）竹本座初演。五段の時代物である。平家の横暴、清盛の横死、源氏再興の勇士を選ぶ事を仕組み、その詞章に、「朱雀の御所は女護の島」と有るところから外題が付けられている。三段目に常盤御前が女装した牛若丸と共に朱雀《しゆしやか》御殿に男を呼び込み、偽って色模様を仕掛け源氏再興の苦心等を描く。

二段目・鬼界が島は能『俊寛』に取材している。能『俊寛』は熊野権現の霊威の物語として、流罪地・鬼界が島に熊野権現を勧請し日夜祈誓を続けた平康頼《やすより》・丹波少将成経《なりつね》は赦免され、怠った俊寛《しゆんかん》は赦免に漏れ一人島に残される、という構成を取る。直接的には『平家物語』に拠っているが、底流には王朝期以来の熊野信仰や、熊野比丘《びく》尼《に》・高野聖《こうやひじり》達の廻国勧進《かいこくかんじん》活動あるいは有王《ありおう》伝説などが見え隠れするだろう。登場人物達の赦免も島への残留も、個人の努力はあるものの、その直接的な結果ではなく、結局は神の意志によるものとして、康頼・成経も俊寛の残留をやむを得ぬ事とし、俊寛さえ諦めをもって受け入れる。そこには人間としての主体的な営為に対する信頼はない。

浄瑠璃「鬼界が島」を検討してみる。

マクラと呼ばれる冒頭部は、謡の詞章「元よりもこの島は、鬼界が島と聞くなれば、鬼あるところにて、今生よりの冥途なれ」をそのまま採用している。浄瑠璃のマクラは原則として、以下に展開される浄瑠璃の世界・性格を暗示するものである。ここでは「この島が鬼の住むところであり、生き地獄である」と規定する。一方謡の冒頭は赦免使の名ノリの後、次第で「神を硫黄が島なれば、神を硫黄が島なれば、願いも三つの山ならん」と始められる。まさに「ここが硫黄が島であり熊野の神々を祀る熊野三山であり、我々の願いも満つるだろう」と、能『俊寛』一番の性格を規定する。謡での「この島は……」の詞章は、使いがもたらした赦免状に俊寛の名はなく、一人取り残されることが判明した後の時点に置かれた、俊寛の心情の吐露、いわば俊寛の心象風景の描写である。『俊寛』全体を表現するものではない。

近松は他にも『俊寛』の詞章を何箇所か取り入れているが、ここ以外は謡とは微妙に異なり、浄瑠璃として消化吸収している。だが「元よりも……」の詞章は謡をそのまま利用する（音楽的にも「謡」で演奏する）ことで「鬼界が島」が『俊寛』の世界に繋がることを提示しながら、同時に『俊寛』の宗教的性格を払拭し、「鬼界が島」一段の悲劇的雰囲気を醸し出させているのである。

次に赦免使の描き方に注目したい。

『俊寛』ではワキ方が勤める使いは一人である。冒頭の名ノリで「鬼界が島の流人の内、丹波の少将成経、平判官康頼二人赦免のおん使をば、それがし承って候」と二人のみの赦免であることを明確にしている。俊寛の名がなく、筆者の誤りか、との問に対し「それがし都にて承り候ふも、康頼成経二人はおん供申せ、俊寛一人をばこの島に残し申せとのおんこと」といい、乗船を拒絶された俊寛が「うたてやな公の私といふことのあれば、せめては向かひの地までなりとも、情に乗せて賜び給へ」と懇願しても答えず、「櫓櫂を振り上げ打たん」とし、俊寛が纜《ともづな》に取り付けば「纜押し切って、舟を深みに押し出す」。そこには命令には絶対的に従う、という役人としてのあり方に何の疑念も抱かず、それ故自らの任務に対して確固たる信念があり、俊寛の人間としてぎりぎりの「法の適用にも人間としての情を働かす余地というものがあるだろう」との悲痛な叫びに対しても、いささかの動揺も同情も表さない。赦免も残留も「神の意志の顕現」である能『俊寛』では、流人と赦免使との間にも個人対個人の心の対応はない。

浄瑠璃「鬼界が島」では赦免使は瀬尾太郎兼康《せのおのたろうかねやす》と丹左衛門基康《たんさえもんもとやす》の二人である。赦免状をもたらすのは瀬尾であり、能のワキ同様あくまで命令に忠実に、一切の妥協なく任務を遂行しようとする。一方の丹左衛門は取り残されるはずの俊寛の嘆きを察した平重盛の憐憫の情により、完全な赦免による都への帰参ではないが、途中備前の国まで同道させるとの許し文をもたらす。これは『俊寛』の「公の私といふことのあれば、せめては向かひの地までなりとも、情に乗せて賜び給へ」の詞章により、ワキの「公」の部分を瀬尾に、「私」を丹左衛門に具現したものである、といってよいだろう。あるいは人間の心に常に存在する「タテマエ」と「ホンネ」の具現と考えることもできる。宗教的思考から解放されつつある近世人の自我の芽生えが、「私」を「公」に従属させられるままにしておかず、「私」にも自己主張させることを求め始める。近松はそのことを、赦免使を二人に分離することで観客の前に明確に提示したのである。

神ならぬ重盛の情によって俊寛は救われることになった。だが史実としても能『俊寛』の世界でも、俊寛は島に残ることを運命づけられている。丹左衛門の分離は新たな問題を作り出したのである。なんとしても俊寛を島に残さなければならない。

近松はここで全く能『俊寛』にはない人物、霧島の漁夫の娘・蜑千鳥《あまちどり》を創造する。千鳥は独身の成経と結ばれ、赦免の暁は都に伴われることを夢見ている。そしてそれが実現しそうになる。ここで立ちはだかるのが赦免使瀬尾である。瀬尾は千鳥を同行することを拒む。瀬尾にとっては使いの任務に想定されていない千鳥は存在していないも同然であり、従って同行を拒否するのはまっとうな役人としては至極正当な行為である。ここでも丹左衛門が「公の私」を発揮し、「女を船には乗せずとも、一日二日も逗留し、とっくと宥め得心させ、皆々心よくてこそ御祈禱ならめ」といい、言外に千鳥を同行してやろうと提案する。瀬尾は通行切手は三人となっている、四人とする許可は誰が出したのか、「そりゃ役人のわがまま」と断固拒絶する。瀬尾は「役人のわがまま」があることは認めつつも、自分はそれには与《くみ》せずあくまで正当な役人に徹しようとする。さらに瀬尾は嵩《かさ》にかかり、「所詮六波羅の御館へ渡すまでは我々が預かり、乗らぬとて乗せまいか」と赦免されても都へ連れ帰るまでは自分の支配下にある事を宣言する。そして「俊寛が女房は清盛公の御意を背き首打たれた」と俊寛の妻が清盛の怒りを買って殺されたことを告げる。失望した俊寛は覚悟を決め、隙を窺い瀬尾を斬殺する。そして一旦は許されたが、赦免使を殺した罪によって自分が島に残る代わり、千鳥を同行してくれるよう頼み入れる。思わぬ事態に困惑し同行を諦める千鳥に対し、俊寛は自分が島に残ることこそ「五穀に離れし餓鬼道に、今現在の修羅道、硫黄の燃ゆるは地獄道、三悪道をこの世で果たし、後生を助けてくれぬか」と、この世で地獄の業を果たすことであり、来世は救われると説き、無理矢理船に乗せる。丹左衛門もそれを受け入れ、船を出す。

すべてを思い諦め、未練は残していないとしながらも、遠ざかる船影を見送るうち「思ひ切っても凡夫心、岸の高みに駆け上がり」抑えきれない衝動にかられた俊寛は断崖に駆け上り絶叫する。残るのは重い孤独感。

一旦許された俊寛は、妻が殺害されたことを知ることで絶望し、瀬尾＝平家という敵対者を設定し、斬殺することで復讐を遂げ、その罪によって自ら島に残留し、合わせて成経・千鳥夫婦を救済する。また一旦許されたことで生じた矛盾（俊寛が島に残らない）を解決するための動機付けでもある。

それは困難な事態も運命と諦めるのでなく、人間の情や努力によって打開することが出来る、という新しい世界観・人生観、また崇高な自己犠牲という普遍的な価値観の提示である。

能『俊寛』における、熊野信仰を怠ったための神罰としての島への残留に対して、浄瑠璃「鬼界が島」の自己犠牲によって自ら選び取った残留は、自我・個性の発揮であり一種の人間性への讃歌であるだろう。

近松はこれらの作劇法によって能『俊寛』の世界を借りながら、新しい時代・観客に適応する近世戯曲を創り上げたと云えよう。

「鬼界が島」は明確な戯曲構造・普遍性等により、国内のみならず、海外での公演でも絶賛を浴び、現在では人気曲となって繰り返し上演されている。しかしこの名曲も明治になってからは余り上演されず、明治二十七年以降一旦上演が途絶えていた。昭和五年四《よ》ツ橋《ばし》文楽座新築開場公演に際し、二代豊竹古靱《こうつぼ》太夫（後の山城《やましろの》少掾《しょうじょう》）が古曲復興として久々に上演され蘇ったものである。

三　近松と現在の文楽

前述したように近松は宝永二年（一七〇五）、竹本座の座付作者となり、以後浄瑠璃に専念し一二〇余篇の作品を送り出した。だが、現在の文楽で上演される近松作品は多くてもその五分の一である。しかも観客になじみの深い『曾根崎心中』や『女殺《おんなごろし》油地獄《あぶらのじごく》』などは、初演以来連綿と演じ続けられたものではなく昭和になってからの復活作品であり、原作の詞章に改訂が加えられている部分もある。

そもそも近松の作品は江戸時代においても原作が再演される事は稀で、初演限りあるいは二、三度の上演がほとんどであった。また初演後、三味線の奏法や人形の操作法の変化（一人遣《ひとりづか》いから三人遣《さんにんづか》いへ）等による演奏上の変化は避けられず、文章としては原作通りであっても、上演される浄瑠璃（音曲）としては近松の原作通りのまま現在に伝えられているとは考えにくい。

とはいえ舞台にはかからなくても浄瑠璃として語り伝えられて来たものもあり、近松ものとして当時の雰囲気を伝えているとされる曲も、『国性爺《こくせんや》合戦《かっせん》』三段目、『平家女護島』二段目、『心中重井筒《しんじゅうかさねいづつ》』六軒町《ろっけんちょう》等、一〇曲足らずであろうが存在するといわれている。そんな中で、初演で大当たりとなった『国性爺合戦』三段目は、その後も繰り返し舞台に掛けられ現在に伝えられたと考えられる、極く珍しい例である。もちろんこれとても、繰り返し上演される間に、さまざまの演奏・演技上の改訂がなされ、現在に伝えられているのであるが。

近松の作品で特徴的なのは、早い時期から増補・改作が行われ、それが上演され続けた事であろう。『心中天網島《しんじゅうてんのあみじま》』に対する『天網島時雨炬燵《てんのあみじましぐれのこたつ》』、『大経師昔暦《だいきょうじむかしごよみ》』に対する『恋八卦《こいばっけ》昔暦（増補恋八卦）』、『傾城反魂香《けいせいはんごんこう》』に対する『傾城名筆鑑《めいひつかがみ》』（現在はこの改作も『傾城反魂香』で上演している）、あるいは世話物『丹波与作待夜《たんばよさくまつよ》の小室節《こむろぶし》』をお家騒動ものに改めた『恋女房染分手綱《こいにょうぼうそめわけたづな》』は、その十段目に近松の原作をほぼそのまま使用する、といった具合である。他にも部分的な改作や他の作品との綯《な》い交《ま》ぜ等も行われた。それらの増補・改作は、前述したように三味線の奏法や人形の操作法の変化に対応したものであったり、比較的地味で短い世話物を変化に富んだ、人形の見せ場を工夫したお家騒動物《いえそうどうもの》にしたり、あるいは時代・社会の変化にともなって増補・削除されたりと、等さまざまな理由によって行われたのであろうが、やはり近松の原作が優れた内容、高い文学性を有していた故に観客に訴えかけるものがあり、埋もれさせることなく上演されたのであろう。

とはいえそれも全作品のごく一部であり、多くの作品が舞台に掛けられることなく埋もれていた。それらの作品の再評価は明治期に坪内逍遙等によって始められ、まず文学として翻刻され、近松の作品集も刊行されるようになったが、舞台での作品の本格的な復活は昭和になってからのことである。

現在人気を得ている『曾根崎心中』は昭和三十年の復活であるが、それに関連する昭和の文楽の新作・復活の活動を概観してみる。

昭和五年、松竹によって近代建築の四ツ橋文楽座が開場し、上演方式も伝統的な「通し狂言＋付け狂言」の形から、時代物・世話物・景事の人気のある部分のみを集めた「みどり狂言」に改められた。また話題となるような新作・復活作品の上演も始められた。戦前十九年までは、新作として目に付くのは『三勇士名誉肉弾《さんゆうしほまれのにくだん》』（七年四月）、『其幻影血桜日記《そのまぼろしちざくらにっき》』（七年九月）、『支那事変御旗本』（十二年十一月）等の戦局物が姿を表し始めることである。これらの作品は昭和十六年の太平洋戦争の開戦と共に一挙に増える。『代唱《かわってとなう》万歳《ばんざい》母書簡《ははのてがみ》』（十六年一月）、『戦陣訓《せんじんくん》』（十六年三月）、『海国日本魂』（十六年五月）、『国威は振う』（十七年二月）、『忠霊』（十七年三月）、『水漬《みづ》く屍《かばね》』（十七年四月）、『出陣』（十七年十月）、『偲《しの》ぶ俤《おもかげ》』（十八年一月）、『赤道祭』（十八年六月）、『晴着の子宝』（十八年十月）、『荒鷲魂』（十九年三月）等々。また古典に材を取ったものも『大楠公』（十二年四月）、『名和長利』（十六年九月）、『佐藤兄弟の妻』（十八年四月）、『菅公』（十九年六月）、『源九郎静』（十九年十二月）等戦意高揚をねらったと思えるものが次々と舞台に掛けられている。一方『修禅寺物語《しゅぜんじものがたり》』（十年八月）、や『恩讐《おんしゅう》の彼方《かなた》に』（十四年十月）のような文芸物、『釣女』（十一年十月）、『三人片輪』（十二年一月）、『末広加利《すえひろがり》』（十七年一月）の松羽目物《まつばめもの》、『盲杖桜雪社《もうじょうざくらゆきのみやしろ》』（六年一月）、『京鹿子娘道成寺《きょうかのこむすめどうじょうじ》』（十年三月）、『連獅子《れんじし》』（十一年六月）、『面売』（十九年十月）等の景事（舞踊曲）も手摺に掛けられた。その中で近松ものの復活は『釈迦如来誕生会《しゃかにょらいたんじょうえ》』（五年七月）、『曾我五人兄弟《そがごにんきょうだい》』（九年三月）、『世継曾我《よつぎそが》』（九年十月）、『碁盤太平記《ごばんたいへいき》』（九年十月）、『信州川中島合戦《しんしゅうかわなかじまかっせん》』（十年三月）の、いずれも時代物が取り上げられた。

戦後しばらくは目立った新作・復活はないが混乱・復興期で公演を持つこと自体が困難であったことを反映しているだろう。二十七年一月に『心中重井筒《しんじゅうかさねいづつ》』が舞台に掛けられたが、人形入りでは明治八年以来の復活となった。この後昭和三十年から近松の世話物の復活が次々と行われることになった。三十年一月、まず『曾根崎心中』が取り上げられたが、これはそれに先立つ二十八年に新橋演舞場で宇野信夫《のぶお》の脚色により、歌舞伎の中村鴈治郎・中村扇雀（現坂田藤十郎）によって演じられて評判となった事に触発され、松竹幹部から文楽でも、という発案がなされたという。これに続いて『長町女腹切《ながまちおんなのはらきり》』（三十年四月）、『鑓《やり》の権三《ごんざ》重帷子《かさねかたびら》』（三十年六月）、『今宮《いまみや》の心中《しんじゅう》』（三十一年三月）、『博多《はかた》小《こ》女郎《じょろう》波枕《なみまくら》』（三十二年五月）、『夕霧《ゆうぎり》阿波鳴門《あわのなると》』（三十四年一月）、『ひぢりめん卯月紅葉《うづきのもみじ》』（三十四年五月）、『女殺油地獄』（三十七年四月）、『心中刃《しんじゅうやいば》は氷《こおり》の朔日《ついたち》』（三十九年四月）等が復活された。これらの復活は八代竹《たけ》本綱《もとつな》大夫《ゆう》・十代竹澤《たけざわ》弥七《やしち》・野澤《のざわ》松之輔《まつのすけ》（脚色・作曲）・鷲谷《わしたに》樗風《ちょふう》（脚色・演出）等が中心となって進められた。

文楽はこの時期因会《ちなみかい》・三和《みつわ》会《かい》に分裂してそれぞれに公演していたが、映画を始めとする多様な娯楽の台頭・普及に押され存続の危機が叫ばれており、近松物だけでなくさまざまな新作等の新機軸を打ち出す必要に迫られていた。三十一年には『ハムレット』や『お蝶夫人《ちょうふじん》』、三十二年に『椿姫』などのシェークスピア作品やオペラ種、あるいは『雪狐々姿湖《ゆきはこんこんすがたのみずうみ》』『夫婦善哉《めおとぜんざい》』（三十一年）、『春琴抄《しゅんきんしょう》』『おはん』（三十二年）、『暖《の》簾《れん》』『ほむら』『浅間の殿様』（三十三年）、『白いお地蔵さん』（三十四年）、『ささやきの竹』『水映縁友綱《みずにうつるえにしのともづな》』（三十七年）等の文芸作品・書き下ろし作品が次々に舞台に掛けられた。三十年には木下順二《きのしたじゅんじ》の『瓜子《うりこ》姫《ひめ》とあまんじゃく』が取り上げられたが、原作通り口語での浄瑠璃化が行われ画期的な成果を収めた。これらは因会・三和会が競うように取り上げ、またＮＨＫの新作文楽としてスタジオで演じられたりした。従来にない洋装の人形も登場して、それなりに話題になったが、その場限りのものも多く、文楽自体の頽勢を挽回できるものではなく、現在でも上演されるのは数えるほどである。その中で『曾根崎心中』は必ずしも原作通りの詞章ではなく、一部現代的に脚色もされているが、芝居としての流れがスムーズで理解しやすく、人気曲となり繰り返し上演されている。

昭和期、特に戦後の文楽の新作について考える場合、まず文章の問題がある。浄瑠璃は独特の文体を持ち、また人形によって演じられることが前提となる。浄瑠璃だけの問題ではないが、戯曲はあまり書きすぎると役者の演技を封じてしまう事になり、逆の場合は表現が行き届かなくなる。浄瑠璃では太夫の表現に任せる部分、人形の演技に委ねる部分が必要になる。作者は相当の経験・修練を積まないと、過不足のない浄瑠璃は書けない。現在の力量ある作家にとっても浄瑠璃を書くことは、相当に難しい。

さらに音曲であるので、伝統的な義太夫節の曲節に則って作曲が施されなければならない。字余り、字足らず、感情の移入、音楽的変化の面白さ、間・足取り等文章としての完成度だけではない、曲の付けられる文章でなければならない。

人形は基本的に空洞の「胴」に手足を吊っただけのもの（女の人形には足すらない）なので、全体に薄く綿を入れた衣裳（和服）で覆うことで、肉体を表現する。足も紐で吊っただけなのでズボンでは全く様にならない。

これらの諸々の制約をすべて満たした、完全な新作作品を創造することは至難の業である。

さまざまの検討を行った結果行き着いたところは、現在は演じられていない、明治以前に初演されその後埋もれている作品の復活上演が、文楽に取ってはもっとも可能性がある方針であろうということである。それらの作品は前述のさまざまの問題点はすべてクリアーされているからである。従って原作の適切な整理を行い、作品上演の現代的意義を見いだし、引き出すことによって、作品は現代に蘇るだろう。三十七年の『女殺油地獄』はその良い例であろう。河内屋《かわちや》与兵衛《よへえ》の身勝手で衝動的な殺人事件は、現代でこそ理解できるものであったといえるからである。

そのような方針に沿って行われたのが三十年代以降の近松を中心とした復活作品であり、それなりの成果を上げていると云えるのではなかろうか。その場合、やはり近松作品の持つ普遍性や文学的香気は、その知名度ともあいまって現代の観客の心に響き、支持されたといえるだろう。

この時期に行われた近松の復活作品は、前述のように詞章のカットや一部現代的な脚色が施されたりしたため、国立劇場開場以後再検討が行われ、一部原作に戻しての上演も行われるようになった。『鑓の権三重帷子』、『大経師昔暦』、『堀川波《ほりかわなみ》の鼓《つづみ》』等々である。『曾根崎心中』も原作に戻す事を求める声もあるが、野澤松之輔の脚色・作曲は現在の文楽作品として理解しやすく、義太夫節として優れた曲になっており、演者にとっても演じやすい事もあり、復活時のまま上演され続けている。

近松作品復活の動きは今後も折に触れて試みられるであろうが、普遍性ある作品の発掘、必要に応じた脚色、作品を生かす作曲など、解決すべき課題も多い。文楽の芸術性をより高め、次代に継承して行くために、関係者の尽力を心から望みたい。

近松と絵画

信多純一

一　はじめに

近年発見された近松に関する資料として、とりわけ有名なものに「金子《かねこ》一高日記《いっこうにっき》」がある。京坂の道化役であり、作者でもある金子吉左《きちざ》衛《え》門《もん》の元禄十一年（一六九八）二月から十二月までの日記が紙背から見つかり、いきいきとした当時の劇界の様子が現出した。近松の名が「信盛《のぶもり》」という名で一四〇回も記され、連日のように集まって芝居の相談を行う、坂田《さかた》藤十郎《とうじゅうろう》や金子たちと作者近松の姿が浮き上がるのであるが、私が興味をもった彼の記事としては、

八月十八日　信盛御霊祭りに行　酒に酔たる間　狂言の談合に来る間敷《まじき》となり

とある記事など人間近松を肌に感じる。西鶴が肖像に似合わず下戸であるのに比べ、近松は酒好きのようで、書簡にも酒造家小西家から酒一樽をもらった礼状を残すが、おそらく銘酒「白雪」であったことだろう。こうした姿に親近感を私などは持つが、皆さんは如何であろうか。

その「金子一高日記」の中に、次のような記事も見える。

六月六日　日中前に起　信盛来る　カンバンの絵の談合　直ニアツラエに行カル、
七月五日　早天ニ信盛来リ盆狂言大外題ノ絵ノ下書ヲ持参シテ見セル

さて、この看板絵の下書はカンバン屋から来たものか、それとも近松自身が描いてこれを示したものか分からないが、しかし看板絵の構図を決めることなどに彼も関わっていたことだけは確かであろう。

二　遊女画賛と大津絵

近松と絵画をいう時、世にいう彼の自画賛が実際に存するかどうかが問題になる。たとえば「鷺図画賛《さぎずがさん》」「芦すゞめ画賛」など従来根拠のないまま近松画などと言われてきたが、何一つ証するものはなく、信用できない。しっかりした近松の賛のある絵は、ほとんど彼の息子杉森多門《すぎもりたもん》が描いている。彼は近松晩年の、大坂の松屋《まつや》の娘との間に出来た子で、近松が彼の行く末を案じているのが手紙でわかる。一応狩野派の町絵師で、有名な「富士画《ふじが》賛《さん》」も彼の筆であることが、印記により分かるが、この絵は狩野派の「富士山三保の松原図」と同趣である。この絵と近松の画賛については後に詳述するとして、多門描く彼の画賛に、「遊女画賛」がある。

享保八年（一七二三）に作られたこの画賛は、艶麗な遊女像に近松が戯れの賛を加えたもので、『京摂戯《けいせつげ》作者考《さくしやこう》』にも早く紹介された有名な絵である（図1）。その賛は、

楽天か意中の美人は夢のむつこと
僧正遍昭の詠中の恋は絵にかける女
とりかたにはとれかこれか作麽云《そもさん》
物いはすわらはぬ代《かわり》にりん気なく
衣装表具にものこのみせす

図１　「遊女画賛」

これは『白氏文集《はくしもんじゆう》』巻四「新楽府《しんがふ》」の、

漢武帝初哭李夫人……丹青画出竟何益　不言不笑愁殺人

（漢の武帝初め李夫人を哭《こく》す……丹青画出でて竟《つひ》に何か益する　もの言はず笑はず人を愁殺す）

この詩が原拠で、謡曲『松山鏡《まつやまかがみ》』には、

李夫人……もとより絵にかける形なれば。物言はず笑はず

と見え、『好色一代男《こうしよくいちだいおとこ》』六には、「絵に書し虞子君は物いはず」と虞子君《ぐしきみ》と変えて書かれ、小西来山《こにしらいざん》の画賛「女人形記」には、

我は路にてやきものの人形にあひ懐にして家に帰り昼は机下にすへて眼によろこひ夜は枕上に休ませて寝覚の伽とす……物いはす笑はぬかはりには腹たてす悋気《りんき》せす

と多彩にこの記事は用いられていて、近松も感興を得て作文した一人であった。

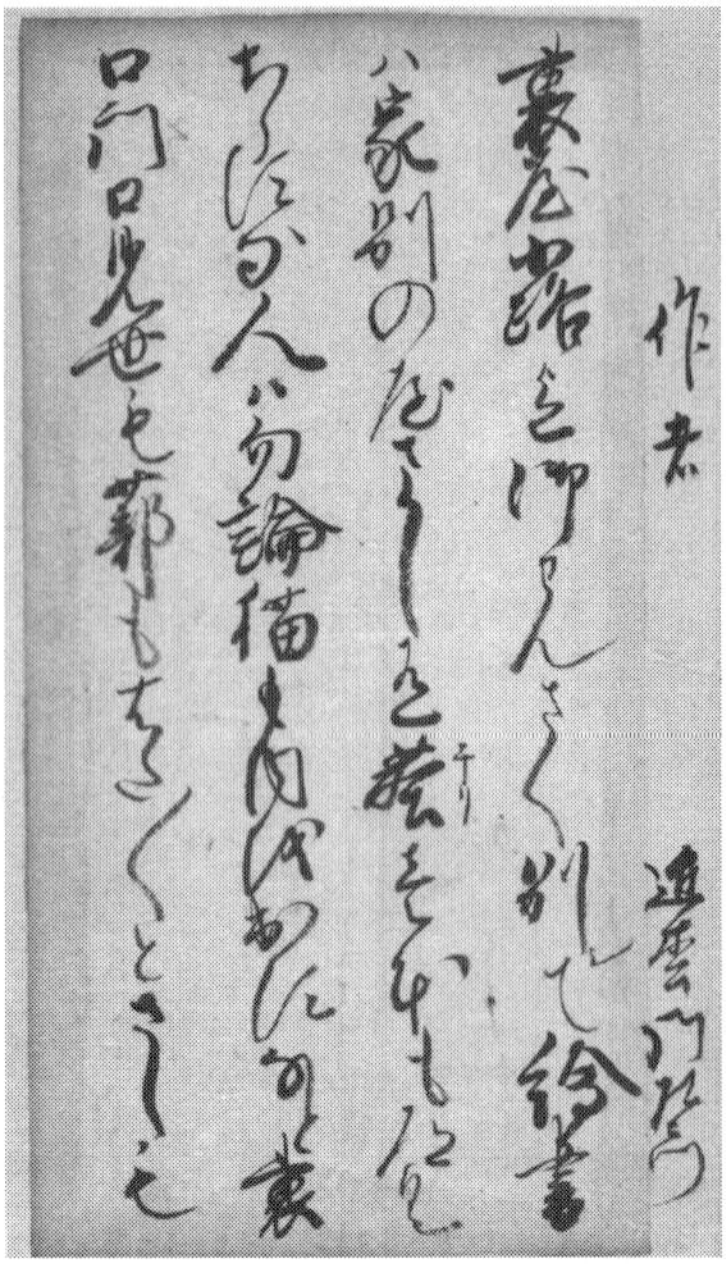

図2　『傾城反魂香』草稿

ところで近松が絵に関心が深かったことは確かであるが、その面で彼が大津絵や絵馬に興味を持っていたことを辿ってみよう。

近松と大津絵といえば、一番に『傾城反魂香《けいせいはんごんこう》』の名が思いうかばれる。この作は、宝永五年（一七〇八）五十六歳の油の乗ったときの作で、歌舞伎色の強い作である。絵師狩野元信《かのうもとのぶ》が主人公であるが、彼の百五十年忌であるとともに、江戸の名優中村七三郎《なかむらしちさぶろう》の、同年二月逝去の追善の意をこめて作られている。元信と、追放中の土佐将監《とさのしょうげん》の娘お光、それが傾城となり、やり手となって光信に尽くす女主人公を中心に、お家騒動物に仕立てた作である。その将監に尽くし、遂には石の手水鉢《ちょうずばち》に自分の最後の姿を描き、その絵が裏まで突き抜ける奇瑞で、師から土佐の名を許される浮世《うきよ》又平《またべい》という大津絵師の活躍がある。この又平の家に姫が逃げ込み、お家の悪人共が踏み込み姫を捉えようとすると、又平の日頃描く大津絵の画題の主なものが出現し、悪人共を追い払う所作がある。これがこの作の有名場面で、しばしば上演され、歌舞伎でもそれが舞踊化され、豊《ぶん》後節《ごぶし》の浄瑠璃にもなる。

この場面での近松の草稿が近時発見され、私が発表したことがある。わずか五行分の断簡（図2）であるが、近松の草稿はほかに『平家《へいけ》女護島《にょごのしま》』の十行分があるのみで貴重な草稿である。

［草稿翻刻］

裏屋小路迄御せんさく別シて絵書

ハ家別の屋さかし有り塵《チリ》壱本も道具
ちらすな人ハ勿論猫も内を出すなと裏
口門口見世も蔀《しとみ》もはた〳〵とさしも

［版本］

御せんさくうら屋小路もあらためよ。別して絵書
ハ……屋さがし有り……
……人ハ勿論犬猫も。内を出すなとうら
口かど口……ばた〳〵と。さしも

このように一寸した異同があることが判るが、これが丁度又平家の場面であった。

そこにこめられた大津絵の画題、鳥毛の鑓《やり》さき（奴《やっこ》）・露の命をくれべい（町奴）・立髪男《たてがみおとこ》・酒呑奴・藤のしなえ（藤娘）・瓢簞鯰《ひょうたんなまず》・鉢叩き・座頭・小人枕返し・鬼の念仏・隼《はやぶさ》・荒鷹・鷲・熊鷹（大津絵画題はこのほか作全体に潜《ちりば》められている）など現れ、悪人共を追い払うのである。これが有名となり、後年歌舞伎『浮世《うきよ》又平名画奇《またべいめいがのき》特《とく》』になり、舞踊劇に仕組まれる。

ここに出てきた「藤のしなえ」とあるのが、「藤娘」のことである。これについては、先般京都府福知山市大原《おおばら》神社《じんじゃ》の絵馬、それは愛宕参《あたごまい》りに袖を引かれたの唄につれ舞う、女二人の舞姿絵馬の発見があり、それが「藤娘」図の源流であることにつき、現地で講演した。愛宕参りのしきみの代わりに艶冶な藤の枝を持たせて生まれた絵画であることを述べた。

近松はその後も大津絵には関心があったようである。その一証が有名な「富士画賛」である（図3）。その賛の

図3　「富士画賛」

文章は、

絵にかけるをのみ見て終に真の山の
姿を見す故に古今世の人の絵には見
しりて真正を見さる物を以是にたとへ
見たも見ぬもしつたもしらぬも似たか
〳〵に一生をまきちらして七十一歳の
老ほれ頭は時しらぬ雪身には田子の
　浦なみうつゝなの我や

あつま路や雲よりうへの
ふくろく
しゆそり
　さけ
見れ半《は》
　三本《ほ》の
松は良《ら》

（富士は人皆が知るが、真に見た者は数少ない。私も知ったかぶりで書きちらし、七十一歳の今、老いほれ頭は富士同様白髪、身体は田子の浦波のよう波うった皺だらけの、正気さ

えなくなった我であるよ）

として狂歌が添えられる。

さてこの狂歌の意味は、ここに掲げた大津絵をおいてみないと判らぬ仕掛けになっている（図4）。すなわち大《だい》黒《こく》が福禄寿《ふくろくじゅ》（外法《げほう》）の長い頭を、梯子をかけて剃る図柄をふまえて書いている。つまり突出した富士の山頂を福禄寿の頭に見立て、山下に松原が拡がるその様を、剃った毛に見立てている。三本（諺―猿は人に毛が三本たらず）と三保の松原の地名にかけて。

さらには「天の原ふりさけ見れば春日なる　みかさの山にいでし月かも」（安倍仲麻呂《あべのなかまろ》）をも下敷きにしている。これは明らかに狂歌の読み手、あるいはこの絵を見る人が、大津絵のこの画題を熟知していることを前提とする。

この福神同士の戯画の由来は不明である。しかし、大津絵の初めからの画題ではなかったようである。

井原西鶴は、元禄五年（一六九二）以前成立の「西鶴独吟自註百韻《さいかくどくぎんじちゆうひやくいん》」という絵巻形式の書の中で、「宮古の絵馬《えうま》きのふ見残す」という句に、

図4　大津絵　外法の梯子剃

見わたせば、祇園に平忠盛にとらへられし火ともしの大男おそろし。清水に福禄寿のあたまに梯子をかけて、月代《さかやき》を剃所もおかし。又ねほれ御前の宮に四条の川原の女かた、つやの介が猫と首引きする所、人の笑ふ事のみ。

と註している。ここに、この大津絵図と一緒の絵柄が絵馬として掲げられ、時人の関心をひいていたことが判る。実際、祇園火ともしの絵は今に祇園社に残る。

近松も『兼好法師物見車《けんこうほうしものみぐるま》』（宝永七年〈一七一〇〉）の中で、清水寺に掲げられた絵馬題を文章の中にちりばめた箇所に、これにつきふれている。

数々おほき絵馬の内のぞみしだいにまなんでみせん。……竹にとらの毛をふるひ龍はくもをまきのぼり。はしございてさかやきそるふくろくじゆの長あたま。

つまり、今は現存しないが、元禄初年にはこの福神同士の絵は確実に清水寺にあった、人に知られた絵馬の図であった。そして大津絵画題とも重なっていた。ここに大津絵の時事性豊かな戯画、画題の創出と、絵馬がそれに先行した様相が見てとれる。

なお、近松と西鶴が期せずして絵馬の同一画題を扱っているが、この二人は浄瑠璃作者としても対戦した。貞享二年（一六八五）、道頓堀での二人の対戦は知られているが、近松は元禄六年（一六九三）の西鶴の死を偲んで、どうやらその追善として『吉野《よしの》忠信《ただのぶ》』を彼の死後さほど間をおかず作り、上演させたようである。この中で、西鶴の『好色一代女《こうしよくいちだいおんな》』（貞享三年〈一六八六〉）の文章が盛り込まれている。それは丁度、自分の競争相手中村七三郎が『傾《けい》城浅間嶽《せいあさまがだけ》』という自作の歌舞伎で、近松と坂田藤十郎を超えて評判を取ったその江戸の俳優七三郎の死を悼んで『傾城反魂香』を作ったようにである。自分の競争相手でも、尊敬する人たちのために、追善の意をこめて作を捧げる人であったことがわかる。ここに近松の人となりの一端を見ることができよう。

三　桜山林之介をめぐって

「西鶴独吟自註百韻」の中に、「ねほれ御前の宮に四条の川原の女かた、つやの介が猫と首引きする所、人の笑ふ事のみ」という箇所があった。「ねほれ御前の宮」とは四条通御旅町祇園御旅所を俗に「寝ほれの宮」「寝ほれ御前」という。「つやの介」は京若衆方玉村艶之介。水木《みずき》辰之介《たつのすけ》や荻野左馬之丞《おぎのさまのじょう》の役に負けて大坂に元禄五年下った役者であるが、こうした役者の絵が京の絵馬に掲げられていたのである。

次に掲げた（図5）は、京の絵馬を図にし、それらに説明を加えた『扁額軌範《へんがくきはん》』（文政四年〈一八二一〉）という書の一図であり、清水寺奉額の一つであるが、今は残っていない。元禄七年九月に願主「桜山」「しげ蔵」という若衆、野郎頭で長い刀を一本腰にぶちこみ、右手に文箱を持ち、手を振る姿に描かれている。この書の説明の中に、「桜山しげ蔵」という元禄ころの歌舞伎若衆が、自分の六方《ろっぽう》姿を絵馬にして掲げたものかと考証している。

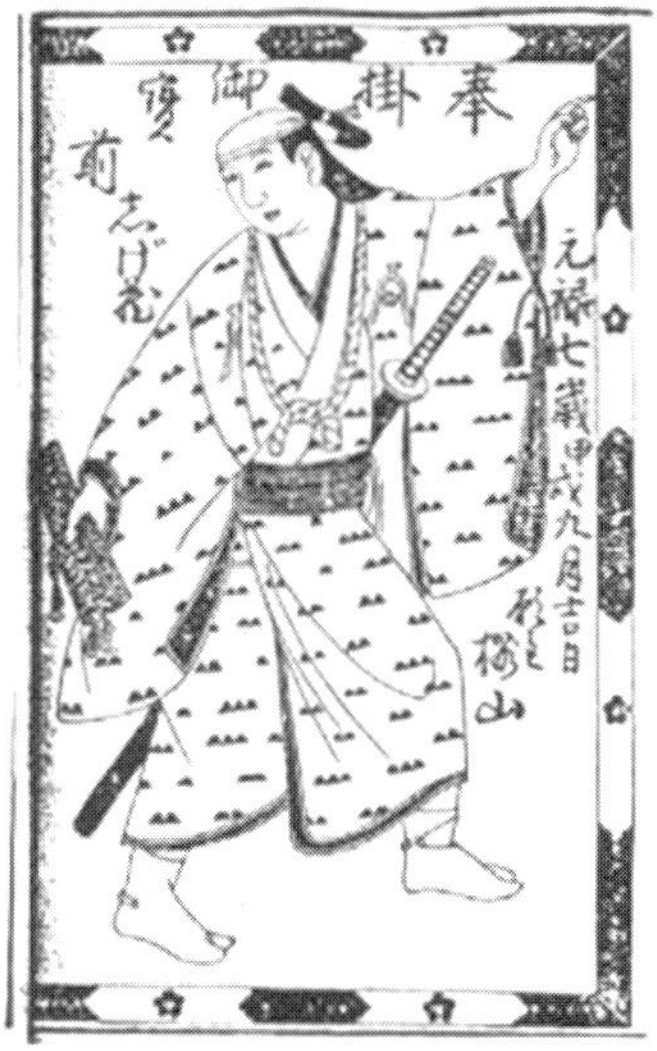

図5　桜山林之介

文政四年に速水《はやみ》春暁斎《しゅんぎょうさい》という画家がこの絵をふくむ書を編纂した頃には、元禄の頃「桜山しげ蔵」という役者がいたかと推定するほか資料はなかったのであるが、今は資料が整い、その名の役者はいなかったが、「桜山林之介」という若衆、彼は京都万太夫座に所属し、坂田藤十郎と一座し、近松が作者であった頃の人気役者の一人であったことを知る。（図6）は『野《や》郎関相撲《ろうせきずもう》』（元禄六年）という役者評判記に載る彼の姿絵であって、そこの説明に、まだ前髪をつける若さながら業《わざ》の名人で、鈴木兵七と組んで、奴の茂蔵役を演じ、二人の草履をめぐって受け取ったり、渡したりする演技が見たいと、奴としての当り芸を記

図6　桜山林之介

している。

つまり、絵馬の下方の「桜山」が役者の姓、左上の「しげ蔵」は奴としての配役名であったわけである。願主は桜山で、自分の当り芸を記念して奉額したことが判る。『雨夜三杯機嫌《あまよのさんばいきげん》』（元禄六年）という役者評判記にも、琴柱《ことじ》に桜の紋をつけ、大刀をかいこんで意気込む姿の絵が描かれ、彼は武道事が得意であった。

ところで（図7）の細長い絵は、大津絵の珍しい図の一つである。「野郎図」と命名されている一図であるが、野郎とは前髪立ちの若衆がその前髪を剃り、男となって月代を出す髪形をいい、歌舞伎の歴史で、若衆歌舞伎が禁制となり、すべて野郎となって再び許可され、暫くは頭巾などを額において演じていたのが、鬘《かつら》が用いられるようになり、演技の幅が増した。つまり、桜山の図は本来若衆であるのが鬘を付けて奴といった野郎の役方を演じているわけであり、一見野郎に見えるが実は若衆である。

図7　大津絵　桜山林之介

彼の衣装、一際目立つ背部一杯の「桜」の一字が左袖にまでかかっている。この衣装、長い刀、そして髷《まげ》の先を高く上げた立髪のかなりデフォルメされたその姿態に注目する時、彼こそ桜山林之介その人であることがわかる。月代部に置き頭巾をかぶり、髷の先を高くあげたその髪型、しかし優しい容貌はまぎれもない若衆方演じる野郎姿であるのだ。

恐らく元禄七年九月のこの桜山清水寺奉額が町の話題となり、大津絵はこの話題にのって作られたものであろう。彼は手に菖蒲らしい草を下げて持つ。これは『扁額軌範』の説明に、彼は「菖蒲皮形の地紋したる衣類を着し」とある、その菖蒲をさらに清水寺額との関連を示すものとして配したものかと思われる。

彼は大津絵の画題になるほどそれ程有名な役者ではないし、他にも名優は当時輩出しているので、この桜山の清水寺奉額一件が直接の契機となって、早速に大津絵に描かれたものであろう。ここにも大津絵の時事性の一端がうかがえる。

そしてこの役者には、近松も関係していたのである。近松や藤十郎はこの奉額をどう見ていたのであろう。京都の文化性は実に全国に拡がる性格であって、大津絵は京の土産としての性格も多分に持っていたのである（拙著『祈りの文化―大津絵模様・絵馬模様』平成二十一年、思文閣出版）。

四　傾城反魂香の吃又

再び『傾城反魂香』にもどるが、この作は最初に歌舞伎色が強いといったが、世話物でもなく時代物でありながら、上中下の三巻という歌舞伎の構成をとっている。その上の冒頭部が、御殿の場で始まらずに、主人公元信と弟子うたの介が、越前に阿古屋の松を尋ねてゆく。そこで浪々の土佐将監の娘、今は親のため売られて遠山《とおやま》という太夫に出会う。そして彼女から松の絵の伝授を受ける。最初は所の老人に出会い、彼の教えで遠山に出会うという、能のやつしの展開がある。次にうたの介に道中笠を持たせて遠山が指示し、松の諸相を写す奴踊の所作が繰りひろげられる。これらが序開《じょびらき》として附舞台《つけぶたい》で演じられて後、本筋のお家騒動物の世界に入る。

こうして華やかに始まった劇も、吃又《どもまた》の「吃り」故の苦しみ悲しみ、遂には死を決意して最後に自分の姿絵を石の手水鉢に写すといった「不具」ゆえの人間的苦しみや悲しみ、女房お徳のそれを助け、共に苦悩する姿といった名高い、おかしみの中に悲哀を秘めた道化、あほうの演技が繰りひろげられる。

さらには、最後の姫の輿入れに遠山今は島原やり手のみやが乱入し、七日間代わってもらって元信と祝言し、しかしそれが彼女の幽霊であったことが判るという、幽明の境をゆくヒロインの「三熊野《みくまの》かげろふ姿」という悲劇的場面等々、近松は「華やぎと悲しみ」を一曲の中に実に巧みに組み込んでいる。

さて、中でも一際有名で、現在も演じ続けられている吃又、浮世又平という大津絵師であるが、彼が有名になったため、大津絵の始祖はこの又平（又兵衛）であるというように伝えられている。享保三年（一七一八）『本朝文《ほんちょうぶん》鑑《かん》』においてすでに言われはじめ、『東海道名所図会《とうかいどうめいしょずえ》』（寛政九年〈一七九七〉）等々、浮世（憂世）又平又は岩佐《いわさ》又兵衛をその祖とする説を掲げる。

奇想の画家で知られる岩佐又兵衛は、又平・又兵衛の一致ゆえに二人は重ねられてきた。彼は、伊丹の城主荒木《あらき》村重《むらしげ》の遺子として生まれたという。その謀反の故に、信長の怒りをかい、京六条河原で三十四人の妻子が処刑されるが、その一人たし二十一歳は「残しおくそのみどり子の心こそ　思ひやられて悲しかりけり」の歌を残し処刑されたが、そのみどり子は乳母と脱出し、村重の家臣狩野内膳を師として優れた絵師となり、京で活躍する。そして四十歳で越前におもむき、松平忠直《ただなお》、彼が豊後に流された後の藩主、弟忠昌《ただまさ》につかえた。この又兵衛が福井にて四十歳というと元和初年（一六一五―）で、慶安三年（一六五〇）に亡くなっている。近松が生まれた年は承応二年（一六五三）であり、又兵衛没後三年後であった。

己が作『傾城反魂香』において近松は、あえて天才画家岩佐又兵衛勝以《かつもち》を連想させる名を用いることで、己れの絵姿を絵筆の力で石をも徹す奇瑞を示した又平像を形成したと思う。何故なら岩佐又兵衛の名が当時はさほど全国的に有名であったとは考えられないが、近松にはその画家は直《す》ぐに連想出来た。なぜなら彼の生地福井では知られた絵師であった筈《はず》である。

こんな話が伝説として伝わる。

忠昌公御前において御夜話の節、ある人申上けるは今日大橋の上にて異風なる男に逢ひ申候、緋縮緬の股引《ももひき》をはき居ると申す。公聞かせたまひてそれは浮世又兵衛なるべし、又兵衛当国へ来りし筈なりと仰せけるが、果して又兵衛にてありけるとなり。

近松の大津絵師又平の創造は、かれの郷土愛、異風の画家又兵衛に対する追慕の念が加わっての所為ではなかったか。私にはそう思われてならない。もしそうなら、この奇才の画家をいち早く天下に紹介したのは、近松が最初の人ということになる。

近松と近現代の文学——徳田秋聲から三島由紀夫・富岡多恵子まで——

松本　徹

時折、浄瑠璃を聞いたり読んだりするのを楽しみにしているだけの筆者に、近松と近現代文学の係わりについて書く用意などまったくない。それにもかかわらず、感想のようなもので結構だからと言われ、一瞬、面白そうだな、と思ったのが運の尽き、うかうかと引き受けてしまった。言い訳はしたくないが、そうでもしなくてはペンが動かないので、まずはお断りさせて頂いた上で、思いつくまま、書いてみようと思う。

一　活字化による「読み」の成立

いま、浄瑠璃を聞いたり読んだりと書いたが、読むことによる享受は、明治以降に初めて出現した、近松の知らない形態である。

聞き、時には自ら語る、そこに新たに読むが加わった。と言うよりも明治から大正・昭和へと時代が下るにつれ、享受の一形態として語ることが少なくなり、さらには聞くことも衰微して、それに応じ読むことが前面に出て来たのである。わたしなどは、読みが先行して、やがて聞くことがささやかながら遅れて加わった世代である。語るに及ぶことは将来的にもあり得ない。

この推移において、浄瑠璃なり近松から受け取るものが変わってきているのは、確かであろう。しかし、ここではそのような問題には立ち入らない。

聞くことから読むことへ、いつ、どのようにして移って行ったかを知るのには、徳田秋聲について見るのがよさそうである。

秋聲は明治四年（一八七一）十二月に金沢も浅野川のほとりに生まれたが、このあたりは芝居小屋や芝居茶屋などが建ち並び、小学校へかようのにもその前を通って行かなくてはならなかった。それにこの都市では江戸時代早くから芸事が盛んで、明治維新後も姉たちの許には琴や三味線の師匠が通ってきており、家ごと早くから歌舞伎を初めとする演芸に親しんで育った。そして、明治十九年（一八八六）春に石川県専門学校（二年後に第四高等中学校、さらに第四高等学校）に入り、読書熱にとりつかれ、漢籍を初め硬軟交えての著作を手にしたのだが、その中に、近松や紀海音《きのかいおん》などの浄瑠璃があったのである。

この頃、すでに近松などの作品は盛んに出版されており、秋聲が手にしたのは、いわゆる丸本ではなく、その少し前から刊行されるようになった、金属活字によって翻刻、印刷され、簡単に洋綴じ製本されたものであった。

詳しく調べたわけではないので、大まかなことしか言えないが、明治十年代になると、従来通りの丸本と平行して、「義太夫さわり集」といったものが金属活字で、個人の手で刊行されたが、引き続いて近松ものは早く明治十四年十一月に出ているのが国会図書館蔵本で確認できる。叢書閣から発売された「近松著作全書」第一冊がそれで、翌年には第二冊、以後引き続いて刊行された。やがて出版元は武蔵屋《むさしや》叢書閣と名を改めたが、明治二十四年三月の『心中《しんじゅう》二《に》枚絵《まいえ》双紙《ぞうし》』『曾根《そね》崎心中《ざきしんじゅう》』『博多《はかた》小《こ》女郎《じょろう》浪枕《なみまくら》』合本巻末の広告を見ると、二十一冊に及んでいる。翻刻兼発行者早矢仕民治とあるから、これも個人の仕事であろう。その他にもこうした出版をおこなったところが幾つかあり、大阪、神戸からも出版されている。今日われわれが考える出版社が出現する前のことである。

いわゆる元禄文学復興として西鶴が注目されるのは、明治二十二年（一八八九）の尾崎紅葉『二人比丘尼《ににんびくに》色懺《いろざん》悔《げ》』、幸田露伴『風流仏《ふうりゅうぶつ》』の刊行によってだが、それよりも早く、浄瑠璃本の活字化が盛んに行われていたのだ。

その活字の組みだが、今日のように括弧などの記号もなければ、その外、「ウ」「ハレ」「フシ」などと言った注記もない。ただ本文を起こしただけのもので、多くは「、」だけ、また「。」だけ、両者がともに出てくるのは稀である。改行もほとんどない。ルビは、初期はごく僅か、やがて増えるものの、パラルビにとどまる。

当時はこれで十分であったのであろう。これらの金属活字本の読者は、太夫の語りをよく聞いていただろうし、そうでなくとも素人が唸るのを日常的に耳にしていたのだ。だから、文句さえ分かればよかったのである。

秋聲の場合は、浅野川に掛かる芝居で浄瑠璃の語りを、幼時から聞いていたし、音曲に親しむ人々が身辺にいたから、たとえ未聞の本であろうと、読む場合、語りの声を聞く思いをしていたはずである。

そして、多くの浄瑠璃を読んだのだが、当時刊行され始めた小説類――明治十九年には末広鉄腸《すえひろてっちょう》『雪中梅《せっちゅうばい》』、東《とう》海散士《かいさんし》『佳人之奇遇《かじんのきぐう》』、翌年には坪内逍遥《しょうよう》『当世書生気質《かたぎ》』などを秋聲は読んでいる――と紙面の上では、ほとんど変わらなかったことは留意しておかなくてはなるまい。

そして、明治二十一年になると、学校に近い本屋や貸本屋に溢れる雑多な新刊も片っ端から読み漁る一方、『伊勢物語』などから始まり、わが国の古典にも広く及んだが、それらのなかで最も強く心を動かされたのが『博多小女郎浪枕』であった。

> 金沢の高等学校に居た頃、近松の博多小女郎浪枕を読んで、非常に感心して、近松物を研究した。其頃西鶴物はよく分からなかつたので読みもしなかつた。といつて馬琴物や、三馬物は一向に好かなかつた。
>
> （「小説家となつた経歴」明治四十一年四月）

もう少し詳しくは『光を追うて』に見ることができる。滝沢馬琴の『椿説弓張月《ちんせつゆみはりづき》』や『近世説美少年録《きんせいせつ》』、引き続いて『南総里見八犬伝』に取り掛かったが、途中で投げ出し、為永春水《しゆんすい》の『春色梅暦《うめごよみ》』などを読んだ揚げ句のことであったという。

冬のことだつたが、或る時彼は『博多小女郎浪枕』に読み耽つたあとで、今までになかつた感激に打たれてしまつた。（中略）読後の頭脳はまだ何か強い酒にでも酔つてゐるやうで、興奮はなかなか去らなかつた。日本にもこんな天才がゐるのかと、彼は思ひつづけた。

彼とは、この作の主人公向山等、ほとんどそのまま秋聲自身であり、秋聲の文学的出発の重要な一角に、近松の『博多小女郎浪枕』が間違いなく位置していたことを示す。

ただし、どうしてこの作品にこれほど心打たれたのか、筆者には正直なところ、もうひとつよく分からない。なにしろ内容は、京の若い商人惣七《そうしち》が海賊に殺されかけ、辛うじて脱出するが、馴染みの遊女との係わりから、その海賊の一味となり、遊女と世帯を持つものの、結局は縄目に掛かり、自害、遊女は悲嘆にくれる……。博多と上方を舞台に毛剃九右衛門《けぞりくえもん》なる悪党一味が活躍するのを脇筋としているため、波瀾万丈の物語的性格を持ち、いま読んでもスリルがある。しかし、実際に当時あった事件に取材しており、その点で間違いなく世話物であり、惣七と馴染みの遊女小女郎の係わり、後半になると、父惣左衛門《そうざえもん》とのことが緊密に描き込まれている。

『曾根崎心中』などの心中ものと違い、大きな広がりがあり、惣七と小女郎の間に起こる悲劇も、その広がりのなかに据えられている。捕縛された惣七が駕籠の中で自害、役人の許しを得て小女郎と今生の別れをする場面など、二人だけの世界に閉じこもることなく、新鮮味がある。それだけ緻密な筆が生動感をもって迫ってきて、若い秋聲は引き込まれたのであろう。

上に挙げた馬琴や春水のいわゆる戯作もの、末広鉄腸や東海散士、さらには尾崎紅葉『色懺悔』、山田美妙の作品、また、二葉亭四迷《ふたばていしめい》『浮雲』なども読んでいたが、それらよりもより身に添って感じ取られ、「強い酒」に酔ったようになったのではないか。

逍遥は馬琴との格闘を通し、四迷はロシア文学の翻訳に努めることによって、近代小説へとにじり寄って行ったのだが、秋聲は近松にかかわることによって、われわれ自身の心情と表現により親しく添った歩みをすることができたのではなかろうか。それがやがては自然主義の代表的作家となって、「生まれたる自然派」と呼ばれるようになる根なのかもしれない。

二　書く「呼吸」

先走ってしまったが、秋聲はこの後、明治二十五年(一八九二)に上京、紅葉の門を叩いたものの、受け入れられず、兄を頼って大阪へ赴いた。その大阪滞在の一年間、本格的に浄瑠璃に親しんだ。そして、明治二十八年に再び上京、博文館の片隅に身を置き、やがて紅葉の門下となり、小説を書くようになるという道筋を辿る。

その博文館の「文章倶楽部《くらぶ》」編集室にいた時、樋口一葉を訪ねたことがあった。原稿料を届けるためであったようだが、後年、彼女について「希世の才女であつたと謂はなければならぬ」と言い、さらに「女史の作を読んでゐると、近松の娘(ドウター)と云ふやうな感が起る。近松の片影が見られるやうな気がする」(「一葉女史の作物」明治四十年六月)と書いている。

なぜ、そういう気がしたのか、具体的な理由は書かれていないが、物語の設定、展開の奇抜さなどは問題にせず、日々の暮らしにおいて齷齪《あくせく》する人々に目を向け、その情感を生き生きと緻密に描いたところに力点を置いて、見たのであろう。

それとともにもう一点、この頃は雅俗折衷体から言文一致体へと移行する過度期で、小説を書くための工夫も新たに凝らさなくてはならなかったが、その一つが会話であった。秋聲の場合で言うと、まずは東京言葉による会話に馴染めず、書けなかったことがあるが、根本的には会話と地の文との兼ね合い、その運び方、移り行きをどうすればよいか分からなかったことが大きかった。

いまでは鍵括弧で括りさえすれば会話ということになりそうだが、その鍵括弧がなかったのである。このため秋聲の書くものは地の文が多く、紅葉からは、どうにかしろとよく注意されたらしい。そこでヒントになったのが、浄瑠璃であったと言う。

その時分私は能く義太夫を聞いて居た。義太夫に地の文句から会話へ移つて行く呼吸がある。始終聞いて居るうちにその呼吸が頭へ入つて来たし、東京語の智識も次第に豊富になつて来たので、会話も以前ほど難かしくはなく、却つて地の文よりも容易く書けるやうになつた。

（「会話を書く上の苦心」明治四十三年九月）

いまではなんでもないことが、創成期では、容易でなかった例があるが、これもその一つであろう。その点、一葉の作品は、地の文から会話へ、会話から地の文へと移って行く「呼吸」が実に見事である。括弧で会話を括るようなことをせずとも、文章の流れで、ここから会話で、誰の発語であるか、読む者に遅滞なく分かる。この「呼吸」を一葉は浄瑠璃、そのなかでも近松から学んだにちがいないと、秋聲は直感したのであろう。だからこそ、「近松の娘」と呼んだ……。

ここで富岡多恵子が『近松浄瑠璃私考』（昭和五十四年、筑摩書房）で、『曾根崎心中《そねざきしんじゅう》』の生玉神社前の出茶屋で徳兵衛がお初を見つけるところを取り上げて、言っているところを引用しておきたい。「近松は……説明はいっさいしていない。せりふが次の所作をスリリングに想像させ、地の文がせりふを押し出すように仕組んである。せりふから地の文へ、地の文からせりふへの飛躍の中に、語りと芝居と両方への見通しが計算されている……」。

一葉の作品がまさしくそうである。地の文から会話へであれ、会話から地の文へであれ、ひとつの流れの文章として綴られていながらも、その間には質的な違いがあり、飛躍がある。飛躍して、その違いを越え、新たな緊張を孕んで先へと進むのだ。今日の小説となると、鍵括弧で会話が括られているから、それが見えなくなっている。しかし、この時期、一葉であれ秋聲であれ、このひと流れの文章のなかの質的違いをしっかりと見届け、それを過《あやま》たず踏まえて表現したのだ。そこを、一葉も秋聲も、近松から学んでいたと思われる。

そうであるから、やがて会話を鍵括弧で括るようになっても、ある確かな立体性を持つ。

三　近代小説の成立に

いわゆる近代小説成立の過程において、戯作とか講談の類いが盛んに言及されて来ているが、浄瑠璃についてはほとんどない。これは不思議な事態と言わなくてはなるまい。文章表現として、戯作や講談の筆録などよりも浄瑠璃のほうが遥かに高度であり、その感情の動き、心理なども、言葉だけでなく文章の運び自体も使って、的確に表現する力を持っている。

若い秋聲は、自分の前に出現した多様なジャンルの金属活字による印刷物のなかから、高度な文学的表現性を持ったものとして浄瑠璃を見つけたのだ。

その浄瑠璃も近松の世話物、それもいかにも世話物らしい心中物とは一味違うものであった。江戸時代を通じて浄瑠璃は盛んで、さまざまな工夫が凝らされて来たが、それ以前の、人形芝居として演劇性を強める前、なお語りもの性が濃い段階ということになろう。ただし、時代物ではないから、同時代の世態風俗人情を扱うために近松が新たに工夫した、語りもの性ということになるだろうか。

それがおよそ二百年の年月を越えて、秋聲の心を摑んだのだ。

こうしたことが起こったのは、秋聲ひとりに起こった特殊なことではあるまい。なにしろ浄瑠璃は、戯作などより遥かに広い享受層を持っていたし、戯作が早々と絶えたのに対して、後々まで生きながらえているのだ。

多分、戯作がいわゆる読書階層を中心にしているのに対して、浄瑠璃がその枠を大きく越えていることがあるだろう。文学の近代化は、所詮、知識階級の枠組みの中で企てられ、考えられて来ているのだ。それに加えて、東京中心であったことも、影響しているだろう。浄瑠璃は基本的に上方のものであった。秋聲が生まれ育った金沢は上方文化圏に属していたし、正宗白鳥、近松秋江《しゅうこう》にしても、岡山出身である。

こうした事情があったと思われるが、それならなおさら、明治以降の文学の展開において、浄瑠璃の果たした役割を見過ごしてはなるまい。殊に文学的質を問題にするなら、戯作や講談などよりも、遥かに高い表現性を持つ。

その秋聲の文章だが、自然主義の時期に入ると浄瑠璃との異質さがはっきりして、『黴《かび》』などになると、恐ろしく簡潔で、一段と遠くなると言ってもよさそうである。ところが、そうなればなるほど、その秋聲の文章には擬態語が多くなるのだ。

擬態語は、浄瑠璃において多用され、写実を第一とする文章からは消えるはずのものである。それが逆に写実性を強めるとともに、増える。それも多くは浄瑠璃に拠ると思われる語である。

この一見矛盾した変化は、写実性を強めるため、言葉を意味のレベルだけでなく、その音声のレベルでも使っているからに外なるまい。音声でもって、より直截に模写するなり、象徴的次元において表現するのである。

近代散文は、言葉を意味のレベルに限定して、伝達の透明性を図るのを基本とするものの、写実性を突き詰めて行くと、改めて音声のレベルも取り込まずにおれなくなる。秋聲がやったのはそういうことであり、そこに浄瑠璃が再び立ち現れてくることになるのだ。

江藤淳が『黴』について、初めに六部などが登場してくることについて、古い説話の層が持ち込まれていると指摘したが、あるいは音声表現の域にとどまらず、語りもの性にまで及んでいるのかもしれない。

ただし、その浄瑠璃は、やはり古態の語りもの性を抜け出た、同時代の世態風俗人情に迫るものでなくてはなるまい。その点で、近松の、心中ものに限らない世話物となるのであろう。

四　語りの手法

ところで先に近松秋江の名を上げたが、彼も間違いなく「近松党」の熱心な一員であり、近松についてしばしば語った。

その作品だが、擬態語も少なくない。しかし、秋聲と違い、写実を厳しく追い求め、その表現を図るというよりも、馴染んだ女たちへの未練から、自分が仕出かした所業をめんめんと語るために、浄瑠璃で語られている事柄、詞章を利用するのである。

例えば『別れた妻に送る手紙』（大正二年、南北社）では、こんな具合である。

> 女の口に乗つて、紙屋治兵衛の小春の「私一人を頼みの母様《はゝさま》。南辺《みなみへん》の賃仕事して裏家住み……」といふ文句を思ひ起して、お宮の母親のことを本当と思ひたかつた。
>
> 私は自然にふい〳〵口浄瑠璃を唸りたいやうな気になつて、すしを摘まうか、やきとりにしようか、と考へ

ながら頭でのれんを分けて露店の前に立った。

「私」の中では近松の浄瑠璃が絶えず語られているのであろう。その一節々々に乗るかたちで、「私」は行動するのである。半ば享受し、半ばその作中人物になっているのである。

秋江が、自らの女との交渉を赤裸々に描くことができたのも、じつはこのためかもしれない。「私」は半ば「私」であるとともに、半ば浄瑠璃の作中人物であることが、秋江を自由にして筆を運ばせるのだ。

自然主義の私小説でも、独特な、パロディ的と言ってもよい書き方である。浄瑠璃を視野に入れると、こういう視点からも私小説を考察できる。

明治二十年代の中頃からは、娘義太夫が人気を呼び、三十年代後半になると、学習院の学生の志賀直哉らが熱心に通い、仲間内の手紙などは義太夫の文句に倣《なら》って書いたりしたらしい。

これが如何なる影響を文学に与えたかは、よく分からないが、水野悠子『知られざる芸能史娘義太夫』（中公新書、平成十年）には、娘義太夫を扱った長田秀雄、北原白秋、木下杢太郎の詩、若山牧水の歌が引用されている。いずれも明治四十年代に詠まれた。

そして、大正時代に入ると、宇野浩二が現れるし、大阪へ移転した谷崎潤一郎の仕事が、浄瑠璃との繋がりなしには考えられないものである。『蓼食《たでく》ふ虫《むし》』には文楽を聞きに行く場面が出て来るが、そうした面ばかりでなく、語りの手法で『春琴抄《しゆんきんしよう》』や『吉野葛《よしのくず》』など多くの作品を書くのには、浄瑠璃の影響が少なくなかったと思われる。

昭和になると、織田作之助の作品の背後に浄瑠璃の影がちらつくし、宇野千代の『おはん』の語り口は、浄瑠璃を巧みに生かしていると言ってよかろう。

こんなふうにいろんな作家の仕事を挙げることができるが、それらの浄瑠璃が近松のものであると特定することはできまい。

五　耽読した三島由紀夫

いま挙げた『おはん』は、戦後の作品だが、戦後で挙げるべき大きな作家として三島由紀夫がいる。三島は、中学生時代から恐ろしく広範にわたって文学作品を読み、わが国の古典も例外でなく、詩歌や物語、説話、謡曲、狂言、御伽草子《おとぎぞうし》から浄瑠璃に及んだ。

近松については、世話物から時代物まで、十代半ばから読み出し、戦時下にはかなり集中して読んだようである。最初の長篇『盗賊』(昭和二十三年、真光社)の主人公明秀が通う研究室の片隅には、明治風の革装の「巣林子の古い全集」があると書き込まれているが、実際に学習院中等科か高等科の教師の研究室の情景で、そこから借り出したのではなかろうか。

もっとも劇としては近松半二《はんじ》、竹田出雲《いずも》などの「シアトリカルな浄瑠璃」をよしとした。しかし、近松に深い敬意を払っていたのは確かで、「近松ばやり私観」(昭和三十三年四月)ではこう書いている、「近松において、文学的語り物作者と適度にシアトリカルな劇作家との、もつとも中庸のとれた典型、完成されたばかりの新鮮な典型を見ることができる」。そして、「語り物的こん跡をのこしてゐても、戯曲あるいは劇詩と読んでも差支へのないもの」で、時代物となると、「はるかに西欧の古典劇に近いものが感じられる」と。

劇作家として旺盛に活動し、基本的には自然主義的ないわゆる近代的演劇観を打破、劇場性を取り戻そうと考える三島ならではの見方であろう。

その三島が、謡曲を踏まえて「近代能楽集」の『邯鄲《かんたん》』『綾《あや》の鼓《つづみ》』を書いたのに引き続いて、柳橋みどり会の明治座公演のため書いたのが舞踊台本『艶競《はでくらべ》 近松娘《ちかまつむすめ》』(昭和二十六年十月)である。

日本橋通の大店の十七歳の娘おちかが心中物に夢中になっている。それを母親が心配、「女庭訓《おんなていきん》」を与え、しっかり読むよう求めるが、母親が姿を消すと、長持《ながもち》を女中に開けさせ、近松の心中物を取り出す。その外題が客席から見えるよう大きく書かれている。それを写すと、『曾根崎心中』『生玉心中《いくだましんじゅう》』『心中万年草《しんじゅうまんねんそう》』『薩摩歌《さつまうた》』『鑓《やり》の権三《ごんざ》重帷子《かさねかたびら》』『五十年忌《ごじゅうねんき》歌念仏《うたねんぶつ》』『天《てん》の網島《あみじま》』『心中刃《しんじゅうやいば》は氷《こおり》の朔日《ついたち》』『重井筒《かさねいづつ》』『冥土《めいど》の飛脚《ひきゃく》』など。パロディとして使っているのだが、「心中論」「情死について」などのエッセイを書いているところから見ても、三島自身、これらを読んでいたのは確かである。

その娘は、女中とふたりで夢中になって読み耽るが、そのうち女中が男の振りをし、娘と道行きの真似をし始める。と、屛風のかげから一組の男女が現れる。心中物の幻影で、常磐津《ときわず》がこう唄う、「恋といふ字に、こがれまゐらせ候の、その艶文の諸別《しょわけ》には、近松翁の教へ草、夢かうつゝか幻に、現はれ出づる曾根崎の、徳兵衛お初が身のしだら」。『曾根崎心中』の徳兵衛とお初である。

常磐津がつづいて「死ににゆく身を譬《たと》ふれば、仇《あだし》ケ原《はら》の道の霜、一足づゝ……」と唄うと、また屛風のかげから一組の男女が現れる。『生玉心中』の嘉平次《かへいじ》とおさがで、さらにもう一組、『天の網島』の小春《こはる》と治兵衛《じへえ》の幻が出てくる。

と、花道から清十郎によく似た若い男松次郎がやって来て、「心中絵草紙買やんせ」と呼びかける。出入りの草紙売りの親方から職を譲られたのだ。娘と若者は、顔をあわせた途端、恋に陥《おち》るが、母親がやって来ると、浄瑠璃本とともに男を長持に隠す。そして、母親が去ると、長持から出てきた男と娘は、清十郎とお夏そのままの様子を見せる。

二幕は、二人の仲が母親に知れ、草紙売り風情の男は許さぬと厳しく言い渡され、二人は心中を決心する。三幕は、浄瑠璃「おちか／松次郎／心中《しんじゅう》 比翼絵双紙《ひよくえぞうし》」を上演する趣向で、隅田川畔へ二人が手に手をとってやって来る。その常磐津の一節はこうである、「かの巣林子の筆の穂の、いま東路に生ひいづる、露の芒の穂に出でて、昨日は読みし人の上、今日はわが身にめぐり来し、覚悟も対《つい》の晴れ小袖……」。そして、いよいよとなったところへ、母親が近松の浄瑠璃本を抱えて駆けつけ、二人が一緒になるのを許す。そうして場面は内祝言となるが、村祭の踊りと一緒になり、そこへ近松の心中物の主人公たちの幻影もくわわり、賑やかにめでたく終わる。

三島自身の近松耽読体験とそこから生まれた夢想を仕組んでいるのである。ただしそれだけでなく、心中に思いを巡らすことがすくなくなかったという事情もあったのではないか。先に挙げた『盗賊』を初め、短篇『岬にての物語』（昭和二十一年）『軽王子《かるのみこ》と衣通姫《そとおりひめ》』（昭和二十二年）が、いずれも心中で終わる。この頃からしばらく、心中というかたちでの死をあれこれ考えていた節があり、それに際して近松の心中物が踏まえていたと思われるのだ。

六　最高の風情表現の技法

柳橋みどり会のための舞踊台本の執筆は、翌年も行い、『室町反魂香《むろまちはんごんこう》』を書くが、その後すぐ歌舞伎座から依頼があり、初の歌舞伎台本『地獄変』（昭和二十八年十一月、歌右衛門、勘三郎らによる）を書くことへと繋がる。こうしていわゆる三島歌舞伎と呼ばれる作品群が生まれることになった。

その歌舞伎台本は、いずれも義太夫狂言に徹底的に則《のっと》ったものであった。三島の基本的考えはこうである、「歌舞伎の技術的財産、特にその天才的な様式美は、現代の作者といへども、百パーセント、あるいは百パーセント以上に、利用し活用しなければならぬ」（『鰯売恋曳網《いわしうりこいのひきあみ》』上演プログラム）。

その技術的財産のなかでも特に重んじたのが、義太夫狂言特有の浄瑠璃（チョボ）入りである。そこにこそ歌舞伎特有の魅力が凝縮されていると捉えていた。異質なはずの演劇と語りとが重層性をなし、微妙な緊張関係を孕むからだが、いま注目したいのは、その義太夫に何を見ていたか、である。三島はこう言っている、「強烈な感情の表現には、近代劇の手法ではいかにも生ぬるい。歌舞伎、殊に義太夫狂言は、嵐の如き感情の表現技法として、おそらく、世界最高のものを持つてゐる」(「『地獄変』上演プログラム」)。

近松の心中物には、「強烈な感情の表現」という言葉がややそぐわないかもしれない。しかし、そうではあるまい。例えば『冥土の飛脚』なら「新口村《にのくちむら》」の、老父と梅川のやり取り、『大経師 昔暦《だいきょうじむかしごよみ》』の、茂兵衛《もへえ》が玉《たま》の閨《ねや》に忍んで行き、主人の女房おさんと入れ替わっているとは知らず共寝して、主人の帰宅の声に灯された行灯の明かりが射し入って相手を認めるところなどは、互いに相手の顔に自分の運命をありありと見る、と言ってよかろう。ここには間違いなく「強烈な感情」とその表現がある。

時代物になるが、『出世景清《しゅつせかげきよ》』の、六波羅の牢に閉じ込められている景清を、阿古屋《あこや》がこども二人を連れて会いに来るが、阿古屋の弟が六波羅に訴え出たため、捕らえられたことを、景清は頑として許さず、「何程いふても汝がはらより出たる子なればかげきよが敵也。つま共子共思はぬ」と言うのに対して、阿古屋が「此うへはて、おやもつたと思ふな母斗が子成ぞや」と言って、二人の子を次々と刺し殺し、自らも死ぬ。この場面などは典型的な「強烈な感情」に見舞われるところである。

この恐ろしい場面は、そのまま『獅子』(昭和二十三年)のものである。この短篇は、ソホクレス『メーディア』に拠るとあるが、『メーディア』ばかりでなく、『出世景清』のこの場面にも拠っているのではないか。『メーディア』に拠るだけで、夫への嫉妬からわが子(ここでは一人に変えられている)まで殺すことは出来ないだろう。もっとも阿古屋の場合、復讐の念は抑えられているが。

ついでに言えば、寝所で入れ替わるという設定だが、三島の『禁色《きんじき》』(昭和二十七年)では、老作家梶俊輔が、かつて自分につれなくした穂高恭子を、美青年南悠一に誘惑させ、寝床へ誘い込んだところで、悠一と入れ替わり、積年の思いを晴らすという、およそ現代小説らしくない場面があるが、どこからこのようなアイデアが出て来るのか、不思議に思って来たが、『大経師昔暦』のお玉とおさんの入れ替わりが念頭にあったのではないか。袈裟《けさ》と盛《もり》遠《とお》の物語では、入れ替わるのは妻と夫だから、これは違うだろう。

いずれにしろ確証があるわけではないが、近松の浄瑠璃に少なからぬヒントを得ている気配である。探せばもっと他にあるかもしれない。

三島は、現代小説の枠組みを越えた奇狂な設定を度々するが、時代や国境を越えて、興味深い設定であれば、果敢に利用する傾向があった。

また、三島は新聞で扱われた社会的事件を盛んに扱っている。光クラブの山崎晃嗣の自殺事件（『青の時代』昭和二十五年）、金閣放火事件（『金閣寺』昭和三十一年）、近江絹糸労働争議（『絹と名察』昭和三十九年）などだが、これも近松が心中事件や海賊一味の処刑事件があると早々に取り上げたことと共通している。

作家の生理として、共通するところがあったのではないかとの思いを禁じ得ない。

最晩年、歌舞伎の『椿説弓張月』の浄瑠璃化に手をつけたのも、そのことを語っていそうである。

七　オペラとの係わり

三島についてもう一点、触れて置いてよいと思われるのは、オペラ台本『美濃子《みのこ》』についてである。この作品は、昭和三十九年五月の日生劇場公演のため書かれたが、作曲を担当した黛敏郎が仕上げることができず、中止されたまま終わったが、いま読み返してみてもなかなか面白い台本である。

神聖な森を守ってきた山村の、開発を巡る対立と陰謀を背景にして、祭が熱狂的に行われる最中、無頼の若者と巫女の間に激情的な恋が生まれるのだ。が、その恋は如何ともし難い悲劇へと一気に雪崩落ちる。その時、まがまがしくも雄々しい須佐之男命《すさのおのみこと》が出現する。この世界を突き抜ける一瞬が訪れるのだ。

三島は海外旅行ではよくオペラを見ているものの、論じる機会は乏しかった。そのなかでベルリンオペラが来日、公演した際のプムグラムに寄せた文章「オペラといふ怪物」（昭和三十八年十月）で、面白いことを言っている。オペラは「本質的にロマン派的な思考の産物」で、「相対立し相矛盾する要素を、むりやりに形而上学的綜合へ持込む」。その点でワグナーの楽劇は頂点をなすが、そうして「ロマン派特有の『巨大さ』への趣味をふんだんに盛り込み、舞台芸術としての一種の怪物を作りあげた」というのである。

この時は「トリスタンとイゾルデ」が上演されたようで、これをワグナーの最高傑作とし、「夢魔的集大成」と言い、「不健康な死とエロスとのオルギエ（狂宴）」だと言っている。

ここで言っていることを、三島は明らかに『美濃子』で実現しようとしたのだ。

その野望を可能にする技術的手立ては、確かな証拠を示すことができないままに言うのだが、多くを浄瑠璃に負っているように思われる。先に「世界最高の」「嵐の如き感情の表現技法」と言っているのを引用したが、それを用いて企てた。その痕跡は見いだせるように思う。

ただし、台本は完成させたものの、オペラとして上演されるには至らず、無念であったろう。黛への怒りが尋常でなく激しかったのも当然である。

この時期に書いたのが、警察署の中の公安担当者を扱った、ひどく地味な戯曲『喜びの琴』である。多分、一方で派手な動きに満ちた『美濃子』を書いたから、対極を意図したのに違いない。それでいて、主題は共通性がある。しかし、こちらもまた文学座が稽古に入りながら、上演中止を決める事態になった。

打ち続いたこの挫折は、かなり応えたようである。なにしろ「神話」へと手を届かせ得たかもしれない仕事だからである。「強烈な感情の表現」の赴くところ、そういうところを目指していたはずだからである。それは後の、力強さを欠くものの、『アラビアン・ナイト』とか『癩王のテラス』などへと繋がる一方、先にも言った『椿説弓張月』の浄瑠璃化の企てとなったと考えればよいのかもしれない。

八 「ホン」を書く近松

三島の没後だが、先に一節を引用した富岡多恵子の『近松浄瑠璃私考』がある。富岡は詩人として出発、映画のシナリオ——篠田正浩監督の「天の網島」で脚本を担当したが傑出した作品であった——、舞台の台本などを書き、小説でも優れた作品を書いた。その歩みと結び付いたところで、この近松考は書かれていて、なかなか面白い。

五章からなっているが、最初の「ウタとカタリ——曾根崎心中」では、詩を書いて来た者として、自作を朗読するときに突き当たる問題を糸口に、イフ（言ふ）、ツグ（告ぐ）、ノル（宣る）、トナフ（唱ふ）、ウタフ（歌ふ・謡ふ・唄ふ）とカタル（語る）との違いを問題にする。浄瑠璃は言うまでもなくカタルのだが、カタルとは相手の疑問を解き明かし、相手を納得させようとする意図を持ち、それが増幅すると、欺く意味にもなる。そこに虚構性が孕まれることになる、と言うのである。

それも語る行為に語り手が入り込み、代弁するようになると、三人称から一人称へ移行するようなことが起こる。また、元の三人称へも戻る。そうして一人称と三人称を自在に往復するようなことになる、と言う。

なるほど、浄瑠璃のカタリはこういう性格を持つのかもしれない。そこにおいて創作の幅が出て来て、虚構が動きだし、文芸化する可能性が強まる、と指摘する。

それとともに劇が問題となるが、義太夫は語りものとしての劇を求めるのに対して、近松は、「ホンを書く」という言い方を富岡はするが、語りものに収まらない劇を求めたとする。そうすることによって近松は、自らの中にさまざまな矛盾を抱え込むことになったが、それがまた、独創的な工夫を生み出すことになったとも言う。

語りものの流れに拠りながら、それと異質な、劇たらしめるなにかが近松にはあると言うのである。その劇だが、語りものの内部では処理しきれない劇であり、言ってみれば「語りもの」でありながら「レーゼ・ドラマ」となっているのだと。当時の慣例を無視して、近松が作品に署名したのも、じつはそれを「ホン」として意識していたからではないかとも言う。

この「ホン」を浄瑠璃にいち早く発見したのが、先に触れた秋聲であったと言ってよさそうである。金属活字によって印刷された本文を手にして、「語りもの」でありながら「レーゼ・ドラマ」として読み、その高い文芸性に魅惑されたのであろう。富岡は、『女殺油地獄』について、「レーゼ・ジョウルリ」なる言葉を持ちだし、それとして「自立している」とも言う。

この演劇性とは別の、しかし揺るぎない劇は、また、三島が言う「語り物的こん跡をのこしてゐても、戯曲あるいは劇詩と読んでも差支へのないもの」に近いかもしれない。

九　まだまだ刺激的

まだまだ触れるべき事柄、作家があると思うが、ここまで思いつくままに綴って来たことをとおして、今日において近松が持つ重みと、それが刺激を与えるおおよその在りどころを示し得たかもしれない。いまの時代は、やはり読むことが先に立つ。その点で、富岡が言う「レーゼ・ドラマ」なり「ホン」がはなはだ示唆的である。ただし、文章表現は読むなり「ホン」に収斂《しゅうれん》するわけでは決してない。やはり「語りもの」性を初め演劇性、その音声、音曲とも固く結び付いていて、読む行為に生々しさや具象性を与え続けるのである。

その点で以上の記述は十分でないので、富岡の著書からもう一点、語りもの性について言っていることを付け加えて置きたい。

『鑓の権三重帷子』の後半、おさゐの実家において、家族それぞれが嘆く場面で「語りもの」としての真髄が発揮されると言い、こう指摘する。「祖父祖母孫娘ふたりの嘆きかなしみは独立してはいない。ひとりのかなしみに、もうひとりのかなしみが重なり、次々に重なり合いながら、かなしみと嘆きは大きなひとつの環となる」と。一般の台詞劇であれば、四人の悲しみ方もその内容もそれぞれ違うが、ここでは複数の人物によるクドキであって、そのクドキが環をつくる。観客は、一人々々に一体化して泣くのではなく、「『語り手』による、かなしみの言葉の連続に入り込んでしまって泣く」。そのため台詞劇ではあり得ない「大きな震動」を呼び起こすのだ。

三島が言う世界最高の「嵐の如き感情の表現技法」とは、もしかしたらこのことと繋がっているのかもしれない。こうした「大きな震動」が起こる起こらないは、台詞劇より「語りもの」性が強い点にあるようだが、それはまた近代的思考の問題でもあるようだ。近代の散文は、個々人の思いが重なり合って「環をつくる」ような事態を厳しく拒否することによって成立しているのだ。しかし、小説は「語りもの」と決して無縁ではなく、繋がっており、現に何ほどかそのうちに流れ込んでいる。一葉や秋聲の会話と地の文の問題にしても、じつはそのことを語っているはずである。だから、近代の枠組みから自由になるなら、生命感のある表現力をまだまだ取り込むことができるかもしれないのだ。

いずれにしろ近松は、今日においても、時代に即応する面と相反し乗り越えることを要求する面を合わせ持ち、はなはだ刺激的であると言ってよいようである。

近世淡路人形芝居の動向
――近松の上演例にふれながら――

中西英夫

はじめに

上方で生まれた人形浄瑠璃が全国に普及し、各地に根付いたのは、近世から近代にかけて広範に活動した淡路の人形座によるところが大きい。江戸時代中期、享保・元文年間（一七一六～四一）には、淡路島に四〇以上の人形座があった。各座は上方や江戸の最新外題をいち早く取り入れ、ほぼ年間を通して西日本を中心に各地を巡業した。

江戸時代の淡路座の興行について、断片的な記録であっても残っているものは数少なく、演目のわかる興行は、管見によれば、一〇〇に満たない。上演外題は延べ三〇〇ほどである。

その中で、もっとも古い記録は、淡路人形浄瑠璃の元祖、上村源之丞《うえむらげんのじょう》座（日向掾《ひゅうがのじょう》・引田《ひきた》源之丞）が元禄六年（一六九三）に徳島城下で行った十四日間の興行を記録した『芝居根元記』（阪口弘之氏蔵）である。後で述べるように、この芝居では浄瑠璃七外題が上演されたが、うち、山本角太夫（土佐掾）の『天王寺《てんのうじ》彼岸中日《ひがんのちゅうにち》』を除く六外題、すなわち、『佐々木《ささき》大鑑《おおかがみ》』『頼朝《よりとも》伊豆《いず》日記《につき》』『蟬丸《せみまる》逢坂山《おうさかやま》物語《ものがたり》』『薩摩守《さつまのかみ》忠度《ただのり》』『大磯《おおいそ》虎《とら》稚物語《おさなものがたり》』『津戸《つのと》三郎《さぶろう》』が近松門左衛門の作であった。次に古い記録は、宝永三年（一七〇六）、同じく源之丞座の徳島城鷺の間での上演で、ここでも近松の『大磯虎稚物語』と『薩摩守忠度』を上演しており、元禄・宝永期、淡路座は好んで近松を舞台に掛けていたことがわかる。

それ以後、半世紀の間、演目の記録は見当たらず、次に上演外題がわかるのは、宝暦三年（一七五三）、市村六三郎座の美濃国瑞浪《みずなみ》（岐阜県瑞浪市）での興行であるが、これを含めて江戸時代の終わりまで、近松の作品が上演されたのは、次の六回にとどまっている。

○明和六年（一七六九）、中村政右衛門座、福井牧島観音堂、『栬狩《もみじがり》剣本地《つるぎのほんち》』
○安永九年（一七八〇）、上村源之丞座、和歌山権現松原、『国性爺《こくせんや》合戦《かっせん》』
○寛政後期頃（十八世紀末）、小林六太夫座、三島付近か、『国性爺合戦』
○文化十三年（一八一六）、上村源之丞座、徳島城下、『寿門松《ねびきのかどまつ》』将棋之段
○文政十年（一八二七）、上村日向掾、徳島貞光村、『国性爺合戦』
○天保十五年（一八四四）、中村久太夫、徳島潮見寺、『国性爺合戦』

淡路座は、一般的な人気外題のほか、淡路独自といわれる浄瑠璃作品を戦後まで伝承してきた。初演後、中央では早い段階で上演されなくなり、淡路座だけが伝えてきた作品や、淡路座において改作・創作された作品である。淡路座では、複数の浄瑠璃作品を取り合わせて一つの外題にしたり、詞章の一部を省略して足早に物語を展開したりする工夫をして、地方の観客の嗜好に柔軟に対応してきた。ケレン味の強い演出や、かしらの大型化、さらには、舞台の背景が次々と変化して御殿の大広間になる「道具返し」（舞台返し、千畳敷、襖からくり）や、竹竿に吊した豪華な人形衣装を上げ下げして披露する「衣裳山」なども、商業座本《ざもと》としての淡路座独自の工夫であった。

これまで淡路人形浄瑠璃は、淡路島の一郷土芸能としてのみ見られ、学術的な研究の対象と見なされることはほとんどなかった。しかし、近年、いくつかの重要な資料が発見され、淡路座の実態が次第に明らかになるとともに、

淡路独自の浄瑠璃作品の研究が大きくすすみ、人形浄瑠璃史において淡路座が果たしてきた役割が改めて注目されるようになっている。

一　淡路独自の浄瑠璃作品

浄瑠璃史の空白部分を埋める淡路独自の浄瑠璃作品にいち早く着目した内山美樹子氏らによって、昭和四十六年、淡路座の舞台を長年勤めてきた豊澤町太郎《とよざわまちたろう》・竹本朝之助《あさのすけ》両師の演奏の録音が行われた。貴重な音源は早稲田大学演劇博物館で保存されている。作品研究は、内山氏や久堀裕朗氏、神津武男氏らによって大きくすすんだ。

淡路独自の作品について、久堀氏の整理（平成十八年七月、淡路人形浄瑠璃講座のレジュメによる）を参考に、以下にまとめてみる。

（一）中央で途絶え、淡路座でのみ伝えられたもの

①基本的に原作のままで伝承するもの

『奥州秀衡有鬠聟《おうしゅうひでひらうはつのはなむこ》』

並木宗輔作、元文四年（一七三九）豊竹座初演。大坂での再演記録はない。淡路座が伝承してきた本作は、豊竹座の元祖、豊竹越前少掾の曲風（初期東風）が残されている数少ない作品。

『蛭小島武勇問答《ひるがこじまぶゆうもんどう》』

宝暦八年（一七五八）竹本座初演。宝暦九年の京都での再演記録があるのみ。

『源平八島合戦《げんぺいやしまがっせん》（弓勢智勇湊《ゆんぜいちゆうのみなと》）』

福内鬼外《ふくちきがい》（平賀源内）作、明和八年（一七七一）江戸肥前座初演。『源平八島合戦』は淡路座による改題。

『敵討天下茶屋《かたきうちてんがぢやや》（讐報春住吉《かたきうちはるのすみよし》）』

寛政八年（一七九六）江戸薩摩外記《げき》芝居初演と推定。『敵討天下茶屋』は淡路座による改題。

『玉藻前曦袂《たまものまえあさひのたもと》』

文化三年（一八〇六）大坂御霊《ごりよう》境内芝居で改作初演。五段目「狐七化《ななば》けの段」は、人形や人形遣いの衣装が一瞬に早変わりするケレン味溢れる景事《けいごと》で、淡路座の独壇場といってよい。

②淡路座において原作に大幅な増補・改変がなされたもの

『東鑑《あずまかがみ》 富士《ふじ》の巻狩《まきがり》』

『曾我昔見台《そがむかしけんだい》』（享保十九年〈一七三四〉、豊竹座初演）と『東鑑《あずまかがみ》 御狩巻《みかりのまき》』（寛延元年〈一七四八〉）の取り合わせ作。

『娘景清八島日記《むすめかげきよやしまにっき》』

明和元年（一七六四）、豊竹座初演。淡路座では『源平鵯鳥越《げんぺいひよどりごえ》』の四段目が混入している。また、『傾城阿古屋《あこや》の松』（明和元年初演）と取り合わせた上演例もある。

『賤ケ嶽七本槍《しずがだけしちほんやり》』（図1）

『比良嶽雪見陣立《ひらがだけゆきみじんだて》』（天明六年〈一七八六〉、道頓堀東芝居初演）と『太功後《たいこうご》編《にち》の旗颺《はたあげ》』（寛政十一年〈一七九九〉、同芝居初演）の取り合わせ作。騎馬が八頭勢揃いをする「山の段」は淡路座得意の見せ場である。

『生写《しょううつし》 朝顔話《あさがおばなし》』

天保三年（一八三二）、稲荷社内芝居初演。初演時は未完のまま上演されたと推定され、十八年後の嘉永三年（一八五〇）に、五段目相当部分が加えられた正本が刊行された。しかし、淡路座はそれ以前に五段目を上演しており、正本は淡路座の詞章を流用したと考えられる。

図1　『賤ヶ嶽七本槍』山の段

（二）淡路座で創作、初演されたもの

①江戸時代の作品

『今代《いまよ》源氏《げんじ》東軍談《あずまぐんだん》』

『前太平記《ぜんたいへいき》今様姿《いまようすがた》』四ノ切の主要部分にほぼ一致。上方・江戸での上演記録なし。

『敵討《かたきうち》肥後駒下駄《ひごのこまげた》』

淡路座以外の上演記録が残らないことから、淡路座の新作浄瑠璃と推定される。

『二名島女天神記《ふたなじまおんなてんじんき》』

同名実録体小説の浄瑠璃化で、幕末期の淡路座初演作品。

②明治期、淡路座初演の時局物

『鹿児島戦争記』（西南戦争）

『日清戦争記』（日清戦争）

『倭仮名《やまとがな》北清軍記』（北清事変〈義和団事件〉）

『日露戦争記』（日露戦争）

昭和四十五年、淡路人形座（南あわじ市福良）は、国立劇場小劇場で『玉藻前曦袂』（化粧殿《けわいでん》の段、洛陽の高殿の段、夏座敷の段、道春館の段、神泉苑の段、七化けの段）と、『賤ヶ嶽七本槍』（焼香場の段、清光尼庵室の段、政左衛門館の段、山の段〈図1〉）を通し上演し、淡路人形の真価を示した。しかしその後、経験豊富な老練の人形遣いや太夫・三味線弾きが次々と世を去り、淡路独自の外題の多くは、もはや上演できなくなっている。現在、淡路人形座の若い座員達は、それら失われた浄瑠璃の復活をめざして、日々の公演の合間に稽古に励み、『玉藻前曦袂』神泉苑の段（四十年ぶり）や『賤ヶ嶽七本槍』勝久出陣の段（公式の上演記録なし）の復活上演を成功させるなど、着実に成果をあげている。

二　淡路人形浄瑠璃の起こり

淡路で古くから言い伝えられてきた淡路人形起源伝承がある。

漁師の長、藤原百太夫《ひゃくだゆう》正清が漁をしていると、和田岬の沖で蛭子（ひるこ、えびす）が漂っていた。蛭子は百太夫に宮殿を建てるように命じ、西宮大明神が建てられた。道薫坊《どうくんぼう》が蛭子に仕えていたが、彼が亡くなると蛭子を慰める者がなく、天候が荒れ不漁が続いた。このことを都に報告すると、道薫坊を模した人形を作って神慮を慰めるよう勅命が下った。百太夫は道薫坊の人形を操って諸国を巡り、淡路の三條村（南あわじ市市《いち》三條）に住みついて村人に人形操りを教えた。

これは、淡路座が大切に所持してきた巻物「道薫坊伝記」（「道薫坊由来」「続諌夷書」）に書かれている説話である。巻末に「坂上入道　寛永十五季夏中旬日」とあり、坂上入道は中院通村《なかのいんみちむら》（一五八七～一六五三）であると伝えられる。通村は後水尾天皇の第一の側近で、内大臣まで上った人物である。

各座は「道薫坊伝記」の写しをもって諸国を巡業した。淡路の人形遣いが伝えた「道薫坊伝記」は今も各地で大切に伝承され、長野県伊那谷で四巻、山梨県の追分人形で一巻、岩手県盛岡市で二巻確認されている。

郷土史家の菊川兼男氏は、淡路人形の起源について、護国寺（南あわじ市賀集《かしゅう》）の中世文書や三條地区の小字名に着目して、賀集八幡神社の舞楽奉納のため招かれた大坂四天王寺の楽人集団が三條の小字「ガク」の辺りに定住し、彼らの子孫が、賀集八幡神社の衰退（一六世紀初頭）の後、西宮から人形操りを受け入れたのではないかと推考されている（「中世淡路の舞楽料田と楽人集団―淡路人形芝居発祥地に関連して―」〈『護国寺誌』平成八年所収〉）。

「道薫坊伝記」とともに淡路座が神聖視してきた文書に「綸旨《りんじ》」がある。上村源之丞座には、中院大納言執達の「綸旨」が四通伝わっているが、中でも元亀元年（一五七〇）の「薄墨の綸旨」（図2）がもっとも知られている。引田淡路掾が禁裏節会で三社神楽（式三番叟）を奉納した（する）ので従四位下に叙任するという内容である。

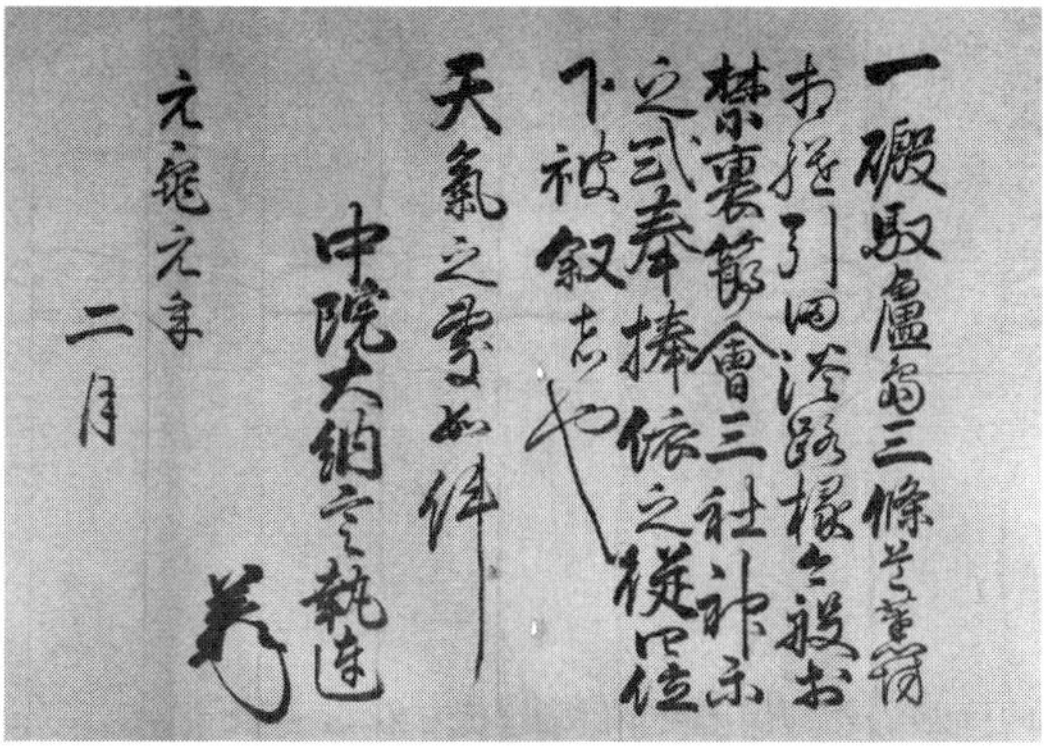

図2　「薄墨の綸旨」

「淡路掾」の名は、『東海道名所記』（万治二年〈一六五九〉）に「淡路丞」と、『和漢三才図会』（正徳三年〈一七一三〉）に「引田淡路掾」とみえ、いずれも文禄・慶長（一五九二～一六一五）の頃に京都の太夫と提携して人形浄瑠璃を創始した人形遣いとして登場している。「掾」は本来、国司の四等官（守《かみ》・介《すけ》・掾《じょう》・目《さかん》）の一つだが、浄瑠璃太夫が名誉称号として掾号を受領するようになった。人形遣いであった引田淡路掾の受領は、芸能家にありがちな造言と見る向きもあるが、近年、宮本圭造氏の研究によって、「淡路掾」が実在したことがわかった。すなわち、二條康道の日記『康道公記』の寛永十九年十月三日の条に、浄瑠璃太夫左内の若狭掾受領を巡って「但近例後陽成院御宇、淡路・河内・薩摩なと、いふ者成候事……」という記述があり、少なくとも「淡路掾」受領が現実にあったことがほぼ証明されたのである（宮本圭造「古浄瑠璃史再検」〈『演劇研究会会報』第28号、平成十四年六月〉）。

三　江戸時代の座本

江戸時代、淡路にはどのような人形座があったか、淡路人形史において極めて基本的な問題だが、実はこれが大きな謎であった。これまでこの問に答えられるまとまった史料はなく、『淡路《あわじ》草《ぐさ》』（文政八年〈一八二五〉）の一〇行ほどの記述がほとんど唯一の史料だったといってよい。

『淡路草』三條村の項に次のように書かれている。

道薫坊術　享保元文ノ頃迄ハ四十株にアマレリ　今十《ママ》組残レリ　十八座本と称す　その名左ノゴトシ

淡州十八坐本

上村日向掾　地頭方　喜右衛門
市村　上村平大夫　金右衛門
市村六之丞　吉川十大夫　久保田勘左衛門
久大夫　吉川安五郎　金四郎
戎屋久右衛門　鮎原西村　市村政之助
吉田傳次郎　小林六大夫　牓示川弥三郎
福永幾大夫　鬢福八大夫　仝　龍助

上村日向掾（源之丞）座は、始祖百太夫の血脈を引く、淡路人形浄瑠璃の元祖とされる由緒ある座で、市村六之丞座がそれに次いだ。両座の資料は現在、南あわじ市淡路人形浄瑠璃資料館で保存展示されている。吉田伝次郎座は淡路人形座に引き継がれた。

文政期、淡路には一八の座本があったことがこれで分かるが、それらの座がどの村にあったか、はっきりとしない。また、享保・元文（一七一六〜四一）の頃までは四〇座以上あったというだけで、それ以上はわからない。
では実際にどんな座があったのか。それを知る手掛かりが、上村源之丞座の座本であった引田家の資料にある。江戸時代、各座は源之丞座を中心に座本組織を作り、さまざまな規約を取り決めていた。各座本はそれらに署名しており、それを見れば、当時、存在していた座がわかる。引田家資料に見える座本名をあげる。

元文六年（一七四二）　三原郡で三八座
三條村　北之町　徳三郎、伝兵衛、伝五郎、三之丞、定之丞、重郎左衛門、和五郎、権三郎、銀之丞、
　　　　中之町　秀之進、喜三兵衛、伊八事亀太郎、
　　　　東ノ町　重太夫、弥太夫、助太夫、
　　　吉良ノ町　勘左衛門、清左衛門、幾太夫、甚六、久右衛門、
　　　　西ノ町　善七、八太夫、
　　　　南ノ町　茂左衛門
地頭方村《じとほ》　清助、平助事五平、福太夫、徳太夫
市　村　六之丞、六三郎、弥平太、伝七、伝十郎、金作
源之丞、伝次郎、新座本万之丞、同彦太夫
（ほかに文中に市村伝重郎の名がある）
宝暦三年（一七五三）　三原郡で二四座
三條村　源之丞、久右衛門、彦太夫、伝次郎、新太夫、助太夫、政右衛門、勘左衛門、徳三郎、和五郎、
　　　　重太夫、貞之丞、平太夫、金三郎、重郎左衛門、銀七、万之丞
市　村　六三郎、六之丞、金作、弥平太、伝七

地頭方村　福太夫、平太夫

文化八年（一八一一）島内で二一座

源之丞（三条村）、久右衛門、十太夫、幾太夫、由松、安五郎、善四郎、六太夫（鮎原）、十右衛門（地頭方）、平太夫（同）、新太夫（同）、福太夫（同）、弥三郎（同）、久八（同）、菊治（鮎原）、六之丞、政之助、清八（市村）、久太夫、伝次郎、忠太夫

慶応元年（一八六五）島内で一七座

上村日向、戎谷忠太夫、中村金太夫、吉田伝二郎、同佐大《ママ》夫、市村六之丞、福永幾太夫、吉川安五郎、植村平太夫、土佐嶋太夫、中村福太夫、市村清大《ママ》夫、上村隠居座、小林六大《ママ》夫、同若太夫、中村伝太夫、吉谷文五郎（慶応二年十二月加入、三原郡中筋村）

加賀・越前・能登の奇事怪談を収録した『三州奇談』には、宝暦期（一七五一～六四）、加賀大聖寺藩の山中医王寺（石川県加賀市）での「淡路の政右衛門」の興行の逸話が書かれているが、この政右衛門も、この頃、伊勢松阪で毎年興行していた三之丞（「宝暦はなし」〈『日本都市生活史料集成四』昭和五十一年〉）も、引田家資料によって、三條村の座にまちがいないことがわかる。

四　座本の組織

各座本は業界の秩序を保つため、仲間組織を作り、さまざまな規約（「仲間諸法度」）を取り決めていた。座本組織はいつ頃生まれたのか不明だが、三條村・市村・地頭方村の三原郡三箇村の座本組織が、少なくとも元文六年（一七四一）以前から存在し、仲間諸法度を取り決めていた。座本の会合は、例年正月六日と十二月十九日に行わ

れ、巡業先や人形遣い・太夫・三味線弾きの雇用、さまざまな規約等について協議した。

仲間諸法度は、座本には座名・道具の貸し借りや他座の営業妨害等を禁じ、人形遣いに対しては、門付けの類や巡業中の賭博等を禁じ、雇用契約の厳正な履行を求めた。これらの規約に違反したときは、諸道具を没収し、座本組織からの除名（講外）や雇用の停止といった厳しい処分が決められていたが、ほとんどの場合、仲介人を立て、謝り証文や過銀を納めることによって解決したようである。

津名郡鮎原西村（洲本市五色町）の座本小林六太夫は、天保四年（一八三三）十二月、家族が梓神子《あずさみこ》をしているという理由で講外を申し渡された。大いに困惑した六太夫は、梓神子を差し止めることを誓約し、塩屋村と上内膳村の庄屋の仲介を得て何とか和談にこぎつけた。年不明辰年の正月の会合では、中田村（淡路市中田）の人形遣い五名が獅子舞をしているという理由でつき合いを停止された。引田家資料には、人形遣いや座本が差し出した謝り証文が多数ある。

五　人形遣い

人形遣いは、淡路では「でこ廻し」とか「役者」とよばれた。文化（一八〇四〜一八）の棟附帳《むねつけ》の肩書には「道薫坊廻《どうくんぼうまわし》」と書かれている。道薫坊廻は、徳島藩の定めた身居《みずわり》（身分）の一つで、淡路の人形遣いにのみ与えられ、阿波にはない。

文化の棟附帳から各村の家数と道薫坊廻の軒数をあげると、

三原郡三條村　　家数一四四軒

　うち道薫坊廻　九二軒

三原郡市村　　家数二七三軒

うち道薫坊廻　二二軒
三原郡地頭方村　家数二四六軒
うち道薫坊廻　二〇軒
津名郡鮎原西村　家数　四五軒
うち道薫坊廻　一一軒

享保六年（一七二一）の「淡路国諸物件員数書」から道薫坊廻の人数をあげる。

三原郡の道薫坊廻　八六四人（男四四七人・女四一七人）
津名郡の道薫坊廻　六六人（男　二五人・女　四一人）

合計九三〇人。しかし、彼らすべてが人形遣いであったと考えるのは早計である。この数字はあくまでも身分としての道薫坊廻の人数であって、戸主が人形遣いの場合、家族全員が「道薫坊廻」という身居となる。つまり女性・子供・老人など、人形遣いに従事していない人々も、この人数に入っているのである。史料で見る限りでは、江戸時代、淡路座では女性が人形遣いになった例はない。

一年のほとんどを旅に過ごした人形遣い・太夫・三味線弾きの中には旅先で亡くなった者も多く、三條村慈恩寺の過去帳を見ると「旅死」の文字が目につく。また、旅先で出奔し、淡路に帰らない者も多かった。出奔者は棟附帳の末尾に「走人《はしりにん》」として書き上げられている。一例をあげる。

百姓喜平次惣領
一　壱人　　喜　八
此者宝暦年中信州へ道薫坊廻ニ罷越居申所、彼地より出奔仕、行衛相知不申候。
（文化八年、市村の棟附帳より）

三原郡三箇村の走人を集計すると次のようになる。

三條村　家数一四四軒（道薫坊廻九二軒）
　走人　八八人
市　村　家数二七三軒（道薫坊廻二二軒）
　走人　五三人
地頭方村　家数二四六軒（道薫坊廻二〇軒）
　走人　四〇人

走人がすべて人形芝居関係者だったわけではないが、道薫坊廻が多かった三條村は、他村に比べて走人の割合が際だって多い。彼らの中にはそれぞれの地で人形浄瑠璃の技芸を教え、そこで生涯を終えた者もいた。

六　徳島藩の保護

元和元年（一六一五）、大坂の陣の功によって、徳島藩蜂須賀家は淡路一国を加増された。歴代藩主は人形浄瑠璃を好み、たびたび上村源之丞座を招いて上演させた。

蜂須賀藩文書「万日帳」から抜粋する。

万治四年（一六六一）六月二十五日の条
一、太守様今朝四ニ酒部内膳方へ被為掛御腰、彼方にて源之丞にて操被仰付候。夜ノ六ツ半時ニ御帰城。
同年同月二十七日の条
一、銀子拾枚、淡州三条村源之丞ニ被下、右者酒部内膳方ニ而操被仰付御覧被遊候節、出来坊装束可仕旨ニ而被下。

同年同月二十九日の条

一、御帷子五ツ、源之丞役者之内上方ノ者頭五人ニ被下、右者酒部内膳方ニ而最前操御覧被遊候節、骨折申由ニ而被下（以下略）。

宝永三年（一七〇六）十月二日の条

一、今日於鷺之間傀儡師源之丞ニ操被仰付候（以下略）。

上るり

一、とらおさな物語、薩摩守忠度但シ初段二段まで

狂言

一、麦踊、河内長者、釣狐、なそ物語、八島物語、夜討熊坂、羅生門、住吉踊（以下略）

享保六年（一七二一）二月五日の条

一、於鷺之間、源之丞ニ基（碁）盤人形被仰付候（以下略）。

享保十六年（一七三一）二月二十九日の条

一、太守様御麻疹御祝儀御務被遊、上村源之丞ニあや釣被仰付、一統拝見被仰付候。

寛永二十年（一六四三）と正保二年（一六四五）にも「あやつり」があった。座本名が書かれていないが、上村源之丞座とみて間違いないだろう。万治四年の酒部内膳方での御前操りでは、「上方ノ者頭五人」に帷子《かたびら》が下されており、淡路座は早くから上方の芸人を雇用していたことがわかる。「阿淡年表秘録」によれば、藩主の淡路巡見の際も、源之丞に洲本または福良で御前操りを命じている。参勤交代で江戸に滞在しているときも、現地の座を招いて人形浄瑠璃を楽しんだ。

藩は淡路の人形座、特に上村源之丞座を保護した。弘化二年（一八四五）に源之丞と筒井村庄屋が藩にそれぞれ

提出した「此度系図御調被仰付ニ付相調指上写」、「三条村道薫坊廻日向素性並代々成行相調帳」によれば、三代目源之丞（承応元年没か）のとき、初代藩主蜂須賀至鎮《よししげ》の御前で上演し、棒役三本（夫役）を免除され、また、二代忠英《ただてる》の淡路巡国の際、櫟田《いちだ》村（南あわじ市松帆櫟田）で御前操りを命ぜられて日向の名を賜わり、さらに袴・脇差や、藩主との謁見を許され、城下での芝居興行を仰せ付けられたという。藩はさらに、必ずしも順調ではなかった源之丞座の経営支援のために、ときには資金まで貸し出していたのである。

五代目源之丞（享保元年没）は、宝永二年（一七〇五）に経営難から御手当芝居拝領を願い出たが、その中でこれまで受けた藩の厚遇を書き上げている。経営の実状と藩の対応がよくわかるので要旨を述べる。

祖父源之丞（三代目源之丞、承応元年没か）のとき、初代藩主至鎮様の御前で操りを仰せ付けられ、御意にかない、棒役三本御赦免いただきました。二代藩主忠英様の淡路巡見の際、親源之丞（四代目源之丞、天和二年没）が操りを仰せ付けられ、御意にかない、日向の名を賜わりました。三代藩主光隆様のとき、綱通様ご誕生、ご着袴の際、御祝儀芝居を拝領しました。御前操りも度々仰せ付けいただきました。貞享三年（一六八六）に年貢滞納が十六石余、商い借銀二貫四百目となって名代《なだい》（興行権の所有者）が取り続き難くなり、芝居拝領を願い出ましたところ、徳島城下での芝居を頂戴し、存続することができました。しかし、その後も年々の負債が重なって、元禄五年（一六九二）には名代が絶えるほかない状況に追い込まれ、借銀をお願いしましたところ、銀札三貫目の拝借をお許しいただき、翌年徳島城下で十四日間、元禄九年には洲本で十日間の芝居を拝領し、お陰様で今まで役者を手放さずにすみました。しかし、近年は不景気、物価高で地方興行の利益が上がらず、とりわけ資金繰りに行き詰まっています。借銀の返済も滞り、一貫八百目が未返済になっています。芝居に使う諸道具を拵えることもできず、困り果てています。前々は庄屋鈴江又五郎様にお頼みして商人から借用して道具を拵えましたが、四・五年前から利息の返済も滞って新たに借銀することもできず、もはや一座存続しがたく困窮しています。これまで度々ご援助をいただいてきましたので、新たなお願いは恐れ多く差し控えていましたが、この度はおめでたい時節で、このようなときには前々から操り芝居を仰せ付けいただいてまいりましたので、恐れながら、徳島御城下にて日数十四日、洲本にて十日の芝居を仰せ付けくださいますれば一座が存続でき、ありがたく存じます。（「乍恐奉願上御訴訟之事」）

源之丞は延享三年（一七四六）にも銀札一貫目を借用した。無利子で百目ずつ十年年賦という恵まれた条件であった。さらに天保八年（一八三七）にも、長文の願書で切々と窮状を訴え、銀札七貫目の御手当拝借を願い出ている。藩はこれにも応じているのである。

七　御手当芝居

上村源之丞座が経営難に陥ったとき、座本の求めに応じて、藩は「御手当」として大がかりな芝居を打たせた。日数は徳島城下で晴天十四～十五日、淡路の洲本で十日が通例であった。野掛け小屋では雨天時は上演できないので、興行期間を上演可能な晴天日数で定めたのである。

このうち、元禄六年（一六九三）に源之丞座が徳島城下で行った芝居について、『芝居根元記』（図3）によって状況が詳しくわかった。『芝居根元記』は、興行終了直後に芝居の見聞を阿波国名東郡の智円清澄が記録したものを、安永八年（一七七九）に書き写した写本で、阪口弘之氏はこれによって「元禄期淡路操芝居の地方興行―「芝居根元記」をめぐって―」（大阪市立大学『文学史研究』29号、昭和六十三年十二月、後『人形浄瑠璃舞台史』〈平成三年、八木書店〉所収）を発表され、広く世に知られることとなった。

この芝居は、元禄五年、経営難に陥った上村源之丞座が藩より銀札三貫目を拝借し、翌六年に徳島城下での芝居

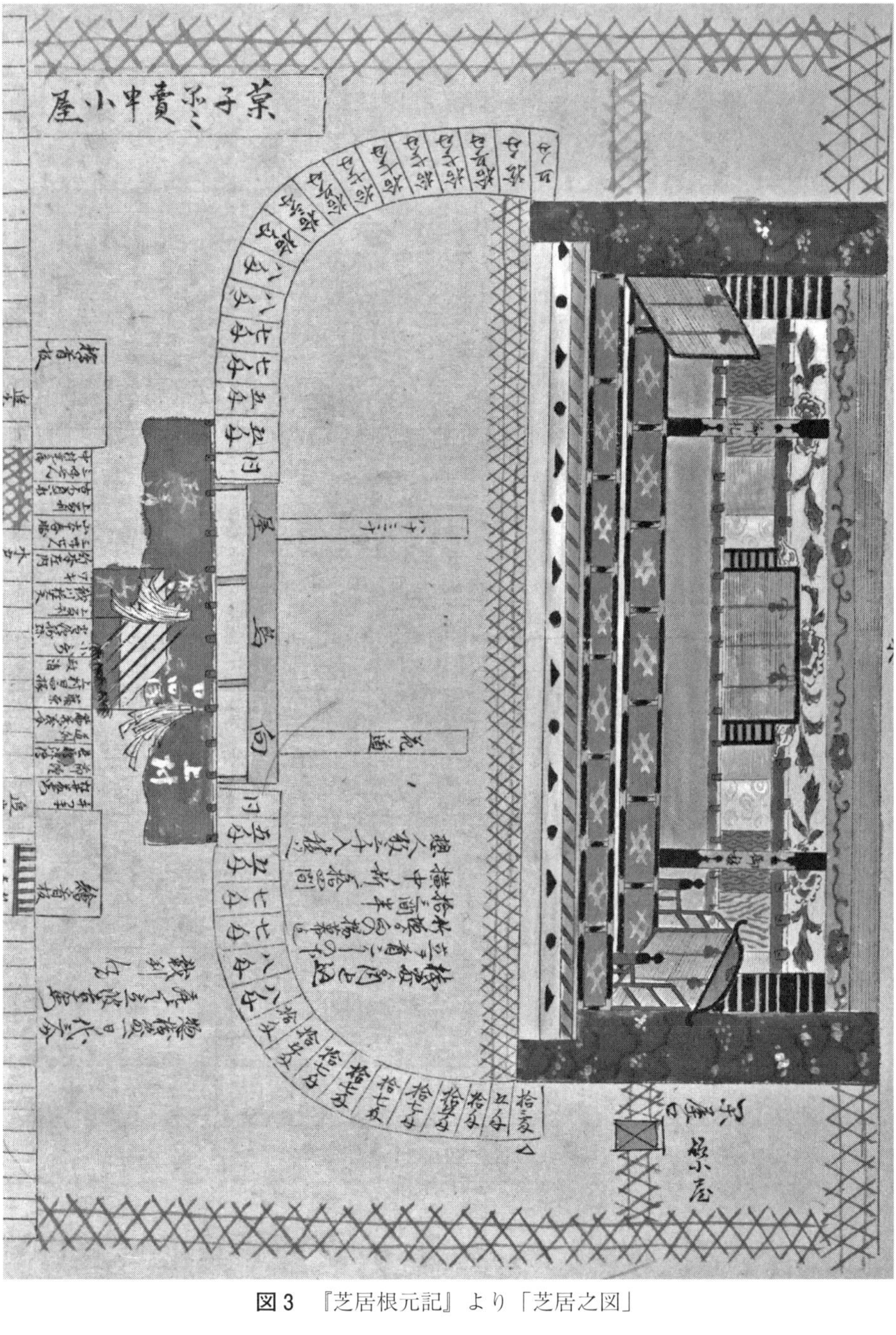

図 3　『芝居根元記』より「芝居之図」

を願い出たもので、宝永二年「乍恐奉願上御訴訟之事」は、その経緯を次のように述べている。

元禄五年ニ必当名代難取続、絶申より外行道無御座候ニ付、拝借銀奉願候処、銀札三貫目拝借被為仰付、翌年芝居奉願、徳島於御城下ニ日数十四日芝居被為仰付被下

源之丞は一九名の常雇いの人形遣い・太夫・三味線弾きに、大坂から新たに雇い入れた越川権太夫・竹本左内、三味線の山本春勝を加え、徳島東冨田で四月十三日から五月八日まで、十四日間の大規模な興行を行った。

演目は次の通り。

浄瑠璃（阪口弘之氏前掲論文による）

外題	作者・所属	初演年月
佐々木《ささき》大鑑《おおかがみ》 附藤戸《ふじと》之《の》先陣《せんじん》	近松門左衛門	貞享三年（一六八六）七月（正本刊記）
頼朝《よりとも》伊豆《いず》日記《にっき》	近松門左衛門	元禄六年（一六九三）二月以前（『鸚鵡《おうむ》籠中記《ろうちゅうき》』）
蟬丸《せみまる》逢坂山《おうさかやま》物語《ものがたり》	近松門左衛門	元禄六年（一六九三）二月以前（「茶屋《ちゃや》諸分調方記《しょわけちょうほうき》」）
薩摩守忠度《さつまのかみただのり》	近松門左衛門	貞享三年（一六八六）初冬（正本刊記）
天王寺《てんのうじ》彼岸中日《ひがんのちゅうにち》	山本角太夫（土佐掾）	貞享二年（一六八五）二月（土佐掾改名）以降
大磯《おおいその》虎《とら》稚物語《おさなものがたり》	近松門左衛門	元禄七年（一六九四）七月以前（『鸚鵡籠中記』）
津戸三郎《つのとのさぶろう》	近松門左衛門	元禄二年（一六八九）五月（正本刊記）

狂言

住吉踊、大森彦七、揚香虎ノ曲、山三恨ノ鐘、仙人獅子ノ曲、なそ論、餅花踊、八嶋、恋の餡売、おんきやう坊踊、節経乙姫道行、俵藤太、天人の羽衣、法華論、熊坂、市瀬踊、節経通ひ小町、三番叟踊、弁才天ニテとみ、あづま踊、初かぐらニテとみ、河内長者、節経小栗車段、望月敵討、石引、木やり

当時の浄瑠璃は普通、五段で構成され、各段の幕間に踊りなどの「間狂言《あいきょうげん》（間のもの）」が演じられた。阪口氏によれば、浄瑠璃は当時の新作物で、なかでも『大磯虎《おおいそのとら》 稚物語《おさなものがたり》』は、これまで確認されているもっとも早い上演年（元禄七年）より一年余り早い上演であった。

人形は一人遣いの時代だが、間口八間の舞台には二重の手摺りが設けられている。文楽では、手摺りの高さは二尺八寸を定法とするが、この舞台もそれを採用しているようである。舞台の正面に御簾《みす》が掛かっており、享保十三年（一七二八）に現在のような出語り床《ゆか》が設けられるまでは、太夫・三味線は舞台正面の御簾内《うち》で語っていた。客席は一四間に一三間半の平土間《ひらどま》とそれを囲む桟敷《さじき》席からなり、平土間は「惣人数三千人入ル積リ也」というから驚く。「菓子品々売申小屋」もあった（図3）。

観客は札売場で五分を払って入り札を買い、木戸口から入場する。一般客は中で敷物を借りて平土間に座る。敷物の値段は、畳一畳一匁三分、薄縁《うすべり》七分、半畳一分。高級客は桟敷席を求めた。桟敷は五匁から一七匁、位置によって大きく値段が違った。阪口氏によれば、木戸銭や敷物の値段は、竹本義太夫など上方の一流芝居の地方興行とほぼ同じレベルでかなり高い。入り札は当初八〇〇枚準備されていたが、足りなくなって六〇〇枚増やされたほどの盛況であった。収支は次の通り（要約）。

物銀高（総収入）　銀二十一貫目
諸事造用（経費）　銀五貫目
　うち大坂者三人の給銀　三百目余
差引き残額　銀十六貫目
　ただし花（御祝儀）は除く。

この史料によって、淡路の人形芝居は早くから上方と緊密な関係をもち、その内容、規模ともに、中央の一流の芸能と比べても遜色のない高い水準にあったことがわかる。

八　御祝儀芝居

若君の誕生、着袴、疱瘡の快癒、元服、藩主のお国入りや昇進など、藩に慶事があると、座本は「御祝儀芝居」という大芝居を願い出た。御祝儀芝居を拝領できるのは格式の高い上村源之丞座と市村六之丞座に限定された。諸記録で一五回の御祝儀芝居が確認できる（うち二回が市村六之丞座）。

このうち、文化十三年（一八一六）の御入国御祝儀芝居に際して、上村源之丞が役所に提出した文書の控《ひかえ》が「御入国御祝儀芝居諸願控」に綴られている（縦帳二冊、引田家資料）。

一二代藩主蜂須賀斉昌《なりまさ》のお国入りに際して、源之丞は、徳島で晴天三十日、洲本で十五日間の御祝儀芝居を願い出た。が、認められたのは、慣例によって徳島十五日、洲本十日であった。徳島興行は、名東郡佐古村の畑地三反を借り受けて小屋を掛け、太夫一〇人・三味線四人・人形遣い二四人という陣容で三月十一日に幕を開けた。太夫のうち、宮戸太夫と八重太夫は大坂から招いた特別出演の太夫で、これを「追抱《おいだき》」といった。常雇いの太夫（座太夫）で通し狂言を演じた後、追抱に一段物の「附物《つけもの》」を語らせるのが淡路座の通例であった。ところが客足は思うように伸びず、七日間の興行日数追加を願い出、許可されている。演目は次の通り。

○「翁渡シ」、追入外題「源平布引瀧序切」

○「和田合戦三ノ切迄」、附物「江戸《えど》気質《かたぎ》比《ひ》翼《よく》塚《づか》長兵衛内之段」、同「寿門松《ねびきのかどまつ》将碁《ママ》之段」

○「大江山酒呑童子」、附物なし

○「祇園祭礼信仰記」、附物「播州皿屋敷」

○「祇園女御九重錦」、附物「彦山権現」、附物「おしゅん伝兵衛」

洲本興行（八月二十三日～九月六日、塩屋川原）の演目は次の通り。

○「翁渡」、為顔見世「源平布引瀧序切」

○「和田合戦女舞鶴三段目迄」、附物「双蝶々《ふたつちょうちょう》《ママ》駕之甚兵衛之処」

○「由良湊千軒長者」、附物「太平記忠臣講釈七ツ目」

○「大江山酒呑童子」、附物なし

○「日本賢女鑑《にっぽんけんじょかがみ》」、附物なし

○「菅原伝授手習鑑」

注目すべきは、『菅原伝授手習鑑』で花火を使ったということである。恐らく、道真が雷神となって荒れ狂い、藤原時平に仇を打つ、五段目「大内天変」で使われたのであろう。江戸時代の淡路座の興行で、花火の演出が行われていたという報告は今までない。

九　淡路人形の広がり

江戸時代、淡路座の巡業先は南は九州、北は中部・北陸から奥州に及んだ。しかし、興行期日・場所・演目・出演者等を記した芝居番付はほとんど現存せず、現地のわずかな記録しか残っていないので、興行の実態を詳しく知ることはできない。しかも現在確認されている地方の興行記録はまだ数少なく、各地の史料を丹念に調査すれば、今後さらに多くの発見があるものと思われる。

九州府内藩（大分県）の記録には、宝永元年（一七〇四）以降、淡路座が浜の市で興行していたことが書かれている。角田《つのだ》一郎氏によると、浜の市では元禄期に安芸の宮島の六月市の興行物をほとんどそっくり引き継いで請ける例が始まったという。

紀州も淡路座の縄張りで、小林六太夫座をはじめ各座が村浦を巡演した。六太夫座は紀州藩の贔屓が厚く、天保四年（一八三三）に西浜御殿で御前操りを命じられ、紫縮緬蒲団四畳・唐更紗蒲団二畳と人形衣裳・小道具長持六棹を拝領した。前年にも古川御埜邸に招かれており、六太夫は、紀州藩内での佩刀を許されたという。

北陸では、宝暦期（一七五一〜六四）、加賀大聖寺藩山中医王寺（石川県加賀市）で政右衛門座が興行した。福井でも、明和六年（一七六九）から天明五年（一七八五）の、政右衛門座・市村六之丞座・吉田伝次郎座の興行記録が残っている（「橘宗賢伝来年中目録」）。

中部地方では、市村六三郎座らが活躍した。六三郎は、享保九年（一七二四）に信州伊那の伊豆木《いずき》（飯田市伊豆木）の旗本小笠原家に招かれ、寛保・宝暦期（一七四一〜六四）には、現在の岐阜県瑞浪市や土岐市で興行していたことが現地の記録でわかる。上演外題の中には、上方での初演直後の作品もあり、淡路座と豊竹座・竹本座との緊密な関係が推察される。

六三郎は宝暦後期頃に淡路を離れ、諸国を巡業の後、信州飯田で死亡した。六三郎の甥で、信州伊那谷に住みつき古田人形を指導した淡路の人形遣い市村久蔵は、死の前年に「道薫坊伝記」の譲り状（文化六年付）を書き遺している。

覚道薫坊之事

御綸旨之儀は先年淡路国江頂戴仕、其写三拾六本ハ国中江弘候而、永久神いさめ之操致候様蒙勅免相勤候、証拠之一軸大切ニ守護仕所、相違無御座候而、五拾ヶ年以前伯父市村六三郎諸国江罷出候時節国本より持参仕、国々ハ勿論エゾ迄も相渡り操興行仕、又々当国江渡り飯田辺ニ於ゐて老死仕（以下略）

こうした淡路座の広範な活動が、各地に人形浄瑠璃を根付かせ、地方の文化に大きな影響を与えた。江戸時代末から明治にかけて、全国に千箇所をこえる人形芝居伝承地があったといわれるが、その多くは、淡路人形の強い影響を受けた、淡路系人形芝居と考えられる。

岐阜県中津川市付知《つけち》町には、天和二年（一六八二）に、この地を巡業していた淡路座から習ったという翁舞《おきなまい》（式三番叟）が伝承されている。同市川上《かおれ》地区の恵那文楽は元禄期に、瑞浪市の半原《はんばら》人形浄瑠璃は十八世紀初頭に、淡路の人形遣いを逗留させて教わったのがはじまりと伝えられる。

天龍川に沿った長野県伊那谷は人形浄瑠璃の宝庫で、多様な古式かしらや文書資料が伝来する。江戸時代には村ごとに人形芝居があったといわれ、今も古田人形芝居（箕輪《みのわ》町《まち》）、黒田人形座（飯田市）、今田人形座（飯田市）、早稲田人形芝居（阿南町《あなんちょう》）が活発に活動している。江戸中期、この地に住み着いて人形浄瑠璃を教えたのは、市村久蔵（古田人形）や吉田重三郎（黒田人形）、森川千賀蔵（河野人形）など淡路の人形遣いで、彼らはここで生涯を終えた。彼らが伝えた「道薫坊伝記」は伊那谷に四巻残されている。

昭和六十二年（一九八七）、岩手県盛岡市の旧家鈴江家のつづらから、一人遣いの人形や差し込み式の指人形とともに、「道薫坊伝記」一巻を含む古文書が発見された。それによれば、鈴江家の先祖四郎兵衛は淡路の三條村の庄屋鈴江又五郎の弟で、寛永十八年（一六四一）、盛岡城本丸において二代藩主南部重直の前で諸芸を上演し、以後、正月に城内で「道薫坊廻シ」を勤めるのが慣例となり、そのまま盛岡で操り座本として活動するようになったという。一時は藩御用達を意味する「御操座元四郎兵衛」を称することが許され、後には「盛岡藩御印判師二葉屋四郎兵衛」を兼業した。さらには芸能プロモーターとしても活動し、次第に城下での芸能興行を取り仕切る権限を手にしていった。

淡路人形の影響をもっとも受けたのは、同じ藩であった阿波（徳島県）である。阿波人形浄瑠璃は、江戸時代中頃に村芝居として生まれ、村の若者らによって演じられたが、次第に興行に出るようになった。時代は下るが、明治中期、諸国を旅した阿波の人形遣いが、群馬県荒砥村《あらとむら》（前橋市）で「赤城人形大一座」（泉沢人形）を旗揚げした例もある。

役者絵に見る近松作品の享受
——『曾根崎心中』『心中宵庚申』『国性爺合戦』——

倉橋正恵

はじめに

人形浄瑠璃作者だけではなく、歌舞伎作者としても活躍し、「作者の氏神《うじがみ》」とまで称された近松門左衛門だが、原作そのままで後年まで上演され続けた作品は少ない。とりわけ、歌舞伎へ取り入れられた近松作品は、上演時の時流や演じる役者に合わせて常に変更されるため、時を経るごとに原作が持つ本来の姿からはかけ離れていく。しかし近松作品の改作については、一部分について考察がなされているものの、近世後期のものについてはほぼ手つかずの状態といっても過言ではない。

また、歌舞伎の上演に基づいて作成される浮世絵版画の役者絵は、歌舞伎役者の扮装や型、特定場面での表情等をうかがい知る事ができる有効な資料となり得ると言われてきた。近松作品については、『夕霧阿波鳴渡《ゆうぎりあわのなると》』（正徳二年、竹本座）を原作とする『廓文章《くるわぶんしょう》』について、役者絵を用いながら伊左衛門の型の考察を試みられた赤間亮《りょう》氏の「歌舞伎研究と絵画資料―役者絵の効用をめぐって―」（楠元六男《くすもとむつお》編『江戸文学からの架橋　茶・書・美術・仏教』平成二十一年、竹林舎）が最近のものであろう。ただし、役者絵自体が実際の舞台をそのままに写しているかという問題については、現在様々な資料を用いた検証が個々になされているものの、いまだ明確に解決しているわけではない。というのも、歌舞伎では上演の度に演出が変更される上に、台帳や番付といった上演資料の残存状況、役者絵の出版事情などが全て異なるため、一概に歌舞伎作品の研究資料として役者絵を用いる事ができると明言できないからである。

こうした研究状況の中、延宝（一六七三〜八一）から享保期（一七一六〜三六）にかけて世に出された近松作品そのものを、寛政期（一七八九〜一八〇一）以降に隆盛を極めた役者絵の中に見出す事は容易ではない。そのためここでは、近松世話浄瑠璃の代表作である『曾根崎心中《そねざきしんじゅう》』や『心中宵庚申《しんじゅうよいごうしん》』、近松の時代物として人形浄瑠璃だけでなく歌舞伎でも絶えず上演され続けてきた『国性爺合戦《こくせんやかっせん》』の三作品を例として、それぞれの作品を描いた役者絵を用いながら、時流や人形ではなく人間が演じる歌舞伎という演劇形態に合わせて作品が改作されていった様子、さらには当時の観客が近松作品をどの様に捉えていたのかについて考えていきたい。

一　『曾根崎心中』

近松作『曾根崎心中』（元禄十六年五月、竹本座）は、近松世話浄瑠璃の傑作と称される。歌舞伎においても、昭和二十八年の宇野信夫《のぶお》による新演出の上演以降は近松作品の中でも特に上演回数が多く、現代人にとっても大変なじみ深い演目の一つとなっている。

ところが、江戸上方共に曾根崎心中を題材とする役者絵の作例は、他の近松作品に較べて極端に少ない。そして数少ない曾根崎心中の役者絵についても、その大半が人物の胸から上を描いた半身像であるため、絵から芝居の筋や当時の演出・型などを追う事は困難と言わざるを得ない。役者絵の残存数が少ないのは単純に上演回数の問題かとも考えられるが、近世期の上演状況をみると、意外な事に上演回数自体はそれ程少ないわけではない。近松の

『曾根崎心中』は享保四年（一七一九）春に、中村座『開闢月代曾《かいびやくげんぷくそ》我《が》』の三番目として初めて歌舞伎に取り入れられた後、『曾根崎初夢曾《そねざきはつゆめそ》我《が》』（享保十年秋、京都夷屋）や『女夫星浮名天神《めおとぼしうきなのてんじん》』（元文二年閏十一月、大坂岩井座）等の様々な歌舞伎の改作が創られている。そして、安永七年（一七七八）九月竹田座で近松半二《ちかまつはんじ》や近松善平《ちかまつぜんぺい》による人形浄瑠璃の改作『往古《むかしむかし》 曾根崎村噂《そねざきむらのうわさ》』が上演されて以降、これがそのまま歌舞伎へ取り入れられて「おはつ徳兵衛《とくべえ》もの」となっていき、特に上方や地方芝居では途絶える事なく明治期迄上演され続けている。

江戸の場合、文化期（一八〇四〜一八）以前は「おはつ」「徳兵衛」「九平次《くへいじ》」「曾根崎」といったキーワードを常に用いながら、『往古曾根崎村噂』と曾我や伊達競《だてくらべ》といった他作品との綯《な》い交《ま》ぜで上演する事が多かったようである。文政期から慶応期（一八一八〜六八）になると上演回数は極端に少なくなり、天保七年（一八三六）九月市村座『金鏵対緒環《きんめぬきついのおだまき》』の二番目『露霙曾根崎心中《つゆしぐれそねざきしんじゅう》』、弘化二年（一八四五）一月市村座『曾我 風流 家春駒《そがふうりゅうかれいのはるごま》』、弘化四年（一八四七）十一月中村座『八島 裏梅 鑑《やしまのうらうめのかおみせ》』、嘉永二年（一八四九）十一月河原崎座『室楳孛源氏《むろのうめみばえげんじ》』の二番目『霜剣 曾根崎心中《しものつるぎそねざきしんじゅう》』のわずか四回に留まっている。なお、この四回の上演の内、弘化年間の二回は綯い交ぜである。

『曾根崎心中』を題材とする役者絵の作例の少なさについて江戸の場合に限れば、役者絵が盛んに出版されていた近世後期の上演回数と比例して、自ずと役者絵の点数も少なくなってしまったとも考えられる。しかし、上演が継続的に続いていたはずの上方でも、役者絵の残存点数は少ない。こうした現象が起きた理由について考えてみた時、『曾根崎心中』という演目自体が当時それ程注目されていなかったのではないか、という素朴な疑問が生じる。西沢一鳳《にしざわいっぽう》が『伝奇作書《でんきさくしょ》』の中で天明年間（一七八一〜八九）刊として紹介する見立番付『浄瑠璃東西外題番附《とうざいげだいばんづけ》』では、人形浄瑠璃の演目を相撲番付形式でランク付けしており、『曾根崎心中』は西方（竹本座の浄瑠璃作品を集める）の前頭四十五枚目という低い位置に置かれている。『浄瑠璃東西外題番附』での『曾根崎心中』の格付けは、他の近松世話物浄瑠璃の順位としてまだ高い方ではあるものの、西方大関に位置する同じく近松作の時代物浄瑠璃

『国性爺合戦』とは対照的な順位である。この傾向は後の時代にも続き、天保十一年六月の『浄瑠璃外題《げだい》見立《みたて》相撲《ずもう》』(三井文庫本館蔵)という見立番付では、東之方前頭二十九枚目となっている。順位だけでみると先の見立番付よりも格付が高くなっているようであるが、これは採り上げる作品数が少ないためであり、『心中天網島《しんじゅうてんのあみじま》』『傾城阿波《けいせいあわ》ノ鳴門《なると》』『夕きり廓文章』といった他の近松世話浄瑠璃よりも順位はかなり下位である。さらに『浄瑠璃外題見立相撲』では、もはや『曾根崎心中』という題さえも失い、「おはつ徳兵へ」とだけ記されている。度重なる改作と近松半二の『往古曾根崎村噂』の定着により、天保十一年当時の人々にとっては、近松の原作『曾根崎心中』自体の存在は忘れられつつあった事をうかがわせる。

それでは、当時の観客達にとって「おはつ徳兵衛もの」とは一体どういうものであったのであろうか。それを示す例として、嘉永二年十一月河原崎座『室楳莩源氏』の二番目『霜剣曾根崎心中』に基づいた三代目歌川豊国《うたがわとよくに》画の役者絵を見てみたい。図1では画面左におはつの二代目尾上菊次郎《おのえきくじろう》と徳兵衛の八代目市川団十郎《いちかわだんじゅうろう》、画面右に外題「天満屋おはつ　平野屋徳兵衛　霜剣曾根崎心中」と「よみうり上下」という言葉が描き込んである。画中の外題及び「よみうり上下」の書式は、嘉永二年『室楳莩源氏』の辻番付や役割番付での『霜剣曾根崎心中』を記す形式をそのままに写したものである。

ここで注目したいのは、「よみうり上下」という言葉である。江戸の辻番付や役割番付では、外題の左下に「四番続」といった幕数を表す数が記され、原作がある場合はその題材が何であったのかを示すことがある。例えば小説を原作とするものであれば「五冊続」、人形浄瑠璃を原作とするものであれば「三段続」となる。こうした番付上の外題書式の原則から考えてみると、『霜剣曾根崎心中』の原作は「上下巻の読売《よみうり》」という事になる。なお、天保七年九月市村座で『露霑曾根崎心中』が上演された際の辻番付でも、嘉永二年の上演と同様に外題の左下に「よみ売上下」とある。これらの「よみうり」という言葉に注目すると、図1で徳兵衛役の八代目団十郎が左手に持つ冊子は、上演で大切浄瑠璃《おおぎりじょうるり》として道行の場面に用いられた『重扇色三升《ふたつもんいろとみます》』の義太夫や清元の正本《しょうほん》ではなく、天明期頃に一枚摺から数丁の綴本に移行していた読売の唄本であると推測できる。

『霜剣曾根崎心中』の台帳や浄瑠璃正本は残っていないため芝居の詳細な内容は不明であるが、上演時の各種番付や他の役者絵によって確認する限り、外題こそ変えてあるものの、その内容は『往古曾根崎村噂』上巻の河堀口の場と教興寺村《きょうこうじむら》の場をそのまま上演したようである。そして、大切浄瑠璃に「曾根崎村道行の場」として『往古曾根崎村噂』にはなかった心中の場面を付け加えている。したがって、『霜剣曾根崎心中』の実際の原作は読売ではなく『往古曾根崎村噂』であるが、先述の浄瑠璃外題の見立番付で確認した様に、近世後期では一般の人々に近松の原作浄瑠璃『曾根崎心中』自体の存在感が薄く、代わって「おはつ徳兵衛もの」となった『往古曾根崎村噂』も、天保七年及び嘉永二年の上演番付で「よみうり上下」と記されているのを見る限り、あまり強く意識されていなかったようである。この現象は、近世後期の「お染久松もの」の芝居に「歌祭文《うたざいもん》」という言葉が付与されるのと同様に、原作云々よりも作品に付与されたイメージが先行した結果ではないかと思われる。

図1　『霜剣曾根崎心中』役者絵

それでは、番付や図1に登場する「よみうり」という言葉は、外題の「噂」という言葉から発想されたものなのであろうか。また、この読売について、近世期の人々はどういう印象を持っていたのであろうか。

読売は心中事件や火事などの出来事を摺物《すりもの》にして歌いながら売り歩いた芸で、天和期（一六八一～八四）から既に見られる。近松自身も『卯月《うづき》の潤色《いろあげ》』（宝永四年四月、竹本座）の道行で、「サア絵草紙え．余所の口の端．ア余所事に．買ひ求めては慰みし、この身の果てを読売に．誰が節付けて、田舎まで謡ひ流さん。」（『新編日本古典文学全集　近松門左衛門集二』）と、心中事件を読売が売り広める情景を描写している。おはつ徳兵衛の心中を扱った読売の唄本の存在は確認できていないが、元禄十六年七月の艶本《えんぽん》『心中恋のかたまり』（昭和四十年、花咲一男刊）の目録には「十三　曾根崎の松」としておはつ徳兵衛の名前が挙がり、その跋文《ばつぶん》には「つまる所ハみじかいうき世と心中、死所一枚の絵草紙の噂にのる。」とあることから、元禄十六年（一七〇三）時点でおはつ徳兵衛の事を扱った心中読売も販売されていたと推測できる。

ただし、実際に曾根崎で心中事件が起きた元禄十六年（一七〇三）から、嘉永二年の上演までは年代の隔たりがあるため、事件当時に読売が売り歩いた唄本が嘉永二年迄残っていたとは考えにくい。そこで『霜剣曾根崎心中』が上演された嘉永二年という年を考えてみると、この年はイギリス船が浦賀に来航した事を契機として大津絵節が流行し、多くのかわら版が江戸で出版された年でもあった。この後心中読売だけではなく世相や大地震、外国との接触といった時事的なものも対象としながら、幕末の動乱と共に読売の活動は一段と活発化する（西沢爽『日本近代歌謡史』〈平成二年、桜楓社〉、ジェラルド・グローマー『幕末のはやり唄』〈平成七年、名著出版〉）。この読売の活発化を受けて、最幕末期の江戸では役者絵に読売の扮装をした役者が続々と描かれるようになる。つまり、嘉永二年という年は、読売という存在が再び世間に注目され始めた年であり、その流行を当て込んで人々の記憶の中にあったおはつ徳兵衛の心中の噂を取り込んだものが、歌舞伎芝居の『霜剣曾根崎心中』及び、図1の役者絵だったのであろう。天保七年の上演についても、近世後期、幕末、明治期を通して心中読売が盛んであった事を考えると、番付において読売を原作として標榜していても不思議ではない。『曾根崎心中』の改作物として『よみ売三巴《うりみつどもえ》』（明和五年七月、竹本座）という作品が作られる程、おはつ徳兵衛の事件と読売は結び付きやすい存在であったのであろう。

むろん人々の記憶に曾根崎の心中事件が残る契機となったのは、元禄十六年の近松の『曾根崎心中』であり、それが評判となったからこそ浮世草子『心中大鑑《しんじゆうおおかがみ》』（宝永元年刊）でおはつ徳兵衛が採り上げられ、歌舞伎や人形浄瑠璃で様々な改作がつくられていったのである。これと同時に原作浄瑠璃『曾根崎心中』も正本として世間に流布していたであろうし、歌舞伎で改作が次々と上演されていた時や近松半二らによる人形浄瑠璃の改作『往古曾根崎村噂』が書かれた安永七年当時でも、やはり芝居の制作者達は近松の原作を意識していたと思われる。ところが、改作物が次々と世に出ていくうちに、観客達の中では近松の原作浄瑠璃の記憶は次第に薄らぎ、『往古曾根崎村噂』という題に象徴される様に「おはつ徳兵衛による曾根崎での心中事件の噂」という曖昧なものとなっていったのであろう。中には『往古曾根崎村噂』が心中読売に基づいて創作された、と勘違いする者もいたかもしれない。こうした人々の曖昧な記憶が、時事的な動きと共に活発に活動を始めた読売の存在と結び付いて、嘉永二年の『霜剣曾根崎心中』の上演となり、さらには番付や図1の様に「よみうり上下」と書かれる事になったのであろう。

近松の『曾根崎心中』は、原作自体の存在感は時と共に希薄になりつつあったが、おはつ徳兵衛による曾根崎での心中の噂は、形を変えて近世期の人々の記憶に残り、後世まで享受され続けていたのである。

二　『心中宵庚申』と『心中重井筒』

八百屋半兵衛《やおやはんべえ》とその妻お千代《ちよ》の心中を扱った近松作『心中宵庚申』（享保七年四月、竹本座）は、近世期の歌舞伎では改作物も含めて主に「八百屋献立《やおやのこんだて》」として上演されていた。役者絵では、概してお千代と毛氈を肩にかける半兵衛の道行の場面を描く事が多いが、中には羽織の片袖を脱ぎ、空中を歩くかの様に夜道を行く半兵衛一人の姿を

図２　『七五三翫宝曾我』八百屋半兵衛

描いた例を見出す事もできる。

こうした役者絵の一つに、四代目中村歌《なかむらうた》右《え》衛門《もん》の演じる羽織を落とす八百屋半兵衛と、手摺の中の黒衣《くろこ》を描いたものがある。図２は、天保十一年二月市村座『七五三《しめかざり》翫宝曾我《おたからそが》』の二番目中幕、人形振《にんぎょうぶ》りでの半兵衛の羽織落としの場面を描いたものである。この芝居の内容は近松作『心中重井筒《しんじゅうかさねいづつ》』（宝永四年、竹本座）の筋をそのまま取り入れ、『心中重井筒』の紺屋徳兵衛を八百屋半兵衛、女房おたつをお千代、おふさを芸者お秀《ひで》へと変更しただけのものであった。この時の四代目歌右衛門は人形遣いの吉田兵吉《よしだひょうきち》から稽古を受けたという（『歌舞伎年表』六巻）。翌天保十二年正月刊の役者評判記『役者舞台扇《やくしゃぶたいおうぎ》』の中村歌右衛門評では、この時の人形振りについて次のように記されている。

お千代半兵への人形身女中あまりおもしろさに三度見に参り升た（中略）踊の師匠あの大きいからだのやわらかさ　さるおやしきから翫雀が人形身のかたをとつてこいとおたのみゆへたび〱見に来てもしよせんあの身ぶりはなりこまや　どうしてまねもできるものかな頭取さるゆへに日数永く打つゞき古今まれなる大はんせう

この記事からも、四代目歌右衛門の人形振りの巧みさと、それが評判を呼んで大当たりした事がうかがえる。

だが、羽織落とし人形振りとの演出は、『心中重井筒』の紺屋徳兵衛で既に用いられていたものであった。羽織落としの演出は、徳兵衛が妻おたつのもとへ戻るか、それとも遊女おふさの所へ行こうかと四つ辻で心迷っているうちに羽織が脱げて落ちるというもので、『脚色余録《きゃくしょくよろく》』（嘉永四年序）の「江南心中情死の話」によると寛政年中に徳兵衛を演じた二代目中山文七《なかやまぶんしち》が脱げた羽織を毎日くじ引きで見物に与えている。徳兵衛の人形振りについても、文化年間に三代目中村歌右衛門《なかむらうたえもん》が既に用いていた（『歌舞伎登場人物事典』〈平成十八年、白水社〉「徳兵衛」項）。ただし、役者評判記で三代目歌右衛門が演じる紺屋徳兵衛の人形振りの演出について確認できたのは、文政三年（一八二〇）十一月京都北側芝居で上演された『心中重井筒』に対する「切狂言に重井筒の徳兵へ役（中略）女房のうらみを聞間操り人形の心持で致れたは受取升た」（文政四年正月刊『役者甚考記《やくしやじんこうき》』、中村歌右衛門評）の記事だけであった。つまり、三代目歌右衛門は四つ辻で心迷う場面に人形振りを見せたのではなく、紺屋内の場で妻から恨みを聞かされる時に人形振りを用いていたのである。したがって、天保十一年の上演時において、四代目歌右衛門がそれ以前に『心中重井筒』の紺屋内の場で用いられていた徳兵衛の人形振りと、四つ辻の場で用いられていた羽織落としの演出を統合し、妻お千代と芸者お秀の間で心迷いながらもお秀のもとへ走ってしまう『心中宵庚申』の半兵衛の描写として用いたのである。

　この天保十一年の半兵衛の評判が良かったためか、四代目歌右衛門は天保十五年七月河原崎座『追福《ついぜん》いろは実《じつ》記《き》』の二番目『宵庚申後段献立《よいごうしんごだんのこんだて》』で半兵衛役を再演し、さらに弘化四年十一月中村座『八島裏梅鑑《やしまのうらうめのかおみせ》』では紺屋徳兵衛を八百屋半兵衛と同様の人形振りで演じている。また、四代目歌右衛門が演じる半兵衛の人形振りと羽織落としが江戸の人々の印象に残ったためであろうか、四代目歌右衛門没後の役者絵でもこの場面を描いた作例を見い出すことができる（早稲田大学演劇博物館蔵〈006-4115、006-1509、005-0247〉）。

　江戸においては、四代目歌右衛門が創り上げた八百屋半兵衛のイメージが養子の初代中村福助《なかむらふくすけ》にそのまま受け継がれる事になり、初代福助の半兵衛が見立絵として何度も描かれている（早稲田大学演劇博物館蔵〈006-2399、006-4113、006-4112〉、ヴィクトリア&アルバート博物館蔵〈E6791-1886〉）。なお初代福助が半兵衛役を初めて演じるのは、安政四年（一八五七）閏五月中村座『若樹梅里見八総《わかきのうめさとみのやつふさ》』の二番目『号八百屋料理拙《なのみやおやりようりのふつつか》』であった。この時の

図3　二代目歌川国貞作『号八百屋料理拙』八百屋半兵衛（ボストン美術館蔵）
Gift of L. Aaron Lebowich, RES.52.9

絵本番付によると、二番目序幕の夜道を歩く半兵衛に人形振りが用いられたようである。そしてこの上演に際して描かれたものが、図3である。

上方で演じられる紺屋徳兵衛については、弘化五年（一八四八）正月刊の役者評判記『役者《やくしゃ》紫源氏《むらさきげんじ》』の初代実川延三郎《じつかわえんざぶろう》評によって、その様子をうかがい知る事ができる。前年九月中之芝居の『重井筒』で初代延三郎が演じた徳兵衛について、『役者紫源氏』では次のようにある。

見功者四つ辻の段いかゞと思ひの外　せり出し二而四つ辻ニ立身ニ而のたれて居らるゝみへ受取ました　それより人形仕立のふり若手ニ似合ぬ御功者なことで厶《（ござ）》り升

このように弘化四年の時点では、上方でも四代目歌右衛門の人形振りの演出が、徳兵衛の羽織落としの場面へ用いられている。その後、この人形振りの演出は『心中重井筒』の紺屋徳兵衛の演出として残っていたようである。慶応元年（一八六五）十月堀江芝居の『重井筒』では、初代延三郎から改名した二代目実川額十郎《じつかわがくじゅうろう》が同じく徳兵衛を演じており、図4はその時の役者絵である。慶応元年の二代目額十郎の徳兵衛の様子について、翌二年正月刊の役者評判記『役者金剛競《やくしゃこんごうくらべ》』では「四つ辻の段羽織落しは始めの間は鯱蔵丈《（しやちぞうじょう）》の足拍子にて人形仕立はよかつたが肝心の羽織の所が少し工合が悪ふ厶り升た」と記している。

図4　『重井筒』紺屋徳兵衛

図3の初代福助の八百屋半兵衛と、図4の二代目額十郎の徳兵衛を比較してみると、背景の有無、衣装、身体の向き、黒衣の人数といった差異はあるものの、場面の描き方に両者の違いはなく、互いに役名を入れ替えても十分に通用するとしても過言ではない。また慶応元年十月守田座で上演予定であったと考えられている『宵庚申後段献《よいこうしんごだんのこん》立《だて》』（『日本戯曲全集』四十五巻）の台帳も、外題では『心中宵庚申』の改作物であることを標榜しながら内容は『心中重井筒』そのままである。

こういう状況の中では、当時の江戸で『心中宵庚申』の八百屋半兵衛と『心中重井筒』の紺屋徳兵衛が混同されていたとしても不思議ではない。歌川国芳《うたがわくによし》画「小倉擬百人一首《おぐらぎひやくにんいっしゅ》」という浮世絵の揃い物には、「八百屋半兵衛」として羽織の片袖を肩からずり落としながら片足を大きく後ろに跳ね上げ、月夜を行く四代目歌右衛門風の男の姿を描いた絵が含まれている（早稲田大学演劇博物館蔵〈005-0688〉）。この絵の上部に赤染衛門《あかぞめえもん》の「やすらはでねなましものをさよふけて」の和歌と、戯作者柳下亭種《りゅうかていたね》員《かず》による「傾城の実ハ角火鉢に燗す玉子酒に知られ女房の操ハ松薪に煮る生姜酒に思ハる恋には身さへ空蟬の裳脱となりし絹羽織染し小紋の雲形にかたぶく月の影させど凡悩の闇にまよへる歟うかれ男」との解説が付されている。種員の文中にある「傾城の玉子酒」や「女房の生姜酒」は、『心中重井筒』上巻末の路上で心迷う徳兵衛の場面に使われている詞章である。ゆえに、この絵で描かれるべき人物は『心中宵庚申』の八百屋半兵衛ではなく、『心中重井筒』の紺屋徳兵衛が適切であろう。実際、画中から「八百屋半兵衛」の文字部分を削った異版も存在するようである。（飯塚友一郎『歌舞伎細見』〈昭和八年、第一書房〉「お房徳兵衛」項図版）。

絵師国芳が画中の「浮かれ男」を徳兵衛ではなく半兵衛とした背景には、四代目歌右衛門の上演が影響したと考えられる。ここに、当時の江戸の人々の徳兵衛と半兵衛の混同の一端を垣間見る事ができるであろう。江戸後期から幕末にかけては、四代目歌右衛門によって近松の『心中宵庚申』の八百屋半兵衛が『心中重井筒』の紺屋徳兵衛と混同され、さらに一時的な現象ではあるものの、八百屋半兵衛の演出が紺屋徳兵衛にも取り入れられてしまった。常に目新しさ、奇抜な演出を求める歌舞伎の性質ゆえと言えなくもないが、四代目歌右衛門がいとも簡単に紺屋徳兵衛と八百屋半兵衛をすり替えてしまったのは、彼が両役に何かしらの共通点を見出したからであり、そして当時の観客も彼と同じ認識を有していたからこそ、その変化を抵抗なく受け入れたのではないだろうか。

ここで採りあげた『心中宵庚申』の事例によって、浄瑠璃から歌舞伎に移行され改作や独自の演出が加えられていく中で、原作から逸脱していく過程と、その変化を容易に受け入れていた当時の人々の享受態度を見る事ができたと言えよう。

三　『国性爺合戦』の和藤内

近松時代物浄瑠璃の代表作『国性爺合戦』（正徳五年十一月、竹本座）は、歌舞伎では全段通しで上演される事は少なく、初段から三段目まで、とりわけ三段目の楼門《ろうもん》と甘輝《かんき》館《やかた》だけの上演になる事が多い。また、『国性爺合戦』の主人公和藤内《わとうない》を二代目市川団十郎《いちかわだんじゅうろう》が歌舞伎へ取り入れてからは、和藤内が荒事《あらごと》の典型的な役の一つとなり、その扮装も「歌舞伎十八番《かぶきじゅうはちばん》」の「押戻し《おしもどし》」にも利用されるようになった。その意味でも、『国性爺合戦』は歌舞伎への影響が大きい近松作品の一つと言えよう。

図５　『国性爺合戦』和藤内

図６　衣装に「龍王」を用いた和藤内

現代の歌舞伎では、図５に見られるような和藤内の扮装が定型となっており、菱皮《ひしかわ》の鬘《かつら》、赤地に鋲《びょう》打ちの胴丸《どうまる》、紫地に碇綱《いかりづな》を染め抜いた厚綿《あつわた》の着付、本丸絎《ほんまるぐけ》の帯に大太刀という姿である。紅流《べになが》しの場ではこれに化粧簔《けしょうみの》を付け、手に竹子笠《たけのこがさ》と松明《たいまつ》を持つ。この扮装については、『金之《きんの》揮《ざい》』（享保十三年刊）の享保十二年三月「国性爺竹抜五郎」図の二代目団十郎の和藤内の扮装との類似が認められることから、二代目団十郎にその源流を見いだす事ができる。和藤内の扮装は人形浄瑠璃から歌舞伎へと導入された後、かなり早い段階で定着し、近世、近代、現代までも続いてきたと言える。その結果、近世後期から幕末、明治初期にかけての和藤内を描いた役者絵は、江戸上方を問わずほぼ同様の扮装となったのである。

　和藤内の扮装の中でもとりわけ碇綱を染めた厚綿は、この役を示す象徴のように大半の役者絵で描かれる。碇綱模様の厚綿については、四代目市川団十郎の和藤内を描いたと推定されている鳥居清広画の細判紅摺絵《ほそばんべにずりえ》（『浮世絵聚花　ポートランド美術館　ミネアポリス美術館』昭和五十六年、小学館〈単色図版一〇図〉、高橋則子氏「江戸における『国性爺合戦』の受容―浄瑠璃抄録物草双紙の視点から―」（『近松研究所紀要』十三号、平成十四年十二月）に厚綿に碇綱と思われる模様が確認できるため、この頃には和藤内の衣装として碇綱模様の厚綿というイメージが既に出来ていたと推定できる。

ところが、文化十三年（一八一六）閏八月中村座『国性爺合戦』の上演を受けて描かれた初代歌川国貞《うたがわくにさだ》画の七代目市川団十郎《いちかわだんじゅうろう》の和藤内は、厚綿に碇綱ではなく将棋駒の「龍王」を散らしている（図6）。この絵は二枚続で、右側には「伍将軍漢輝」役の三代目坂東三津五郎《ばんどうみつごろう》がくるため、「サ、日本無双の和藤内が、直に返答聞かう。いかに〳〵。柄に手をかけ突ッ立つたり。」（『日本戯曲全集』三十七巻）と、和藤内が甘輝を前にして見得をする場面を描いたものと判断できる。

将棋駒の「龍王」紋は、『俳優《やくしや》世々《よよ》の接木《つぎき》』（安政六年刊）では三代目中村歌右衛門の紋の一つとして掲載されており、現在は「龍玉」として歌右衛門家の紋の一つになっている。しかし歌右衛門家の将棋駒の紋の由来は、四代目団十郎が初代歌右衛門に将棋駒の衣装を送った事によるものであり、もともとは団十郎家が用いていたものであった。そのため、和藤内を初役で演じた七代目団十郎が、自らの衣装に将棋駒の「龍王」を用いたとしても何ら不思議ではない。ただ、文化十四年正月刊の役者評判記『役者名物合《やくしやめいぶつあわせ》』では、七代目団十郎の和藤内役について「［悪口］国性爺の和藤内はゑんま大王と見へました」との評だけであり、他の上演資料でも衣装についての記載がない。そのため、文化十三年当時七代目団十郎が実際に図6のような衣装を用いたかについて明らかではないのだが、和藤内の衣装に将棋駒を用いている役者絵はこの一点だけであり、定型で描かれる他の和藤内の役者絵に較べて異質な感じを見る者に与える。

役者絵ではないが、天保五年（一八三四）刊の合巻『国性谷合戦』（墨川亭雪麿《ぼくせんていゆきまろ》作、歌川国虎《うたがわくにとら》画。表紙のみ初代歌川国貞画）でも、和藤内は虎退治、楼門、甘輝館の場面、つまり普通ならば碇綱模様の厚綿を着る場面の全てにおいて、「金将」「龍王」「飛車」等の将棋の駒を散らした厚綿を着ている。合巻『国性谷合戦』に文化十三年の七代目団十郎の上演がどの程度影響を及ぼしているのかは判然としないが、刊行に最も近い上演が文化十三年中村座の上演であり、また初代国貞もこの合巻の表紙に七代目団十郎で虎退治の和藤内を描いている事から、製作者側が文化十三年の上演を意識していた可能性は高いと思われる。なお、表紙に描かれた和藤内の厚綿は、挿絵にあるような将棋駒ではなく通常の碇綱の模様である。合巻『国性谷合戦』が出版された天保五年当時でも、和藤内と言えば碇綱模様の厚綿という一般的なイメージは引き続き継承されていたのであろう。それではなぜ、図6のような七代目団十郎演じる和藤内の役者絵に、絵師初代国貞は敢えて将棋駒の「龍王」模様を用いたのであろうか。

ここで少し視点を変えて、役者絵における将棋駒を衣装に用いた例について考えてみたい。将棋駒を衣装に用いた例としては、坂田金時《さかたのきんとき》役の役者を描いたものが挙げられる。例えば、文化元年（一八〇四）十一月河原崎座『四天王楓江戸粧《してんのうもみじのえどぐま》』での坂田金時役の初代市川男女蔵《いちかわおめぞう》を描いた初代歌川豊国《うたがわとよくに》画の役者絵では、「と金」を衣装に散らしている（早稲田大学演劇博物館蔵〈001-0921〉）。また、図7の文政元年（一八一八）十一月玉川座『四天王産湯玉《してんのうぶゆのたま》川《がわ》』四《よ》立目《たてめ》『巍峩宿直噺《やまたやまおよづめばなし》』での坂田金時役の七代目団十郎を描いた初代国貞の役者絵は、「金将」と「と金」を用いている。金時役の衣装として、「金将」

図7　坂田金時

「金」という文字を使う将棋駒が用いられていても不思議ではないが、図7は描いた絵師〈初代国貞〉と演じた役者〈七代目団十郎〉が図6と同一であり、描かれた時期も近い事から特に注目できる。さらに坂田金時の役者絵に注目していくと、和藤内と類似する扮装で描かれている例をいくつか見いだす事ができる〈プラハナショナルギャラリー蔵〈鳥居清満画紅摺絵「坂田の金時」〉、早稲田大学演劇博物館蔵〈001-0411〉〉。

文化十三年中村座での上演時に、和藤内の衣装として図6のような衣装が実際に用いられたか否かについては現段階では判断できない。だが、仮に七代目団十郎が将棋駒の模様の厚綿を舞台で着用していたとすれば、七代目団十郎は和藤内と金時という役に共通するもの、つまり荒事という演技の流れを和藤内という役の中に強く認識していた事になるのではないだろうか。すると、延宝元年中村座『四天王稚立《してんのうおさなだち》』において初代市川団十郎が坂田金時で創始したとされている荒事芸の系譜を、図6の和藤内にも見る事ができるのである。たとえ七代目団十郎が将棋駒の衣装を実際には用いていなかったとしても、少なくとも図6を描いた絵師初代国貞、さらにはそれを享受していた当時の人々は、和藤内と金時の類似性と共通点、すなはち荒事芸の底辺に流れる、勇ましいながらも無邪気で可愛らしい幼児性を持つといった役柄の特質を感じ取っていたのではないだろうか。

原作浄瑠璃『国性爺合戦』の和藤内の造形自体に、坂田金時の子である金平が活躍する金平浄瑠璃や、歌舞伎の荒事芸が取り入れられている事は、先学によって既に指摘されている〈水谷不倒《みずたにふとう》氏「国姓爺の虎」〈『歌舞伎研究』十二輯、昭和二年五月〉、信多純一《しのだじゅんいち》氏「『国性爺合戦』の龍虎」〈『近松の世界』平成三年、平凡社〉〉。そしてその原作浄瑠璃を二代目団十郎が歌舞伎に取り入れてさらに荒事を発展させ、時代を経て和藤内だけでなく、荒事の一様式として歌舞伎十八番の「押戻し」というかたちでも、その系譜は現代まで残ったのである。こうした意味で、図6の将棋駒模様の衣装を着る七代目団十郎の和藤内は、豪放な主人公が勇ましく、時にはユーモラスに活躍するという『国性爺合戦』の主幹となる主題を我々に再認識させてくれる役者絵と言えよう。

なお、『兵《つわもの》根元《こんげん》曾我《そが》』（元禄十年五月、中村座）の絵入《えいり》狂言本《きょうげんぼん》に描かれる初代団十郎の曾我《そが》五郎《ごろう》を彷彿させる和藤内の鉢巻き姿は、江戸及び東京の役者絵の場合、虎退治の場では依然残るものの、天保十年三月河原崎座での上演以降、楼門や甘輝館の場では描かれなくなる。その一方で上方の役者絵では、慶応四年二月筑後芝居のものまで、鉢巻き姿の和藤内を甘輝館で見る事ができる（『上方役者絵集成』四巻、五四一図）。もしかすると、江戸歌舞伎の特色である荒事芸を大切に守り続けていたはずの江戸よりも、上方の方が長くその古態を維持していたのかもしれない。

おわりに

近松の世話物浄瑠璃二作品、時代物浄瑠璃を一作品を採り上げて、役者絵を用いながら作品ごとの変化や、当時の人々の作品の捉え方について考察してきた。現代のように原作重視という考え方のなかった近世期において、近松門左衛門が残した作品群はそのほとんどが改作という形で上演されてきた。特に世話浄瑠璃については、近松作品を代表する『曾根崎心中』でさえも、上演形態や時流に合わせてその形を随時変化させなければ、演劇として残っていく手段はなかったのである。

むろん、それぞれの作品ごとに改作の度合い、演出や上演形態といった変化の内容は異なる。さらに資料として用いる役者絵自体が、出版された年代や地域に偏りがあり、近松の作品研究のための資料として単純に用いるには限界がある。しかし、一つの演目について役者絵を収集していくと、年代や地域を越えて作品ごとにある一定の描き方のパターンを持っている事に気付く。そしてそれと同時に、同じ演目にも関わらず明らかな相違点を示す役者絵が見つかる場合がある。役者絵を上演資料として用いる時には、その差異に何かしらの意味が隠されているのか、いないのかという見極めをすることが必要とされる。この見極めの過程の中で、上演当時の人々が抱いていた作品に対するイメージや享受方法などが自ずと浮かび上がってくることがあり、ここに注目する事によって作品の享受史を追う事も可能となるのである。

この論では、結果として先行研究で指摘されている事を再確認するというかたちになった。だが、役者絵や上演形態、さらには周辺の文化事象を見る事で、従来の近松研究のように正本や近松生前の歌舞伎作品を追った研究方法とは異なり、近松没後以降の主に近世後期から明治初期まで視野を広げた作品研究の一例を示す事ができた。また、従来の歌舞伎研究のように、役者絵から演出史、型の形成や変遷といった微細な問題を追うだけでなく、歌舞伎芝居として近松作品を享受していた当時の観客達の作品の捉え方を追うという享受史の視点から、役者絵を資料として用いる可能性も提示した。こういった意味でも、この論で近松を「再発見」する事ができたのである。

能を演じる傀儡の時代
――中世後期から操り浄瑠璃成立前後まで――

槇　記代美

はじめに

筆者が論じるのは、近松が登場する以前の、中世後期から近世初期の日本の傀儡《くぐつ》である。日本人形劇史上、近世初期は、操り浄瑠璃の誕生という一大転換期に当たる。従来の日本芸能史の概説書には、操り浄瑠璃の誕生以降の人形劇史を論じたものが多く、日本の人形劇史はあたかも近世から始まるかのような印象を読者に与えかねない。もっとも、浄瑠璃史という範疇からみれば、ここに論じる傀儡の台本は現存しないため、必然的にその対象から外れてしまうのである。それが前述の原因の一つであることは、恐らく間違いないであろう。いま一つは、この時期の傀儡に関する史料が少ないために実態の解明が難しく、雑芸の一種として扱われるに留まっていることにある。

しかし、操り浄瑠璃誕生の素地を築いたのは、実は中世後期から近世初期に活動した傀儡であったと言っても過言ではない。その存在がなかったならば、近松の目覚しい活躍もなかったかもしれないのである。勿論、この時期の傀儡に関する研究は、昭和三十年代の終わりから四十年代の間に、角田一郎氏(1)、永田衡吉氏(2)、山路興造氏(3)、盛田嘉徳氏(4)、信多純一氏(5)等のご論考が相継いで発表され、これらの傀儡への関心が高まった。昭和五十年代には、角田氏が絵画資料を用いた人形舞台史の先駆的な研究を行い、エビスカキの舞台から操り浄瑠璃の舞台への発展に関する仮説が提示された。(6) さらに、この約二十年間には、人形舞台史研究会（代表信多純一氏）による共同研究の成果報告(7)や、徳田和夫氏(8)、加納克己氏(9)、小林健二氏(10)、井上勝志氏(11)等のご論考により、その研究は一段と進化した。それでも依然として人形劇史におけるその位置付けが曖昧なまま今日に至っているのは、この時期の傀儡にはあまりにも不明な点が多いせいであろう。

だが、操り浄瑠璃誕生の問題を考える上でも、中世後期から操り浄瑠璃成立前後の傀儡を日本人形劇史上に明確に位置付けることが必要ではないだろうか。これは、そのための試論であり、既出史料の再検討はもとより、管見の限り先学のご論考に指摘されていなかった記事もあわせて紹介しながら、この時期の傀儡の変遷とその特徴を多角的に分析したい。

一　日本人形劇史の時代区分

まず、先行研究での日本人形劇史の時代区分について触れておこう。山路興造氏は、「中世芸能から近世芸能へ—浄瑠璃操りの成立をめぐって—」の中で、室町期から慶長期頃にかけての人形劇史を「手くぐつの時代」、「ゑびすかきの時代」、「あやつりの時代」の三つに区分された。さらに、その後に発表された「操浄瑠璃成立以前」では、古代から操り浄瑠璃成立以前までの人形劇史を次のように捉えている。

一、古代から中世前期にかけて職能芸能者である「くぐつ」が演じた人形戯。
二、中世後期に民間の雑芸者である「手くぐつ」が演じた人形戯。
三、摂津西宮の下級宗教者（神人《じにん》）を称する「えびすかき」の徒が演じた人形戯。

この提唱に井上氏が賛意を示しているが、加納氏は山路氏の後者の提唱について「「一」に対しては、例えば散楽が猿楽へと変貌していく頃にくぐつの芸も又国風化するのではないか。「二」については、手くぐつの前に隆盛した「アヤツリモノ」をどこに位置づけるのか。「三」については、ほとけまわしとか手呪師《てすし》・どうこのぼう等をどう扱うか等、三項目を六項目位にした方が今後の資料発掘を含めてよいのではないか(12)」と述べ、課題を提示された。

ここでは、山路氏が提唱された項目一の中世前期以前の傀儡については述べないが、項目二から三にかけての時代区分に関しては、些か見解を異にする。それは、筆者が能を演じる傀儡が活躍した時代として、テクグツやエビスカキ以外の傀儡も含めて包括的にこの時期を捉えているからである。その理由はこれから詳述するが、仏まわし等をどう位置づけるのかという加納氏の指摘は、この時期の傀儡を考える上で大きな課題である。ただし、氏が言うテクグツ以前に隆盛した「アヤツリモノ」とは、操り燈籠や置物の操り人形を指すのであって、人形芝居として捉えることはできないであろう。確かに、この時期の傀儡を考察するためには、加納氏がいうとおり人形劇史の時代区分の項目数を増やす方がよいであろう。だが、日本人形劇史を俯瞰するときに、その後に続く操り浄瑠璃の時代と対比させる意味においても、中世後期から操り浄瑠璃成立前後の時期を一時代として大きく捉える視点も必要になるであろう。このように、操り浄瑠璃成立以前の人形劇の歴史区分については、議論が尽くされた上で整理がなされているわけではないのである。

それでは、中世後期から近世初期の傀儡について、これから具体的に述べていこう。

二　中世後期から近世初期の傀儡

(一) 操り浄瑠璃成立以前の傀儡

「傀儡」の語の意味を引くと、『広辞苑』には「歌に合わせて舞わせるあやつり人形。また、それをあやつる芸人。

でく。てくぐつ。かいらい」とある。また、「遊女」のことも指す。ここで述べるのは、無論前者であるが、つまり、傀儡とは人形芝居に用いる人形や人形芝居の演者のことを意味する。中世後期から近世初期には、複数の傀儡が文献に現れるが、それを記録した人物の性格や認識の違い、あるいは関心の程度によって、その表記の仕方が異なる。特に古記録においては、傀儡の種類を認識し、その名称まで書き分ける記主もいれば、その区別をせずに一般的な総称として「傀儡」の語を使用する者もいる。しかし、中世後期から近世初期の古記録のうち、二十数種の日記に傀儡のことが記されており、少なくとも次の六種類の傀儡が操り浄瑠璃成立以前に活動していた。

（ア）テクグツ
（イ）エビスカキ
（ウ）ひいなさるがく
（エ）ドウコノボウ
（オ）仏まわし
（カ）テズシ

このうち、（ア）から（エ）までの傀儡は、能を演じたことが知られている。（オ）と（カ）に関する記事は極めて数が少なく、その芸態に関する記述は殆どないが、順を追ってみていきたい。なお、これらの傀儡の名称の表記の仕方は様々あるが、本文では引用の場合を除いて、右の（ア）から（カ）の表記を用いる。

（ア）テクグツ

テクグツが古記録に最初に現れるのは、『看聞日記《かんもんにっき》』応永二十三年（一四一六）三月二十五日条である。伏見御所でテクグツの猿楽や子どもによる輪鼓《りゅうご》、獅子舞、曲舞《くせまい》等が演じられた。また、永享年間には内裏[13]や春日若宮社[14]にもテクグツは参上するが、『管見記《かんけんき》（公名公記《きんなこうき》）[15]』の嘉吉二年（一四四二）六月二十八日条には、傀儡が推参し、庭で芸をみせたことがみえるのみである。さらに、次の『山科家礼記《やましなけらいき》』（史料纂集）寛正四年（一四六三）正月四日条も傀儡の記事であるが、見過ごされているようなので、掲出する。

一、東庄面々上候、道金・道教・ゑもん・さへもん・中務《百文》・三郎ひやうへ《百文》・二郎九郎《百文》・ひやうへ五郎《百文》・彦七《百文》・せんきう・二郎五郎・かもん方　いま百文いたして也、く、つ也、十六文あふき一本、ちかみ二てう各とる、

例年正月四日に東荘の住民が京の領主山科家の館に出向き、年賀として各々銭百文を納めた。領主は、彼らに小豆餅や酒を振る舞ったが(16)、この年は山科邸に傀儡を呼び、その報酬として傀儡にそれぞれ銭十六文、扇一本、地紙二帖を渡した。その人数は分からないが、複数名であったことは間違いない。さらに、同記録の文明十三年（一四八一）正月四日条には、東荘から餅や豆、銭を集め、その中から千秋万歳《せんず》への報酬として百文を出している。これらの記事は、山科家が正月四日に芸能者を呼んでいたことを示すものである。傀儡の芸の内容は明らかではないが、テクグツではなかろうか。なお、先の春日若宮社に参上したテクグツの報酬も百文であり、これは当時の芸能者への報酬の相場であったのかもしれない。

さて、文明元年（一四六九）には南都の不退寺で曲舞とテクグツの興行があり(17)、同十一年（一四七九）五月八日には宮中でテクグツの上演があった。『実隆公記《さねたかこうき》』には、「傀儡十番有之、其興不浅者也」としか書かれていないが、『親長卿記《ちかながきょうき》』の同日の記事には、「有手傀儡」と記されており、『実隆公記』の「傀儡」がテクグツを指していたことが分かる。三条西実隆は、これを面白いと感じたらしい。

さらに、『大乗院寺社雑事記《だいじょういんじしゃぞうじき》』によると、長享三年（一四八九）は、南都の福田院修理のためにテクグツが七日間の勧進興行を行ったが(18)、『政覚大僧正記《しょうかくだいそうじょうき》』にもそれに関する記事を二件確認している。まず、五月二十九日条には、「一今日ヨリ於福寺儡傀子（傀儡）在之、勧進ナリ」とあり、この七日間の興行は、実は五月二十九日から始まっていた。また、同年六月七日条には「一於社頭偶偶（傀儡）在之」とあり、『大乗院寺社雑事記』の同日の記事と内容が一致する。

さらに、『言国卿記《ときくにきようき》』にもテクグツの記事が二例ある。まず、明応二年（一四九三）九月二日条である。

□今日　禁裏ヨリ可祗候之由被仰下之間、早々用意□参　内、テク、ツヲサセラル、也、御カ、□ニテ也、（中略）十二番テク、ツスル也、夜五時分退出畢、

禁裏でテクグツは十二番演じた。「御カ、□ニテ也」の箇所は判読できないが、掛りでの上演の意であろう。次の明応四年（一四九五）五月六日条は、黒戸御所での上演記事である。

一、昼時分番ニ参　内、御楊弓有之、（中略）同於黒戸アルヘキニテ、予御座式事承申付也、□テク、ツ一□アルヘキトテ、フタヒ以下事申付了、事具テ後、以予親王御方御出座被申、即予御供申御出座、次以予大閤・左府可被参之由被仰、鬼間ヨリ御参、其後傀儡ハシマル也、各スノコノヱン座祇候、御坏可被参之由、予簾中ヨリ被仰、即其趣頭中将申、（中略）見物衆余にコサウスル間、予計略ニ時儀ヲウカ、ヒハツル間申付、見物衆コト〳〵ク先出、其後役所者堅申付、人ヲ入スシテ又サラニハシメサセ畢、傀儡十二三番仕也、

とあり、テクグツの舞台が準備された。また、見物者が騒いだため、上演を中断して見物者を追い出す事態となった。同日の記録は『実隆公記』、『御法興院関白記《ごほうこういんかんぱくき》』、『お湯《ゆ》殿《どの》の上《うえ》の日記』にもみえる。このうち、『御法興院関白記』には「テク、ツ能六七番歟」とあり、何番上演されたのか曖昧であるが、先の『言国卿記』の記事により、能が一二、三番上演されたことが判明する。

また、和泉国佐野荘での傀儡の上演には、桟敷が構えられたことが『政基公旅引付《まさもとこうたびひきつけ》』文亀三年（一五〇三）二月二十日条によって知られている。この記事も「傀儡」とあるだけだが、テクグツとみなされている[19]。その後、永禄十年（一五六七）三月二十九日条の『言継卿記《ときつぐきようき》』に「葉室令同道、北野之千部経へ参詣、自去廿一日有之、次手く、つ初而見物之、驚目者也」とあり、山科言継は初めて見物したテクグツに驚いた様子である。角田氏と山路氏は、これをエビスカキの興行と説かれた[20]。確かに、テクグツの上演記録は、明応四年以後暫く途絶えるため、先の

『政基公旅引付』の文亀三年の記録を最後に、その活動は終息したと考えられてきた。それ故にこの永禄十年の記事は、山科言継の誤記であると言われていたのである。

だが、テクグツの活動時期が永禄以降も続いたことを示す決定的な記録がある。『多聞院日記《たもんいんにっき》』文禄二年（一五九三）正月二十五日条である。

　万部経甲乙人当国近国大詣也、猿カヒ・テク、ツ・馬ノ曲乗、種々ノ事在之、奈良中商売事々敷甘也ト、珍重々、

南都で行われた万部会に大勢の人が参詣している。そこでは猿飼やテクグツ、馬の曲乗り等の様々な雑芸能が演じられた。よって、永禄十年の『言継卿記』の記事は間違いなくテクグツであり、その活動期の下限は文禄二年まで後退する。『涼源院殿御記《りょうげんいんどのぎょき》』の元和五年（一六一九）二月三日条によれば、この日エビスカキは式三番の他に能を演じたが、記主日野資勝《ひのすけかつ》はそれを鑑賞した人物の話を聞いて「手ク、ツノ様ナル由也」[21]と記した。この記事からテクグツが文禄二年以降も活動していた可能性を想定することができよう。

ここまでテクグツの記録を追ってきたが、その全盛期は十五世紀の永享から明応年間であり、この頃は南都の寺社の他、伏見御所や禁裏でも活動していた。しかし、文亀以降の上演記事は僅かであることから、その後テクグツは、京や南都の寺院、あるいは地方での興行を中心として細々と活動していたとみられる。

（イ）エビスカキ

テクグツに続いて登場したエビスカキの初出の記事は、周知のとおり順興寺実従《じつじゅう》の日記『私心記《ししんき》』天文二十四年（一五五五）二月十五日条である。エビスカキは、この時は四人で能を演じたが、『お湯殿の上の日記』は、その約三週間前の正月二十二日に宮中を訪れるエビスの様子をこう伝えている。「ゑひすまいりて。くるまよせにて。色色の事申」とあり、「色色の事申」とは、先学諸氏の説かれるとおり、祝言を述べているのであろう。さらに、同

日記の弘治二年（一五五六）正月十三日条には、「ゑひすまいりて。くるまよせにて。のふなと色々まひまいらする」とあり、車寄せでエビスが能等を舞っている。角田氏は、西宮散所民が年頭に祝事を申し述べる際に呼ばれた名称がエビスであり、テクグツの徒が西宮の散所民と結合したのがエビスカキであるとして、両者を区別された。

しかし、『お湯殿の上の日記』にエビス（サカエビスを含む）の記事は四例しかない。さらに小高恭氏によると、同日記には、女房詞の特徴の一つである略語が様々な形で使用されているという。(22) また、その記主が複数の女房であることを勘案すると、この「ゑひす」とは、エビスカキの略語とも考えられる。西宮神社は、江戸時代にエビス神の御札を配る「恵比須願人」を各地に配置するが、天文年間にその神人が配札をしたという史料は確認されていない。したがって、エビスカキの他にエビスと呼ばれた者が存在したとする説には、些か疑問が残る。

また、永田衡吉氏は、同日記の「ゑひす」は人が演じる夷舞であり、「ゑひすかき」は傀儡であると説かれた。さらに、『お湯殿の上の日記』永禄四年（一五六一）二月十七日条の「なかはしまてさかゑひすまいりて。御たちいつる」の「御たちいつる」は、天皇から御太刀を下されたのではなく、「御たいつる（釣）」の誤写であると述べた。そして、人が演じる夷舞に魚釣の所作があったことを示す史料として、天文十一年（一五四二）の奥書がある『伊勢神楽古記』を掲げ、伊勢神楽の夷舞の鯛を釣る所作と同様の祝言舞をエビスが宮中で行ったと結論付けられた。だが、『お湯殿の上の日記』には、永禄四年二月二十日条「廿二日のみなせの御ほうらくの御たいみなみなへいつる」や天正八年（一五八〇）正月十四日条「中山中納言所へ御くわいはしめの御たいいつる」（以上傍点・傍線は私に付した）等の用例がみられる。さらに、同日記天正十七年（一五八九）四月五日条には、「ゑひすかきのめいしん御かゝりへまいりてまう。御たち。二百疋下さるゝ」とあり、この時にもエビスカキに太刀が与えられている。これらを見る限り、永田氏の解釈には些か強引なところがあるようである。さらに同日記には、エビス舞に鯛を釣る所作があったことを示す記録はない。やはり、『お湯殿の上の日記』の前述の特質を考えれば、エビスとエビスカキは同一視するのが妥当ではなかろうか。

ところで、『お湯殿の上の日記』には、天文二十四年（一五五五）から慶長十三年（一六〇八）までの五十三年間にエビスカキが参内した記録が数多くあり、その数を表1に纏めた。天正十六年から十八年にかけて参内が多く、天正十八年は最多である。そもそも宮中でのエビスカキの上演は、後陽成《ごようぜい》天皇、准后、女御、長橋、新大典侍等の申沙汰によって行われたが、このうち後陽成天皇の申沙汰は三件である[23]。

さらに、同日記には、天正十七年以降名人のエビスカキが参内した記事が散見される。万里小路《までのこうじ》家や菊亭（今出川家）から遣わされた名人ばかりか、他のエビスカキについても、天正十八年正月十八日条には「このほとまいり候ゑひすかきみな〳〵一たんとのちやうすにて。ほんののふのことくにしまいらせて。一たん〳〵おもしろき事なり」とあり、その評価は高い。また、同年正月十四日は子どもの芸能者も参内し、エビスカキの上演に先立って獅子舞が演じられた。宮中で人気を得たこの頃は、高い演技力をもつ複数の芸団が宮中に出入りしていたことがこれらの記述から窺われるが、それは表1の参内回数にも如実に表れており、天正期の終盤にエビスカキは最盛期を迎えるのである。

表1　エビスカキの参内
（『お湯殿の上の日記』の記事を基に作表）

年	回数
天文二十四年（一五五五）	1
弘治二年（一五五六）	1
永禄三年（一五六〇）	1
永禄四年（一五六一）	1
永禄十一年（一五六八）	1
天正十一年（一五八三）	1
天正十六年（一五八八）	7
天正十七年（一五八九）	4
天正十八年（一五九〇）	11
天正十九年（一五九一）	1
文禄四年（一五九五）	3
慶長三年（一五九八）	1
慶長四年（一五九九）	1
慶長十三年（一六〇八）	1
計	35

※エビス、サカエビスを含む

続いて、宮中でのエビスカキの上演場所と時期について表2に示す。興味深いのは、大方表の並びに従って、車寄せ→長橋（廊下または長橋局のいずれであるのか不明）→掛り→准后方→小御所→黒戸御所の前・庭→女御方と上演場所の変遷がみられることである。エビスカキが宮中に

表2　エビスカキの宮中での上演場所・回数・時期（『お湯殿の上の日記』の記事を基に作表）

場所	回数	年
車寄せ	5	天文二十四年、弘治二年、永禄三年、永禄十一年、天正十一年
長橋	2	永禄四年、天正十八年
掛り	12	天正十六年～天正十八年
准后方	2	天正十八～十九年
小御所	3	文禄四年
黒戸御所の前・庭	3	天正十八年、慶長三年～慶長四年
女御方	1	慶長十三年
不明	7	天正十六年～天正十八年

※エビス、サカエビスを含む

現れ始めた頃は、車寄せを主な上演場所としたが、これはいわゆる玄関に当たる所である。一般に門付芸能は、玄関先で芝居の一部を即興的に演じるものであるが、初期のエビスカキには、その特質を見出すことができる。恐らく車寄せでも、能の一部を演じたのではないだろうか。

掛りは蹴鞠をする庭であり、他にも様々な芸能がここで演じられた。エビスカキの宮中での上演は掛りで行われることが最も多く、天正十六年から十八年に限定されるが、これは参内が最も多かった時期とも一致する。特に、天正十八年正月は、連日のように掛りで上演したが、正月十二日は多少様子が異なる。「ゑひすかきまいりて。くろとの御まへにてまふ。なかはし御中沙汰なり。（中略）御かゝりにふたいしく也」とあり、実はこの日は、翌日の十三日に催される御囃子の舞台が掛りに設営されたため、エビスカキは黒戸御所の前で演じた。そして、翌々日の十四日にエビスカキは再び掛りで上演をしたのである。

そこで注視したいのは、エビスカキが用いた舞台である。これは絵画資料との関連から考察すべき重要な問題であるが、『お湯殿の上の日記』には、エビスカキの演目や人形、舞台に関する記述は一切ない。しかし、掛りでの上演が最も多いことから、人形は決して小さくはないだろう。『凉源院殿御記』元和五年（一六一九）二月三日条には、「一間計之舞台ヲ立、ハシカ、リ有之」とあり、エビスカキの舞台は能舞台を模した本格的なものであった。さらに、楽屋もあった[24]。これらを総合すると、エビスカキは、能や御囃子のように設営に多くの時間を要する大掛かりな舞台装置ではなく、短時間で設置や片付けが容易にできる可搬式の仮設舞台を持っていたことが推測される。絵画を中心とした舞台史研究においても、先学より仮設舞台の存在が指摘されていたが、これらの記録からもその可能性が高いことが窺える。

　さて、天正十九年以降、エビスカキの記録は次第に減少し、慶長十四年（一六〇九）以降の数年間の動向は不明である。その後再び登場するのは、『資勝卿記』慶長十八年（一六一三）二月九日条である。管見では未紹介と思われるので掲出する。「飯過ニエヒスカキ来、弁所ノ衆モ来臨、晩飯振舞候て帰シ申候[25]」とあり、日野資勝邸へエビスカキが来ている。その後『時慶卿記《ときよしきょうき》』には、同年二月十六日の記事に始まり、同年九月十一日、翌慶長十九年（一六一四）正月十七日、同年正月二十日条と院御所に参上した記事がみえる。さらに同日記の同年九月二十一日条には、「夷昇ノ類ノ者[26]」が院御所に推参し「阿弥陀胸切」（阿弥陀胸割）や能を演じたとある。『言緒卿記《ときおきょうき》』の同日の条には「阿弥陀ムネハリ、其外種々ノアヤツリアリ」とあり、山科言緒はそれを「操り」と称している。さらに、翌年の元和元年（一六一五）八月二十日に土御門泰重《つちみかどやすしげ》と山科言緒が院御所でエビスカキを見物した。『泰重卿記《やすしげきょうき》』には「ゑひすまはし」、『言緒卿記』には「ヱヘスカキ」とあり、ここにも同じ傀儡の呼称に関して微妙な表記の違いがみられる。このように、慶長十八年から元和元年の間に院御所での上演記録が数件あるが、その後のエビスカキの動向については、後述したい。

（ウ）ひいなさるがく

ひいなさるがくの記事が唯一確認されるのは、『お湯殿の上の日記』天正八年（一五八〇）五月十七日条の「上らふにおほせられて。九条所のひいなさるかく御らんせらるゝ」である。京の九条に「雛猿楽」という傀儡がいたのであろうが、その名称から能を演じた傀儡の一種と判断される。加納氏は、御土居《おどい》跡（京都市南区西九条春日町）から出土した人形とひいなさるがくとの関連性を指摘された(27)。人形の廃棄時期の上限が、御土居が造られた天正十九年（一五九一）であることから、先の記事の年代に近く、これらの関連性を裏付ける史料の発掘が俟《ま》たれる。また、同区九条鳥居口町でも御土居の堀が検出され、人形が多数出土した。筆者は京都市埋蔵文化財研究所のご高配により、それらを実見し、その中に人形芝居に使用されたとみられる人形のかしらを十七体確認した(28)。さらに、同研究所の調査報告では、九条鳥居口町の遺物の中に能面のミニチュアが含まれていたという(29)。筆者は、人形に能面を装着して能を演じた可能性を想定していたのだが、この遺物は現在所在が不明とのことで、未確認である。

（エ）ドウコノボウ

エビスカキに関する記録が減少する天正十九年（一五九一）以降、二種類の日記からドウコノボウの活動を知ることができる。その記事の大部分は徳田氏、山路氏(30)、加納氏(31)が紹介されているので、『時慶卿記』から未掲出の記事を一つ取り上げたい。天正十九年三月七日条である。

於聖門薬院ヨリ叻《本ノママ》キ薬進上候、各モ啜候、庭ニテタウコノ房アリ、

京都の聖護院道澄《しょうごいんどうちょう》のもとを訪ねた西洞院時慶《にしのとういんときよし》は、庭でドウコノボウの上演が行われたことを記している。『言経卿記《ときつねきょうき》』によれば、その二箇月前の正月八日に山科言経が、大坂天満の興正寺佐超《こうしょうじさちょう》夫人宅でドウコノボウを見物している。言経は、その後興正寺や本願寺等でほぼ毎年これを見物しているが、天正十九年八月に本願寺が京都に移転したのに伴い、興正寺も同年大坂天満から京都七条堀川に移った。よって、文禄元年（一五九二）以降の興正寺に

おけるドウコノボウの上演は京都で行われたものである。[32] また、『言経卿記』には、文禄元年正月十一日条、慶長二年（一五九七）二月十日条、同四年（一五九九）正月二十六日条、同七年（一六〇二）正月二十六日条に、摂州花熊の里のドウコノボウの記事がみえ、興正寺において三人組で狂言等を演じた。また、文禄四年正月十八日と十九日は、興正寺でドウコノボウが能を上演した。

ところで、『言経卿記』には、「トウコノハウ」「タウコノハウ」「タウコハウ」「トコロタウ」等の複数の表記がみられ、最も多かったのは「トウコノハウ」である。慶長八年（一六〇三）に刊行された『日葡辞書《にっぽじしょ》』には、「Doconobô. ドコノボゥ（でこのぼう） からくりによって身振り・しぐさをするあやつり人形」とある。『邦訳日葡辞書』は、“Doconobô”の表記について「Deconobô（デコノバゥ）の誤り[33]」と注を加えているが、果たして『日葡辞書』の筆者の誤りであろうか。『時慶卿記』には、先の「タウコノ房」の記事の他、元和四年（一六一八）十月七日条に「ドウコノ房」とある。『言経卿記』には“Doconobô”の“Do”にあたる表記は「トウ」と濁点を付けていないが、このような例は他の記録にもみられる。しかし、『時慶卿記』には「ドウ」と表記されており、これらをみる限りでは、『日葡辞書』の“Doconobô”は当時の発音を大方正確に表現しているようである。したがって、『邦訳日葡辞書』の注の指摘は、必ずしも正しいとはいえないが、時代が下ると「手工の坊」（『よだれかけ』）や「デクのボウ」（『南水漫遊拾遺《なんすいまんゆうしゅうい》』）等の表記がみられる。

このように、「ドウコノボウ」、「デクのボウ（手工の坊）」等の語は、傀儡の総称でもある。とはいえ、『言経卿記』の「ドウコノボウ」と江戸前期以降の「デクのボウ」とは、人形の様式や操法等が異なる可能性も考えられるため、ここでは一括することはできないであろう。また、これを傀儡の総称と捉えると、テクグツやエビスカキまで包括されることになるが、それならば何故複数の日記にテクグツやエビスカキの名称が記されるのか。当時の人々は、テクグツとエビスカキとの間に何らかの違いがあることをある程度認識していたのではないか。山科言経が「ドウコノボウ」と称した傀儡は、テクグツまたはエビスカキであるとも考えられるが、それらとは別の傀儡であることも想定するべきであろう。その種類が判然としないため、テクグツやエビスカキとは区別して取り扱うことにしたい。

（オ）仏まわし

仏まわしについては、先学の研究成果に付け加えるべき史料を筆者は持たない。それも極めて数が少なく、『家《いえ》忠日記《ただにっき》』によると、天正十三年（一五八五）に二回、同十五年に一回、同十六年に一回松平《まつだいら》家忠《いえただ》邸に現れていることから、三河で活動していたことが知られている。同日記には、仏の姿らしき人形の裾から手を突っ込んで操る傀儡師の絵も添えられ、さらに「天下一」と呼ばれた傀儡師がいたことが記されている。従来の研究では、仏まわしは仏寺と結んで仏像を廻して歩いたものとされてきたが(34)、今のところそれを裏付ける史料は確認されていない。

（カ）テズシ

テズシに関する史料も僅かではあるが、宮本圭造氏が米沢の『伊達家日記《だてけにっき》』（東京大学史料編纂所架蔵写真帳）の中から発見した二つの記事を加納氏が紹介している(35)。そこには、天正十五年（一五八七）七月七日条に「てんずし参候」、同年七月二十八日条に「てんつしまハしまいり五番まハし申候也」とあり、演目は不明であるが、五番上演されている。

この他に管見の範囲では、『梅津《うめづ》政景日記《まさかげにっき》』に二件の記事を確認している。出羽国久保田藩の勘定奉行であった梅津政景は、元和元年（一六一五）十二月三日条に「一、右算用とも今日見可申と存候処ニ、御城にて、てずし御座候故、無其儀候」と城内でテズシの上演があったことを記している。さらに、寛永元年（一六二四）六月十三日条には、「一、てずし廻参候間、せかれ共ニ見せ申候」とあり、自邸で息子たちにテズシを見物させた。

ところで、『碧巌大空抄《へきがんだいくうしょう》』には、「傀ライハ、テクツ《(クツ)》、日本ニハテスシト云也、四人シテ、テスシヲ舞ハシメサウゾ[36]」とあり、『日葡辞書』には、「Tezuxi. l, tecugutçu. テズシ．または，テクグツ（手呪師．または，傀儡）操り人形をぐるぐる回らせてしぐさをさせるわざ．または，職」とあり「また，この職をする者」と説明されている。これらをみると、テズシとは、人形を回転させ所作をさせること、またはその業を行う者を指すらしい。さらに、四人で演じられており、中世後期以降テズシはテクグツと同一のものと考えられていたようである。すると、『伊達家日記』にテズシの上演が五番行われたという記事は、能の上演の記録であった可能性も思量される。『碧巌大空抄』や『日葡辞書』では、テズシとテクグツが同一視されているものの、古記録にその芸態を示す記事を見出すことができない。両者を同一種類の傀儡として扱うには、なお慎重な検証を要するであろう。

（キ）その他

これも事例は少ないが、摂津国の傀儡師に関する史料がある。一つは、厳島野坂文書の「江《え》良《ら》房《ふさ》栄《ひで》書《しょ》状《じょう》」であり、その内容から、この傀儡師が九州からの帰途厳島へ立ち寄ろうとしたことや、能を演じたことが窺われる。書状の日付は九月二十七日であるが、年未詳であり、天文二十三年（一五五四）か同二十四年頃と考えられるようである。山路氏はこれをエビスカキの史料として紹介された[37]。

いま一つは、『梅津政景日記』元和四年（一六一八）閏三月十六日条の「一、くわいらいし津ノ国ヨリ参候間、今朝まハさせ、各々へ見せ申候」である。摂津国の傀儡師の活動範囲は、出羽国久保田にまで及んでいた。なお、政景は同日記寛永九年（一六三二）六月十六日条に「一、ちやう留りあやつり見申度由、松阿弥申ニ付、まハさせ見せ申候」と記し、孫のために操り浄瑠璃を上演させた。これらを見る限り、政景は傀儡の種類をある程度認識した上で記録をしたものと思量される。したがって、この摂津国の傀儡は、テズシや操り浄瑠璃とは異なる種類と考えられ、エビスカキやドウコノボウが想定される。しかし、この情報のみでは、いずれの傀儡とも判別し難いため、ここでは前述の六種類とは別に扱うことにする。

ところで、摂津国の傀儡師が他国を巡っていたことは、近世の書誌類の記述を基に先学諸氏が推測されていたが、その時期や活動地域等具体的なことまでは言及されていなかった。しかし、厳島野坂文書の「江良房栄書状」が紹介されたことにより、従来の仮説が裏付けられたばかりか、その時期や活動地域までもが明らかにされた。さらに、これに『梅津政景日記』の記事を加えることによって、中世後期から近世初期にかけて摂津国の傀儡師が、北は東北、南は九州と広域で活動をしていたことが判明するのである。

(二) 操り浄瑠璃成立以前の傀儡の特徴

さて、先に述べた傀儡の特徴について、次の五つの観点から整理し、比較してみたい。

①活動期間

管見に入った古記録や古文書から傀儡の記事を拾い出し、各傀儡の活動期間を示したのが表3である。また、表4には、各傀儡の上演記事の数を示した[38]。従来の説では、テクグツの活動期は応永二十三年（一四一六）から文亀三年（一五〇三）頃までといわれていたが、先の文禄二年（一五九三）の記事によってその活動期間が延び、約百八十年間となった。エビスカキは天文二十四年（一五五五）から寛永元年（一六二四）までの約七十年間、ドウコノボウが天正十九年（一五九一）から元和四年（一六一八）までの二十七年間活動している。ひいなさるがくの記事は一件、仏まわしは四件と少なく、両者とも天正期のみの記録であるため、その活動期間は短く表示されるが、これはあくまでも古記録上で確認ができる範囲を示したものであり、新出史料があれば活動期間がさらに延びる可能性もあろう。また、テズシも数は少ないが、天正、元和、寛永期に登場することから、約四十年間活動していたことが分かる。同様に、摂津国傀儡師は、（キ）に先述した天文二十三年（一五五四）頃の書状と元和四年（一六一八）の日記の記事の二件のみであるが、エビスカキの活動期間とほぼ一致する。

表3　中世後期から近世初期の傀儡の活動期間

西暦（年）	1400　1450　1500　1550　1600
テクグツ 応永23年～文禄2年 （1416～1593）	
エビスカキ 天文24年～寛永元年 （1555～1624）	
ドウコノボウ 天正19年～元和4年 （1591～1618）	
ひいなさるがく 天正8年（1580）	
仏まわし 天正13年～天正16年 （1585～1588）	
テズシ 天正15年～寛永元年 （1587～1624）	
摂津国傀儡師 天文23年？～元和4年 （1554？～1618）	
時　代	室　町 / 安土桃山 / 江戸

テクグツはこれらの中で最も活動期間が長いが、その活動がほぼ終息する頃にエビスカキは最盛期を迎え、同時にドウコノボウの活動もみられる。テクグツとエビスカキは、約四十年間にわたって活動時期が重なり、ドウコノボウの活動時期はエビスカキの活動期間の後半とほぼ重なっている。そして、全ての傀儡の活動時期が重なるのが、天正期である。さらに表1のとおりエビスカキの上演記録の数が最も多いのも、この時期なのである。このように、操り浄瑠璃が成立したといわれる文禄・慶長期の直前に、傀儡の種類が最も増え、名人のエビスカキや「天下一」と呼ばれた仏まわしを輩出していることに注目したい。

②演芸の内容

演芸の内容が判明しているテクグツ、エビスカキ、ドウコノボウ、ひいなさるがく、摂津国傀儡師に共通するのは、前述のとおり、人形を用いて能を演じることである。テクグツは、一日の上演が十番以上に及ぶこともあり、レパートリーとす

表4　中世後期から近世初期の傀儡の活動時期・上演時期（月別）

活動時期＼上演時期	1月	2月	3月	閏3月	4月	5月	6月	7月	8月	9月	10月	11月	12月	計
テクグツ 応永23年～文禄2年 （1416～1593）	1	1	3			5	1			1				12
エビスカキ 天文24年～寛永元年 （1555～1624）	22	14			3		1		3	3		2		48
ドウコノボウ 天正19年～元和4年 （1591～1618）	7	3	2							1	1			14
ひいなさるがく 天正8年 （1580）						1								1
仏まわし 天正13年～天正16年 （1585～1588）			1		1		1	1						4
テズシ 天正15年～寛永元年 （1587～1624）							1	2					1	4
摂津国傀儡 天文23年？～元和4年 （1554？～1618）				1						1				2

る演目数も多かったと推測される。一方、エビスカキは多いときは七番から九番程、ドウコノボウも六、七番は演じた。当時の人形芝居の番組は、一回の上演につき、通常六、七番程度であったと思われるが、その演目については次章に述べる。

　また、テクグツやエビスカキは獅子舞等を演じる子どもを伴う点で共通しているが、ドウコノボウが子どもの芸能者を含んでいたのかどうかは不明である。さらにドウコノボウが演じた狂言の内容も明らかではない。しかし、テクグツ、エビスカキ、ドウコノボウは、人形で能を演じることを中心としながら、他の芸能を取り込んでいたことが窺える。

③上演場所

　テクグツが上演した禁裏や寺社等では、舞台が設置され、時には桟敷が構えられるなど、大がかりな装置が備えられた。エビスカキも寺社の他、禁裏や仙洞御所で上演した。特に禁裏での上演は掛りが最も多かったが、屋外に舞台を設置した際には比較的大きな人形を用いたことが想像される。この点でもテクグツとエビスカキの類似点がみられるが、ドウコノボウその他の傀儡は、舞台や人形に関する具体的な記述がなく、残念ながらこれらとの比較はできない。

④上演時期

筆者が確認した傀儡の記事を基に、月別の上演回数を示したのが表4である。ここには、傀儡の種類が判然としない記事は除外した。まず、エビスカキは、上演回数四八回のうち、二二回が正月の上演である。次いで二月の一四回で、一、二月の上演が全体の三分の二以上を占める。ドウコノボウは全一四回のうち、正月が七回と最も多く、次いで二月の三回である。一月から三月までの合計が一二回で、上演の時期が三春に集中している。一方、テクグツは三春以外の季節に上演される例が多く、正月の上演は一例のみである。その他の傀儡に関する記事は数が少ないため、際立った特徴を挙げることはできない。

⑤門付け芸能・祝福芸能としての特徴

『親長卿記』文明十一年(一四七九)五月八日条には、その前日に後土御門帝《ごつちみかどてい》が甘露寺親長《かんろじちかなが》に対し、三春以外の時期にテクグツを参内させた先例の有無について尋ねたという内容の記事がある。これを根拠に従来の説では、テクグツは祝福芸能者の一種として出発したとされていた。しかし、その特徴の一つである正月の上演が殆どないことから、この説に疑問を呈する。実は、当時の宮中では祝福芸能のみならず、その他の芸能も三春に行われていた。演能もその一例であり、これも帝や女房らの申沙汰により催されていた。そして、その申沙汰自体が定例になっており、特に後土御門帝期にはその傾向が強かったのである[39]。すると、後土御門帝が三春以外の時期にテクグツを参内させた先例の有無を問うたのは、テクグツが祝福芸能であったためではなく、むしろ後土御門帝期以前から宮中では三春に諸芸能を催すことが、他の季節よりも多かったことによるのではないか。

また、エビスカキやドウコノボウ、ひいなさるがくは、前述のとおりその本拠地が一部知られており、特にエビスカキは、洛中洛外に拠点をもっていたといわれている。川嶋将生氏は、東寺領の柳原散所の住人が禁裏を訪れたエビスカキであった可能性を考慮すべき、との見解を示され(40)、家塚智子氏は、西宮のエビスカキが洛中の今西宮を京都における活動の拠点としたことを推測しておられる(41)。

さらに、エビスカキは、禁裏以外の場所においても三春の上演が多い上に、正月に車寄せで祝言を述べたことや四人組であったこと等、従来の説のとおり、祝福芸能者としての特徴を複数の点から認めることができる。一方、テクグツの拠点については全く不明であり、これを祝福芸能者と判断するのは一層難しい。

次に、『言経卿記』によれば、天正十九年（一五九一）から慶長八年（一六〇三）までの十二年間に山科言経はドウコノボウを一二回見物しており、興正寺にはほぼ毎年ドウコノボウが来ていたとみてよい。興正寺が大坂から京都へ移っても、ドウコノボウ見物は変わらず続けられていたのである。さらに同寺での上演は、三春に行われた。また、花熊の人形遣いの記録が四件あり、そのうち二件には、三人組であったことが記されている。他の記事からは人形遣いの出身地を特定することはできないが、花熊の里の者が興正寺を檀那としていたことは疑いない。来訪の季節が三春であり、芸能者が三名であったことなど、他の祝福芸能・門付け芸能の特徴とも通じている。

その他の傀儡については、前項と同じく史料不足により検証はできないが、エビスカキとドウコノボウは、活動時期が重なり、上演する季節も同じである等、複数の類似点を見出すことができる。

なお、山路氏は、エビスカキの本拠地といわれる西宮神社と淡路島には、「道薫坊《どうくんぼう》」という人形遣いの祖神伝承があることを挙げ、ドウコノボウとエビスカキを同一視された(42)。このような伝承が生成された背景として西宮神社末社の百太夫社があった散所村が、ある時期に京阪神地域の人形遣いの中心的な拠点として機能したことが考えられ、両者の関連性を全面的に否定することはできない。さらに、西宮と花熊（現神戸市中央区花隈町）が地理的に近いことも、その理由の一つとなる。徳田氏も、エビスカキとドウコノボウ、淡路島の道薫坊の関連性を示唆し、花隈が西宮と淡路島との人形文化圏の中心に位置することを指摘している。

しかし、エビスカキとドウコノボウが同一の傀儡であることを裏付けるに足るだけの史料は、現在のところない。さらに、テクグツがエビスカキやドウコノボウと同時期に存在したことが判明したため、ドウコノボウとテクグツとの関連性の有無についてもよく検証をする必要があろう。ここではこれらの類似点を指摘するに留め、今後の課題としたい。

三　能操りの演目をめぐる問題

（一）能操りの演目

人形によって演じる能は、操り浄瑠璃の誕生以後「能操り」と称されるが、その台本が存在したのかさえもよく分かっていない。その演目に関する具体的な記事も僅かに四例しかみられない。『時慶卿記』慶長十九年（一六一四）九月二十一日条には、次のようにある。

一、院参、飯後阿弥陀胸切ト云曲を仕、夷昇ノ類ノ者推参トシテ、於御庭仮ノ幕等ヲ引廻シテ有、寄意《（奇意カ）》ノコト也、又賀茂、大仏供養、高砂等ノ能ヲモ仕候、

操り浄瑠璃の『阿弥陀胸割』と共に、『賀茂』『大仏供養』『高砂』の能操りが「夷昇ノ類ノ者」によって演じられた。この他にも恐らく上演されたのだろうが、そこに列席した山科言緒は、その日記『言緒卿記』に演目名を記していない。さらに両日記には、翌二十二日にも院御所での操り上演の記事があるが、そこにも演目名はない。

続いて『涼源院殿御記』元和五年（一六一九）二月三日条には、

宰相所ヨリ今日エヒスカキ候間可参由也、おふく宝慈院被遣候、一間計之舞台ヲ立、ハシカ、リ有之、式三番

已下如能由也、笛鼓以下無替義由也、珍義也、手ク、ツノ様ナル由也、

とあり、エビスカキにより『式三番』の他にも能操りが演じられた。さらに、同史料の元和七年（一六二一）正月十三日条には、

今日ヱヘスカキ催云々□東戸ノキワニ舞台ヲ立、ソレヨリ南カクヤノカコイ也、脇能高砂、八嶋、源氏供養、船弁慶、春栄、行家、黒塚、鵜飼、祝言放生川、九番也、

とあり、エビスカキは、『高砂』『八島』『源氏供養』『船弁慶』『春栄』『行家』『黒塚』『鵜飼』『放生川』の九番を演じた。次の『舜旧記《しゆんきゆうき》』寛永元年（一六二四）二月十九日条は、エビスカキの上演記録としても最後のものである。

次於本所エヒスカキノ能三番、氷室、清重、花月、令見物了、

梵舜《ぼんしゆん》は、京の吉田神社でエビスカキの能操り『氷室』『清重』『花月』の三番を見物している。以上の記事からエビスカキ等の能操りの演目は合計一五曲となるが、恐らくそのレパートリーはそれ以上の数であったと推測する。

(二) 演能との関係

では、なぜエビスカキ等は数多い謡曲の中からこれらを選んだのか。それらは、当時の演能の際によく上演され、親しまれた謡曲ばかりであったのか。そうであるならば、当時の能楽界の動向は、エビスカキ等の人形戯にも少なからず影響を与えたことになろう。そこで、それを検証するために、エビスカキが活躍した時代の演能記録を基に、当時これらの曲がどの程度上演されたのかをみてみたい。主要な資料とするのは、『能之《のうの》留帳《とめちよう》』である。これは、本願寺坊官で手猿楽の名手として知られた下間少進《しもつましようしん》が天正十六年（一五八八）から元和元年（一六一五）までの約三十年間に自身の上演曲目を中心に記録した控である。

『能之留帳』を基礎資料とする理由の一つは、エビスカキの記録が文献に現れる天文二十四年（一五五五）から

寛永元年（一六二四）までの約七十年間のうち、上演回数が著しく増加するのが天正十六年からであり、『能之留帳』が記された時期とほぼ一致する。したがって、『能之留帳』に記された上演回数が多い曲については、当時の人々の好尚を示しているといえよう。

いま一つの理由は、この時期の演能記録は、個人の日記等の中に簡略に記されたものが多く、その記主は必ずしも上演番組の全てを鑑賞しているとは限らない。また、近世初期の演能番組の資料は他にも『古之御能組』等いくつかあるが[43]、天正から慶長期にかけての演能番組の収載数やその内容の正確さにおいて、『能之留帳』を凌ぐものはないであろう。

しかし、『能之留帳』の問題点も指摘しなければならない。他の記録と比較して記録の精度が高いとはいえ、例えば、慶長九年（一六〇四）十月十日の演能については、『慶長日件録《けいちょうにっけんろく》』や『言経卿記』の記事と照合すると、曲名が一致せず、ここは『能之留帳』に誤記があった可能性が高い。だが、同時代の記録である「細川五部伝書」の中の『元亀慶長能見聞』は、さらに精度が低く、『能之留帳』と同日の演能記録が含まれるものの、記録が演能順でないこと、曲の省略があること、曲名や年月に誤りがあること等が知られている[44]。『能之留帳』にも一部誤記等がある可能性があり、絶対的な信頼を置くことはできないとはいえ、このような状況をみる限り、やはり大部分において『能之留帳』に依拠せざるを得ない。勿論、同年代の他の記録も補完的に用いる必要がある。

第二に、『能之留帳』は下間少進個人の演能の控であるため、少進が関与した演能に限定され、大和猿楽四座の記録が少ない、との指摘もなされている[45]。

第三に、少進は下間丹後から観世流の能の手ほどきを受けたが、後に金春岌連《こんぱるぎゅうれん》から能を相伝したので、その記録の多くは金春流で当時演じられた曲目とみてよい。ただし、少進が出演した日の番組については観世大夫、金剛大夫等の記録も含まれている。また、金春流では当時殆ど演じてなかった曲が、観世流では演じられた事例もあり、能操りの演目に該当する曲で、そのような例がある場合は、他の史資料を用いて適宜補足説明をしたい。

さて、『能之留帳』(46)に記録された曲を全て集計した結果、少進の二十七年間の演能の開催総数は二九二回、上演番組の総数は二四七七番（雨天により中止した八番を含む）、演目の種類の総数は一四〇曲（このうち、「祝言」とのみ書かれ、曲名不明なもの一つを含む）であった。演目の種類の総数一四〇曲を上演回数の多い曲から順に並べると、一位から一二三位まで順位付けができる。その中からエビスカキ等の演目を抜き出し、先の『時慶卿記』、『凉源院殿御記』、『舜旧記』の記事に従って纏めたのが表5である。

Aでは、『賀茂』と『高砂』は『能之留帳』の中でも上位にある曲で、上演回数も多いが、『大仏供養』は上演回数が僅か一回で最下位である。これについては、上演回数の少ない他の曲と合わせて後述したい。

Bの『式三番』については、『能之留帳』には、『翁』とみえる。現行各流とも『式三番』を『翁』と称しているので、ここに当てておく。『翁』は四一位で二五回上演されている。

Cは、各曲の順位に大きな幅が生じている。最も多いのは三位の『高砂』、次いで九位の『源氏供養』で、上位一〇位以内にこの二曲が入っている。続いて一一位の『船弁慶』、一八位の『鵜飼』、三五位の『黒塚』、三七位『八島』の順である。以上六曲は順位表のおよそ上位半分に位置する。残り三曲は更に上演回数が減少し、『春栄』は六五位、『放生川』は一〇九位で僅か二回の上演である。『行家』は『能之留帳』には記録がなく、上演は〇回である。

Dは、いずれも上演回数が少なく、六二位『花月』が一二回、九八位『氷室』が三回。特に目立つのは「清重」の〇回である。

以上、AからDの謡曲の上演回数とその順位を概観すると、『高砂』の上演数が最多で六五回、最低は『行家』と『清重』の〇回と非常に大きな幅がある。『能之留帳』の演能順位一位から一二三位までを二分すると、上位半

表5　能操りの演目と『能之留帳』による演能順位・上演回数との関係

A『時慶卿記』
慶長十九年（一六一四）九月二十一日

曲名	順位	上演回数
賀茂	10位	51
大仏供養	123位	1
高砂	3位	65

B『凉源院殿御記』
元和五年（一六一九）二月三日

曲名	順位	上演回数
式三番	41位	25

C『凉源院殿御記』
元和七年（一六二一）一月十三日

曲名	順位	上演回数
高砂	3位	65
八島	37位	27
源氏供養	9位	57
船弁慶	12位	47
春栄	65位	11
行家	―	0
黒塚	35位	29
鵜飼	28位	34
放生川	109位	2

D『舜旧記』
寛永元年（一六二四）二月十九日

曲名	順位	上演回数
氷室	98位	3
清重	―	0
花月	62位	12

分に八曲、下位の半分に五曲が入っている。これに上演〇回の『行家』『清重』の二曲を加えると、下位の半分は七曲となる。この集計結果から、エビスカキ等が演じたことが判明する曲のうち、少なくとも約半数は、天正から慶長期にかけてよく上演された曲であるといえる。

それでは、下位の曲は果たして殆ど演じられなかったのであろうか。管見の範囲ではあるが、天文から寛永年間まで（ただし、『清重』は文明年間から元禄年間まで）対象期間を拡大して他の記録から『春栄』『行家』『放生川』『大仏供養』『氷室』『清重』『花月』の上演記事を拾い出したのが、表6である。さらに、近世初期の衣装付や型付その他の資料にも目を配りたい。

表6 表5において順位が低かった謡曲の上演記録

★印 勧進能　☆印 法楽能・神事能

曲					
①春栄					
No.	年	月日	出演	場所	出典
1	天文元年（一五三二）	五月一日	日吉大夫	一条西洞院★	『言継卿記』（群書類従完成会）
2	天文元年（一五三二）	八月二十日	日吉大夫	葉室　御霊社☆	『言継卿記』
3	天文七年（一五三八）	三月二十六日	観世大夫	将軍邸	『親俊日記』（増補続史料大成）
4	天文十三年（一五四四）	八月十四日	日吉大夫	真如堂★	『言継卿記』
5	天文十九年（一五五〇）	四月三日	江州手猿楽衆	元興寺観音堂前★	『多聞院日記』（増補続史料大成）
6	天文十九年（一五五〇）	四月六日	江州手猿楽衆	大乗院庭前	『多聞院日記』
7	永禄四年（一五六一）	三月一日	淵田与助	三好義興邸	『永禄四年三好亭御成記』（続群書類従二三輯下）
8	永禄七年（一五六四）	五月十七日	観世大夫	相国寺八幡★	『言継卿記』
9	永禄七年（一五六四）	十月二十二日	堀池弥二郎	禁裏	『言継卿記』
10	永禄八年（一五六五）	八月十四日	八田大夫	松尾社	『言継卿記』
11	永禄十一年（一五六八）	六月二十四日	八田大夫	松尾社	『言継卿記』
12	永禄十二年（一五六九）	四月二十七日	久河興七郎	烏丸亭	『言継卿記』
13	天正八年（一五八〇）	三月六日	笹屋・虎屋	一乗院	『多聞院日記』
14	天正十三年（一五八五）	十月十三日	渋谷対馬丞	島津義久殿中	『上井覚兼日記』（大日本古記録）
15	天正十四年（一五八六）	九月八日	渋谷与吉郎	八代正法寺	『上井覚兼日記』
16	天正十六年（一五八八）	八月九日	日吉大夫	仁和寺	『天正記』（『毛利史料集』）
17	天正十八年（一五九〇）	三月二十八日	女能	下御霊社	『晴豊記』（増補続史料大成）
18	文禄三年（一五九四）	二月十三日	宝生大夫	興福寺☆	『薪能番組』（『日本庶民文化史料集成』）
19	慶長三年（一五九八）	二月十一日	金号方七つ大夫	興福寺☆	『薪能番組』
20	慶長五年（一六〇〇）	八月十九日	金春	豊国社	『舜旧記』（史料纂集）
21	慶長八年（一六〇三）	四月六日	観世左近	二条城	『言経卿記』（大日本古記録）『天正慶長年間御能組』（観世宗家蔵）

22	慶長九年（一六〇四）	四月十九日	宝生子	豊国社	『舜旧記』
23	慶長十年（一六〇五）	九月九日	渋谷与兵衛子	醍醐長尾宮☆	『義演准后日記』（史料纂集）
24	慶長十一年（一六〇六）	三月七日	矢田大夫	一乗寺☆	『舜旧記』
25	慶長十三年（一六〇八）	二月十三日	金剛大夫	興福寺☆	『古之御能組』（伊達文庫蔵）
26	慶長十五年（一六一〇）	六月二十日	梅若	江戸城本丸	『古之御能組』
27	慶長十八年（一六一三）	十二月十日	春日四郎右衛門	本願寺門跡亭	『慶長日記』（本願寺史料集成）
28	慶長十九年（一六一四）	三月六日	矢田大夫	一乗寺☆	『舜旧記』
29	元和六年（一六二〇）	三月四日？	高安太郎左衛門	堺★	『江戸初期能番組控』（法政大学能楽研究所蔵）
30	元和六年（一六二〇）	八月六日	七大夫	江戸城御成橋★	『江戸初期能番組控』
31	元和七年（一六二一）	二月二十五日？	観世大夫	江戸★	『天正慶長年間御能組』『御当家記年録』（大日本史料）
32	元和十年（一六二四）	二月五日	太郎八	禁裏	『資勝卿記』（宮内庁書陵部蔵写本）
33	寛永二年（一六二五）	六月十七日	蔵人・七十郎他	多賀大社☆	『慈性日記』（史料纂集）
34	寛永六年（一六二九）	七月二十三日	七大夫	浅草★	『江戸初期能番組控』
35	寛永七年（一六三〇）	十月十九日	渋谷大夫	禁中	『舜旧記』
36	寛永八年（一六三一）	五月二十一日	七大夫	江戸城西ノ丸	『資勝卿記』
37	寛永八年（一六三一）	六月二十六日？	宝生九郎	浅草★	『江戸初期能番組控』
38	寛永十年（一六三三）	七月十九日？	七大夫	江戸深川八幡★	『江戸初期能番組控』
39	寛永十一年（一六三四）	九月一日	喜多七大夫	仙洞御所	『資勝卿記』『行幸・仙洞・日光御能組』（観世宗家蔵）
40	寛永十六年（一六三九）	四月六日	北左京	春日局邸	『古之御能組』
41	寛永十六年（一六三九）	六月八日	北七太夫	加賀松平筑前守邸	『古之御能組』
行家					
1	天文十九年（一五五〇）	三月十五日	江州森山手猿楽衆	春日社☆	『多聞院日記』
2	天文二十二年（一五五三）	正月十一日		大坂本願寺	『証如上人日記』（『石山本願寺日記』）
3	永禄七年（一五六四）	六月十四日	八田大夫	松尾社	『言継卿記』

曲	No.	年	月日	演者	場所	典拠
②	4	慶長六年（一六〇一）	八月二十二日	大和国衆	禁中	『言経卿記』
	5	慶長十年（一六〇五）	三月八日	浮舟大夫？	禁裏	『慶長日件録』（史料纂集）
	6	慶長十五年（一六一〇）	三月十日？		東本願寺	『古之御能組』
③放生川	1	天文八年（一五三九）	九月二十五日	金春大夫	大坂本願寺寝殿	『証如上人日記』
	2	天文十八年（一五四九）	正月十二日	春一（春日）大夫	大坂本願寺	『証如上人日記』
	3	天文二十二年（一五五三）	九月十一日	春一（春日）大夫	大坂本願寺	『証如上人日記』
	4	天文二十三年（一五五四）	二月二十四日	春一（春日）大夫	大坂本願寺	『証如上人日記』
	5	天正十六年（一五八八）	九月十日	春一（春日）大夫	備前宰相邸	『天正記』
	6	慶長六年（一六〇一）	五月二十七日	渋谷大夫	禁中	『言経卿記』
	7	慶長六年（一六〇一）	八月二十一日	大和国衆	禁中	『言経卿記』
④大仏供養	1	天正十五年（一五八七）	四月四日		水屋社☆	『多聞院日記』
	2	慶長六年（一六〇一）	八月二十二日	大和国衆	禁中	『言経卿記』
	3	慶長十一年（一六〇六）	八月二日	観世大夫	二条城	『言経卿記』『天正慶長年間御能組』
	4	慶長十二年（一六〇七）	二月十六日	観世左近	江戸城新城ノ間	『古之御能組』
	5	慶長十九年（一六一四）	八月二十六日	観世左近子	駿府城広間	『徳川実紀』（国史大系）『駿府記』（『家康史料集』）
	6	元和三年（一六一七）	五月二十二日	観世三十郎	江戸城	『古之御能組』
	7	元和七年（一六二一）	二月晦日？	観世大夫	江戸御成橋★	『天正慶長年間御能組』『御当家記年録』
	8	元和七年（一六二一）	九月九日	藤市大夫	醍醐長尾宮☆	『義演准后日記』（大日本史料）
	9	寛永六年（一六二九）	閏二月四日	大原上野子少三郎	五条天神社★	『舜旧記』
	10	寛永八年（一六三一）	六月二十四日	宝生九郎	浅草★	『江戸初期能番組控』
	1	天文元年（一五三二）	五月一日	日吉大夫	一条西洞院★	『言継卿記』
	2	天文十二年（一五四三）	二月二十四日	観世大夫	大坂本願寺	『証如上人日記』
	3	永禄十年（一五六七）	四月十四日	堀池弥二郎	禁中東庭	『言継卿記』

演目	No.	年	月日	演者	場所	典拠
⑤氷室	4	永禄十年（一五六七）	八月十八日	日吉大夫	葉室御霊社☆	『言継卿記』
	5	永禄十二年（一五六九）	六月十四日	八田大夫	松尾社	『言継卿記』
	6	天正十七年（一五八九）	六月二十八日		禁裏	『お湯殿の上の日記』（続群書類従補遺）
	7	文禄二年（一五九三）	閏九月十三日	暮松新九郎	大坂城	『駒井日記』（『増補駒井日記』）
	8	文禄三年（一五九四）	三月七日		前田玄以邸	『駒井日記』
	9	慶長二年（一五九七）	二月十一日	観世大夫	興福寺☆	『薪能番組』
	10	慶長八年（一六〇三）	三月九日	渋谷大夫	女院御所	『言経卿記』
	11	慶長十年（一六〇五）	五月九日	渋谷三郎右衛門	藤堂佐渡守邸	『古之御能組』
	12	慶長十三年（一六〇八）	二月十四日	宝生大夫	興福寺☆	『古之御能組』
	13	慶長十五年（一六一〇）	九月九日	渋谷簡十郎	醍醐長尾宮☆	『義演准后日記』
	14	元和四年（一六一八）	十月二十二日	渋谷紀伊守	禁中	『義演准后日記』『時慶卿記』
	15	元和八年（一六二二）	六月十七日	小・五郎七・惣五郎	多賀大社☆	『慈性日記』
	16	元和八年（一六二二）	十一月二十四日		禁中	『資勝卿記』
	17	寛永三年（一六二六）	六月十八日	七・孫六・孫七	多賀大社☆	『慈性日記』
	18	寛永八年（一六三一）	五月三十日	観世三十郎	酒井阿波守邸	『御城御能幷諸家能囃子之写』
	19	寛永八年（一六三一）	六月二十五日？	宝生九郎	浅草★	『江戸初期能番組控』
	20	寛永十八年（一六四一）	八月二十三日	紀伊大納言	紀伊大納言邸	『御城御能幷諸家能囃子之写』
⑥清重	1	文明九年（一四七七）	二月十三日？	観世	足利義尚陣所？	『親元日記』（増補続史料大成）
	2	文明十年（一四七八）	四月二十五日	観世大夫	誓願寺★	『蜷川親元日記』（大日本史料）
	3	元禄九年（一六九六）	四月七日	日吉弥右衛門	大坂高原★	『大坂勧進能番組』（鴻山文庫蔵）『紀州藩石橋家家乗』
	1	天文十年（一五四一）	二月六日	大蔵大夫	大坂本願寺	『証如上人日記』
	2	天文十年（一五四一）	十一月二十八日	金剛大夫子	春日若宮社	『多聞院日記』
	3	天文二十二年（一五五三）	正月十一日		大坂本願寺	『証如上人日記』

⑦花月

4	永禄十一年（一五六八）	五月十七日	鷲田大夫	一乗谷城	『朝倉亭御成記』（群書類従第二十二輯武家）
5	文禄五年（一五九六）	七月二十日	秋月宗闇	庄内（諸県郡）	『三藐院記』（史料纂集）
6	慶長二年（一五九七）	二月七日	金号方七つ大夫	興福寺☆	『薪能番組』
7	慶長四年（一五九九）	二月十日	金号方七つ大夫	興福寺☆	『薪能番組』
8	慶長十年（一六〇五）	三月八日	浮舟大夫？	禁裏	『慶長日件録』
9	慶長十八年（一六一三）	十二月十日	本願寺門跡	本願寺門跡亭	『慶長日記』
10	慶長十九年（一六一四）	八月十九日	金春	豊国社	『舜旧記』
11	元和三年（一六一七）	四月二十九日	今春七郎	江戸城	『古之御能組』
12	元和四年（一六一八）	四月一日	今春七郎	江戸城	『古之御能組』『御城御能幷諸家能囃子之写』
13	元和四年（一六一八）	十二月十六日	金春孫大夫	一乗院	『時慶卿記』（京都府立総合資料館所蔵写本）
14	元和六年（一六二〇）	五月十四日	今春七郎	江戸城	『古之御能組』
15	元和七年（一六二一）	四月六日	七郎	江戸城	『古之御能組』
16	元和七年（一六二一）	十一月十九日	本願寺門跡子	本願寺	『元和日記』（本願寺史料集成）
17	元和八年（一六二二）	九月九日	女能	祇園河原★	『舜旧記』
18	元和九年（一六二三）	八月十六日	金春大夫重勝	二条城	『将軍宣下御能目録』（法政大学能楽研究所蔵）
19	元和十年（一六二四）	二月十四日	今春七郎	興福寺☆	『薪能番組』
20	寛永元年（一六二四）	三月十五日	金春七郎	江戸城西ノ丸	『古之御能組』
21	寛永元年（一六二四）	六月二十一日	北七太夫	江戸城本丸	『古之御能組』『御城御能幷諸家能囃子之写』
22	寛永元年（一六二四）	八月二十五日	本願寺門跡子	本願寺	『元和日記』
23	寛永二年（一六二五）	八月十日	今春七郎	江戸城本丸	『古之御能組』『御城御能幷諸家能囃子之写』
24	寛永三年（一六二六）	三月十日	虎屋長門	禁裏	『泰重卿記』『慈性日記』
25	寛永四年（一六二七）	六月二十一日	今春七郎	尾張大納言義直邸	『古之御能組』『御城御能幷諸家能囃子之写』『徳川実紀』
26	寛永四年（一六二七）	七月十六日	大学（喜多大角）	永井信濃守邸	『寛永雑記』（鴻山文庫旧蔵）

27	寛永四年（一六二七）	十月二十九日	今春七郎	藤堂和泉守高虎上屋敷	『古之御能組』『徳川実紀』『寛永雑記』
28	寛永四年（一六二七）	十一月二十八日		春日若宮社☆	『春日祭礼後日能記』（玉井家文書『庁中漫録』）
29	寛永五年（一六二八）	二月十四日	金剛	興福寺☆	『薪能番組』
30	寛永五年（一六二八）	三月十四日	北七大夫	紀伊大納言邸	『古之御能組』『御城御能幷諸家能囃子之写』
31	寛永六年（一六二九）	四月十日	今春大夫	江戸城本丸	『寛永雑記』
32	寛永六年（一六二九）	四月二十九日	権兵衛	前田利常別墅	『徳川実紀』『寛永雑記』
33	寛永六年（一六二九）	五月二十三日	今春大夫	駿河大納言忠長邸	『徳川実紀』『寛永雑記』
34	寛永六年（一六二九）	八月十日	大八	水戸頼房邸	『徳川実紀』『寛永雑記』
35	寛永六年（一六二九）	十月十七日	喜之介	江戸金地院	『徳川実紀』『寛永雑記』
36	寛永七年（一六三〇）	五月二十四日	八右衛門	松平陸奥守邸	『寛永雑記』
37	寛永八年（一六三一）	五月十九日	七大夫	江戸城本丸	『資勝卿記』『御城御能幷諸家能囃子之写』
38	寛永八年（一六三一）	八月二十二日	右京	浅草寺	『江戸初期能番組控』
39	寛永九年（一六三二）	九月二十五日	渋谷孫三郎	北野経堂の北の芝★	『北野目代記録』（北野天満宮史料）
40	寛永十年（一六三三）	四月二十九日	七郎	江戸城	『御城御能幷諸家能囃子之写』
41	寛永十年（一六三三）	七月十八日？	十太夫	江戸深川八幡★	『江戸初期能番組控』
42	寛永十三年（一六三六）	七月十一日	金剛	太田備中守邸	『寛永雑記』
43	寛永十六年（一六三九）	四月	さかみ		『古之御能組』
44	寛永十六年（一六三九）	九月二十五日	今春八郎	尾張大納言邸	『古之御能組』
45	寛永十七年（一六四〇）	二月九日	金春	興福寺☆	『南都下向記』（『本源自性院記別記』史料纂集）
46	寛永二十一年（一六四四）	四月十二日	武左衛門	水野隼人邸	『御城御能幷諸家能囃子之写』
47	寛永二十一年（一六四四）	八月三日	小姓山田権九郎某	江戸城二の丸	『御城御能幷諸家能囃子之写』『徳川実紀』
48	寛永二十一年（一六四四）	十月十九日	六丸	水野出羽守邸	『御城御能幷諸家能囃子之写』

①『春栄』は、天文元年（一五三二）から寛永十六年（一六三九）までに四一回の上演を確認することができる。寺社の勧進能や神事能でもよく上演され、幅広い層の人々に鑑賞された曲であったことが窺える。また、観世小次郎元頼伝書といわれ、元亀元年（一五七〇）三月の奥書がある「音曲秘伝之抄」(47)や同じく観世流の演出資料である『妙佐本仕舞付』(48)、『岡家本江戸初期能型付』所収の「観世流仕舞付」巻五にも収められている。さらに、『福王流古型付』（百済家蔵）や慶長十六年書写の『盛勝本衣裳付』（早稲田大学演劇博物館蔵）にも含まれており(49)、『八帖花伝《はちじょうかでん》書《しょ》』(50)にも演出に関する記述がある。観世流の謡伝書や型付に掲載されることが多かったようである。

②『行家』は、天文十九年（一五五〇）から慶長十五年（一六一〇）までに僅か六回である。寛永から正徳期までの稀曲番組を集めた『古今稀能集』(51)にこの曲が含まれており、やはり上演は稀であった。ただし、『中臣祐維記《なかとみすけつなき》』享禄四年（一五三一）五月八日条に春日社の法楽能で筆大夫が演じた記録がある(52)。さらに『紀州藩石橋家《きしゅうはんいしばしけ》家乗《かじょう》』、『元禄御能組』（観世宗家蔵）等に元禄期の上演記録がいくつか確認される。これは、将軍綱吉が稀曲や珍曲の鑑賞を好み、多数の廃曲を復活させたことが原因のようで、貞享・元禄期に復活されたとみられる(53)。

③『放生川』は、現行曲とはいえ、天文八年（一五三九）から慶長六年（一六〇一）までに計七回とこれも少なく、『古今稀能集』にも掲載されている。しかし、現存最古の装束付である『舞芸六輪次第』(54)に収められ、慶長十一年（一六〇六）の奥書がある『金春安照《こんぱるやすてる》秘伝書』(55)にも衣装に関する記述がある。『妙佐本仕舞付』にも記載され、上掛り、下掛り双方で演じられたことが分かる。また、慶長年間に古活字版として刊行され、普及していた『八帖花伝書』や謡曲の注釈書である『謡抄』(56)の古活字版等にこの曲が入っていることを勘案すれば、稀曲とはいえ、広く知られていた可能性もあろう。

④『大仏供養』は、天正十五年（一五八七）から寛永八年（一六三一）までに一〇回上演され、現行曲としては上演が非常に少ないが、その半数近くを勧進能と神事能が占めていることから、庶民にも鑑賞される機会があった

ことが窺われる。管見では、室町後期から江戸初期の衣装付や型付にはこの曲は入っていないが、江戸時代初期の人気曲で、寛文元年（一六六一）の書上によれば、シテ方二流以上が演目としているという(57)。

⑤『氷室』は、天文元年（一五三二）から寛永十八年（一六四一）にかけて二〇回の上演であるが、神事能の記事が数件あり、『舞芸六輪次第』や『能口伝《くでん》之聞書』(58)、『福王流古型付』、『盛勝本衣裳付』にも含まれている。

⑥『清重』は、現在廃曲となっており、天文から寛永期にかけての演能記録もないため、文明九年（一四七七）から元禄九年（一六九六）までの三件を表に掲載した。このうち二件は勧進能である。これも『行家』と同様に『古今稀能集』に収載され、貞享・元禄期に復活された曲である。ただし、『言経卿記』文禄五年（一五九六）六月十一日条には、鳥養道断《とりかいどうせつ》に『清重』の謡本が貸し出された記事がみえる。さらに『能口伝之聞書』内の「百五拾番謡目録」にも曲名が載っており、『節章句《ふししょうく》秘伝之抄』内の「音曲秘伝之抄」に謡に関する記述があることから、この曲は謡によって当時の人々に親しまれていたことが考えられる。また、装束付の『舞芸六輪次第』や『盛勝本衣裳付』にも含まれ、『妙佐本仕舞付』、『岡家本江戸初期能型付』所収の「観世流舞付」巻二（鷹司本）等この曲を含む演出資料は比較的多く、上掛り、下掛り双方で演じられていたといえる。

⑦『花月』は、天文十年（一五四一）から寛永二十一年（一六四四）までの間に四八回の上演記録があり、興福寺の薪能ではしばしば上演されている。『舞芸六輪次第』、『禅鳳雑談《ぜんぽうぞうたん》』、『八帖花伝書』、「百五拾番謡目録」（『能口伝之聞書』）、「音曲秘伝之抄」（『節章句秘伝之抄』）、『妙佐本仕舞付』、『岡家本江戸初期能型付』、『金春安照秘伝書』、『福王流古型付』、『盛勝本衣裳付』と、ここに列挙した七曲の中で伝書、衣装付、型付の記事が最も多い曲である。

さて、『放生川』『行家』『清重』は、当時稀曲として扱われていたことも分かった。では、そのような稀曲をエビスカキはいかにして知り得たのか。特に『清重』は、装束付や型付に比較的多く収録されてはいるものの、例えば『岡家本江戸初期能型付』に収載された稀曲については、綱吉・家宣時代に収集されたものが増補された可能性も考えられるという。そもそも、能の型付の多くは能役者の家に秘匿され、容易に他人に公開されるものではなかったといい[59]、エビスカキが披見することができたとは考えにくい。

いま一つ考えられるのは、室町後期以降の謡の普及であり、この曲を含む謡本や謡伝書があることは先述のとおりである。しかし、エビスカキがこれらの本のみを頼りに自力で謡を修得することができたとも思われない。

ところで、能操りが興行された京の四条河原は、様々な芸能が上演された場所でもある。小林健二氏は、慶長から寛永期にかけて四条河原で行われた勧進能の番組に多くの番外曲が含まれていることに着目し、能と能操りが交流する中で、能操りが能の番外曲を自らのレパートリーに組み込んだ、と説かれた。芸能興行の場における両者の交流によって、能操りがそのレパートリーを増やした可能性は十分にあるだろうが、それでは能操りはいかなる方法で能を摂取したのか。能操りの台本が現存しないことは先に述べた。土井順一氏は、能操りが謡本を台本としたと断言されたが、江戸初期の謡本について表章氏は、「謡本は〝うたい〟の本であって、能の台本として刊行されたものではない」と述べている[60]。表5のAからDの記事はいずれも能の上演であり、謡ではない。勿論、門付けの場合は能の一部を演じたであろうが、エビスカキが貴顕の愛顧を得て、参内や院参を度々行えたのは、人形による本格的な能も演じることができたためではないだろうか。その摂取が謡本のみならず、口承によってなされた可能性も考慮するべきであろう。『お湯殿の上の日記』に「本の能のごとく」と評され、『凉源院殿御記』に「一間計之舞台ヲ立、ハシカ、リ有之、式三番已下如能由也、笛鼓以下無替義由也」とあるように、能操りはまさしく人形による能の模倣であり、それ故に専用の台本を必要としなかったのではないか。その点では、人形劇史上において操り浄瑠璃成立以前は「能の模倣時代」であったといえる。人形芝居が能に対抗しうる独自の新しい作品を生み出す段階に達するには、次の操り浄瑠璃の時代を待たねばならなかったのである。

四　操り浄瑠璃成立期の問題

操り浄瑠璃の成立は文禄・慶長期といわれ、その具体的な時期やそれに関わった人物について近世の書誌類に諸説あることは、周知のとおりである。若月保治氏[61]や和辻哲郎氏[62]は、文禄・慶長期には既に操り浄瑠璃は誕生しており、その下限を慶長初期とした。しかし、山路氏は、先に引用した『時慶卿記』慶長十九年（一六一四）九月二十一日の記事や『言緒卿記』の同日の記事を根拠として、これを院御所における操り浄瑠璃の初演とみている。そして、エビスカキの芸能を何度も鑑賞している西洞院時慶がこの日に限って自身の日記に「夷舁ノ類ノ者推参」「奇意ノ事也」と記したのは、その芸態がこれまでと異なり、能以外の語り物を演じたことによる、と論じた。[63]この山路氏の説に対しては、室木弥太郎氏が支持する一方で、[64]内山美樹子氏の反論も起こり、[65]未だ決着をみていない。筆者もそれらを解決することはできないが、二、三の問題を挙げておきたい。

前述のように、『お湯殿の上の日記』にエビスカキの記事がみえるのは、慶長十三年（一六〇八）が最後である。そして、後陽成天皇退位後の慶長十八年と十九年には、仙洞御所でエビスカキの上演が数回なされたことが他の記録から知られる。しかし、『凉源院殿御記』元和五年（一六一九）二月三日条の記事は、エビスカキの演じた能がテクグツのようであったことを伝えている。察するに、テクグツとエビスカキの芸態には大きな違いはなかったのであろう。テクグツが文禄期も存続していた点を考慮すれば、果たしてエビスカキのみが操り浄瑠璃の成立に関わったといえるのであろうか。さらに、慶長十九年九月二十一日に院御所で上演した傀儡を西洞院時慶は「夷舁ノ類ノ者」と記したが、山科言緒はそれを「アヤツリ」と称した。だが、言緒はその翌年の日記に院御所で上演した傀儡のことを「ヱヘスカキ」と記し、「アヤツリ」とは書かなかった。恐らく言緒は、両者が異なるものであることを認識していたのではないか。この頃のエビスカキの中には、操り浄瑠璃に転向した者もあれば、能操りを続ける者もいたであろう。慶長十九年と元和元年の院御所での傀儡見物に関する言緒の記述の仕方の違いは、そのような状況を示しているのか、あるいは、慶長十九年の上演がエビスカキではなく、別の傀儡師によるものであったということを示すのか。史料不足のため、今はそれを判断することができないが、操り浄瑠璃成立の問題は、テクグツやドウコノボウも含めて再検討をするべきではないだろうか。

第二に、操り浄瑠璃の記事が増えるのは、慶長十九年以降であるが、山路氏は南都での操りの興行の記事として、天理図書館保井文庫所蔵の『日記抜書』慶長十一年（一六〇六）二月五日条を紹介された。にもかかわらず、語り物との提携については不明として、これを操り浄瑠璃の記事として認めていない(66)。ではその全文をみてみよう。

クラカケ直シ有之、桶井ノソハニアヤツリ有之、一﨟代清浄院願舞台也、御門跡へ伺サセ申候也、今日衆中ヨリ薪能ノ間ハ、ソコモト衆中ヨリ存知候間アヤツリ六方ヨリ被申付候共、衆中ヨリサセ間敷候被申事ニ候へ共、御門跡へ六方一﨟代被申上候而、衆中へ喜多坊御使ニ被遣候テ異見□無之候、一﨟代勝手ニテアヤツリ有之、

（以上読点は私に付した）

鞍掛直しとは、興福寺薪能の桟敷の準備のことである。『薪能番組』によれば、この年は二月六日から薪能が催されている。つまり、興福寺の衆中は、薪能の間は操りの上演を禁止していたが、一﨟代が門跡に伺いを立て、薪能の前日に操りの上演を行ったということである。これだけでは、確かに語り物との提携があったかどうかは分からないが、操りの舞台での上演という意味では、初出の記事である。ところで、加納氏は、慶長四、五年または慶長十年刊『倭《わ》玉篇《ごくへん》』夢梅本に所収されている「操」の語は、直接遣いの人形を操ることを指し、慶長の初め頃にはこの語が使われていたと推測している(67)。だが、夢梅本の「操」の語に人形の操作の意まで含まれているかどうかは定かではなく、これを根拠とするのは、些か難しいと思われる。したがって、遅くとも慶長年間の半ばまでには、操り浄瑠璃は成立していたとみるのが穏当であろう。

第三に、太夫の受領の問題である。安田富貴子氏は、慶長十八年（一六一三）正月十五日に監物《けんもつ》が河内目《かわちのさかん》を受領した（浄瑠璃太夫口宣案《くぜんあん》）が、それは小細工師としての受領であったと説かれた[68]。さらに、宮本圭造氏は、山城左内《やましろさない》の受領に関する新史料を提示された。それは、後陽成院の時代に淡路・河内・薩摩の受領の先例があったことを示す『康道公記《やすみちこうき》』寛永十九年（一六四二）十月三日条で、口宣案がないためにこれまで疑問視されていた引田《ひきた》淡路《あわじの》掾《じょう》の受領が事実である可能性が高まったことを指摘された[69]。

万治三年（一六六〇）頃刊行された『東海道名所記』には、「又浄瑠璃《じやうるり》はそのころ。京の次郎兵衛とかやいふ者《もの》。後には淡路丞《あはぢのぜう》と受領《じゆりやう》せし。西の宮の夷《えびす》かきをかたらひ。四条川原にして。鎌田《かまだ》の政清《まさきよ》か事を。かたりて。にんぎやうをあやつり。その、ちがうの姫《ひめ》。あみだのむねわりなどいふ事をかたりける」とあり、その淡路掾を西宮のエビスカキとする。また、貞享元年（一六八四）成立の『雍州府志《ようしゆうふし》』は、浄瑠璃太夫として最初に受領したのは河内目であり、その人物を監物とするが、山路氏は『露殿物語《つゆどのものがたり》』に「のふあやつり御さ候、太夫は河内のかみ」とあることから、河内目を受領したのは、能操りを演じたエビスカキの徒とみなされている[70]。さらに、井上氏も、監物を西宮のエビスカキに起源をもつ人形遣いとみている。

ところで、次の『鹿苑日録《ろくおんにちろく》』慶長十年（一六〇五）正月二十一日の記事に注目したい。「次於片主。傀儡子之太夫来テ。舞傀儡子。奏舞楽。且見物」とあり、大坂の片桐貞隆《かたぎりさだたか》邸に傀儡の太夫が来るが、これは何者なのか。この記事は、従来紹介されながら殆ど注目されていなかったが、管見では傀儡の太夫に関する初出の記事ではないかと思う。太夫とは、傀儡の芸団の代表者または人形芝居において中心的な役割を担う者である。これ以前にも名人のエビスカキや天下一の仏まわし等優れた傀儡の出現を示す記事は散見されたが、慶長十年に太夫が出現していたということは、後に河内目や淡路掾を受領した傀儡師が既に台頭していたとみても大過なかろう。

さて、『譚海《たんかい》』[71]には、「浄瑠璃かたる者の、某少掾・大掾・某太夫などと称する事、元来人形造りて禁裏へ奉りしものに、受領号をゆるされけるがはじまり也。其後浄瑠璃と云者を語りて、人形にあはせてあやつりもて遊びしあひだ、おのづから浄瑠璃語る者のいきほひつよく、人形をつかふものは其下にまはるやうに成たる故、いつとなく人形遣ひの受領号を、浄瑠璃かたるものにうばはれて称する事に成たる也」とあり、元は人形遣いのものであった受領号が浄瑠璃語りに奪われたのだという。『鹿苑日録』の傀儡の太夫の記事は、この『譚海』の記述の一部を裏付けるのに十分な資料であるとはいえないが、この太夫が監物（後の河内目）あるいは西宮のエビスカキ（引田淡路掾）であることを想定することはできるであろう。慶長期における人形芝居の太夫と受領に関する実態については未解明な点が多く、これもまた今後の課題として提示するに留める。

五　能操りの盛衰と操り浄瑠璃の隆盛

元和初期の金沢の様相を伝える『三壺聞書《みつぼききがき》』には、浅野川や犀川に芝居小屋が立ち、宇右衛門、雅楽助の操り浄瑠璃と喜太夫、孫太夫の能操りがあったことが記されている。これらの太夫については不詳であるが、恐らく金沢では名が通っていたのであろう。また、寛永初期に成立した『露殿物語』には、京の四条河原に河内守の能操りや左内の操り浄瑠璃の小屋が並ぶ様子が描写され、操り浄瑠璃成立後の元和から寛永初期にかけての京都や金沢では、能操りと操り浄瑠璃の人気はほぼ互角であったと思量される。しかし、古記録においては、元和期にはエビスカキの能操りの記事は徐々に減少し、寛永期には殆どみられなくなることから、能操りは次第に勢いを失ったとみられる。一方、操り浄瑠璃の記事は慶長の終わりから散見され、寛永期以降はその上演が急増する。山城左内や伊勢島《いせしま》宮内《くない》、杉山七郎左衛門、薩摩浄雲《さつまじょううん》等の浄瑠璃太夫が活躍し、浄瑠璃正本も刊行されるようになることは周知のとおりである。京で活躍した左内や伊勢から江戸、京都へと進出した宮内が寛永十八年（一六四一）に吉田（愛知県豊橋市）で浄瑠璃を語っていたことが『大野治右衛門定寛日記』から知られるが、阪口弘之氏は、寛永期の浄瑠璃太夫が街道を東西に往来して興行をしていたことを示された(72)。

しかし、信多純一氏は岩国藩の『日記』から次のような記事を紹介されている。寛永十九年八月十六日に岩国でエビス舞が興行され、翌十七日には城内の庭に舞台が立てられ、能操り五番が演じられたという。さらに、二十六日にも能操り六番が上演されている。この能操り座のことを「恵比寿舞」と記していることから、信多氏は西宮・淡路のエビス廻しの座が能操りを演じて諸国を巡業していたものとし、寛永十九年の段階でなお能操りの勢力が強かったと説かれた(73)。だが、この岩国藩の『日記』とほぼ同時期に書かれた『隔蓂記《かくめいき》』は、京都の芸能記事を豊富に含んでいるが、そこに能操りの記事を見出すことができない。したがって、既に京都での人気が衰えていた能操りが寛永後期には他所に活動の場を求め、地方へ下ったことが想定される。このように寛永期は、能を演じる傀儡の時代から操り浄瑠璃の時代へと移行した時期であった。

おわりに

山路氏が提唱された「てくぐつの時代」、「ゑびすかきの時代」という人形劇史の時代区分の名称は、各時代の代表的な傀儡の名を冠したものであるが、天正期に傀儡の種類が最も増え、その多くが能を演じたことから、それらをより包括的に捉え、「能を演じる傀儡の時代」と題して論じてきた。操り浄瑠璃成立以前の傀儡には、芸態等において不明な点も多々あるが、上演記事の数が多いテクグツ、エビスカキ、ドウコノボウについては、複数の類似点があり、三者が天正から文禄期の同時代に活動していたことも判明した。また、中世にはテクグツと同様にみなされていたテズシも、未だ慎重な検証を要するとはいえ、能を演じた可能性も考えられる。能操りの演目も半数以上が当時の演能において比較的多く上演された曲であった。また、稀曲であっても芸能興行の場における能役者との交流によって、その存在を知ることができたと推測される。

「能を演じる傀儡の時代」の主要な担い手は、無名の芸能者たちであった。彼らが演じた能は、人形芝居のシナリオとして創作されたものではない。彼らは周辺の芸能ジャンルの中から人形戯に適した芸能として能を選び、それを摂取したのである。それは、能が舞台演劇として大変好まれたからであり、人間が演じるとおりに模倣することによって、うまく摂取することができたためではないか。つまり、天正、文禄期頃までは、傀儡師の中から近松のような天才的な劇作家が誕生することはなく、オリジナルの作品を生み出せる土壌は未だできあがっていなかったと解せよう。能操りの専用の台本が現存しない理由も、このような事情によるのではないだろうか。このように述べると、この時代は単に能を模倣したにすぎないのだと理解されるかもしれないが、筆者は決して消極的な意味でそう呼ぶのではない。むしろ、能という他の芸能を十分に吸収し、その後の人形芝居の基礎となる技術を蓄積した時代なのであり、やがて迎える操り浄瑠璃の時代に、自由で新しい演技を生み出す原動力となったのである。そうした意味で、その重要性を再評価するために、あえて人形劇史上に、「能を演じる傀儡の時代」として位置づけることを試みた。その試みは長年の調査結果に基礎付けられているが、この間、川嶋将生先生、阪口弘之先生からご指導をいただき、山路興造氏、小林健二氏、大谷節子先生からも貴重なご示教を賜わった。さらに、資料閲覧に際し、諸機関のご高配をいただいた。篤くお礼を申し上げたい。

注

（1）『人形劇の成立に関する研究』昭和三十八年、旭屋書店。

（2）『改訂　日本の人形芝居』昭和四十四年、錦正社。以下、本文中の永田氏の説は同書による。

（3）「操浄瑠璃成立前後の傀儡芸」（『民俗芸能』五一号、昭和四十八年）。その後、「中世芸能から近世芸能へ―浄瑠璃操りの成立をめぐって―」（『人形浄瑠璃舞台史』平成三年、八木書店）、「操浄瑠璃成立以前」（『芸能史研究』第一三二号、平成八年）、「操浄瑠璃の成立」（『岩波講座　歌舞伎・文楽』第七巻、平成十年、岩波書店）等を発表。

（4）『中世賤民と雑芸能の研究』昭和四十九年、雄山閣出版。

（5）「道化人形の系譜」（『のろまそろま狂言集成』昭和四十九年、大学堂書店）。

（6）『人形舞台史』（昭和五十一年・五十五年、国立劇場）（『人形浄瑠璃舞台史』所収)。

(7)『人形浄瑠璃舞台史』。

(8)「中世の人形芸」(『講座日本の演劇三　中世の演劇』、平成十年、勉誠社)。以下、本文中の徳田氏の説は同論考による。

(9)「どうこのぼう考—鉢たたきの操り人形—」(『人形劇史研究』第七・八合併号、平成十年)、「てくぐつ小考—高山寺本古往来をめぐって—」(『人形芸能史研究』二号、平成十四年)等があり、これらは『日本操り人形史—形態変遷・操法技術史—』(平成十九年、八木書店)に一部改稿の上所収されている。

(10)「古浄瑠璃における能の影響—能操りを媒介として—」(『芸能史研究』第一六七号、平成十六年)。以下、本文中の小林氏の説は同論考による。

(11)「浄瑠璃操り成立期の語り手」(『漂泊の芸能者』平成十八年、岩田書院)。以下、本文中の井上氏の説は同論考による。

(12)注(9)『日本操り人形史—形態変遷・操法技術史—』二五頁。

(13)『看聞日記』永享八年(一四三六)五月十七日条。

(14)『春日《かすが》若宮拝殿方諸日記《わかみやはいでんかたしょにっき》』永享十二年(一四四〇)三月十四日条。

(15)京都府立総合資料館所蔵写本。

(16)藤木久志「荘園の歳時記」(週刊朝日百科『歴史の読み方』9、平成元年、朝日新聞社。のち『戦国の村を行く』〈平成九年、朝日新聞社〉所収)。

(17)『大乗院寺社雑事記』文明元年(一四六九)五月二十一日条。この他にも、同記録長享三年(一四八九)四月五日条に「久世舞手ク、ツ」とある。この解釈をめぐっては、テクグツが曲舞を人形で演じたとする説と、テクグツ自身が曲舞を舞ったとする説があるが、この稿では曲舞と人形芝居の上演と解釈する。

(18)長享三年六月七日条。

(19)山路注(3)前掲「操浄瑠璃成立以前」、「操浄瑠璃の成立」。

(20)角田注(1)前掲書。以下、本文の角田氏の説は、同書による。

(21)山路注(3)前掲「操浄瑠璃成立以前」、「操浄瑠璃の成立」。『資勝卿記』の写本。以下、『涼源院殿御記』の史料名による引用は、内閣文庫所蔵本により、読点等は私に付した。

(22)『お湯殿の上の日記の基礎的研究』昭和六十年、和泉書院。

(23)御湯殿上日記研究会『お湯殿の上の日記の研究　宗教・遊芸・文芸資料索引』(昭和四十八年、続群書類従完成会)に既に指摘があるが、同書ではこれらの申沙汰が後陽成帝期のみに行われた、との見解をとる。

(24)『涼源院殿御記』元和七年(一六二一)正月十三日条。

(25)東京大学史料編纂所蔵の謄写本。読点は私に付した。

(26)以下、本文におけるこの日記の引用は京都府立総合資料館所蔵写本により、読点や丸括弧付の注は私に付した。

(27)「遺跡出土の操り人形かしら—古代から近世中期—」(『芸能史研究』第一六一号、平成十五年)。

(28)拙稿「能を演じる傀儡—中世後期から近世初期の門付けを中心に—」(『放送大学大学院教育研究成果報告　オープンフォーラム』第三号、平成十九年)。

(29)京都市埋蔵文化財研究所『平成三年度京都市埋蔵文化財調査概要』平成七年。

(30)注(3)前掲「操浄瑠璃成立前後の傀儡芸」、「操浄瑠璃の成立」。

(31)注(9)前掲「どうこのぼう考—鉢たたきの操り人形—」。

(32)この件については、平成十六年九月の芸能史研究会例会において、「操浄瑠璃成立前後の傀儡をめぐって—能を演じる傀儡」と題して触れた。後に加納氏の『日本操り人形史—形態変遷・操法技術史—』二四六頁から二四七頁にも同様の指摘がみられる。

(33)土井忠生・森田武・長南実編訳、昭和五十五年、岩波書店。『日葡辞書』の引用は、すべてこの書による。

(34) 黒木勘蔵『浄瑠璃史』昭和十八年、青磁社。角田氏も同説をとる。

(35) 注（9）前掲『日本操り人形史—形態変遷・操法技術史—』。

(36) 引用資料（浄牧院本上冊）は、『禅門抄物叢刊』巻五の解題によれば、延宝九年（一六八一）の転写本であるが、その原本の成立は、延徳元年（一四八九）から同三年の間とされる。

(37) 注（3）前掲「操浄瑠璃成立以前」、「操浄瑠璃の成立」。

(38) 表3・表4の作成にあたり、次の史料を用いた。ただし、表4については、複数の日記に同日・同内容の記事がある場合は、重複を避けた。なお、本文に引用した下記史料の出典も左記に同じ。

『看聞日記』（『看聞御記』続群書類従）　『春日若宮拝殿方諸日記』（『日本庶民文化史料集成』）　『大乗院寺社雑事記』（増補続史料大成）　『実隆公記』（続群書類従完成会）　『親長卿記』（史料纂集）　『政覚大僧正記』（史料纂集）　『お湯殿の上の日記』（続群書類従）　『言国卿記』（史料纂集）　『御法興院関白記』（増補続史料大成『御法興院記』）　厳島野坂文書「江良房栄書状」（『広島県史　古代中世資料編Ⅱ』）　『私心記』（『石山本願寺日記』）　『言継卿記』（続群書類従完成会）　『家忠日記』（増補続史料大成）　『伊達家日記』（東京大学史料編纂所架蔵）　『言経卿記』（大日本古記録）　『北野社家日記』（史料纂集）　『時慶卿記』（京都府立総合資料館蔵写本）　『多聞院日記』（増補続史料大成）　『資勝卿記』（東京大学史料編纂所蔵謄写本）　『凉源院殿御記』（内閣文庫蔵写本）　『泰重卿記』（史料纂集）　『言緒卿記』（大日本古記録）　『梅津政景日記』（大日本古記録）　『舜旧記』（史料纂集）

(39) 注（23）前掲書。

(40) 「福神と招福」（林屋辰三郎編『民衆生活の日本史・金』平成九年、思文閣出版）。

(41) 「山科家領今西宮をめぐる諸問題—「相阿弥書状」を手がかりに—」（『芸能史研究』第一五八号、平成十四年）。

(42) 注（3）前掲「操浄瑠璃の成立」。

(43) 演能記録調査研究グループ編「江戸初期能番組七種—「番組要綱」と曲名・演者名索引」（『能楽研究』第一八号、平成六年）、表章編「南都両神事能索引」（『能楽研究』第一六号、平成三年）、国文学研究資料館「連歌・演能・雅楽データベース」参照。

(44) 「細川五部伝書解題」（法政大学能楽研究所編『能楽資料集成2　細川五部伝書』昭和四十八年、わんや書店）二三九頁。

(45) 法政大学能楽研究所編『能楽資料集成6　下間少進集Ⅲ』昭和五十一年、わんや書店、二一八頁。

(46) 注（45）前掲書所収の翻刻を用いた。

(47) 謡伝書『節章句秘伝之抄』（鴻山文庫蔵「細川十部伝書」の内の一冊）の一部である。「細川十部伝書」は、同書の解説（注（44）前掲書）によれば、慶長期の原本に基づく転写本である。

(48) 「細川十部伝書」の内の一冊。『能楽資料集成12　観世流古型付集』（昭和五十七年、わんや書店）所収。

(49) 両資料とも伊藤正義編著『福王流古伝書集』（平成五年、和泉書院）に所収されている。同書解説によると、百済家蔵古型付の書写年代は、慶長末年から寛永前期頃で、その内容は慶長期前後の盛忠流の脇型付とみられる。

(50) 桃山期の成立といわれる。『古代中世芸術論』（昭和四十八年、岩波書店）所収。

(51) 西野春雄「藤田家蔵『古今稀能集』」（『芸能史研究』第五三号、昭和五十一年）に翻刻がある。

(52) 能勢朝次『能楽源流考』昭和十三年、岩波書店。

(53) 表章・天野文雄『岩波講座　能・狂言Ⅰ　能楽の歴史』昭和六十二年、岩波書店。

(54) 片桐登氏は、「『舞芸六輪』解説」（『日本文学誌要』第一〇号、昭和三十九年）の中で、『舞芸六輪次第』の写本のうち、最良とされる金春信高氏所蔵伝書（現在は鴻山文庫蔵）の成立時期を室町末期とし、大和猿楽四座以外の座（宇治系統）に伝わったレパートリーの集成とみている。なお、表章氏は、『舞芸六輪次第』を下掛り系の伝書で、永正年間（一五〇四〜二一）の能の実態を伝える書とする（『能楽史新考（一）』昭和五十四年、わんや書店、五九頁）。

(55)『能楽資料集成9　金春安照伝書集』（昭和五十三年、わんや書店）所収。

(56)『鴻山文庫蔵能楽資料解題（中）』（平成十年、法政大学能楽研究所）に紹介がある。

(57)藤岡道子編『岡家本江戸初期能型付』（平成十九年、和泉書院）解説三六一頁。

(58)慶長三年極月の奥書がある。注（44）前掲書所収。

(59)注（57）前掲書三五七、三六〇〜三六一頁。

(60)土井順一「古浄瑠璃・説経」（『元禄文学の流れ』平成四年、勉誠社）、表章「〝うたい〟（謡）考—その発達史を中心に—」（注（54）前掲『能楽史新考（一）』）。

(61)『人形浄瑠璃史研究—三百年史研究—』昭和十八年、桜井書店。

(62)『日本芸術史研究』第一巻、昭和三十年、岩波書店。

(63)注（3）前掲「操浄瑠璃成立前後の傀儡芸」、「操浄瑠璃の成立」。

(64)『増訂　語り物（舞・説経・古浄瑠璃）の研究』昭和五十六年、風間書房。

(65)「浄瑠璃と「浄瑠璃御前物語」」（「新日本古典文学大系月報93」平成十一年、岩波書店）。

(66)注（3）前掲「操浄瑠璃の成立」。

(67)注（27）前掲論考。

(68)「浄瑠璃太夫受領考」（『芸能史研究』第二六号、昭和四十四年）。

(69)「古浄瑠璃史再検」（『上方能楽史の研究』平成十七年、和泉書院）。

(70)注（3）前掲「操浄瑠璃成立前後の傀儡芸」、「操浄瑠璃の成立」。

(71)寛政七年（一七九五）跋。『日本庶民生活史料集成』第八巻所収。

(72)「街道の浄瑠璃—左内と宮内—」（『人文研究』第二九巻第一分冊、昭和五十二年）。

(73)「大阪の芸能と地方への伝播（続）—岩国藩日記記事を中心に—」（『大阪の都市文化とその産業基盤　共同研究論集』第二輯、昭和六十一年）。

近松・語りの魅力――「淡路町《あわじまち》」を中心に――

〈お話〉太夫 豊竹咲大夫《とよたけさきたゆう》 × 三味線 竹澤宗助《たけざわそうすけ》
〈聞き手・注〉林 久美子

大坂を描く

林：今日は「淡路町《あわじまち》」（『冥途《めいど》の飛脚《ひきやく》』上之巻）を中心に、お話をお聞かせいただけるということで、よろしくお願いいたします。

このインタビューに備えて、昭和四十一年以降のデータが見られる文化デジタルライブラリーで、咲大夫師匠がお語りになっている場をとりあえず一覧にしてみたんですけれども、「淡路町」は本公演だけで七〜八回お語りになってらっしゃいますね。語り込まれて、どのように受け止めていらっしゃいますか。

咲：近松さんという人は、大坂で生まれたわけじゃないのに、その時代の世相、背景、また大坂の名所旧跡、そういうことを網羅しているというところがよろしいですね。その当時の大坂人に、「ああ、あそこに行ったことある…」とか、「ああ、あそこ知ってる…」とかいう親しみを持ってもらうというか、つぼを心得てるというのか。

神宗《かんそう》さんの作られた「冥途の飛脚」の地図、[1] お持ちでしょうか？　あれはよくできてます。小さなことですけども、あれで分かったのは、「狐が化かすか、南《な》無《む》三宝《さんぼう》」という詞章の、狐小路《きつねこうじ》[2] っていうのが現にあったということですね。「氏神のお誘ひ、狐が化かすか、南無三宝」って、やっててもいい言葉っていうのか

豊竹咲大夫

な、いい文章ですね。それで「狐が化かすか、南無三宝」って、てっきり狐が人をだますっていうか、狐がばかすというだけの意味かと思ったら、現に狐小路っていうのがあった、あれは驚きでしたね。現在の淡路町と若干ちがうんだけども、実際に淡路町から西に向いて歩いていって、西の横堀から右へ行ったら、北側ですわね。東へ行ったら新町《しんまち》ですね。そういう大坂の地図も網羅され、それから、八右衛門《はちえもん》が「不動参りに待ちます」って妙閑《みょうかん》に言いますけども、つまり中之島通って今の太融寺《たいゆうじ》のへんにお不動さま(3)があったみたいですけども、そういう道筋というものがちゃんと見える。そういう細かいことまで近松門左衛門は俯瞰してる。

だからよく書けてますよね。あの「封印切《ふういんぎり》」の最後のとこでも、「果《はて》は砂場を打過ぎて跡《あと》は野となれ大和路や」でしょ。つまり新町の西側から出てきたら、「砂場跡」って今西六《さいろく》公園のとこに、「ここに砂場ありき」っていう石碑がありますよ。

林：あ、そうですか。

咲：ぼくは子どもの時分、砂場があるから、ここに学校でもあったんかなと思ったらそば屋ですよ(4)。今東京で「藪」か「砂場」っていうでしょ。あれはもともとうどん屋さん。それが東京に移転したので、それで藪と砂場になったんですね。

だからナニワ筋越えたとこですね。「ここに砂場ありき」って大きな石碑立ってますけどね、西六公園のとこで。ちゃんと裏門、裏口から出て、砂場を過ぎて、「果は砂場を打過ぎて、跡は野となれ大和路や」、つまり今でいう湊町から大和への道筋まで、ナビゲーターじゃないけども、全部ちゃんとこの芝居の中にあるという、そういうとこがやっぱりすごい人だと思いますね。

林：そうですね、本当に。大阪の者ですので、だいたいは分かります。

咲：東京の人はやっぱり理解しにくいですね。近松は……。

「淡路町」の出だしは「みをづくし、難波《なにわ》に咲くや、この花の、里は三筋に町の名も、佐渡と越後のあひの手を、通ふ千鳥の淡路町、亀屋の世継忠兵衛《ちゆうべえ》」、こんな文章なかなか出てこないですよ。父などに、色町は夜更けになると、「通う千鳥の恋の辻占《つじうら》」といって、辻占売が来るとか、子どもがおいなりさん売りに来たとか聞いてます。ぼくらの時分でもわずかにそんな風情がありました。この江戸時代にはそういうことも結構あっただろうし。だからぼくは「封印切」よりも「淡路町」のほうがよく描けてると思う。羽織落としにいたるまで、実に大坂の雰囲気や大坂人の気質っていうのかな、そういうのがよく出てますね。

あと、「淡路町」だと、「籠の鳥なる梅川《うめがわ》に、焦がれて通ふ里雀」、「忠兵衛はとぼとぼと」なんていうかけ文句のおもしろさ。「十文色も出て来るは、南無三宝」の「十文色」というのは、夜鷹のことやいわれて…考えてみたら、そばよりも夜鷹のほうが安いんですよね。そば十六文でしょ、夜鷹十文でしょ。(5)

林：とんでもない時代でしたね。

咲：だから、わたしがいいたいことは、当時の大坂の、なんでもないところがよく書けてるということです。

語りの特色

咲：それからまた詞章の上ではなんといっても、字余り、字足らず、これはもう、それがやりにくいとおっしゃる方もあれば、そこがおもしろいという解釈もあるわけであって、それはなんともよくわかりませんけども、これが近松の一つの特色ですよね。それが証拠に、「これ氏神と、三度戴き紙押し広げ、くるくると駿河《するが》包《づつ》みに手ばしかく、金五十両、墨黒《すみぐろ》に」(「淡路町」鬢《びん》水入れのくだり)と、これを一息で語れといわれましたね。だから「瀬尾太郎《せのおのたろう》が首に掛けたる赦《ゆる》し文《ぶみ》取り出だし」とか―「俊寛《しゆんかん》」(『平家女護島《へいけにょごのしま》』)ですね。

それから「老母膝を立直し、けらけらと高笑ひ」とか――『信州川中島合戦《しんしゅうかわなかじまかっせん》』（「輝虎配膳《てるとらはいぜん》」）ですね。近松の場合に、ぽーんと、すっと読んでナレーション的にいってしまうような節付けをしてあるところがありますね。そういうところはまたその当時の櫓下《やぐらした》なのか、作曲者なのかよく分からないけれども、近松の意を汲んでたというか、例えば「瀬尾太郎が、テン、首に掛けたる、ツン、赦し文、チン、取り出だし」と、そうじゃないわけです。だから、「これ氏神と、三度戴き紙押し広げ、くるくると駿河包みに手ばしかく、金五十両、墨黒に」こういう口さばきの大切なところは常に口にしているようにという教えがあり、ぼくらは子ども時分から父親に「むかいの小溝に泥鰌《どじょう》ちょとにょろりにょろり、うちの小溝にかえるぴょこぴょこ、にょろ二ぴょこぴょこ、ぴょこにょろ三ぴょこ」そういうのを、いえとかいわれて。どうやらこういうとこに生きてくるんですね。

林：では、まるで早口言葉みたいな感じで、近松のも一息に。

咲：そうそう、一息にいわないといけないっていわれました。だから息がいっぱいになりますけどね。緊迫感が出るっていうのかな、忠兵衛が「どうしよう、どうしよう、どうしよう」と思ってる、そういうところが出るっていうことでしょうね。

それと、話がちょっと前後しますけども、三味線弾《ひ》きさんは出だしからして、「ト、テンテンテン、チリチリ」と飛脚屋のあっち行ったりこっち行ったり、この荷物あっち持って行き、こっち持って行きという、そういう雰囲気がもう曲からしてすでにできてますわね。普通の場合はもちろんご存じのように五段形式になっていますけども、近松の世話物の場合は上中下になってるから、「送り」ではじまるようなものは少ないですよね。ですからわれわれは「弾き出し」と申しますけども――「封印切」でもそうですけど――、そういう「弾き出し」で始まってるものが多いっていうとこが、またひとつの近松の世話物の特色です。

女性の描き方

咲：それと、近松に限ったわけじゃないけども、なんでこんなに女のことうまく書けるんですかね。女の心理っていうのかな、「封印切」やと梅川の心情ですが、「下宮島へも身を仕切り、大坂の浜に立つてもこなさん一人は養ふて」って。男冥利につきます。そうでしょ、よそへ身を売ってでも、あなたは養うてあげますっていうわけでしょ。それから、先輩諸氏もいわれたけれども、ここもやっぱり女性をよう書いてるなと思うのは、封印切のあと、廓を脱出する場面で「わしが大事の守りを、内の箪笥に置いてきた」って、梅川がいいますでしょ。失礼だけど女の人ってそういう急ぎのときにしょうもないことを思い出すもんですね。そういうところも、うまく描いてるし。

『心中天網島』のおさんも、「中の亥の子にこたつあげた祝儀とて」、「二年といふもの巣守にして」とか、かなりエロティックな文章をずばり書いてますよ。また、大坂のお家さんというものは、しっかりしてるもんですよ。だんなが外交です。そして新町やら北の新地行って、「紙買うてくれはりまっか」、「なにやらしてくれはりまっか」って外交ばっかりしてるわけやから、嫁さんがお家さんといわれるぐらいに、うちに閉じこもってて、しっかりしてるもんです。だからある評論家が、咲大夫が語るおさんはしっかりしすぎると批評されたとき、神宗さん、「しっかりしてるのが当たり前やろ。しっかりしてなかったらどうすんねん」というて、かんかんになって怒ってね。東京の人はあんまりよく分からないから、そういう感覚がね。そういうふうに大坂の商家の奥さん、それに遊女がよく描けてる。

端役の表現

咲：それからまた、何でもないことだけど、ぼくの好きな亀屋の後家妙閑（忠兵衛の養母）でも、「十八軒の飛脚屋の、鑑《かがみ》といはれた」云々って、愚痴言いますでしょ。もう今いませんけどね、昔は置き火鉢の前で手あぶったりしながらボソボソしゃべってた隠居はんがいましたけど、それですよ。
その妙閑が、「鼻紙びんびと使ふ者は、曲者《くせもの》ぢやと言はれた」というところ。今だったらティッシュペーパー何箱も持っていって、どうやってという、つまりエロティックな文章ですよね。そういうところも実によく描けてるし、そしてまたその作曲のほうも、「鼻紙びーんびと使ふ者は、くせーものぢゃ」って、知ってなまるんですね。義太夫のなまりと違う言い方。「くせーものぢゃ」というたほうがおもしろい。おもしろくないといえばそれまでですが、ぼくらとしてはおもしろい。

林：ちょっと含みを持たせた表現ですよね。

咲：そして下女のまん、今の時代にはぜんぜん分からないけど、腰湯《こしゆ》なんてね。腰湯を使ったなんて……今の人は行水《ぎようずい》すら知らないのに。ですから、わたくしがいつも申し上げるのは、もちろん主役は大事です。しかし、梅川・忠兵衛にしても、小春・治兵衛、何でもそうですけども、主役はもちろん大事ですけども、近松のもうひとつの特徴は、端役ですね。端役が実に生き生きとしてる。歌舞伎でしたら一人一役ですが、太夫はたった一言、例えば「大和屋」（『心中天網島』下之巻）なら、「駕籠の衆、いかう更けたの」というだけで、もうその雰囲気がぱっと分からなければいけないわけでしょ。そういう何でもないことがね。「淡路町」では、手代が切り回してるところで、侍に「銀拵《ぎんごしら》へも胡散《うさん》なる、なまり散らして」って、「鉛」と「訛り」とをかけてありますが、当時はもう町人のほうが強いから、そういう武家を揶揄《やゆ》してるっていうところもありますネ。つまり、ぼくがいいたいことは端役、ちょっとした何でもない役が面白い。
あと五兵衛《ごへえ》（越後屋の主人）が「封印切」で「走る三里の灸よりも小判の利きぞ応へける」っていうところありますけども、「そんなこと（＝すぐ廓を出ること）できまへんな」といっても、「これ」いうて忠兵衛がぱっとチップ渡したら、ぱっとできるわけでしょ。そういう何でもないところが実に詳細に書かれている。主役は当然のことながら、脇役っていうか、一言いう役が実にやってておもしろい。『女殺油地獄《おんなころしあぶらのじごく》』でも綿屋小兵衛《わたやこへえ》が、「こなた贔屓《ひいき》でせつくぞや」っていうとこありますよね。『油地獄』やってて、ぼくはもう、綿屋小兵衛が一番好き。一番おもしろいし、神宗さんも一番好きっていって下さる。やっていて実に楽しい。

林：ほんのちょっと出るだけですけどね。

咲：ぼくは綿屋小兵衛が直接金貸してないと思うんですよ。どっからか借りてきてまた貸ししてる人間やと思うんですよ。ぼくの解釈は。自分が五〇〇万円もってて、二〇〇万円やら、二〇万円貸してる奴じゃなくて、どっかから借りてきてまた貸ししてる奴やと思うんですよ。

林：口入《くちいれ》ですよね。ややこしそうな人。

咲：そういう端役をやっていておもしろい。つまり徳《とく》兵衛《べえ》（『油地獄』の与兵衛の養父）とかお沢（与兵衛の実母）っていうのは、文章が書けてるから、語ってるだけでもそれでいいんですよ。

林：本当に人物が彷彿と浮かんでくるような書き方ですよね、せりふひとつひとつが。

咲：もう、詞章全般がいいことはいうまでもありません。いうまでもありませんけども、さっきからいいますように、私見として強調したいのは端役の重要さです。今までいろんな方がたいへん熱心に近松のこと、いろいろ書いてらっしゃるけども、読んでて落ちてるなと思うのは、端役に対するスポットがもうひとつ当たってないということですね。

林：近松って無駄な人は一人も出してないと思うんですけど、その一人一人の人物を丁寧に語り分けることをいつも心がけてらっしゃるということですね。

咲：それは心がけてますよ。そこにぼくは近松の妙があると思うんです。たとえば、「天満屋《てんまや》」（『曾根崎心中《そねざきしんじゅう》』中之巻）で、「なんぞお吸物でもあげましょう」（九平次《くへいじ》の徳兵衛に対する悪口で雰囲気が悪くなった時の亭主のせりふ）って、そういうとこがありますね。今でもそうで、クラブ行っても、いやな客がいたら女の子立って行きます。「はいはいはい」って。そういうとこ、近松は実によく書いている。

だから、主役はもう読んでるだけでいいんです。文章がいいからね。「その涙が蜆川《しじみがわ》へ流れて」なんかいってるだけでも十分お客さんは分かります。それはむちゃくちゃやったらあきませんけども、ある程度の力量があれば。だけど、脇役はよっぽど性根がなかったらできませんよ。でも現在でもいるでしょう、いやな奴が。イメージがありますよね。「あ、あいつでやったらいいんだな」とかね。

林：そういう人を重ねながら語られるわけですね。

咲：だから、そういう視点が今までの書物の中にはちょっと欠けているように思いますけどね。

地色の弾き方など

林：では、お三味線の方からもお話をお聞かせ下さい。

宗：わたしも「淡路町」の本、持ってきたんですけどね、これ団六師匠(6)が書いておられるんです。この弾き出しに「ツ、テ、テ、チ、チリ、トチチン」というのがあるんですけど、飛脚が走ってるような感じを表現します。

で、この枕の間は街中のにぎやかなわさわさわさわさ動いてる様子を弾けと。そういうようにうまいこと手ができてるんですよ、ざわざわざわざわした感じの。それからこの亀屋の中に入ってきて、亀屋の中の様子、そろばんをはじいてるようだとか、そういうのは、文章だけでなく、三味線の旋律でも表現してますね。そういうことは近松には限らないんですけど、でも近松の場合はより表現が細かいです。

林：たしかに、びっしりと朱譜が入っていますね。にぎやかなお店の情景とか、人物の登場のところとか、お聞きしてても華やかなところですが。

宗：それから、例えばこういうのは、もうこの中にたくさんあるんですけど、例に挙げれば、「手前も大分の損銀。もし盗賊が切り取り道からふつと出来心万々貫目取られても十八軒の飛脚宿からわきまへ」、この間に三味線がぷつぷつと入るんですね。ここは、大夫さんがずらずらずらずらっと。

林：一息に。

宗：一息じゃない、ずらずらずらずらっと語らはるわけですよ。そこへ邪魔にならないように入れっていうのが大変で、例えば「もし盗賊が切り取り、道からふつと出来心、万々貫目取られても、一八軒の飛脚宿からわきまへ」、じゃないわけですよ。太夫さんは三味線に関係なくどんどんどんどん語られる。だけどもそれを助けるように入れって。「地色《じいろ》」っていうんでしょうか、この「淡路町」なんかたくさんあって。で、団六《だんろく》師匠(7)がお稽古のときにいってくれはったのが、うちの親父が、「地色」を弾くときは三味線の三の糸のところに仕付け糸かけて—着物の仕付け糸ありますよね、あれをかけて弾いて—、それが切れんようにぷっぷっぷっぷっぷっぷっぷ弾けと、しっかり弾いたらいかんと。だけど弱く弾いたら分からんと、で、邪魔にならんように入っていけっていうふうに。

竹澤宗助

林：すいません。仕付け糸をかけるというのはどういうふうに。

宗：三味線の棹にかけるんですよ。実際にやったかどうかは知りません。わたしはやってませんけど。親父がそういうてたとおっしゃってましたね。この「ツ、テンテンテン、ツ、トントントント」っていうのを弾くために三味線の三の糸でやるんじゃなくして、代わりに仕付け糸をかけて稽古すると、切れないように、だけど聞こえるようにやれるという意味でね。

林：なるほどね、そうですか。

咲：いいかたを変えれば、いつでも出せる撥《ばち》を持っておけというようなことをいう方もいます。いつでも対応のできるように。こうモーションしちゃいけない。つまりボールを捕ったらぱっと手首だけで投げるんだと。間に合わないんですよ、こっから放らないことには。

林：ものすごく微妙な呼吸なんですね。

宗：そうですよ。その日によって、息を継がはるか、継がないかも分かんないわけで、それに邪魔にならないように、もし邪魔になるなと思ったらもう弾かなくてもいいわけですよ。

咲：太夫は勝手だからね、その日によって違いますから、多少はね。基本的なものは一緒ですけどね。だからこういう地色を弾けたら三味線弾きさんは一人前やといいますね。「地色」というのはつまりご存じのように言葉のところに手が付いてるということですね。

宗：この「淡路町」はとにかくこの「地色」がたくさんあるんですよ。妙閑にもあるし。妙閑なんかとくにおばあちゃんだから、よけい忠兵衛のようには強く弾けませんよね。

林：おばあちゃんならではのやわらかい音色で。

宗：やわらかくだけど、やわらかすぎると今度はまた遊女のようになってしまうし、弱くなってもいけないしっていう。それを音でどう表現するかもそれぞれの方ですけども、やっぱり芯がないといけないとか。とにかく地色は多いですね。

三味線の難しさ

咲：太夫の語りを覚えないことには弾けません。客席の中には三味線さんが「ン、ン、ン、ウン…」とかいうてる声聞こえる人がいるだろうけど、あれ浄瑠璃語っているんです。お腹の中でね。それがたまたま言葉に出てしまうっていうんですね。

林：難しいですか、この「淡路町」は特に。

宗：難しいですけどね、なんかこう、弾き甲斐があるというか、やるところがたくさんあっておもしろいですね。

咲：最後の「羽織落とし」って調子が上がるんですね。二音階上がるわけだけれども、「銀懐中《かね》に羽織の紐、結ぶ霜夜の、門の口、ツンテントートン、出馴れし足も癖になり、心は北へ行く行くと思ひながらも、身は南、西横堀を」。それはある方もおっしゃってたけれど、本当にお給金いらんなと思いますよ、気分のいいときは。それはもう本当にいい気持ちですよ。役者でいったら、やったことないけど、弁天小僧《べんてんこぞう》の「知らざぁいって聞かせやしょう」っていいますネ、それいうてるのと同じもんやと思いますわ。それはいい気持ちですよ。

林：じゃ、もう忠兵衛の気持ちで。

咲：そうです、「にしよーこぼりをー、うーか」と語ると。それはもう本当に太夫をいい気持ちにさせてくれるかどうかは、三味線弾きさん次第ですから、三味線弾きさんがうまく弾いてくれたら……、「南無《なむ》三宝《さんぽう》、狐が化かすか、南無三宝」、それはね、語っていて、若い時分に遊んでた頃の、「あ、来てくれる気持ちはこうやな」ってそれは思いますよ。

林：やっぱり経験って必要ですね。

咲：だから、もうこういう演目はね、本当に色町行ったことがないとやれない。それは人殺さいで、人殺すのできないっていうのとまた意味が違いますよね。

林：ま、それは遊里の雰囲気を出そうと思ったら、そこに身を置いた人でないと分からないものがありますでしょう。

咲：それはある太夫さんも「吉田屋《よしだや》」（『曲輪《くるわ》 𨏍《ぶんしょう》』）やってるときは毎日新町のお茶屋から通ってたっていうんだからね。よくそれだけお金があったなと思うけど。

だから、例えば「シャン、かごのー、おー、おー、おー、おー、おー、テレレン、レレン」ってね。この「シャン」っていう音だけで忠兵衛がぱっと出れるような気分の「シャン」を弾いてくれないことには、きつく「シャン！」と弾かれたらもう忠兵衛じゃなくなりますでしょ。さりとて「シャアン」といわれたらだめだし、息が切れたところで、「トントン、かごのー」っていうてくれたら、もう。三味線弾きさんもその「シャン」弾くのに苦労するわけですよ。だからそこが妙ですけどね。適切な言葉でないかも分かりませんけども、このやり取りは素人じゃ分からない。あのね、キャッチャーのうまい下手ってのは、プロじゃないと分からないですよ。どうやってキャッチングしてくれるか、どうやってサイン出してくれるかってのは。キャッチャーはお客から見たらうしろ見てるわけだし、パーンといい音で取ってくれるか、ポソという音で取って悪い気分にさすか、一三〇キロしか出てないのに、パーンと受けて一五〇キロ出てるようなええ気分でボール取ってくれるか。

三味線弾きさんもしかりですよね。さりとて太夫のご機嫌ばっかりうかがってってはいけないわけですよ。やっぱりいじわる、というい方おかしいけども、叱咤激励して、つまり帰ってきて「おかあちゃん、ビールもう一本」いうたって、「はいはい、分かりました、ほんならビールもう一本ですか」って出すのがいい奥さんなのか、「もうあなた止めときなさい、もうあなたの体のこと思ったらだめですから、止めときなさい」というのがいい奥さんなのか。それと一緒で、三味線弾きさんというのは本当にまさに女房役であって、叱咤激励し、かつ、いい気分にさす。そういうのはこの「淡路町」のところには多々あって。ほかの浄瑠璃もそうですよ、ほかの浄瑠璃もそうですけど、特にそういうところが多いですね。

林：じゃ、ぴったりと、今日はすごくうまくいったなって思われるときと、それからそうでもないときっていうのは。

宗：いや、すごくうまくいったなんていうとき、ないです。

咲：それはありません。

林：そうなんですか。

咲：それは昔の名女優も、二十五日（一公演）うまいことといったという日は一度もないと言いますから。

宗：その中のどこか一部分は、例えばある一箇所、「ああ、昨日できなかったけど、今日はこんなもんかな」とかいうことはあるんですが、それがもう毎日ずれてしまうから、全部が重なるわけないです。

咲：トータルで百点ということはまずないですよ。今

林久美子

日は九十点取れたってことはあるかも分からないけども。

林：難しいものですね。そうですか。

咲：だから三味線弾きさんっていうのは、特に近松物の場合は、ね、宗助さん、「太功記《たいこうき》十段目《じゅうだんめ》」（『絵本《えほん》太《たい》功記《こうき》』）や、「熊谷陣屋《くまがえじんや》」（『一谷嫩軍記《いちのたにふたばぐんき》』）もそうだけども、それ以上にやっぱり神経使うわね。

宗：はい。同じ世話でも、例えば「野崎村《のざきむら》」（『新版歌《しんぱんうた》祭文《ざいもん》』）のような世話と、近松の世話は確かにちがいますね、気の持ちようは。

　時代物の基礎ができて、そして、「野崎村」のような世話物の基礎ができて、その上で近松のものが勉強できたらいいんじゃないかと思うんですけどね。

林：それだけ間の取り方とかが難しくて、融通がきかないといけないっていうことですね。

咲：まさにだから草書ですね。楷書の分もありますけどね。パーセンテージで比べれば楷書の分は、一〇パーセントで、あと九〇パーセントは草書です。

復活に関して

林：世話物に比べると、時代物の場合はもう少し楷書的な感じで。

咲：だけど時代物でも、例えば『国性爺《こくせんや》合戦《かっせん》』、近年ではよく上演される「楼門《ろうもん》」（第三）にしても「獅《し》子《し》ケ《が》城《じょう》」（同）にしても、やっぱり普通の「太功記十段目」とか「熊谷陣屋」とはちがいますよね。もっとリアルに手がついてます。

林：近松物には、さっきお話がありましたような「地色」が多いということのほか、待合わせ[8]とか朗読調のところもあるようですが、それは曲の特色ということですか。

咲：いや、待ち合わせはないですよ、あんまり近松物には。でも後年の義太夫では、『忠臣蔵』なんかは歌舞伎の影響が多いから、待ち合わせがありますけども。

　だから、今ちょっと申し上げようと思ったのは、この「淡路町」でもそうだし、『国性爺』の「紅流《べになが》し」にしても、初演とは異なってると思う、ぼくは。つまり「紅流し」なんてあの箇所は歌舞伎の影響ですよ。メリヤス入れてね。「南無三紅が……」って、あれはもう後年のもので、初演はあんな形じゃ絶対ないと思います。やっぱりいろいろな方が工夫して、あんなふうになったんでしょうね。

林：そうですよね。あの曲のようにわりと間断なく上演されてきたものといっても、そのときそのときの太夫さんなり三味線の方が工夫されてきたのでしょうからね。どこまで近松頃の演奏にさかのぼれるかというのは難しいことでしょう。

咲：そうですね。やっぱりその時代の背景もありますね。だからまあ、初演に近いっていえば、これは近松に限らないですけども、上演回数の少ないものほど初演に近いです。「野崎村」とか「寺子屋《てらこや》」（『菅原伝授《すがわらでんじゅ》手習鑑《てならいかがみ》』）とか「熊谷」とかは、まず初演の形はとどめてないでしょうね。

林：おっしゃることは分かります。演じられるごとに洗練されて、あちこち変わってくる。

咲：そうそう、いろんな名人、上手がいろんなことをいい出して、それが型に残っていってるから。一度国立で豊澤《とよざわ》和《わ》孝《こう》さんの『国性爺合戦』、梅檀女《せんだんにょ》の道行（第四）からやりましたけども、あれがある意味ではもとの形です。だから出てないものほど元の形やと思う。だけど、出てないからというて『出世景清《しゅっせかげきよ》』(9)、さりとてこれは幻の名作で置いて欲しかったと、内山さん(10)が言われたけれども、これは名言やと思う。あんなしょうもないもんでは、もう出したらだめ、いうことやから。学問上は、『出世景清』はすごくインパクトがある作品ですけど、やってみたらおおよそつまらんです、あれははっきりいって。

林：そうですね。あれは今の上演には向かないように思います。

咲：「大和屋」なんかでも、正しい表現かどうか分からないけど、ある意味で清元的な、または長唄的なとこがありますよね。義太夫のジャンルじゃないような節付けがしてある。それがリアルというのかも分からないけども、後年触ったという可能性はありますね。

林：なんか情緒たっぷりに聞かせようって感じがあり

ますよね。

咲：だから少なくとも大正末期ぐらいからは今の形だろうけども、それ以前や江戸時代にってことはどうなんですかね、想像でしかいえないですね。

どうにもわれわれの世界は、トップがこう変えるって言ってしまったら、それが通りますから。変えて結果がよかったら、もうそれが型になって残る可能性はありますよね。

林：結局のところ、そのときにどういうふうな形で上演できるか、お客さんを楽しませるかっていうことですよね。

咲：そうですよ。やっぱり大谷竹次郎《おおたにたけじろう》(11)っていう人はとにかくお客を喜ばすことしか考えてないわけだから。それは『曾根崎心中』なんて、原本から考えたら、見る影もないですわな、はっきりいってね。「この世の名残」だけです。

林：でも現行の文辞はともかくとして、「天満屋」にしても、道行にしても、それぞれになかなかいい節が付いてますし、いい曲やと思います。人気はすごいですよね。何と申しましても、いま近松と言えば、『曾根崎心中』っていうことになりますからね。

咲：そうですね。それはやっぱり、野澤松之輔《のざわまつのすけ》師匠(12)の力量というものを見逃すわけにはいかないですよね。もうあの方がいらっしゃったからこそ、『曾根崎心中』が残ったわけで。で、専門的にいえば『曾根崎心中』のマクラなんて「大和屋」そのままだからね。文章、詞章はちがいますけども、行き方はもうまったく、「天満屋」は「大和屋」のとおりです。大和屋は「恋なさけ」で、天満屋は「恋かぜ」だけども、行き方はもうまったく一緒です。だからそういう学問上で語れない作曲の妙みたいなものはありますよね。

それに対して、『心中重井筒《しんじゅうかさねいづつ》』なんかは原本どおり。現段階でやってるのは、わりと原本に近い。

林：あんまり出ませんものね。

『重井筒』については『でんでん虫』(13)に、大正九年（一九二〇）にお父さまが復曲されたときのお話がありますが、大序会《だいじょかい》(14)の支持者で近松研究者でもあった藤《ふじ》井呂光《いろこう》さんのおかみさんが、昔野澤兵吉《のざわへいきち》さんに教わった「六軒町《ろつけんまち》」を覚えておられるというんで、そこに通って、墨譜を辿られたっていうんですね。後になって、四世政太夫《まさたゆう》[15]から織太夫[16]に伝えられた本を山城師匠[17]から譲られたと書かれています。その織太夫が堀江座でこの曲を語ったのが明治八年（一八七五）、この後お父様[18]が四ツ橋文楽座で語られるのが昭和二十七年（一九五二）ですから八十年もの間。

咲：そんなに出てません？

林：本興行では出てなかったと書かれてますね。

八世綱大夫と弥七の功績

咲：だから、ちょっと話はそれますが、これは父を礼賛するわけじゃないけど、ある素人の方が「ちょいのせ」（『染模様妹背門松《そめもよういもせのかどまつ》』の「油店」の俗称）を語ってるからというのを聞いて吉弥《きちや》[19]師匠のとこに稽古行ったりとか、あの綱大夫はものすごく欲深い人だったから、素人がやってたって、そこに稽古に行ってましたよ。自分が覚えときたいと思ったらね。

それだから、「豊島屋《てしまや》」（『女殺油地獄』下之巻）は弥七師匠[20]と二人の義太夫で研鑽した頭脳が結集されたものだったと思います、ぼくは。近松のにおいを残しながら、あの「朱雀御所《しゆしやかごしよ》」（『平家女護島』三段目）のほうは、わが父のことながらもうひとつ感心しないところがあるんだけれども、「豊島屋」は、ぼくもこないだ語らさせてもらったけれども、よくできてる。それはうちの山城師匠も賞賛してたらしいけども、肉親じゃなく、先輩の二人として感心してます。「がらりと落ちたはなんぞ、チチン、チンシャン、粽《ちまき》一把に銭五百」って、お母さんが粽落とすとこでね、「なかに入れたはなんぞ、チ、チン、チンシャン」って、弥七師匠が、「兄さんようこんな手考えた」っていわれて。「チ、チンチンシャン」っていうのはね、踊りの手なの。踊る手ですよ、われわれからいわしたら滑稽の手ですよ。それが弾き方によってね、うっと、こう、あれが出たって、そう弥七師がおっしゃってましたけどね。あの「豊島屋」はやっぱり二人の研鑽の賜物《たまもの》ですね。

林：間合いも含めて、そうした工夫があるから、面白いお芝居になっているんですね。

咲：だからやっぱり字余り、字足らずに対応するのは、三味線弾きも大変だろうし、太夫も大変なわけですね。それに、俗にいう行間を読むということができないといけないから、そこが難しいですかね。

林：ですが、近松作品の世界をご自分の中に描ききってらっしゃるんですね。近松がほんとにお好きなんですよね。

咲：それは好きですよ。やっぱりDNAだから。

林：DNAの問題ですか。お父さまから具体的に、こういうものはこういうふうに語りなさいとかっていうご伝授は。

咲：それはだから、さっきからいうように、「瀬尾太郎が首に掛けたる赦し文」とか、「老母、膝を立直し」とか、いやもう、高木さん(21)やら山川さん(22)やらしゃべってるのをそばで聞いてて、あ、またその話か、こっちまたこれいってるわと思ってましたけどね。

林：いつも聞かされて。

咲：もう耳がたこになるほど、近松の話は団欒の場でみな聞かされてましたからね。だから近松はこう語らなきゃいけないとかいうふうなことじゃなくって、あの人が好きだったんでしょうね。ちょっと言葉は適切かどうかわかりませんが、綱大夫という人は近松で売り出したんだから、それはね。ま、もちろんわが親ながら実力はある程度ありましたけどね。

林：もちろんです。

咲：やっぱり特に近松。山城師匠は、そんなに近松、近松といってない。そうでしょ。だけど、「大和屋」にしたって、三代目の越路師匠(23)がやられたときに、子ども心に聞いてて、これはいっぺんと思ってたそうですよ。だから近松が好きだった。ま、好きだったのかどうか知らないけども、やっぱり近松の文章ってある程度読み解けないと好きになれないね。

林：そうなんでしょうね。お父様は的確な作品理解と描写に定評がありましたから。

お話をうかがいまして、端役とかちょっとしたせりふでリアリティを感じさせる近松の筆力もすごいですけれども、それを床《ゆか》で生かすということにお命を賭けてらっしゃるということがよくわかりました。今度の本のタイトルは『近松再発見』だそうですが、近松の書いた世界をどう構築していくか、描き出していくかという、まさにテーマにぴったりのお話で、とても勉強になりました。

今日はどうもありがとうございました。

注

（1）「近松が描いた上方①冥途の飛脚」平成十九年（二〇〇七）一月文楽公演パンフレットの附録（神宗提供）。阪口弘之、豊竹咲大夫、宮本又郎、近江晴子監修。

（2）西横堀東側、西本願寺の南の筋。

（3）北野不動寺（大聖山明王院）。

（4）一説には、大坂城築城の砂類が置かれた場所で、天正十二年（一五八四）、その人夫たちのために開業した麺類屋が「和泉屋」「津国屋」の二軒であったという。寛政十年（一七九八）の『摂津名所図会』には、「砂場いずみや（和泉屋）」がそばを商って繁昌している様子が描かれている。

（5）「里雀」の鳴き声「チューチュー」から「忠兵衛」を導き、「蜘手かくなわ十文字」から「十文色」を引き出している。

（6）八世竹澤団六、現七世鶴澤寛治。昭和三年（一九二八）生まれ。父は六世鶴澤寛治。平成九年、重要無形文化財保持者（人間国宝）に認定される。豊澤団平の彦六系の三味線を伝える貴重な存在。

（7）六世鶴澤寛治。明治二十年（一八八七）～昭和四十九年（一九七四）。三世、四世竹本津大夫の相三味線をつとめる。豪快な撥さばきで、非文楽系の芸風も身に付けていた。昭和三十二年、人間国宝。

（8）人形の演技が終わるのを待って、太夫や三味線が演奏を休止すること。

（9）昭和六十年（一九八五）十一月国立文楽劇場で、「小野姫道行」「六条河原」（第三段）、「景清牢破り」（第四段）を復活上演。翌年二月国立劇場で、一部手直しをして演じられた。

（10）元早稲田大学教授内山美樹子。辛口の文楽批評でも知られる。著書に『一八世紀の文楽』（平成元年、勉誠社）、『文楽　二十世紀後期の輝き―劇評と文楽考』（平成二十二年、早稲田大学出版部）など。復活された『出世景清』については、「紙芝居のように稀薄な舞台」と酷評しつつ、「一度手をつけたからには、改めて、初段からせめて四段目まで、きちんとした形で復活して貰いたい。その際には、（中略）佐渡の文弥人形の『出世景清』を検討して、学ぶべきものがあれば学んでほしい。」とも（『演劇年報』昭和六十二年版。前掲著書に再録）。

（11）明治十年（一八七七）～昭和四十四年（一九六九）。明治三十五年（一九〇二）、兄白井松次郎と松竹合名会社を設立。昭和十二年、演劇と映画製作を統合して松竹株式会社の社長に就任。昭和三十八年の文楽協会設立まで、文楽を傘下に置いた。近松物が昭和三十年代に次々と復活をみたのは、大谷が近松の価値を認め、道頓堀文楽座開場を期に、一般への文楽普及策として積極的に推し進めた方針による。

（12）明治三十五年（一九〇二）～昭和五十年（一九七五）。号は「西亭」。昭和四十七年（一九七二）、人間国宝に認定される。一八〇曲あまりに及ぶ義太夫節を復曲しており、近松物についても

『曾根崎心中』『女殺油地獄』のほか、『長町女腹切』『心中天網島』など現行曲のほとんどを手がけている。

(13) 八世竹本綱大夫著。昭和三十九年、布井書房。続編に『芸談かたつむり』（同四十一年）がある。

(14) 文楽の最初の修業段階である大序のみを語る太夫と三味線のために、大正八年（一九一九）に六代目土佐大夫が作った勉強会。昭和初期まで続き、多くの若手にチャンスを与えた。三宅周太郎『文楽の研究』（昭和五年、春陽堂。改訂と改版を重ね、平成十七年岩波文庫に収録）によると、つばめ大夫時代の八代目綱大夫も、この会での経験がものを言い、十九歳にして古靭《こうつぼ》大夫の代役をつとめることができた。

(15) 寛延三年（一七五〇。前年説もあり）～天保四年（一八三三）。

(16) 六世綱大夫。天保十一年（一八四〇）～明治十六年（一八八三）。全身に刺青をした江戸っ子で、美声の持ち主。一力茶屋の亭主役を割り当てられて憤慨し、原作にないせりふを加えて驚かせたが、これが大評判になって、継承されたというエピソードなどが残っている。

(17) 二世豊竹古靭大夫のち豊竹山城少掾。明治十一年（一八七八）～昭和四十二年（一九六七）。杉山其日庵らの影響を受け、院本研究に基づいた人物描写や「風」を重視した。また、音《おん》遣いの巧みさ、間の変化の面白さ、位取りの上品さには定評があり、〝山城風〟と呼ばれて一時代を画した。昭和十七年文楽座紋下、二十一年芸術院会員、二十二年山城少掾受領、三十年人間国宝。

(18) 八世竹本綱大夫。明治三十七年（一九〇四）～昭和四十四年（一九六九）。伝承の風を踏まえたうえで、行き届いた作品解釈による理知的・現代的な演奏を行い、独自の芸境を築き上げた。その豊かな才能と熱意は、多くの稀曲や近松物を舞台にかけるにとどまらず、昭和三十四年の松本幸四郎（白鸚《はくおう》）との「日向嶋」共演などを実現させた。昭和三十年、人間国宝。

(19) 八世野澤吉弥。明治十三年（一八八〇）～昭和三十一年（一九五六）。後に竹本大隅大夫となる静大夫や竹本弥大夫の相三味線で、渋い世話物も伝承した。

(20) 八世綱大夫の相三味線であった一〇世竹澤弥七。明治四十三年（一九一〇）～昭和五十一年（一九七六）。情調、躍動感、緊迫感にすぐれていたが、作曲の行き詰まりから失踪し、そのまま帰らぬ人となった。

(21) 文楽研究家の髙木浩志。昭和十三年（一九三八）生まれ。元NHK大阪芸能部プロデューサー。文楽を愛する通人として、著書や公演パンフレットの連載などにより普及活動を続けている。

(22) 山川静夫。昭和八年（一九三三）生まれ。古典芸能の造詣が深く、NHKアナウンサー時代から関係の著書が多数ある。八世綱大夫とその時代の文楽界を描いた評伝『綱大夫の四季―昭和の文楽を生きる―』（昭和四十九年、南窓社。平成十六年、岩波現代文庫）は、昭和四十三年の新大阪駅での咲大夫との別れの場面から書き起こされている。

(23) 三世竹本越路大夫。慶応元年（一八六五）～大正十三年（一九二四）。大音で声の使い方がうまく、大正四年に文楽座の紋下になる。師の摂津大掾から三七回勘当されたという逸話もあるが、山城少掾が敬愛していた名人である。原作の『天網島』が大正六年三月に御霊《ごりょう》文楽座で復活された際、吉兵衛の三味線で「大和屋」を語っている。八世綱大夫がその芸を偲びながら舞台をつとめたことが、『かたつむり』に記されている。

客が耳で感じる近松世話物の魅力

高木浩志

〈『心中宵庚申《しんじゆうよいごうしん》』中之巻「上田村」の最初の一部〉

《歌》五月《さつき》雨程恋慕はれて　今は秋田の落水《おとし》　軒の玉水とく〳〵ござれ　しげくござれば名の立つに玉水《ナホスフシ》　近き山城の　村は上田に家富みて　庄屋に並ぶ萱屋根も内温かに下女《しもをんな》並んで紡ぐ綿車《フシ》　《地色》手廻りもよく幾はへか庭に五つのたなつ物　積む蓬萊の島田氏　平右衛門といふ大百姓　妻は去年の秋霧と消えても残る娘二人　惣領軽《かる》に入聟《むこ》を鳥飼《とりかひ》より呼迎へ　妹千世《ちよ》も大坂にれっきとしたる聟取りて　身の入米《いりまい》は上田《じようでん》の田畠《たばたけ》の世話をやきやめば　万事限りの俄病《にはかやまひ》　姉のお軽は側離れず　台所には女子《色》ども《詞》なんと今朝から仕事の捗《はか》も行《い》たではないかちと《地色》休まう　お竹お鍋と呼連れて思《フシ》ひ〳〵に立出づる　《地色》親のすや〳〵仮寝《うたゝね》の隙を窺ひ女房は　心忙《せは》しく奥より立《色》出で《詞》これ〳〵台所に人が独《ひとり》もない　連合《つれあひ》平六殿は淀川筋新田開きの御訴訟に　大事の病人振捨てての京上《のぼ》り　男どもは皆野へ行く　エ、憎い女子ども　我が見る前ではちょびかはして　ちょっと立てば早どこへ　大切な主の煩ひ薬一つ温めうともせぬ下〻《地色》には何が成る囲炉裏の下焚《たき》付けぬか　次郎よ〳〵と呼廻す門の口　駕《か》籠《ご》舁《かき》据ゑて中《色》し〳〵大《詞》坂の新靫八百屋伊右衛門様からと駕《地色》籠の戸開《あ》くれば打萎《しを》れ　目元《フシ》しぼよる縮緬《ちりめん》の二重廻りの抱帯《かかへおび》涙《フシ》の色に染めかへて泣《地》く〳〵出づれば　駕籠の者　慥《たしか》に御届け申したといひ《フシ》捨て帰るも足早なり　親《地色》の家さへ女気の敷居も高く越えかねてたゝずむ有様　姉は見《色》付けヤ《詞》アお千世おじゃったか　定めて御病気の見廻《みまひ》ならめ　ようこそ〳〵　何故駕籠の衆留《しゆと》めやらぬ余所外《よそほか》でも有るやうに隔心《きやくしん》がましい　酒一つ進ぜて往《い》なしゃいの　それ《地色》呼戻しゃといへども　妹はさし俯向《うつむ》き歎《スヱテ》けば　共に歎かれてオ《詞》、道理〻〻疾《と》う知らせんと思ひしに　此の病では死なぬ　気の取りにくい舅《しうと》姑《しうとめ》持ったお千世　聟半兵衛も忙しい時分　聞いたりとも自由に来ることはなるまい　案じさするも不便《ふびん》沙汰するなとの　病人の気にも逆《さか》はれず高《地色》麗橋の伯母様常盤町へも知《色》らせぬコレ気《詞》遣しゃんな　京の御典薬に替へてからめっきりと薬も廻り　今朝も粥を中蓋《ちゆうがさ》に三よそひ　病は請取って癒《なほ》すとのお医者様の請合は本復も同じ事《地色》そなたの顔御覧なされたら　いよ〳〵父《とゝ》様の病はすっぺり癒らう嬉しい〳〵お目に掛りゃと有りけ《色》れば　エ《詞》、父様はお煩ひか知らなんだ〳〵　いつからの事でござんする　ヤなんぢゃお煩ひ知らぬか　そんならそなた何しに来た　何悲しうて泣くぞ　ア恥《地》しや又去られてと顔押《スヱテ》隠し噎《むせび》入る

＊引用文は『心中宵庚申』（『日本古典文学大系　近松浄瑠璃集上』昭和三十三年、岩波書店）に依る。

一　心中物の情緒

右に引用した『心中宵庚申《しんじゆうよいごうしん》』は、近松門左衛門の心中物としては最後の作品で、年表によると享保七年（一七二二）に竹本座《たけもとざ》で初演されている。作者七十歳とのこと。

画期的な最初の世話物、元禄十六年（一七〇三）の『曾根崎心中《そねざきしんじゆう》』同様、実際の心中事件を題材にしているようだ。

のっけから余談だが、心中物は近松門左衛門の〝専売〟だと思っているグループがあった。確かに、外題に心中と付く世話物は、近松以外では、俄に思い浮かぶのは紀海音《きのかいおん》の『梅田心中《うめだしんじゆう》』や『心中二つ腹帯《しんじゆうふたつはらおび》』程度ではある。

元禄時代には相対死《あいたいじに》（心中）が増える。当時の道徳律は忠義孝行を旨とすべきなのに、不義いたずらは人の道に反するとして、享保八年二月に、幕府は相対死に厳罰で臨み、心中物の出版も脚色も禁止しているとのこと。従って、以後は『桂川連理柵《かつらがわれんりのしがらみ》』『艶容女舞衣《はですがたおんなまいぎぬ》』『染模様妹背門松《そめもようようもせのかどまつ》』『近頃河原の達引《ちかごろかわらのたてひき》』などの様に、外題に心中と付けなかったり、心中の結末まで書かない作品になる。

要するに、心中物と思われる作品は沢山あっても、近松の心中物の情緒や設定や展開には独特の雰囲気があり、近松の功績であり、今も生き続ける近松の魅力なのだろう。

顧客が思う〝専売〟は、その実感なのだと思われる。そう思わせる近松だ。

二　一人遣い

『浄瑠璃譜《じようるりふ》』に〝左と足を別の人に遣わす　三人懸りの始め〟という意味の記載があり、享保十九年（一七三四）初演『芦屋道満大内鑑《あしやどうまんおおうちかがみ》』が、三人遣いの最初とされる。

近松が亡くなったのは、その十年前の享保九年十一月二十二日だそうで、当時の人形は一人遣いだ。学生時代の私は〝近松の頃は一人遣い〟を意識して全集を読んだ。

近松は、性根《しょうね》なき木偶《にんぎょう》にさまざまの情《じょう》をもたせると言ったらしいが、一人遣いの人形の表現力には限度があるので、文章で言い尽くしている感じも受けた。

一人遣いの人形芝居の舞台の間口《まぐち》は、精々三間《げん》程度かと勝手に推測している。現在の国立文楽劇場の間口は九間だ。冒頭の引用文の「門《地色》の口　駕籠舁据ゑて申《色》し〱」は、一人遣いを前提にした文章であり、それに応じた節付や手付と思われる。三人遣いで間口が広い現在の文楽では、これだけの文章と三味線では寸法が合わず、門口まで到達出来ない。人形遣いは、それらを見計らったタイミングで出るのだろう。

「目《フシ》元しぼよる縮緬の二重廻りの抱帯涙《フシ》の色に染めかへて」の、打ち萎れた姿の千世の描写の簡潔で明解な文章には、振りや思い入れ等が不可能な運びの節付と手付がされている。それでも千世の心理を的確にしみじみと表現するところに、現在の立女方格の人形遣いの苦心があるのだろう。

「そ《詞》なた何しに来た　何悲しうて泣くぞ　ア恥《地》しや又去られて」。軽の仕草や千世の気持ちや動作に関して何の説明文も無く、テン一撥《ひとばち》でいきなり軽の詞《ことば》から千世の地《じ》へ替わり、後世の浄瑠璃の文章や節付とは違う感じを受ける。心理や状況や動作の説明が無くとも客には明快で、軽快な運びや展開だと感じるのだ。今の客の耳には、近松物の文章の一つの特色かと思われるテンポの良さだ。

三　七五調

客の多くは、近松は七五調の名文と信じている風だ。

名文には違いない。「物《地色》領軽に入聟を鳥飼より呼迎へ」、地名の鳥飼《とりかひ》と聟を取りの掛詞の如き修辞も随所に見られるが、「鳥飼より」は六字で、七・五・六・五が示す通り、近松には字足らずや字余りが意外に多く、終始七五調ではない。

近松は、無理に字数を合わせて、「年もゆかぬ娘を」を「年はもゆかぬ娘をば」では、詞《ことば》づらが賤《いや》しくなると言っていたらしく、無用の助詞〝て・に・は〟を戒めている。

冒頭の僅かの引用文でも、《地色》「万事限りの俄病」、《地色》「下々には何が成る囲炉裏の下焚付けぬか」、《地色》「駕籠の戸開くれば」、《地》「泣く泣く出づれば」《フシ》「いひ捨て帰るも足早なり」《地色》「いへども妹はさし俯向き」、何箇所かの字余り字足らずに行き当たる。詞ではなく、三味線を伴う部分での偶数だ。

太夫には時として言いにくそうな気配も感じる。三味線は七五調で弾くこともあるが、手数《てかず》に依っては六字や四字では一字待つようで、詰めて先に弾いてしまうと、太夫の運びとずれる感じを受けることが間々ある。

しかし客は、儒者の荻生徂徠《おぎうそらい》が絶賛したと言う『曾根崎心中』の、近松の名文中の名文で七五調の「此の世のなごり　夜もなごり　死《しに》に行く身をたとふれば　あだしが原の道の霜　一足づつに消えて行く　夢の夢こそあはれなれ」とは異質の、歯切れの良さを感じるのだ。

四　西風と伝承

客は、近松を初めとして、竹本座初演の作品の節付や表現は西風で、低い音が中心と暗々裡に信じている傾向が指摘できる。

確かに、派手な東風や四段目の表現に際しての太夫は、ギン（三の絃のツのツボ）が意識される。

ところが、三味線では地味な西風の近松の世話物でさえ、段によっては意外に多くのギン以上の高い音が出てくるのだ。

冒頭の「上田村」の引用部分では、人物は主に女二人で涙もあり、また嘆きや悲しみや思案が昂《たかぶ》った時の文章に付けられる旋律型で、加賀掾《かがのじょう》以降義太夫節にも往々にして用いられるスヱテが二箇所あるが、そんな姉妹の精神的状況のスヱテのチチンを含めても、引用部分全体で三の絃の高い音は、記憶では「涙の色《フシ》に染めかへて」の「め」の辺りのケのツボたった一箇所しか思い浮かばない。いかに淡々とした渋い曲調か、の証だ。正に西風の特徴の一つだと思われる。

ところが、上演回数が「上田村」の十五倍以上の『心中天網島《しんじゆうてんのあみじま》』上之巻「河庄《かわしよう》」の場合、クドキでは三味線ははんなりしても太夫は引き締めるのでむしろ渋い感じではあるが、若い女の小春《こはる》に限らず高潮した治兵衛《じへえ》でも、数えられない程ギン乃至それより高いツボが出てくる。流石に孫右衛門では高いツボは思い浮かばないが。

浄瑠璃全体の印象は共に西風なのに、三味線の在り方の「上田村」と「河庄」の違いは何なのか？

竹本座で『菅原伝授手習鑑《すがわらでんじゆてならいかがみ》』が初演された延享三年（一七四六）は、竹本座の初代義太夫も初代政太夫《まさたゆう》も亡くなり豊竹座《とよたけざ》の初代若太夫《わかたゆう》は引退し、座の風《ふう》が薄れて個人の風に移行する時期かと思われる。内容から言うと三段目は西風的、四段目は東風的とも感じられ、そんな節付・手付・表現だとも思われる。

加えて、寛延元年（一七四八）の『仮名手本忠臣蔵』初演時の騒動で、竹本座と豊竹座の太夫が大幅に入れ替わる結果を招いている。

上記の『菅原』で、竹本島太夫初演の「四段目・寺子屋」の現在の伝承は、前半西風で後半は東風とされる。八代綱大夫《つなたゆう》は「悦びいさむ」から、六代寛治《かんじ》は少し後の「門の戸ぐはらり」から、と言っていた。そこから、声や音《おん》の遣い方と運びが微妙に変わる感じを受ける。

例をもう一段。『御所桜堀川夜討《ごしよざくらほりかわようち》』は、元文二年（一七三七）竹本座初演で、「弁慶上使《じようし》」は西風の代表的存在の初代と二代の政太夫が勤めたと思われる。前半には三段目らしい厳しさも感じるが、後半は、いつの頃からか幕末か明治だろうか、頗《すこぶ》る派手な曲になったようで、東風の特色とも感じる上《うわ》モリや一撥多く主に女性の地合《じあい》に用いられる下モリや情感が伝わる四ツ間の連続だ。

「寺子屋」も「弁慶上使」も、伝承の過程で変貌したに違いない。

近松の世話物は二四編だそうだが、半数近い心中物を例にすると、

心中《しんじゆう》重井筒《かさねいづつ》　初演宝永四年（一七〇七）再演寛政十二年（一八〇〇）

冥途《めいど》の飛脚《ひきやく》　初演正徳元年（一七一一）再演文政三年（一八二〇）

心中《しんじゆう》天《てん》網島《のあみじま》　初演享保五年（一七二〇）再演？　改作と区別出来ず

心中宵庚申　初演享保七年（一七二二）再演安永四年（一七七五）

良い作者が少なくなり、古い作品を掘り起こしたのだろうか？

初演と再演の間の享保十九年（一七三四）に三人遣いが始まる。『菅原』三段目の初演は二人の太夫で勤めたが、天保には「車先・車曳・茶筌酒《ちやせんざけ》・喧嘩・訴訟・桜丸切腹」と六分割される。三人遣いが成熟して徐々に演出は変わり、浄瑠璃が複雑になり長くなったのか？

今ここで問題にしたいのは、この間に三味線の旋律や技法が凄まじい進歩をしたのではないか？　という事。つまり、「寺子屋」や「弁慶上使」ほどでなくとも、近松の世話物の「河庄」の節付や手付、従って表現や演出も幾分変化したのかも……？

初期の竹本座では、道行の成否が評判を左右するほどだったらしく、大衆も口ずさんだとも聞くが、三味線の手は今ほど複雑だったとは到底思われない。

例えば、素晴らしい景事物《けいじ》の「四季の寿《ことぶき》」は天明から文化（一八〇〇年前後）に出来たらしい。「箏組歌の菜蕗《ふき》」の三味線と箏は絡み合い「稲荷塚四つ門」のシンとツレの三味線はユニゾンだが、共に複雑な合奏の「阿古屋琴《あこやこと》

責《ぜめ》」が度々演じられるようになるのも大体同じ頃だ。恐らく精緻に変貌した「道行初音《みちゆきはつね》の旅《たび》」の再演や、「娘道成寺《むすめどうじょうじ》」初演も同じ頃で、客としてはこの一八〇〇年前後という時期に於ける三味線の手や奏法の著しい進歩を勝手に想像してしまう。それ無くしては、あんな凄い曲は成り立たない。

更に。三代吉兵衛《きちべえ》（文政四～文久二）は、上記の再演より五十年近く後の人だが、その手が加わった段があったらしいと、故名人から屢々《しばしば》聞いている。「河庄」の関与については知らないが、「河庄」は上演頻度が高いので、その都度名人上手の工夫が加わった？

明治以降の、文楽系と団平による彦六系の違いは、「楼門《ろうもん》」や「古市《ふるいち》油屋」「妹山《いもやま》の雛鳥《ひなどり》」などでは顕著だが、近松物に関しての文楽系とか彦六系とかは、極めて僅か細部的にしか耳にしないので、この際問題にはしない。

「上田村」と比べると、「河庄」には入事《いれごと》が随分多いし、拵えた間《ま》や些か演劇的な見得《みえ》もある。三代政太夫の四季変りとされる「河庄」の「語《地色》れば／うなづく思案顔／チチン外にははつと」の、小春↓孫右衛門↓治兵衛の優れた描写も、初演ではなく随分後の事だと思う。そんな訳で、私には判断の根拠など一切無いのに、ただ何となく、太夫の表現や高い音の扱いや手数や人形の演出は、初演通りではないと勝手に思っている。

でも、全体のイメージは西風だ。加えて、次項の地色のような近松物の特色は残されていて、客としては近松の世話物の表現に堪能しているのだ。

五　地色の魅力

近松の心中物で、名文で綴られる「お初徳兵衛《はつとくべえ》」「梅川忠兵衛《うめがわちゅうべえ》」「小春治兵衛」は遊女相手、そして引用した「上田村」は夫婦で「お千世《ちよ》（表記は後おちよ、現行お千代）半兵衛《はんべえ》」等の人物像や心理や行動や情や情《じょう》緒は、ドラマとして説得力があり、上記の如くもし時代と共に演出が変貌したとしても、真世話《ませわ》はもちろん茶屋物でも表現はむしろ渋くしみじみした印象を受けるのは、何に起因するのか。『絵本太功記』十段目「尼ケ崎」の光秀の「雨か涙の汐境浪立騒ぐ如也」のような悲嘆の極みで二オクターブの音域が要求される豪快な大落シは、東風独特で、西風のまして近松の世話物には絶対にあり得ない。後世の世話物の例えば「湊町」にあるような中落シも、近松の世話物では記憶に無い。人形で言うと、石投げ・カンヌキ・壁塗り・髪洗い・団七走り・韋駄天《いだてん》・飛六法《とびろっぽう》と言った豪快な型や演劇的所作も無い。尤も、時代物五段の内でも世話的な三段目や時代世話や型物として確立している「泥場」等や歌舞伎の影響を受けた段や役とは違って、近松物に限らず世話物一般にも無縁ではある。

そんな地味な近松物の作曲の特色としては、流れるような地色《じいろ》の多さが指摘できるのではないか。「上田村」では、冒頭の僅かの引用文でさえ、右脇に示したように九箇所もの地色があり文章の三〇％以上を占める。

後世は、徐々に地と詞が比較的はっきり分離され、地色が減少する傾向が指摘できると観客は感じていて、寛政十一年（一七九九）初演の『絵本太功記《えほんたいこうき》』「尼ケ崎」で見ると、冒頭の「残る蕾《つぼみ》の花一つ」から出陣の「行方知ず成《なり》にけり」まで、引用した「上田村」とほぼ同じ字数での地色は、「察しやつたる十次郎」たった一箇所だけしかない。しかも、指定はハルだから「上田村」の地色とは受ける感じが丸で違う。

つまり、我々観客には極めて興味深いということで、近松物の特色として強調したいのは、地色の鑑賞だ。『冥途の飛脚』「淡路町」の地色では太夫の口捌《くちさば》きが聞き物だ。三味線が入る間《ま》も面白いが、もし太夫の息の切れ目に嵌《は》める一撥なら、客としては生理的に心地良いものの、三味線弾きは息をしていられないのでは、と心配する程だ。

そんな案配の地色だから、即ち太夫の息に嵌めるとすれば、三味線弾きは手数は簡単に覚えられても一人だけでは稽古が出来ないのではないかと思われるが、太夫の息を弾く、浄瑠璃を弾く、或いは根本的には西風の詰めた運びや東風と異なるツボの押さえ方や撥遣い、そうした三味線弾きの苦心の結果や技巧や演出も、客には聞き物なのだ。

いつ誰の節付か知る由も無いが、大正六年の三代越路《こしじ》太夫と六代吉兵衛が久々の上演だった『心中天網島』「大和屋」の、「光は暗き門行灯」「迎ひとばかりほの聞え」「門の口から明日待たぬ」あたりの太夫の地色の言い方では、音遣いも含めしみじみと情緒を感じるし、終わりの方の「内にちらつく人影は小春ぢゃないかチチンシャン待てと知らせの合図の咳」の辺りの太夫と三味線には、情緒に加えて西風の地色の緊迫感を感じる。他にも地色が多く、全て実に魅力的だ。

地色は思い入れなど拵えた間《ま》も無く山も谷も無いので、太夫は主観が込めにくいと思われる。我々客に取っては、地色は詞とは違い或る意味では節に乗りながらも、太夫は詞のように自分のテンポで言い切ってくれて、文章の心理や行間の意味がさり気なく伝わるのが面白く、滑らかな音遣いも耳に心地良い。

三味線は、地色に掛かる瞬間の一撥の間《ま》や音色のさり気なさは勿論、少ない手数ながら一撥一撥に意味があってそれが微妙な間《ま》で入って来るのが、堪《たま》らない魅力なのだ。

従って、若い太夫や地色が得意でない太夫の場合、三味線の一撥を合の手の様に待たれると、流れが阻害され台無し、と感じる。繰り返すが、太夫は詞のように自分のテンポで言って欲しい。それが地色の流れだと客は思うのだが。

更に、地色を地合のように語ってしまわれるに及んでは失礼ながら論外、近松の特色として止めを刺すべき地色を何と心得る、としか言い様が無い。

六　現代の近松物

最後に特記すべきは、江戸時代から伝わる近松物の継承に関しての八代綱大夫の姿勢と知識と見識とその結果、つまり功績だ。素人のお婆さんに聞きに行ったり、上京の度に稀曲を知る初代豊澤松太郎宅に通ったりする綱大夫の姿勢が無かったならば、『心中重井筒』「六軒町《ろっけんちょう》」や時代物の『信州川中島合戦《しんしゅうかわなかじまがっせん》』「輝虎配膳《てるとらはいぜん》」は、廃曲になっていたに違いない。

近松原作の『曾根崎心中』「天満屋」が、戦後の昭和三十年に復曲された時の床《ゆか》は、八代綱大夫と十代弥七《やしち》だったが、全体の情緒は勿論、枕では江戸時代から伝わる「六軒町」の雰囲気、逃れ出る辺りは「大和屋」の緊迫感が生かされていると思われる。復曲時の床が綱大夫以外なら違った「天満屋」になっていたと推測され、我々観客に支持される人気曲としての今の隆盛もなかったかもしれない。松之輔《まつのすけ》が判りやすく脚色したので原文通りではない点に、批判的な学者もおられたが……。

更に、同じ年に続々復曲された同じく近松原作・松之輔脚色作曲の『長町《ながまち》 女腹切《おんなのはらきり》』「井筒屋」、『鑓《やり》の権三《ごんざ》重帷子《かさねかたびら》』「市之進留守宅～数奇屋」を勤めた綱大夫と弥七の、地色の技巧やメリヤスをあしらう詞の運び、又然り。

表現だけではなく、綱大夫が節付した『女殺《おんなころし》 油地獄《あぶらのじごく》』「豊島屋《てしまや》」、『今宮心中《いまみやのしんじゅう》』などでも、近松物の特色が意識されており、綱大夫抜きには近松物は話題にもできない。

上記二曲で、綱大夫と共に手付に携わった弥七にも同じ事を感じる。演奏者としての弥七の、地色の一撥一撥の間《ま》や音色や、色のツンツンの人物や状況による弾き分けと太夫との噛み合い、更には詞のアシラヒのメリヤスの強弱や緩急や入るべき間《ま》や撥遣いに象徴される情感も素晴らしくて、未だに耳に残る。

貞享元年（一六八四）の初代竹本義太夫の大坂道頓堀での竹本座旗揚げの『出世景清《しゅっせかげきよ》』から近松門左衛門は同座に居て、絶筆の『関八州繋馬《かんはっしゅうつなぎうま》』まで竹本座に作品を提供し続けた由。有難い、有難い。義太夫や近松と同時代の、興行師竹屋《たけや》庄兵衛《しょうべえ》や三味線の竹沢《たけざわ》権《ごん》右《え》衛門《もん》や人形の吉田《よしだ》三郎《さぶろ》兵衛《べえ》・辰松八郎《たつまつはちろ》兵衛《べえ》にも感謝々々。

爾来三百年以上。人形浄瑠璃文楽は、名人上手の工夫の集積で、古今東西を問わず、何かを感じさせる優れた世界遺産なのだ。枚挙に暇がない数多《あまた》の名人上手に、文楽愛好者は感謝あるのみ。

以上、近松の世話物に、一人の観客が感じる点、即ち心中物の情緒・一人遣い・七五調・西風と伝承・地色の魅力・現代の近松物について列挙してみた。

図版出典一覧

〈口絵〉

参考図、図４『曾根崎心中』観音廻り出遣い図（p2、p5）…『牟芸古雅志』阪口弘之蔵

図１『卯月紅葉』正本表紙見返し（p3）…『与兵衛おかめひぢりめん卯月紅葉』東京大学総合図書館蔵、『近松門左衛門　三百五十年』（和泉書院、平成３年）より転載。

図２『玉黒髪七人化粧』絵尽（p3）…天理大学附属天理図書館蔵、『人形浄瑠璃舞台史』（八木書店、平成３年）より転載。

図３『石山寺開帳』正本表紙見返し（p4）…パリ国立図書館蔵、『近松門左衛門　三百五十年』（前掲）より転載。

図５『助六心中幷　せみのぬけがら』正本表紙見返し（p5）…個人蔵

〈本文〉

「近世道頓堀芝居事情―近松・義太夫・出雲―」

図１「安井桟敷」定札・表裏（p58）…阪口弘之蔵

図２、図３『難波重井筒』題簽、見返し図と内題（p66）…阪口弘之蔵

「近松と絵画」

図１「遊女画賛」（p203）…『柿衞文庫図録』より転載。

図２『傾城反魂香』草稿（p204）…個人蔵、『近松門左衛門　三百五十年』（前掲）より転載。

図３「富士画賛」（p206）…上神忠彦氏蔵

図４　大津絵　外法の梯子剃（p207）…『祈りの文化』（思文閣出版、平成21年）より転載。

図５　桜山林之介（p209）…『扁額規範』信多純一蔵

図６　桜山林之介（p210）…『野良関相撲』東京都立中央図書館特別文庫室所蔵

図７　大津絵　桜山林之介（p210）…『祈りの文化』（前掲）より転載。

「近世淡路人形芝居の動向―近松の上演例にふれながら―」

図１『賤ヶ嶽七本槍』山の段（p237）…萩野忠司氏撮影

図２「薄墨の綸旨」（p239）…引田公彦氏蔵

図３『芝居根元記』より「芝居之図」（p249）…阪口弘之蔵

「役者絵に見る近松作品の享受―『曾根崎心中』『心中宵庚申』『国性爺合戦』―」

図１『霜剣曾根崎心中』役者絵（p261）…『天満屋おはつ平野屋徳兵衛　霜剣曾根崎心中ふみうり上下』早稲田大学演劇博物館蔵　資料番号006-2728

図２『七五三翫宝曾我』八百屋半兵衛（p264）…『八百屋半兵衛　中村歌右衛門　此所人形の振大あたり』早稲田大学演劇博物館蔵　資料番号008-0210

図３　二代目歌川国貞作『号八百屋料理拙』八百屋半兵衛（p266）…ボストン美術館蔵

図４『重井筒』紺屋徳兵衛（p267）…立命館大学アート・リサーチセンター蔵　資料番号UP0265

図５『国性爺合戦』和藤内（p269）…『和藤内三官　河原崎権十郎』早稲田大学演劇博物館蔵　資料番号100-5885

図６　衣装に「龍王」を用いた和藤内（p269）…『仮名手本忠臣蔵　国姓爺合戦』東京都立中央図書館特別文庫室所蔵

図７　坂田金時（p271）…『坂田金時　市川団十郎』早稲田大学演劇博物館蔵　資料番号100-3528

あとがき

平成二十年の春と秋、神戸女子大学古典芸能研究センターでは「華やぎと哀しみ―近松再発見」と題して、特別連続講座と公開シンポジウムを開催した。日本演劇に画期的な豊穣をもたらし、世界の古典といわれるまでになった近松の魅力を、今一度、『浄瑠璃御前物語』から今日の文楽・歌舞伎までを視座に収めて検証しようとした企画である。近松の時代、浄瑠璃・歌舞伎は「都市芸能・都市文化」としての相貌を明確にしていく。そうした中で、作者近松が創造した演劇空間の特質を闡明にして、近松のトータルイメージにあらためて迫ろうとした。本書は、その折の成果を中心に据え、関連する論考を新たに求めて編纂したものである。斯界最高の顔ぶれに新進気鋭も加わっていただき、『近松再発見』と名付けるにふさわしい新知見で、今後の研究方向が幾筋にも示されたと確信する。執筆者各位に改めて御礼を申し上げたい。

なお、いささか私に属することであるが、本書が成るにあたっては、先立つ諸行事に行吉誠之理事長をはじめとして、行吉学園あげての後援のあったことを銘記させていただきたい。これらの取り組みを通じて、当研究センターの学界や社会貢献への方向軸も定まったからである。とりわけ諸行事を牽引いただいた辻川昌男氏には篤く御礼申し上げたい。原稿整理には、山崎敦子・本田梨恵両氏にご苦労をおかけした。本書が行吉学園創立七十周年の十一月十一日に、当センター初の本格的刊行物としてその成果を世に問うことが出来るのも、こうした関係者の努力があってのことであり、感謝申し上げたい。
最後に昨今の厳しい出版事情の中、私どもに全幅の信頼を寄せていただき、本書上梓にむけてさまざまにご尽力を賜った和泉書院社長廣橋研三氏に深甚の謝意を表したい。

平成二十二年十月十日

神戸女子大学古典芸能研究センター長　阪口弘之

執筆者一覧

渡辺《わたなべ》　保《たもつ》　演劇評論家

亀岡《かめおか》　典子《のりこ》　産経新聞文化部編集委員

信多《しのだ》　純一《じゅんいち》　大阪大学名誉教授・神戸女子大学名誉教授

鳥越《とりごえ》　文蔵《ぶんぞう》　早稲田大学名誉教授・早稲田大学演劇博物館元館長、現顧問

原《はら》　道生《みちお》　明治大学名誉教授

阪口《さかぐち》　弘之《ひろゆき》　神戸女子大学古典芸能研究センター長

井上《いのうえ》　勝志《かつし》　園田学園女子大学教授

和田《わだ》　修《おさむ》　早稲田大学准教授

田《た》草川《くさがわ》みずき　日本学術振興会特別研究員

後藤《ごとう》　静夫《しずお》　京都市立芸術大学日本伝統音楽研究センター教授

松本《まつもと》　徹《とおる》　三島由紀夫文学館館長

中西《なかにし》　英夫《ひでお》　兵庫県立淡路特別支援学校教諭

倉橋《くらはし》　正恵《まさえ》　同志社女子大学非常勤講師

槇《まき》　記代美《きよみ》　神戸女子大学大学院博士後期課程

髙木《たかぎ》　浩志《ひろゆき》　元ＮＨＫプロデューサー

桐竹勘十郎《きりたけかんじゅうろう》　人形浄瑠璃文楽座　人形遣い

吉田《よしだ》　玉女《たまめ》　人形浄瑠璃文楽座　人形遣い

川端《かわばた》　咲子《さきこ》　神戸女子大学古典芸能研究センター非常勤研究員

豊竹咲大《とよたけさきた》夫《ゆう》　人形浄瑠璃文楽座　太夫

竹澤《たけざわ》　宗助《そうすけ》　人形浄瑠璃文楽座　三味線

林《はやし》　久美子《くみこ》　京都橘大学教授

近松再発見　華やぎと哀しみ

二〇一〇年一一月一一日　初版第一刷発行©

編　者　神戸女子大学古典芸能研究センター
代表者　阪口弘之
発行者　廣橋研三
発行所　和泉書院
〒五四三―〇〇三七　大阪市天王寺区上之宮町七―六
電話〇六―六七七一―一四六七
振替〇〇九七〇―八―一五〇四三
印刷・製本　亜細亜印刷　装訂　森本良成

ISBN978-4-7576-0572-5 C1095　定価はカバーに表示